古典文獻研究輯刊

二十編

曾永義 主編

第12冊

思無邪：明清通俗小說的情慾敘事（上）

李明軍 著

國家圖書館出版品預行編目資料

思無邪：明清通俗小說的情慾敘事（上）／李明軍 著 — 初版
— 新北市：花木蘭文化事業有限公司，2019〔民 108〕
目 6+268 面；19×26 公分
（古典文學研究輯刊 二十編；第 12 冊）
ISBN 978-986-485-886-6（精裝）
1. 明清小說 2. 通俗小說 3. 文學評論
820.8   108011753

ISBN-978-986-485-886-6

9 789864 858866

古典文學研究輯刊
二十編　第十二冊　　　　　ISBN：978-986-485-886-6

思無邪：明清通俗小說的情慾敘事（上）

作　　者　李明軍
主　　編　曾永義
總 編 輯　杜潔祥
副總編輯　楊嘉樂
編　　輯　許郁翎、王筑、張雅淋　美術編輯　陳逸婷
出　　版　花木蘭文化事業有限公司
發 行 人　高小娟
聯絡地址　235 新北市中和區中安街七二號十三樓
　　　　　電話：02-2923-1455／傳真：02-2923-1452
網　　址　http://www.huamulan.tw 信箱 hml810518@gmail.com
印　　刷　普羅文化出版廣告事業
初　　版　2019 年 9 月
全書字數　666570 字
定　　價　二十編 19 冊（精裝）新台幣 40,000 元　　版權所有・請勿翻印

思無邪：明清通俗小說的情慾敘事（上）

李明軍 著

作者簡介

李明軍，男，山東郯城人。2001 年 6 月畢業於北京師範大學中文系，獲文學博士學位，2006 年至 2008 年到中國人民大學做博士後研究。現爲臨沂大學教授，重點學科負責人，省級精品課程主講人，碩士生導師。主要研究方向爲元明清文學、中國古代小說和傳統文化。近幾年來主持國家社會科學基金項目、省社科項目及市廳級項目等 10 餘項，出版學術專著《中國十八世紀文人小說研究》《文統與道統之間：康雍乾時期的文化政策與文學精神》《禁忌與放縱》《古典小說名著解讀》《天人合一與中國文化精神》等 9 部，主編、參編各類文化類圖書 40 多部，獲省、市社會科學優秀成果獎 8 項。這些研究項目和學術成果，皆於大歷史文化的背景上探討文學，將文學研究與歷史文化研究緊密結合，將古代研究與現代社會緊密結合，形成了自己的研究特色。除教學科研外，閑暇時間在各類報刊上發表文化隨筆、商業評論多篇，出版散文隨筆集 2 部，長篇報告文學 1 部。

提　　要

　　《思無邪：明清通俗小說的情慾敘事》是對明清時期通俗小說中情慾描寫的文化解讀。本書選取 20 部左右具有代表性的小說，從理欲之辨、欲望書寫、因果敘事與性別倫理、歷史書寫幾個方面，聯繫古代歷史文化，研究明清通俗小說情慾描寫中的性別倫理、性別政治觀念。明代中後期的思想解放潮流中，社會風氣發生了很大變化，張揚自然欲望成爲文學特別是通俗小說的重要內容。到了清代，理學復歸，士人倡導嚴肅認眞的生活方式以挽救時俗，社會風氣由放縱走向檢束，但對情慾的肯定已不可逆轉，即使明清之際以道德勸誡爲主旨的擬話本小說中也往往雜有情慾描寫。與明代中後期的通俗小說不同，清代前期通俗小說中的情慾描寫與世情結合，情、欲與理的衝突和調和成爲小說的重要內容，對小說主旨的表達有重要意義。明清時期通俗小說特別是豔情小說的情慾描寫中有著明顯的性別意識，體現了男權社會的性別歧視，有的小說一面寫情慾一面談因果，充滿了悖論，這種因果觀與情理觀的二元標準相通。即使在豔情小說中，表面的放縱之下仍有著根深蒂固的禮教、性別觀念。本書以點帶面，將文學研究與文化研究結合，是對明清小說特殊領域的研究的深化。

《皋鶴堂第一奇書金瓶梅》第二十九回插圖《潘金蓮蘭湯邀午戰》

《皋鶴堂第一奇書金瓶梅》第七十八回插圖《林太太駕帷再戰》

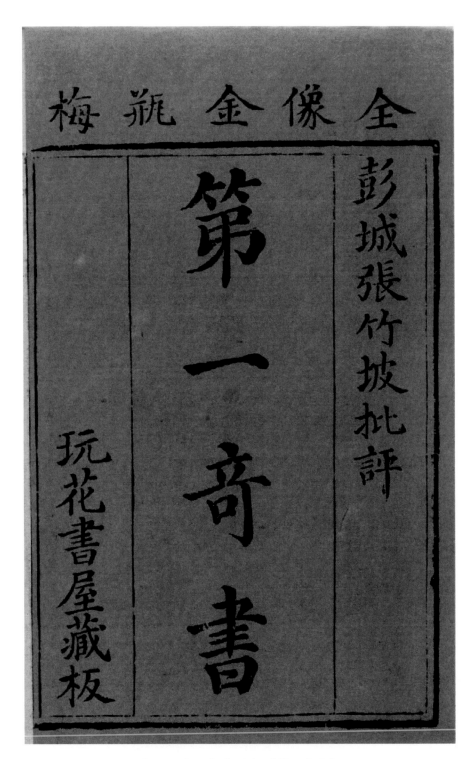

康熙三十四年序刊本《第一奇書》

—圖3—

新刻繡像批評金瓶梅卷之一

第一回　西門慶熱結十弟兄　武二郎冷遇親哥嫂

豪華去後行人絕　簫箏不響歌喉咽
寶琴零落金星滅　玉階寂寞墜秋露
當時歌舞人不回　化爲今日西陵灰
二八佳人體似酥　腰間仗劍斬愚夫
暗裡敎君骨髓枯　雖然不見人頭落

月照當時歌舞處
雄劍無威光彩沉

這一首詩是昔年大唐國時一箇脩眞煉性的英雄入聖超凡的豪傑，到後來位居紫府名列仙班率領上八洞羣仙救拔四部洲沉苦一位仙長，姓呂名岩道號純陽子祖師所作单道世上人營營逐逐急急巴巴跳不出七情六慾關頭打不破酒色財氣圈子到頭來同歸于盡着甚要緊，雖

明刊本《新刻繡像批評金瓶梅》書影

—圖4—

今之人貧者日為衣食所累富者又懷不足之心縱一時稍閒又有貪淫戀
色好貨尋愁之事那裡有工夫去看那理治之書所以我這一段故事也不願世
人稱奇道妙也不要世人喜悅檢讀只願他們當那醉淫飽臥之時或避事去
愁之際把此一玩豈不省了些壽命筋力就比那謀虛逐妄卻也省了口舌是
非之害腿腳奔忙之苦再者亦令世人換新眼目不比那些胡牽亂扯忽離忽
遇滿紙才人淑女子建文君紅娘小玉等通共熟套之舊稿我師何為何如此
空空道人聽如此說思忖半晌將這石頭記再檢閱一遍因見上面雖有些指奸責
佞貶惡誅邪之語亦非傷時罵世之旨及至君仁臣良父慈子孝凡倫常所關
之處皆是稱功頌德眷眷無窮實非別書之可比雖其中大旨談情亦不過實
錄其事又非假擬妄稱一味淫邀艷約私討偷盟之可比因毫不干涉時世方

從頭至尾抄錄回來問世傳奇空空見色由色生情傳情入色自色悟空遂易
名為情僧改石頭記為情僧錄東魯孔梅溪則題曰風月寶鑑後因曹雪芹於
悼紅軒中披閱十載增刪五次纂成目錄分出章回則題曰金陵十二釵並題
一絕云

滿紙荒唐言　一把辛酸淚
都云作者痴　誰解其中味

至脂硯齋甲戌抄閱再評仍用石頭記
出則既明且看石上是何故事按那石上書云當日地陷東南這東南一隅有
處曰姑蘇有城曰閶門者最是紅塵中一二等富貴風流之地這閶門外有個
十里街街內有個仁清巷巷內有個古廟因地方窄狹人皆呼作葫蘆廟傍
住着一家鄉宦姓甄名費字士隱嫡妻封氏性情賢淑深明禮義家中雖不甚
富貴然本地便也推他為望族了因這甄士隱稟性恬淡不以功名為念每日

—圖5—

己卯本《脂硯齋重評石頭記》書影

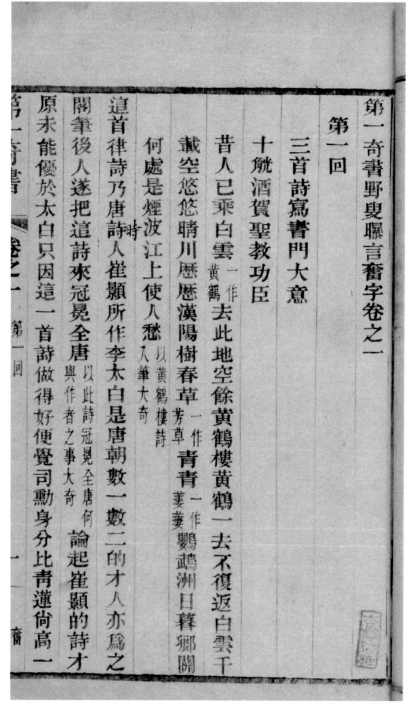

活字印本《第一奇書野叟曝言》書影

—圖6—

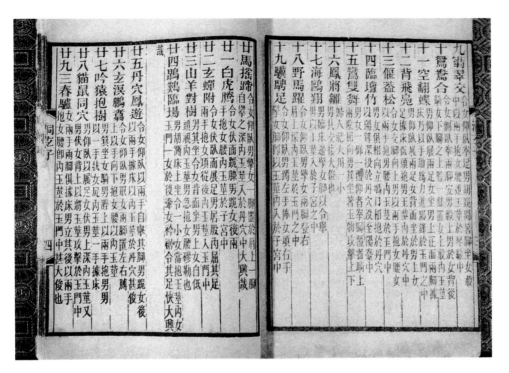

清刊本《洞玄子》書影

清代春宮畫《男風》

—圖 7—

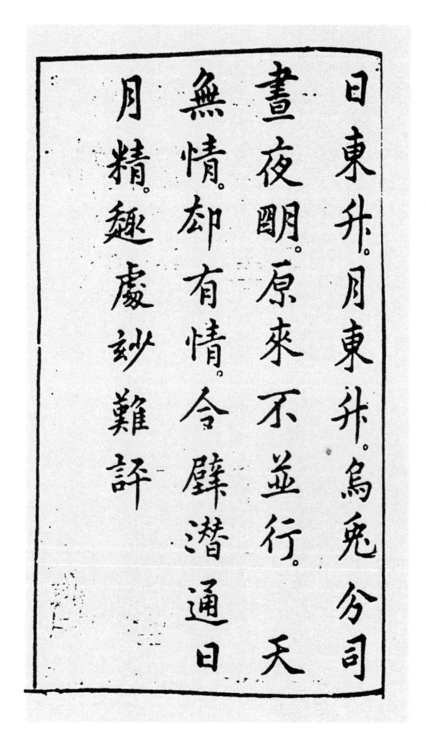

日東升。月東升。烏兔分司
晝夜明。原來不並行。　天
無情。卻有情。合璧潛通日
月精。趣處妙難評

《素娥篇》第十九《日月合璧》配詞《長相思》

《素娥篇》第十九《日月合璧》插圖

—圖9—

明代木版春宮畫《花營錦陣》

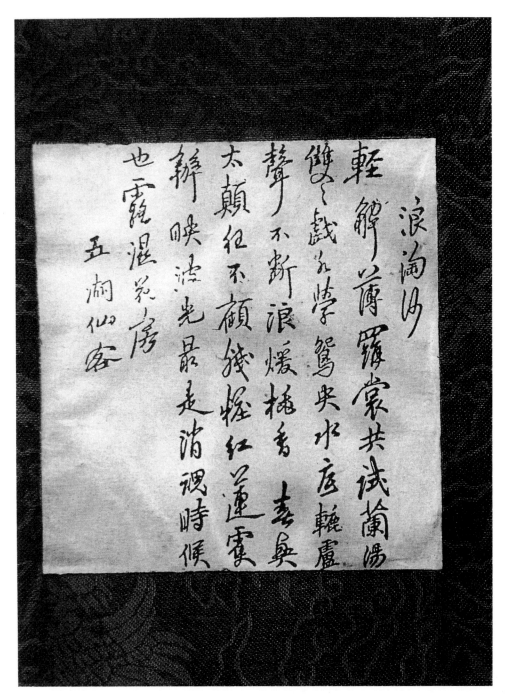

明代木版春宮畫《花營錦陣》配詞

筆耕山房刊本《弁而釵》插圖

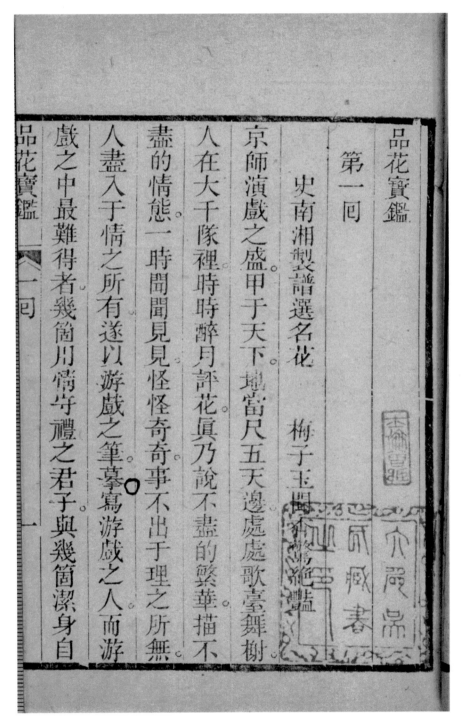

宣統元年幻中了幻齋刊本《品花寶鑑》書影

鳳山樓本《肉蒲團》扉頁

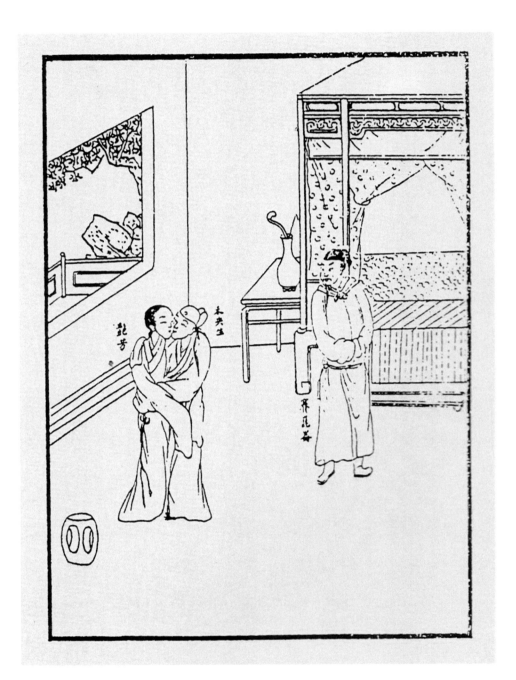

寫春園本《肉蒲團》插圖

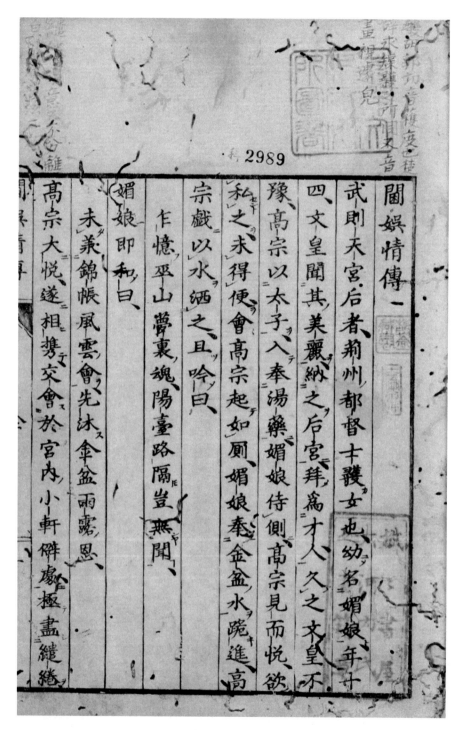

日本寶曆十三年江戶小川彥九郎小川莊七刊本《閫娛情傳》書影

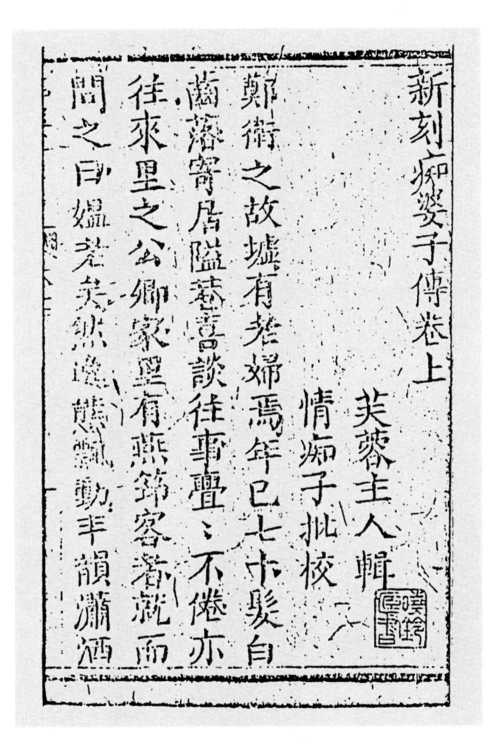

乾隆刊本《癡婆子傳》書影

明代春宮畫《園中偷香圖》

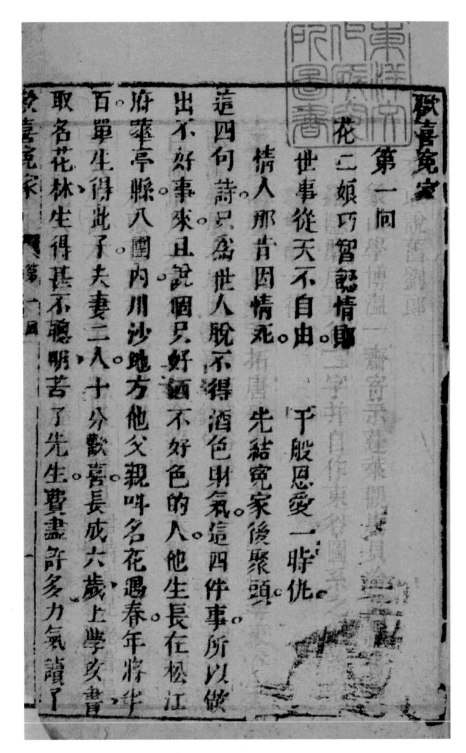

歡喜冤家

第一回

花二娘巧智認情郎

世事從天不自由。于殷恩愛一時休。

情人那肯因情死。先結冤家後聚頭。

這四句詩只為世人脫不得酒色財氣這四件事所以做出不好事來且說個只好酒不好色的人他生長在松江府華亭縣八團內川沙地方他父親叫名花遇春年將半百單生得此子夫妻二人十分歡喜長成六歲上學攻書取名花林生得甚不聰明苦了先生費盡許多力氣讀了

清山水鄰刊本《歡喜冤家》書影

—圖 19—

春宮畫《玩蓮圖》

目

次

緒　論

　　「食色，性也」，食色是人生的兩大欲求，人生的其他慾望都與食色相關，而食和色二者又有著密切的關係。不得不讚美造物主的奇思妙想，男根凸起，女陰凹陷，兩相和合，快樂無限，讓男男女女為之沉迷，追求不止，衣食而外，只此為重。能很好地享受性生活，擁有健康的人格，是人本能快樂的源泉。性交的歡樂是無與倫比的。中國的房中術著作中詳細描述了令人眼花繚亂的姿勢和技巧，房中術描述的性交姿勢，絕大多數以動物來命名，模仿的是動物的動作姿勢。古印度的性交指南書也號召男人們向鳥獸學習交合技巧，像動物那樣交媾，是因為動物出自本能的性交，不摻雜其他東西，是純粹的肉慾享受。但到了後來，性以及與性有關的一切都變得曖昧：一方面將肉體之美與精神之崇高相提並論，一方面將身體的裸露視為色情；一方面將與性有關的生殖視為神聖，另一方面又將孕育生命的性交視為骯髒；一方面將袒胸露乳視為色情，另一方面又將酥胸半裸視為性感。禁慾主義一度使性變得邪惡，而對禁慾的反撥又使得縱慾成風，使性變得骯髒下流。本來給人帶來無限快樂、無限希望的性，在後世卻被附著上了太多的東西，變得太過複雜。

一

　　長期以來，由於對性愛的態度不是客觀自然的容認，賞玩和有意識的放縱使得性愛的本意被扭曲了。禁慾主義是不人道的，但縱慾主義也是反自然的，人生自然慾望的張揚是無可厚非的，但性的快樂又是需要適度節制的。儒家倫理承認男女之大慾，「慾者，情之應也」〔註1〕，性被視為生活之自然。

〔註1〕章詩同《荀子簡注》第254頁，上海：上海人民出版社，1974。

宋代之後，理學將儒家的學說加以曲解，將自然之氣質（人慾）與所謂的天理嚴格區別，強調通過對慾望的禁絕來達到天理的流行，這種人慾與天理之分別，直接影響了元明時代的社會生活。

接下來的思想解放潮流，以反禁慾爲號召，張揚自然慾望，明代中後期以李贄爲代表的思想家，從一般民衆立場出發，主張對財貨的追求，肯定情慾，承認性爲快樂之源泉，衝破人慾禁錮的結果是走向縱慾的極端。以儒家文化爲主導的中國文化對性的生育意義甚爲重視，在儒家的倫理規範中，特別是宋朝理學產生後的倫理中，性作爲傳宗接代的手段時才得到肯定，任何將性交作爲快樂源泉的想法都被認爲是慾的放縱，即使是古代講述房中養生的書中也要列出專門的章節講解生殖之道。在文學中，男女情愛描寫以性交合之樂爲底線。也正由於此，明清時代的豔情文學才顯得特異，特別是明清的豔情小說，徹底放棄了性交的生育目的，專注於性愛的刺激之樂，甚至連同基本的倫理道德一起拋棄。但清代之後，隨著理學的復歸，性又成爲禁忌，性文學遭到大規模的查禁。直到今天，由於傳統文化根深蒂固的影響，性仍然非個人之事，時時受社會規範的約束，享受純粹性快樂的機會極少，性與生活倫理、現實政治都扯上了千絲萬縷的關係。唐代白行簡《天地陰陽交歡大樂賦》說：「夫性命者，人之本；嗜慾者，人之利。本存利資，莫甚乎衣食。衣食既足，莫遠乎歡娛。歡娛至精，極乎夫婦之道，合乎男女之情。情所知，莫甚交接。其餘官爵功名，實人情之衰也。」〔註2〕瞭解了性的社會政治意義，明白了性在現實社會中的意義和地位，回歸本然、享受自然，享受純粹的性愛才有可能。只有剝掉附加在性之上的不自然，才能消除人類政治、道德上的不自然。

性是人生的重要內容，反映人生的文學也就無法迴避性。自文學產生之日起，反映性愛的文學作品即不絕如縷，在中國最早的詩集《詩經》中，描寫男女愛情的詩歌被後人認爲是詩集中最優美的部分。純粹的性愛描寫，可以寫得很健康，很美妙。因爲性愛是敏感和禁忌話題，所以關於性愛的文藝創作一直受到關注。倫理觀念形成前的性蒙昧狀態一直持續到被稱爲「禮」的倫理規範形成。《詩經》中既有對性愛的歌詠，同時又對性亂倫進行嘲諷和批判，其中一些詩所描寫的男女野合表現了當時遺留的性風俗。在很長一段時間內，情感和慾望渾然一體，性愛被視爲自然之事。直到唐代，文學作品

〔註2〕馬積高《歷代辭賦總匯》第 2074～2077 頁，長沙：湖南文藝出版社，2014。

中的性愛描寫多對性愛持讚賞態度而少有猥藝意味，比如《天地陰陽交歡大樂賦》純粹描寫性愛，但又將性交寫得健康而美妙，可以說是中國性愛文學的經典。

　　金聖歎批《西廂記‧酬簡》說：「夫論此事，則自從盤古至於今日，誰人家中無此事乎？若論此文，則亦自盤古至於近日，誰人手下有此文章乎？誰人家中無此事，而何鄙穢之有？誰人手下有此文，而敢謂其有一句一字之鄙穢哉？」〔註3〕性交不是不可以寫，但要看怎麼寫，並不是所有的事情都可以成為藝術。後世文人詩詞描寫性愛的篇章甚多，描寫的手法大都是迷離朦朧，顯得有幾分雅，不過也有的寫得俗露。到了明代，性成為從帝王到市井百姓所關注的敏感話題，那個時期對性的態度不再是客觀自然的容認，而是一種賞玩和有意識的放縱。在明朝中後期，豔情小說和其他形式的豔情藝術在文人階層和市井社會中同樣流行，豔情小說的編寫者中既有媚俗求利的書商和他們所雇傭的下層文人，又有文人階層中的精英。這些豔情小說所採用的敘事形式，既有明代中期最後定型的章回體，又有宋元以來的說話體，還有介於傳奇和話本之間的通俗傳奇。

二

　　明代中後期豔情文藝的興盛，與商業發展、城市繁榮、市民階層的壯大有關，與社會思潮的轉變關係更為密切。嘉靖朝後期，心學深入人心。從宋理學到明心學的演變，核心部分是從天理之公到人慾之私的轉變。蘊涵在以王陽明的無善無惡論之中的慾望放縱奔逸的可能性在明代後期成為現實。從王陽明開始，經過王艮、王畿到李贄，感性生命在心學的理論框架中的位置越來越重要，世俗的食色享受作為感性生活的重要組成部分得到容認。聲色之樂為晚明文人行樂縱慾之主要形式。縱情聲色成為一種風氣。晚明文人不僅好狎妓，又好變童成風，男風大盛，甚至有所謂的男院，其中的男妓專門以賣淫為業。房中術在上流社會和士人群體中再一次流行傳播，作為房中術重要組成部分的媚藥秘方在社會上廣為傳佈，房中術和奇技淫巧成為士人公開談論的話題。性靈、真與情慾的肯定相結合的結果，是文學中普遍表現情慾。比如湯顯祖在《牡丹亭》中所強調的「至情」實際上是「慾」的轉化。傳奇中杜麗娘看到滿園的春色，感到慾的躁動，在

〔註3〕〔清〕金聖歎《金聖歎批本西廂記》第209～210頁，上海古籍出版社，1986。

夢中這種慾念具象化爲手執柳條前來約會的男子，與男子進行歡合，夢後尋夢，尋之不得而病倒，感夢傷情而亡，其靈魂仍不懈的尋覓情人，向柳夢梅自薦枕席。這一對男女相悅的基礎很淺，只有性別的相吸和相貌，而其動力則是埋藏在人性之深處的原始性力，可以沖決一切束縛，可以促使人爲其放棄生命。判官對青年男女「慾火近乾柴」一樣的性慾望衝動表示理解。這種對情中慾的長呢過分的強調，甚至直接以性慾念代表男女之情，正體現了明朝中後期的社會思潮。明代文人詞曲中，吟詠風月者甚多。這些豔情詞曲與豔情小說中穿插的詩句以及題寫在春宮畫上的詞句，內容、格調非常接近。民間山歌以極其樸素甚至直露的語言，將男女情愛從相思密約到偷情交合，進行前所未有的大膽表現。

晚明時期的個性解放思潮及受其影響的縱慾主義，受到以東林黨人爲代表的正統文人的批判。他們著力倡導一種嚴肅認真的生活方式以挽救時俗。明清易代打斷了思想解放的脈流，由明入清的正統文人反思明朝滅亡的教訓，將責任推到思想界的異端及其所引導的放縱不羈的個人主義的社會風習，而清朝統治者對於理學的鼓吹，也使得社會風氣發生了轉化。對禮教之強調，對女性節烈的近似崇拜的宣揚，使得貞節幾乎成爲一種宗教。但是對於世俗生活情慾的肯定已經成爲不可逆轉之勢。清代文人雖然不像明代那樣狂放，但實際上對於慾望之放縱比明代有過之而無不及，像狎妓、養伎甚至娶妓女爲妻妾，在清代文人那裡已經是非常自然而平常的事情，即使像同性戀這樣在晚明仍然是稀罕的值得歌詠的事情，在清代也變得比較普遍。至清代中期以後，世風更趨於侈靡，文人蓄養歌童好男風更成爲一種風氣。

與明代豔情小說和春宮畫主要在文人圈子中流傳不同，清代中後期豔情小說在社會上廣泛流行，書坊和各種形式的租售圖書的書肆面向大眾發行前朝的豔情故事，並且不斷地編寫或根據前朝作品改寫的新的故事本子，如晚明的豔情話本小說集《歡喜冤家》就被改寫成好幾部章回體的豔情小說。清代中後期的中央和地方政府屢申法令，嚴格禁止書坊租售豔情小，民間社會流行的各種勸誡書中也對豔情小說反覆的批評痛斥，從另一個方面說明了豔情小說在市井社會流行的程度和範圍，在街頭的書攤上，春宮畫和豔情故事一起出售。也正是這種有著廣泛社會基礎的性的解放，爲近代的個性解放打下了基礎。

三

　　明清時期的世情小說、才子佳人小說、狹邪小說、傳奇雜劇、文言小說等都有表現性愛的內容，但豔情小說對男女性愛的表現最為直接。到明代中期，《如意君傳》產生之後不久，湧現出大量豔情小說。與社會風氣奢靡及文人生活放縱相應，這一時期的豔情小說專力描寫性交，男女亂交之場面描寫充斥全書，其描寫手法亦直露粗俗不堪，性慾之渲染鋪陳臻於極至。如《繡榻野史》中的東門生在妻子死後與秀才趙大里雞姦，而趙大里與東門生續娶的金氏及其婢女私通，東門生為了報復，將趙大里的母親麻氏誘至家中姦淫，後來乾脆麻氏與東門生、趙大里與金氏交換姦淫。再如《癡婆子傳》一反一男多女之群交亂交模式，寫一女子與多個男子的淫亂。《浪史》中的男主人公梅素先號稱浪子，先與王監生之妻私通，又與趙大娘及其女妙娘、婢女春梅淫亂，與朋友鐵木朵魯之妻妾通姦，後得中進士，連娶七美人，二夫人，十一侍妾，終日享樂，後成地仙。這樣的小說徹底拋棄了世俗的倫理道德，將淫慾之樂作為人生最大享受。模仿《如意君傳》而取材於宮廷故事的豔情小說如《昭陽趣史》《玉妃媚史》等，描寫宮廷淫亂，而淫亂之主角則多為女性。如《昭陽趣史》雜糅《趙飛燕外傳》《別傳》等相關故事，借鑒《如意君傳》的寫作手法，描寫趙飛燕姐妹入宮前後之淫亂以及最後結局，漢成帝只是點綴。也正在這一時期，前一時期零散的中篇愛情傳奇被彙編成冊而刊刻，如《國色天香》《繡谷春容》《風流十傳》等，其中收錄的一些具有豔情色彩的故事如《天緣奇遇》，為後來的豔情小說提供了素材和情節結構模式的借鑒。

　　與社會思潮轉變和由放縱走向自我檢束的文人風氣相應，明清之際以道德勸誡為主旨的擬話本小說集大量湧現。即使是專力描寫性交的豔情小說，亦與前一時期有所不同，多於豔情描寫中滲透社會道德批判，如《玉閨紅》直書現實，對李閨紅被騙淪落為土娼的悲慘生活描寫，雖亦充斥性交場面的描寫，而以客觀態度和犀利文筆出之，土娼之非人生活，其身心所受之摧殘，腥風苦雨，血淚斑斑，讀之令人毛骨悚然，而絕少情慾挑逗意味。再如話本小說集《歡喜冤家》多講述男女私情由恩愛而成仇，而成仇之原因多為割捨一時歡娛，轉而皈依道德倫理，或講述情慾放縱之危險，皆可作為欲海晨鐘。即使如《弁而釵》《龍陽逸史》《宜春香質》之類講述變態同性戀的小說，或借情色宣揚節義，或借性愛宣講因果，或以相對客觀態度揭示社會之一角，

皆與此前同類小說中對情色的無節制的渲染有所不同。如《弁而釵》講述同性戀愛故事，不僅宣揚所謂的「情」，更標榜貞、烈、俠、奇。

　　明朝後期的豔情小說雖可能有文人參與創作，如《繡榻野史》的作者據說就是著名文人呂天成，《金瓶梅》作者是嘉靖年間的大名士，但多數作品無論是章法結構還是語言描寫都比較粗糙。小說編寫者更多的出於遊戲或商業贏利目的而寫作，這種情況到了清代前期有所變化。可以以據說是著名文人李漁創作的《肉蒲團》為例，這部小說所講述的故事與此前的豔情小說沒有多大的區別，仍是男性主人公一系列豔遇的組合。與此前的豔情小說不同的，不僅是幽默風趣的個性化的語言，也不僅在於其巧妙嚴謹的結構，小說首尾呼應，主體部分以主人公的漫遊為線串連一系列的獵豔故事，而各個獵豔故事既比較均衡，前後又有較為緊密的邏輯關係，更為重要的是思想主旨的一貫性。小說名為《肉蒲團》，將男女性交合作為參禪悟道之途徑，以因果報應為頓悟之動因，小說主體部分雖充斥著群交淫亂之類性描寫，但小說作者一開始所宣揚的參悟主旨仍很鮮明，一開始孤峰長老宣講因果，未央生不相信因果，受果報懲罰而參透因果，參透因果後皈依佛教，不再如此前的豔情小說那樣僅僅在收尾處添加一個宗教勸誡的尾巴。《肉蒲團》對宗教的如此闡釋，既有迎合世俗的成分，又加入了作家個人理解，是《浪史》之類宣洩情慾的豔情小說和明清之際以勸誡為宗旨的話本小說的奇怪混合體，其中所宣講的因果報應比起《繡榻野史》之類的豔情小說來深刻的多。產生於清朝前期的豔情小說《姑妄言》更進一步在豔情中糅合文人情結，這部湮沒多年的小說可以稱為奇書，其語言描寫的純熟程度可以與《紅樓夢》相比，小說中連篇累牘的豔情描寫，私通、群交、亂倫、獸交、同性戀等等，真正集豔情描寫之大成，而其描寫態度之客觀嚴肅又與其語言之詼諧形成鮮明對比，更重要的是作者在淫慾橫流的市井世界中塑造了幾個文人形象，特別是男主人公鍾情，他與錢貴的情愛是小說的一條若隱若現的主線，小說主體情節以錢貴開始，以鍾情隱逸結束，涉及二人的篇幅雖不多，但卻影響了全書的主調，一種濃厚的文人情緒籠罩全書。

　　也就在清代前期，模仿改造前朝豔情小說也成為豔情小說寫作的主要方式之一。由於商業利益的驅動，一些出版商雇傭下層文人，或將前代小說改頭換面，或將前代小說進行分解重組，或將前代小說中的某個章回擴充敷衍成冊。如《濃情秘史》實為割裂《杏花天》改編而成，《豔芳配》《群佳樂》

與另外一部不知名小說實爲《肉蒲團》之拆分。比較典型的例子是根據《歡喜冤家》中的一些章回編寫的一系列單行本豔情小說，如署名江海主人的《巧緣豔史》《豔婚野史》實抄寫《歡喜冤家》第四、九、十一、十三、十五幾回雜湊而成，《百花野史》又名《百花魁》實由《歡喜冤家》第十四、十七回拼湊而成，《兩肉緣》由《歡喜冤家》第五、十二、十五、十八幾回拼湊而成，《風流和尚》實爲《歡喜冤家》中與和尚有關係的幾個故事第四、、十一、十四雜湊，根據《風流和尚》改編的小說還有《諧佳麗》《換夫妻》等。

　　隨著對豔情小說禁燬的加強，清朝中後期除了根據前朝豔情小說改編的小說外，沒有多少新的豔情小說產生。不過在文人創作的其他類型小說中，常常穿插豔情片段，雖然作者再三表明這類描寫是爲縱慾者提供反面的鏡鑒，但其描寫的細緻程度和方式與豔情小說沒有多大差別。如神魔小說《綠野仙蹤》用幾回篇幅描寫溫如玉與妓女金鐘兒的交往，在另一段裏，又用幾回篇幅描寫周璉和齊蕙娘的私通，皆爲相對完整的豔情故事。像《紅樓夢》不僅描寫了賈璉等的淫亂生活，在小說的序幕部分借警幻仙姑之口探討意淫與皮膚淫濫之區別，爲全書定下了基調。特別是《野叟曝言》，爲表現男主人公文素臣的高尙無欲，用不少筆墨描寫了文素臣與幾個女性的關係，文素臣在危難之際救助女子，女子爲報恩，同時也是仰慕文素臣的品格和才華，都自願以身相許。其中有一次文素臣在一所破廟中和女主角之一赤身相對，在另外一次，文素臣和另一女主角裸體相偎，但越是在這樣的時候文素臣更心無邪念，眞正做到了「不欺於暗室」。更極端的例子是文素臣不僅觀看了數名女子的色情表演，而且與諸女子進行了性交合，這些女子爲一個惡霸的小妾，這個惡霸相信吸食男人的精液可以長生，他將文素臣拘禁後令小妾與文素臣交歡以刺激其精液的再生。文素臣在以超常的性能力戰勝眾女子的過程中，竟然沒有絲毫的慾望衝動，他甚至以其正氣令其中一個女子現出狐狸原形。另外如《瑤華傳》，據說是針對社會上的縱慾風氣特別是青年男女放縱情慾的情況而作，卻用不少文字描寫了情慾放縱情況。這一類小說中的豔情描寫，包括《紅樓夢》中所宣揚的意淫，當爲現實社會風氣之反映，豔情情節的描寫方式和情節安排都與豔情小說不同，基本上實現了豔情小說亦宣揚的「以淫制淫」的創作目的。

　　也正由於此，《紅樓夢》及其續書的流行影響了被歸爲狹邪小說的一類專門描寫青樓的小說也就可以理解。狹邪小說之產生，一方面是清中葉妓業發

達之反映，亦是文人理想跌落現實之結果才子佳人小說中的文人不僅獲取功名富貴，更重要的是得配出身名門的佳人，而實際的情況是，多數文人懷抱難以施展，只好於青樓中尋找感情寄託，將知己之尋覓寄希望於青樓歌女。所以如《青樓夢》《花月痕》等青樓小說實際上是世俗化了的才子佳人小說，以青樓代替閨閣，以歌妓代替佳人，而其中的感傷情懷則是相通的。在這種感傷落寞中，古典小說和古代文人情結走向終結，反映近代精神的小說得以產生，豔情小說亦有了新的內容和形式。

四

這些豔情小說中有著較為明顯的性別意識。明清小說對因果報應的宣揚，與佛教和道教世俗化以及各種勸善書的流行有一定關係。明清豔情小說一面寫淫慾一面談因果，似乎充滿悖論，因為宣淫和淫慾本身一樣，被宗教和勸善書、功過格中被認為是罪中之罪。保存至今的明清豔情小說四十餘部，半數以上涉及因果報應。這些豔情小說中的因果報應更強調現世的果報。明清豔情小說中的因果又有與其他文學類型和以功過格為代表的勸善書所顯示的世俗因果觀有所區別。在功過格和其他勸善書中，男子在淫慾之罪中處於主動地位，女子主要是被動的承受者或者受害者，關於淫慾的戒律和違反色戒的果報懲罰主要為男子所設，男子要為自己的非禮性行為甚至慾念的蠢動承當不容推卸的責任。這也和佛教所宣揚的自身擔當罪孽觀點相合。但是在明清豔情小說中，極度淫亂的男主人公不僅沒有得到應當的懲罰，而且反而常常財、色、功名兼得，以歡喜的大團圓收場。值得注意的是，在這些小說中男性主人公是性冒險的主動者。與對男性的寬容相對的是對女性沉迷於色慾的嚴厲果報懲罰。

實際上明清豔情小說中女性所受到的嚴厲對待，體現了男權社會的強勢話語力量和男性的自我中心主義。在豔情小說的因果世界中，女性實際上承擔了雙重的果報重負，不僅要為自己的淫慾承擔果報，更要為男子的放縱沉迷承擔果報重負。妻子的墮落往往是丈夫姦淫的果。「以淫報淫」這看似合情合理的觀念中實際上蘊涵著對女性的極大不公甚至蔑視，女性被視為男性的附屬物乃至所有物，是男子縱慾的對象，是男子縱慾的藉口，同時又是男子縱慾所犯下的果報懲罰的當然承擔者。豔情小說中的男性主人公一方面千方百計挑逗、誘姦女性，另一方面又將女性的積極回應稱為淫蕩，以女性的慾念強烈為藉口，將縱慾的責任推給女性。

　　明清豔情小說的這種因果觀，可以與其中的情理觀的二元標準參看。男性主人公的淫慾放縱被稱為「多情」。女子要風騷，因為只有風騷，才可能對男性主人公產生興趣，才可能被男性主人公輕易引誘上手，也才能讓男性主人公充分享受性之「趣」。小說以天地之間陰陽的調和來解釋性慾望的萌動，實際上是為男性的縱慾尋找藉口，但是同時又將女性的性慾望稱為淫蕩。特別值得注意的是關於情和理的二元標準。男性的縱慾被稱為「情」，女性的放縱則是淫慾。女性的放縱為男子提供了縱慾對象，滿足男性的征服心理，另一方面男性又對女性的放蕩表示鄙夷、警惕。男性一方面如未央生們希望女性儘量放蕩，另一方面又希望女子對自己忠誠和貞潔。在另外一些豔請小說中，女性遇到男性主人公前可能稍微放縱，而一旦遇到男性主人公馬上一歸於正，謹守婦道和禮教，甚至於為禮、理而殉節。而男子在接受了女性忠貞誓言後並不妨礙他們繼續尋找新的獵豔對象，在離開後繼續他的性冒險。這種二元標準還體現在男性主人公眾妻妾位次的排列上，相對尊奉禮教的女子，婚前沒有發生性關係的女子都成為正妻，矜守自持，深得愛戀和尊重。

　　明清豔情文學的情理觀、因果觀所體現出的性別歧視，實際上也是一個普遍的人類學問題。在人類歷史的不同階段、在不同的民族那裡都有類似的自然性別社會化的過程，男女以性器官為核心的性徵差異被視為社會性別政治的基礎，而性別政治又反過來證明自然性別等級的合理性，如此雙向循環，最終使得男權政治得以牢固地確立。在等級觀念深入骨髓的政治社會中，女性成為男性的附屬物也就自然而然。明清豔情小說中性描寫處處流露出性別等級色彩，如對男子性器官和性能力的極端誇張，女性對男性器官和性能力的拜服，不僅僅體現了帶有原始色彩的性器官崇拜遺風，男女的交合被稱為戰爭，勝利的一方總是男性，女子主動「出擊」被視為淫蕩，女子「戰敗」男子被認為是反常，像《醉春風》中的顧大姐那樣要和男性爭取性平等的女子更受到嚴厲的果報懲罰。女性要為男子而放蕩，但是同時又要為男子而守婦道。如此等等，皆體現了男權社會的強勢話語，男性自我中心主義已經成為日常生活倫理有機成分，明清豔情小說中的因果報應的雙重標準也就可以理解。

　　這種性別政治觀念在後世以各種變形存在著。甚至在近現代的女權運動中，表面上激進的女性性別寫作中，女性的性別尊嚴並沒有真正確立。女性寫作者拿性別來炒作，這種自我宣洩中的自我猥褻，已經離開了性別革命的

正軌。研究明清豔情小說中的性別問題，可以給今天的社會形態研究提供一些借鑒，給今天的文學創作特別是女性文學寫作提供參考

五

明清小說將情感、慾望與倫理的衝突作爲表現內容，尤值得注意的是通俗小說對情與慾的分辨。對情慾的分辨作爲一條線索貫穿通俗小說特別是豔情小說、才子佳人小說和世情小說的發展。豔情小說以慾爲情，才子佳人小說的標榜純情而壓制慾望，文人創作的世情小說調和慾與禮的矛盾。值得注意的是，即使在豔情小說中，表面的放縱之下，並沒有徹底拋棄禮，一方面是男性極端放縱，另一方面要求女子貞潔，而男性放縱又需要女子放縱，如此形成內在矛盾，豔情小說對這種矛盾的調和方式，表露出男性自我中心主義。

明清豔情小說中經常談到「情」，實際上是將情簡單化爲男女之情，而男女之情實際上只剩下男女之慾。女子令男子動「情」的首先是美貌，如果女子同時還有文才會更好，女子有文才，才「可以筆句動也」〔註4〕。明代中篇通俗傳奇中充滿連篇累牘的詩文，固然有借小說顯示文才的因素，也是情節發展的需要。但在豔情小說中，女性才華的重要性遠不如風騷。至於男子令女子動情者，首先是相貌，才華也被強調，而最令女子動心的關鍵因素是男子的性能力。豔情小說中的男主人公都長得如同女子一樣美貌，令女子動心。男主人公都有才華，之所以強調才華，一方面是小說作者人生理想的表達，以才華博取功名，美人、功名、富貴兼得。對女子來說，男子獲得功名，生活才有保障、依託，才會有富貴的生活。豔情小說中男性的才華總是和功名緊密關聯，小說中的女性把獲得功名作爲與男性交合或結成婚姻的前提條件。然而在豔情小說中，男子的「眞本事」更爲重要，正如《肉蒲團》中的俠盜賽崑崙所說：「才貌兩件，是偷婦人的引子，就如藥中的薑棗一般，不過借他些氣味，把藥力引入臟腑之中，及至引入之後，全要藥去治病，那生薑棗子都用不著了。男子偷婦人，若沒有些才貌，引不得身子入門。入門之後，就要用著眞本事了。」〔註5〕所謂「眞本事」就是性能力。豔情小說中的女子

〔註4〕〔明〕吳敬所《國色天香》第34頁，瀋陽：春風文藝出版社，1989。

〔註5〕〔清〕情隱先生《肉蒲團》第6回，《思無邪匯寶》第15冊《肉蒲團》第241～242頁。陳慶浩、王秋桂主編《思無邪匯寶》，臺北：臺灣大英百科股份有限公司，1994～1997。

都是在與性能力超常的男主人公交合後，死心塌地地愛上了男主人公。正因為如此，豔情小說中的男主人公才會千方百計尋找房中秘術，甚至甘願危險改造陽具。到最後這些豔情小說中的「情」只剩下了慾，性交合成為男女主人公交往的最重要內容。

有的學者將才子佳人小說稱為「純情小說」，以區別於豔情或者色情小說。純情小說和豔情小說有很多相通之處，其中的男女主人公都將情色的追求作為第一要務，將男女情愛視為人生的意義所在。但是二者的區別也很明顯，最明顯的區別是是否發生婚前男女性行為，是否有細節化的性描寫，而尤其值得注意的是對情慾理的理解及其所體現出的性別觀念。

與豔情小說相似的是，男女容貌也是純情的男女主人公一見鍾情的基礎。才子佳人小說對容貌的描寫又多是概略的，特別是這類小說中很少出現對女性身體的細緻描寫。一個典型的例子是女子小腳的描寫。與才子佳人小說中很少提及小腳不同，豔情小說中小腳以及與小腳相連的繡鞋常常被男性主人公特別注意，甚至成為推動情節發展的重要因素。對女性小腳的描寫一般皆帶色情意味，女性的繡鞋成為促進情節進展的重要道具，體現出明顯的肉慾意味。男性對女性小腳的玩賞，體現了男性變態的性心理，另一方面，千纏萬裹而致畸形，使得女性步態蹣跚的小腳，也讓男子滿足了性征服的慾望，所以這種欣賞只能是褻玩。在才子佳人小說中，女主人公不是賞玩的對象，而是男性主人公仰慕的對象甚至偶像。在這類小說中，詩文才華是男女定情的堅實基礎，沒有謀面的男女主人公甚至可以通過傳詩和詩而定情，即使是先見面，為對方容貌而動心，也需要試過詩文才華才能最後定情。才子佳人小說對男女才華的強調程度，大大超過豔情小說，而且更直接地指向功名富貴，因為功名富貴是才子佳人大團圓的前提條件。在絕大多數才子佳人小說中，男女主人公更像同性朋友，他們談論的話題是詩文技巧、功名事業和未來的理想婚姻，盡力避免與性有關的話題。才子佳人甚至沒有需要克服壓制的性衝動，沒有慾與禮的衝突。純情小說以「禮」為限，將「情」與「慾」嚴格地分開，與以慾為情的豔情小說形成明顯的兩極對照，都給人以非現實感。

也並非沒有人注意到「純情」和「縱慾」兩者的非現實性，於是有調和二者的小說出現。這類小說被研究者稱為豔情化的才子佳人小說。它們的共同特點是努力保持男女主人公之間的純情關係，而又在這種純情之外容留局

部的色情化情節。調和豔情和純情的方式大略有兩種，一種情況是男女主人公之間保持純情，其他次要人物涉及淫慾，或者男主人公與女主人公之間保持純情關係，而與其他次要的女性角色滿足性慾的要求。第二種情況中的男性主人公不滿足於單純的詩文交流，具有較爲鮮明的性別意識，有壓抑不住的肉慾衝動和肌膚相親的渴望，爲女性主人公正色拒絕後，只好尋找其他的不甚守禮的女性以暫解性之饑渴，而最終的結果也就往往是一夫一妻多妾。與豔情小說的區別，一是男女主人公之間保持了相對的純情，性交合只發生在男主人公和次要的女性角色之間，而且男主人公與次要女性角色的交合也往往是出於無奈，小說中很少出現如豔情小說的細緻的性交合場面描寫。在純情小說中，男女之間的相互忠貞被強調，至多是要好的兩個女性（常常是姊妹、表姊妹或者才貌都很出眾而互相敬愛的兩個佳人）同時鐘情於一才子，所以絕對不會出現男女混交的場面。這些介於豔情和純情之間的小說，一開始是在純情小說的框架下加入豔情因素，逐漸發展成爲豔情因素衝破純情框架。

　　性關係當然不是男女之間的唯一關係，精神的智性的東西在男女關係中更爲重要，也正是由於忽視了精神的智性的重要性，才會導致誘姦、群交、亂倫、同性交等現象大量出現，才會使男女之情充滿了雜質甚至污穢，使純粹的性快樂變得不可能。正因爲如此，古希臘哲學家主張拋棄肉慾，以達到精神的純潔之愛。關於性，關於愛，關於男女之間的關係，馬克思的一段話具有啓發意義：「誠然，飲食男女等等也是眞正人類的機能。然而如果把這些機能同其他人類活動割裂開來並使它們成爲最後的和唯一的終極目的，那麼在這樣的抽象中，它們就具有動物的性質。」一方面我們要認識性在社會政治中的意義，另一方面又要清除男女之情和慾中的雜質，這樣才能使情感和慾望渾然一體，才能在獲得純粹性歡樂的同時，不會淪爲動物。本書對豔情小說的研究的意義就在這裡。

第一部分　情慾之間——
明清通俗小說中的理慾之辨

　　與哲學上的天理、人慾之辨相應，對理、情、欲的辨析表現是明清時期的文學特別是小說的重要內容。明清時期豔情小說所描寫的世界是畸形的慾望世界，這類小說中大量充斥的食色描寫，是社會上享樂主義的反映。明代中後期收錄在《國色天香》等小說總集中的中篇傳奇多模仿唐人傳奇《鶯鶯傳》，寫才子佳人的情慾，小說中的男主人公富有才情，女主人公美貌出眾，男女邂逅相遇，女慕男才，男慕女色，彼此有情，於是花前月下，詩詞贈答，深閨之中，密約偷情，雖有小人擾亂破壞，但最終大都是才子高中，高官厚祿，姻緣美滿，一男娶幾美，然後急流勇退，多福多壽，子孫繁茂，有的悟道成仙。這些中篇傳奇中的豔遇情節模式，對後來的豔情小說和才子佳人小說影響很大，是向白話章回豔情小說的過渡階段。明代後期至清初的豔情小說大都延續中篇豔情小說《天緣奇遇》等的豔遇模式。《天緣奇遇》一類的中篇豔情傳奇創造了豔情小說的一些情節模式。一是縱情淫樂後攜眾美得道成仙的模式。二是仙人異人贈金丹引導模式。三是男主人公獲得功名後將與自己發生過關係的女性全部收納為妻妾的模式。中篇豔情傳奇是《花神三妙傳》先寫穢情，後寫貞烈，顯出縱慾與禮教之間的矛盾。這類中篇豔情傳奇的創作很快消失了，代之而起的是通俗的豔情小說。

　　從整體上說，明清通俗豔情小說中的食色世界是個畸形的世界。小說中性慾旺盛、性能力超群的男性主人公沉溺於色慾而忘了食，他們不知疲倦地尋找新的獵豔對象，無休止地性交，不滿足於一對一的異性交，同性交，群

交，一妻數妾，同床大被，如此等等。他們不知飢餓，不知疲倦，以色爲食，以色彩補，色壓倒了一切，食反而退到了後面。與豔情小說相對，一些歷史演義、英雄傳奇小說走向了另一個極端，在這樣的一些小說中，男性主人公對色很淡漠，而對酒食卻永遠不知道飽足。一個值得注意的現象是，古代小說中的傳奇英雄幾乎都要經受情慾的考驗。在《三國演義》《水滸傳》等歷史演義、英雄傳奇等類小說中，只有爲大義而克制情慾的人才可以成爲英雄，也就是說古代傳奇小說中的英雄是禁慾英雄。在這些小說中，女人常常只是配角，女色被認爲是對英雄豪傑的考驗。《三國演義》中的出場的五十多個女性形象，或爲政治籌碼，或爲英雄的反襯，或爲亡國喪身的禍患，絕少人格獨立的正面形象，女性的生命權受到嚴重蔑視，她們的個體價值完全被忽略了。《三國演義》中趙雲先拒絕了趙範以寡嫂相嫁的提議，當劉備要爲他娶親時，他又一次以「但恐名譽不立」爲由拒絕了，劉備因而讚歎他「眞丈夫也」。〔註 1〕《水滸傳》中的好漢不僅不近女色，甚而對女色有一種敵視態度。《水滸傳》所描寫的江湖中沒有眞正的女人，少數的幾個女人也被男性化、邪惡化了。小說中的好漢們大都身體強健，卻不近女色，但不在意女色的好漢宋江、盧俊義等卻都栽在了女色上，他們的遭遇說明女色是好漢的剋星，好漢一沾染女色即遭厄運。水滸好漢們禁慾、練武致使精力過剩，只好用來吃喝和殺人。小說中經常出現大碗喝灑、大塊吃肉的場面描寫。

實際上以水滸故事爲引子的《金瓶梅》中也表達了對色慾的恐懼。《金瓶梅》的世界是個感情荒蕪的慾望世界。在那個世界中，一切都可以交換，一切都可以通過各種手段佔有，於是「慾」變得赤裸裸而不再朦朧。《金瓶梅》作者對縱慾既嚮往又畏懼，是一種奇怪的矛盾心態。對財富的無止境追求與對追求意義的迷惘，對色慾的豔羨與對縱慾危害的恐懼，同時存在於小說故事敘述之中。西門慶旺盛的不知饜足的性慾，是他在官場、商場上縱橫馳騁的原動力，他在商場、官場上幾乎是戰無不勝，憑著他的聰明，以金錢爲武器，一次次化險爲夷。但西門慶最後在性的戰場上徹底敗給了死神。西門慶的死因是性慾的極度放縱，而小說中的潘金蓮、李瓶兒、龐春梅等則是受性慾的役使，一發而不可收，結局也是死亡。小說通過西門慶、潘金蓮、李瓶兒、龐春梅等人由慾的放縱走向毀滅，突出慾望必然導致滅亡的主題。小說用西門慶和他的女人們的死，要說三層意思：一是慾不可縱，二是惡不可作，

〔註 1〕〔明〕羅貫中《三國演義》第 423 頁，北京：人民文學出版社，2006。

三是四大皆空。《金瓶梅》是對社會腐朽的批判，是市井社會的寫眞，又是一個關於酒色財氣的諷戒寓言，關於色空哲學的形象化、通俗化的闡釋。

　　水滸英雄重視衣食，重視自己的生命，他們殺人放火，被逼上梁山云云，實際上皆出於對衣食和自我生命的珍視。從此出發，也就可以理解他們對色慾、對女性的態度。在男權主義者看來，女性在兩個層次上都是對男性生存的威脅：一方面，女色能消耗男人的生命之源精氣，使得男性喪失英雄氣概，甚至使其元氣枯竭而死亡；另一方面，女性好嫉妒、陰險，見小利而忘大義，外表柔弱實際上非常可怕，是男人在現實世界爭衣食求生存鬥爭的潛在敵人。這讓我們想到古代房中書的告誡。男子以色爲食和爲食戒色甚至滅色實際上是一個問題的兩個方面，在男人的世界中，女人並非如現實生活中與男性的對等地位（陰陽），在基本上以男性爲主導的宗教世界中表現得更爲明顯。

　　在神怪小說中，色慾被認爲是修道的考驗。明代小說《西遊記》中，女妖是對唐僧師徒的嚴峻考驗。在清代的小說《女仙外史》和《綠野仙蹤》中，情慾被認爲是修道成仙的最大障礙。在清代前期的神魔歷史小說《女仙外史》中，色慾是區分正邪的一個標準。小說的女主人公唐賽兒對性愛毫無興趣，而其丈夫林公子好色放縱。小說中沉迷於色慾者大都爲反面角色，除了柳非煙外，都沒有好的結局。小說寫林公子、柳非煙的淫亂，既是爲了與唐賽兒作對比，也是爲唐賽兒起義作鋪墊，林公子走陽而死，唐賽兒出家，才有後來的起兵之事；柳非煙在林公子死後，投靠了唐賽兒，多次幫唐賽兒克敵制勝。在清代中期的神怪小說《綠野仙蹤》中，酒色財氣四貪被認爲是修道的障礙，四貪之中，尤以「色」爲重，因爲色最難把持。小說主人公冷於冰的弟子中，連城璧能固守「酒色財」三字，在六個徒弟中較早成仙。連城璧具「英雄丈夫」氣概，特別是不近女色。連城璧食量驚人，不喜歡女色，他殺死朋友金不換的妻子郭氏的做法（「手起一桌腿，打的郭氏腦漿迸裂」）〔註2〕讓人想到《水滸傳》中殺姦的好漢。冷於冰的徒弟中有三個是異類精怪。其中猿不邪原本是一隻猿猴，因與謝女有前世舊緣，攪得謝二混一家不得安生，後來被冷於冰收伏，從此戒絕色慾，正心誠意，後來在煉丹時不受誘惑，心無旁騖，後來成了仙，被封「靈一眞人」。冷於冰的弟子中，溫如玉最有慧根，但成道最晚，他在色上把持不住，因此而敗家、壞道，求仙之路曲折漫長。他在幻境中與一年輕貌美寡婦相遇，舊態復萌，被押到冥司，打入九幽地獄，

──────────

〔註2〕〔清〕李百川《綠野仙蹤》第20回，北京：中華書局，2001。

他立志改悔，但後來又與一狐狸精成姦，被力士亂杖打死。溫如玉二百餘年後才得道，被封爲玉節眞人。

也並非沒有人注意到「純情」和「縱慾」兩者的非現實性，於是有調和二者的小說出現。在像《紅樓夢》這樣的文人小說中，以所謂的「意淫」來調和情感和慾望之間的關係。作者所批判的「皮膚淫濫」，即以性交合爲主的慾望的放縱，而其所讚美的「意淫」的含義，或以爲是指與調笑無厭的色情相對的正當戀愛，或以爲即「情」或包含感情成分的淫，或謂意淫爲用思想和語言進行性活動的高級性行爲，或謂意淫即超越情慾的憐憫和崇愛，或以爲意淫實際非淫，而實指與性無關的體貼、同情和憐憫。小說中僅賈寶玉達到意淫的境界，而賈寶玉除在幻境中與警幻仙姑妹妹可卿交合，夢醒後與丫鬟襲人初試雲雨情，再沒有與其他女性發生性關係，其對女性的態度如同對花草的態度，更多的是愛護、憐惜。即使他與秦鍾、蔣玉菡等同性的關係，亦少涉及性因素。這種憐惜的態度不僅與淫慾有根本區別，與一般的男女之情亦有不同，脂硯齋評第六十六回「情小妹恥情歸地獄」云：「殊不知淫裏無情，情裏無淫。淫必傷情，情必戒淫。情斷處淫生，淫斷處情生。」〔註3〕將男女之情與男女之慾斷然分開，而賈寶玉之意淫則更超越了男女之情。

爲了與「意淫」作對照，《紅樓夢》中也描寫了賈赦、賈珍、賈璉、賈蓉等男性的濫淫。特別是賈璉追求肉慾，與賈寶玉的「意淫」形成鮮明對比。《紅樓夢》中的性描寫涉及到了性的很多方面，不過《紅樓夢》中的性描寫非常含蓄。大觀園外的現實世界充溢著淫慾，賈珍與秦可卿，秦鍾與智慧兒，鳳姐與賈蓉、賈瑞，賈珍、賈璉與尤氏姐妹，賈璉與鮑二家媳婦，如此等等，都沉溺於肉慾之中。值得注意的是，沉溺於慾望之中的人如秦可卿、秦鍾、賈瑞、尤氏姐妹、鮑二家媳婦等等，都沒有得到善終。所謂「情既相逢必主淫」，大觀園中的「情」與外在世界的「淫」實際上有著內在的關聯，小說中與風月寶鑒內容有關的章回形成另一條線索，與大觀園的純情世界形成對照。小說中的秦可卿形象非常值得注意，她是情和慾兩個世界的關聯。

如果說賈寶玉還是在情與慾之間猶豫徘徊，那麼《野叟曝言》中的文素臣則斬截地將二者分開。《野叟曝言》中的文素臣形象可謂集傳統文人人生理想之大成，小說對文素臣形象的塑造，可謂無所不用其極。文素臣身上集中了封建時代傳統知識分子所有的美德和才能，被稱爲聖人。儒家所崇尚的浩

〔註3〕俞平伯輯《脂硯齋紅樓夢輯評》第494頁，北京：中華書局，1960。

然正氣，在文素臣身上表現爲男性的陽剛之氣。文素臣身上的純陽之氣可以驅除妖邪，這種陽剛之氣體現在性能力上，他「陽道魁偉」，他的超常的性能力甚至可以成爲克敵的利器，在床上也是戰無不勝，攻無不克，讓現實中那些陽痿的文士官僚自慚形穢。他性能力超群，卻又善於克制，性成爲普度眾生、教育改造墮落女性的手段。《野叟曝言》中的豔情描寫篇幅雖不多，但描寫之直露，誇張之大膽，幾乎超過豔情小説。其對性行爲的想像，幾接近變態。小説描寫性的目的，一是表現反面人物的邪惡，二是表現小説男主人公的正氣。文素臣是一個嚴格自律的道學家，在天理與人慾的交戰中，他總能以超人的自制力戰勝各種誘惑特別是色慾的考驗，表現出理學家的堂堂正氣，形象地闡釋了儒家所宣揚的修身最高境界「愼獨」的內涵。文素臣的性遭遇還有一種情況，那就是「行權」。小説經常用「權」來解釋男主人公的一些非禮舉動。文素臣的道學修養表現在對物慾的淡漠上，在色相面前能不爲所動。雖然文素臣飽覽美色，獲得了肉體上的滿足，但他的內心深處卻堅守著道學的品操。這類描寫表達了作者對慾和情的理解：只要內心沒有慾動，實際上的與性慾相關的行爲可以認爲沒有違背理學和禮教。從根本上說，這是將欲從人性中剝離出來，將被視爲粗俗的慾與合乎倫理道德的情絕對地區分開。

清代前中期文人寫作的小説中對情與慾的分辨，是對哲學和社會思潮的反映。即使明代中葉以後最激烈的理學批判者，雖然大聲疾呼情與慾，也都對慾保持著警戒，因爲慾很容易流於失而頹落於野蠻狀態，而出於文人的高度理性自覺，這是他們所不願看到的。像李贄所說的「非情性之外，復有禮義可止也」〔註4〕，王夫之的「禮雖純爲天理之節文，而必寓於人慾以見」〔註5〕，以及戴震所說的「理者，存乎慾者也」〔註6〕，「理也者，情之不爽失者也：未有情不得而理得者也」〔註7〕，與程朱理學的不同是對情慾的肯定，但相通的則是對理與禮的肯定，無論是天理還是從欲中提煉出的、植根於情慾的理。

〔註4〕 張建業《李贄全集注》第1冊《焚書注》第365頁，北京：社會科學文獻出版社，2010。

〔註5〕 〔清〕王夫之《船山全書》第6冊《讀四書大全説》第911頁，長沙：嶽麓書社，1991。

〔註6〕 〔清〕戴震《戴震全書》卷8《孟子字義疏證》第159頁，合肥：黃山書社，1997。

〔註7〕 〔清〕戴震《戴震全書》卷8《孟子字義疏證》第152頁，合肥：黃山書社，1997。

清代中期戴震的情慾肯定論是對社會思潮的反映和總結。戴震把儒家經典中的私欲分解為二，認為聖人要求禁絕的只是私，而欲只能滿足，他說：「聖人之道，使天下無不達之情，求遂其慾而天下治。」〔註8〕如果把性比喻為水，那麼欲自然得就像水的流動。人類的生存欲被提升到了政治的高度，他認為以「天理」、「公義」等人為臆斷的理念為指導的政治目標，要求廣大民眾在嚴格禁慾的同時強迫自己服從自我的犧牲，忍受由此而產生的痛苦，實際上是一種非人類的刻薄，它的最終的結果是促使非人類性的頹廢在社會範圍內蔓延，像縱慾之風就是典型的例子。十八世紀的文人小說中，不僅才子佳人小說竭力以禮作為分辨情與濫淫的界限，即是世情、神怪類小說也往往把對色慾的勸誡作為創作的目的之一。丁秉仁在《瑤華傳》的自序中表明自己寫作的最初動機是有感於社會上沉迷於色慾的人數之多和程度之深，要以形象的故事喚醒那些不能自拔的子弟。在這部小說中，企圖用採補之術達到成仙目的的雄狐被劍仙處死，其魂魄託生為福王朱由崧的女兒瑤華，她要以現世的功德贖取前生的孽債，經過鍛鍊除去身上的淫邪之氣，才能成為仙人。值得注意的是，瑤華成親之後，與丈夫之間沒有很深的感情，讓相貌與自己相似的侍女代替自己生兒育女，而實際上她自己對淫慾的要求十分強烈，在求仙的途中仍然利用每一個機會使自己的慾望獲得滿足。小說情節的這種奇怪的安排體現了作者對情與慾的理解，慾與情被認為是可以分裂的。

這種對情與慾的辨別，實際上是在情與理、禮間的徘徊，理與禮成為分別真情與肉慾的界線。另一方面，調和情與理也體現了這些小說的文人化色彩。這些小說中的情與作者的自我表現、懷才不遇以及知遇之感緊密地聯繫在一起，情與慾、情與理、情與禮的分辨交織在一起，使這些小說中的愛情觀充滿矛盾。一個極端的例子是雍正年間的豔情小說《姑妄言》。《姑妄言》所描寫的世界是個慾望橫流的世界，在這個世界中，兩性間的關係被簡單化為赤裸裸的性關係，特別是那些姦夫淫婦為了肉慾的滿足，甚至不惜違背最基本的人倫道德，人淪為野獸。這部小說被稱為豔情小說的集大成之作，有關性的一切都被極度誇大了，以致於性成為這個世界唯一值得注意的東西，同時也使得這個世界中生命的意義變得極度的蒼白空洞。但就在這個淫慾橫流的世界中，卻有著書生鍾情和瞽妓錢貴的純真的愛情，正是他們的與世俗

〔註8〕〔清〕戴震《戴震全書》卷6《孟子字義疏證》第496頁，合肥：黃山書社，1997。

淫慾形成最極端對照的愛情，給這個世界增添了一絲亮光和希望，避免了這個世界的最終沉淪。與無情的淫獸之行形成鮮明對照的還有梅生的純情，還有鄔合與皎皎之間的無性之情。《姑妄言》將豔情與才子佳人的純情糅合在一起，創作出了文人化的豔情小說。作者不僅在小說的男性主人公身上寄託了自己的人生理念，懷才不遇的憤慨，關心國事的憂憤，出處之間的徘徊，以及對情慾的理智化的思考，還化身為故事的講述者，在遊戲嘲諷的背後，隱含著講述者的旁觀俯視視角，表達了對社會的批判，流露出對現實政治的深深失望。而這種批判者姿態是其他豔情小說和才子佳人小說所缺少的。

清代後期的小說《蜃樓志》則在調和情、慾的基礎上，力圖使性生活化。小說中的男主人公蘇吉士受《金瓶梅》《紅樓夢》的啟發，他與西門慶、賈寶玉有相通之處。蘇吉士和《金瓶梅》中的西門慶一樣好色，《蜃樓志》用大量筆墨描寫了蘇吉士在情場上的追逐。蘇吉士四處留情，與西門慶極為相似。但蘇吉士對女性的態度又與西門慶有所不同，他對女性比較體貼，好色而不乏真情，他不沉迷於色，也沒有西門慶那種強烈的佔有欲。蘇吉士對女性的體貼、憐惜與《紅樓夢》中的賈寶玉有相似之處。蘇吉士和賈寶玉都長相俊美，不看重功名富貴，溫柔多情，憐香惜玉，對女子關懷備至，體貼入微。蘇吉士又與賈寶玉有所不同。賈寶玉極少與女性發生性關係，有愛無性，婚前只和襲人交合過，他對女性更多的是「意淫」。蘇吉士卻有著強烈的性慾，他先後與十多位女性發生性關係。蘇吉士對性愛的態度，既不同於賈寶玉的「意淫」，又有別於西門慶的淫濫，在某種程度上是賈寶玉和西門慶的結合，又有著西門慶、賈寶玉所沒有的新的因素。蘇吉士財富、美貌、風度、輕財、豪氣眾美兼備，是作者塑造的理想人物形象，體現了作者對人生道路的探索。

第一章　天緣奇遇：明清通俗小說情慾敘事模式的形成

　　元明時期以淺顯文言摹寫男女情愛，篇幅在一萬至三萬左右的小說被稱為中篇傳奇，葉德鈞《讀明代傳奇文七種》認為至少 44 種，〔註1〕現存《賈雲華還魂記》，成化末年的《鍾情麗集》，弘治至萬曆間的《懷春雅集》《龍會蘭池錄》《雙卿筆記》《花神三妙傳》《錄芳雅集》《天緣奇遇》《劉生覓蓮記》《金蘭四友傳》《李生六一天緣》《傳奇雅集》《雙雙傳》《五金魚傳》《癡婆子傳》等。這一類中篇豔情小說，詩詞唱和尤多，文筆優美，被後人稱為「詩文小說」。〔註2〕這些小說主要收錄在明代萬曆年間的小說總集《豔異篇》《國色天香》《繡谷春容》《萬錦情林》《燕居筆記》《花陣綺言》《風流十傳》等集子裏，其中《國色天香》所收數量最多。《國色天香》現存最早版本是日本內閣文庫藏明萬曆丁酉刊本，十卷，卷首題「新刻京臺公余勝覽國色天香」，其餘各卷題「新契悠閒玩味奪趣尋芳」，署「撫金養純子吳敬所編輯」、「書林萬卷樓周對峰繡鋟」，書末牌記云「萬曆丁酉二十五年春金陵書林萬卷樓重鋟」。萬卷樓是金陵書肆名。卷首有序，末署「萬曆丁亥十五年，夏九紫山人謝友可撰於萬卷樓」。《國色天香》最早刊刻於萬曆十五年，現存最早版本為萬曆二十五年萬卷樓重刻本。《國色天香》選錄的大部分是時文和市面上流行的豔情小說，其成書時間當為萬曆五年十月十五日至十五年夏，晚於《繡谷春容》

〔註1〕葉德均《戲曲小說叢考》第 539 頁，北京：中華書局，1979。
〔註2〕孫楷第《日本東京所見小說書目》第 126～127 頁，北京：人民文學出版社，1981。

《萬錦情林》，其中所記最晚事件是萬曆五年的「災星變志」。《國色天香》與《鴛諸志餘談異》在內容上有傳承關係。清代歷次禁燬淫詞小說，《國色天香》都在禁燬之列，其中《三妙傳》在清道光十八年、二十四年及同治七年均遭到禁燬。

一、「天緣奇遇」式的情節結構

在這些中篇豔情小說中，《天緣奇遇》最值得注意，這篇小說的情節構思對後來的豔情小說、才子佳人小說影響很大，像《浪史》《桃花影》《巫夢緣》《杏花天》《巫山豔史》等豔情小說都在情節上模仿了《天緣奇遇》，有的豔情小說甚至是《天緣奇遇》的其翻版。《天緣奇遇》中的情節人物甚至對此後的世情小說比如《紅樓夢》有所啟迪。《天緣奇遇》約成書於萬曆前，後有單行本，十二回，名《奇緣記》。明代程文修的傳奇《玉香記》、無名氏的傳奇《玉如意記》都是據此篇小說改編。

《天緣奇遇》以元代為背景，寫吳中傑士祁羽狄的風流故事。上卷主要寫他的豔遇。有一天祁羽狄祁生遇到麗人吳妙娘，與妙娘發生關係，躲逃到鄰家，又私其鄰居陸用之妻山茶。山茶出主意，讓祁羽狄誘惑主母新寡徐氏，以得其私蓄，祁生沒答允，徐氏之女文娥發現了，告訴了母親，山茶用計使徐氏與祁羽狄發生了關係，祁生在枕席之間將山茶之謀告訴了徐氏，徐氏恨之，山茶不堪，告之官，徐氏以淫被逐出而自縊，文娥以奸生女官賣。祁生在一個月夜遇到了玉香仙子，與玉香仙子交。祁生的姑姑嫁給督府參軍廉尚，生三女玉勝、麗貞、毓秀，都有絕色。祁生到了廉家，見到了玉勝、麗貞、毓秀，特別喜歡麗貞。祁生先後與玉勝的婢女素蘭、麗貞的婢女桂紅發生關係，受到玉勝等的責備，於是離開了廉家。祁生回家後，被仇家蕭鶴所誣，被關在蕭家。蕭子婦余氏金園派丫環琴娘給祁生送飲食，又與祁生相會，幫他逃走。祁生到山中讀書，山下住戶龔壽常供應柴木，將女兒道芳許配給祁生。祁生入學後，去拜見廉尚，又與玉勝、麗貞、毓秀相見，與玉勝幽會。祁生嫖妓，舊相識妓女王瓊仙勸他參加考試。祁生赴試途中救了為繼母所逼而跳水自盡的陸嬌娘。祁生在路上遇到強盜，逃到一個尼庵中，與沙宗淨、涵師等眾尼宣淫，聽到隔壁誦經聲，原來是文娥。道姑為太守妻妾陳氏、孔姬做法事，祁生又與陳氏、孔姬通姦。文娥勸說祁生，同祁生離開了尼庵，再到廉家，得知玉勝已嫁給竹副使之子，祁生與毓秀通，與麗貞定盟。祁生

潛入竹家，趁副史出任，在玉勝的幫助下與副史妻妾顏松娘、王驗紅通姦，被人發現，逃回廉家。下卷主要寫祁生獲得功名，營救眾女子。廉參軍以為祁生有才，必成大器，將麗貞嫁給了他。祁生婚後進京考試，寄居妓院，遇到被逐的玉勝婢女桂紅，將她贖出。祁生三榜均為第一。鐵木迭兒臣相為子求麗貞為妻不成，誣廉參軍作亂，竹副使父子協謀，廉、竹舉家解到京城，廉參軍、竹副使父子被斬首，女眷沒入宮中。祁生仇家蕭家也受牽連，蕭鶴父子已死，金園、琴娘為鐵木迭兒所得。後琴娘成為趙子昂婢女，趙子昂以琴娘贈祁生。蔡九五作亂，祁生平敵立功，救出金園，太后將四個宮女賜給祁生為妻，這四個宮女就是麗貞、毓秀、曉雲和嬌元。他又將道芳接來成親。至此他有妻妾十二房，號稱「香臺十二釵」。祁生志得意滿，道芳與麗貞勸他急流勇退，於是他辭職歸里，大建園林，恣意享樂，玉香仙子現身贈仙丹，祁生與眾女服用後，入終南山修行，最後修煉成仙。

這篇小說名為奇遇，實則寫的是豔遇，小說後半部分像是才子佳人故事，但一男多女，違背了才子佳人故事所強調的專一忠誠。小說中的男主人公才子形象與以往有很大不同。祁羽狄聲稱：「亂人之守，不仁；冀人之財，不義；本以脫難而又慾蹈險，不智。」〔註3〕他不與山茶謀取妙娘財貨，卻肆無忌憚地誘惑各種女性，沉迷於色慾之中，與多個女子發生性關係，甚至是一男數女亂交，如與道姑宗淨、涵師同床，在辛太守家與三個婢女白晝宣淫，又與曉雲等二女共枕，與徐氏和文娥、松娘和曉雲兩對母女亂倫淫樂，淫亂到了極點。

這篇小說創造了豔情小說的一些情節模式。一是縱情淫樂後攜眾美得道成仙的模式。祁羽狄後來高中榜眼，官居高位，又悟仕宦險惡，激流勇退，優游田園，置十二房妻妾，號為「香臺十二釵」，並擁有百餘侍女組成的「錦繡萬花屏」，淫樂無所不至：「或宿一院，則各院送茶，婢輩皆待生睡，方敢散歸。或生少出，則各院明燭待之，香薰翠被，任生擇寢。或生浴，則眾妾環侍如肉屏，或天寒，必三妾共幔。」〔註4〕人間之樂己臻極境，最後他帶領妻妾十二人升到仙界，永享極樂。

二是仙人異人贈金丹引導模式。《天緣奇遇》中的玉香仙子既有線索作用，又是祁羽狄豔遇的一部分。祁羽狄月下遇玉香仙子，與玉香仙子交合後，

〔註3〕〔明〕吳敬所《國色天香》第 207 頁，瀋陽：春風文藝出版社，1989。
〔註4〕〔明〕吳敬所《國色天香》第 244 頁，瀋陽：春風文藝出版社，1989。

「精彩倍常，穎悟頓速，衣服枕席，異香鬱然」。〔註5〕祁羽狄之所以在交合後精神倍增，是因為房中採補，以陰補陽。祁羽狄得玉香仙子授房中術，有很強的性能力，與多女連床大戰，愈戰愈勇。祁羽狄後得仙子暗中幫助，屢次脫離險境。故事結尾寫玉香仙子贈金丹給祁羽狄：「玉香自袖中出丹一帖授生，且曰：『令家人分服之，皆可仙矣。況道芳乃織女星，貞乃王母次女也，余皆蓬島仙姬，不必盡述。今俗緣已盡，皆當隨公上升。』言畢而去。生自是飄逸有登天之志，絕慾服氣，還精固神，舉足能行空，出言可以驗禍福。人皆異之。後攜芳、貞入終南山學道，遂不知所終云。」〔註6〕

　　三是男主人公獲得功名後將與自己發生過關係的女性全部收納為妻妾的模式。《天緣奇遇》寫祁生讀書山林，女方給以資助，使祁生能夠安心讀書。後來祁生為色所迷，錯過試期。在鄉試中，祁生接受了章臺的賄賂，參與科場舞弊：「章臺見生與紅款厚，以為生溺於紅，捐金百兩，娶紅以贈生。生知其意在代筆，遂拜而受之。三場後揭榜，生果第一，章亦在百名內。」〔註7〕祁生會試，名列第九，殿試本可中狀元，但其所寫策中一段頗礙權要，右相鐵木迭兒大為惱怒，將祁生降為探花。以占卜、夢境、神示或方術預言等形式預示科考結果這一情節模式也出自《天緣奇遇》，小說中玉香仙子贈給祁生一首小詩：「讀之，則終身可知。……即視其詩，乃五言一律：『君是百花魁，相逢玉鏡臺。芳春隨處合，黃夜幾番災。龍府生佳配，天朝賜妙才。功名還壽考，九九妾重來。』」〔註8〕後來祁生入山讀書，山下一個叫龔壽的人「年六十，善相法，見生狀，知其不凡也，每以柴米給生，相過甚厚」。〔註9〕祁生參加會試前，龔老預言：「余相祁郎當作三元，但眉生二眉，花柳多情，此亦陰騭也。今已一元矣，後二元恐不可望。然連科危甲，位至三公，非世有者。」〔註10〕

　　主題表達的矛盾也出現在這篇小說中，一方面要女子對男子忠貞不貳，而男子則可以到處留情，四方獵豔，這種矛盾的主題是男性中心觀念的體現。值得注意的是，女主人公麗貞在婚前拒絕發生性關係，受到男主人公的尊重，在眾妻妾中排名靠前，說話很有分量。

〔註5〕〔明〕吳敬所《國色天香》第 209 頁，瀋陽：春風文藝出版社，1989。
〔註6〕〔明〕吳敬所《國色天香》第 244 頁，瀋陽：春風文藝出版社，1989。
〔註7〕〔明〕吳敬所《國色天香》第 232 頁，瀋陽：春風文藝出版社，1989。
〔註8〕〔明〕吳敬所《國色天香》第 209 頁，瀋陽：春風文藝出版社，1989。
〔註9〕〔明〕吳敬所《國色天香》第 215 頁，瀋陽：春風文藝出版社，1989。
〔註10〕〔明〕吳敬所《國色天香》第 234 頁，瀋陽：春風文藝出版社，1989。

　　明代中後期的豔情傳奇向兩個方向發展，一是重情守禮，一是張揚性慾，而《天緣奇遇》屬於第二種類型，寫一男多女的豔遇，繪聲繪色地描寫男女性交場景，宣洩情慾，流爲色情，極少寫感情交流。小說開篇便寫祁羽狄在大街上遇見站在家門口的有夫之婦吳妙娘，以兩股金釵爲誘餌，即得享一夜風流。妙娘的丈夫回來，祁羽狄躲入鄰家，很快就與鄰婦周山茶私通，在山茶謀劃下又與寡居的徐氏私通。隨後連遇多個女性，除了與麗貞費點周折外，其他女子幾乎都是一見面便上床，連交往過程都沒有，根本沒有精神情感的交流。

　　《天緣奇遇》在明代中後期流傳很廣，影響較大，當時和稍後的很多同類中篇傳奇中提到《天緣奇遇》，如《劉生覓蓮記》中寫男主人公劉一春評價豔情故事：「乃友金勝，因至書坊，覓得話本，特持與生觀之。見《天緣奇遇》，鄙之曰：『獸心狗行，喪盡天眞，爲此話本，其無後乎？』見《荔枝奇逢》及《懷春雅集》，留之。」〔註11〕再如中篇傳奇《李生六一天緣》寫男主人公李生豔遇不斷，最後乞歸與六夫人同樂，小孤神從空而降授以金丹，整個故事架構明顯受到《天緣奇遇》的影響。

　　明代後期及清初的豔情小說大都延續《天緣奇遇》一男多美的套路，如《燈月緣》中眞生和五美，《繡屏緣》中雲客和五美等，《鬧花叢》中龐生一妻四妾，《巫山豔史》中李芳有八房妻妾，《杏花天》中封悅生和十二金釵，這些豔情小說大多描寫連床大戰，男子多靠丹藥、採戰術等提高性能力。其中《杏花天》的情節內容多襲《天緣奇遇》。《杏花天》寫封生姑媽生三個女兒，他前往探親，與她們偷合。封生從道人那裡得到比甲術、丹藥、迷藥，有很強的性能力，與多女連床大戰。封生最後娶到了十二金釵。再如《鬧花叢》寫龐生十七歲時巧遇已故劉狀元之女玉蓉，效張生鶯鶯故事，成其好事，又與其婢女秋香通，後又與守寡的表姐桂粵及其姑娘瓊娥成姦。劉小姐相思成病，龐生聞訊後假扮醫生入府，重續舊好，被其叔劉天表發覺，告至宗師處，宗師王廷用認爲「理順人情」，令兩人締結姻盟，當晚成親。龐生發憤用功，狀元及第，權臣以愛女相配，龐生堅辭，在京納寡婦美娘爲如夫人。兩年後衣錦還鄉，娶桂粵、瓊娥、秋香爲妾。後官至兵部尚書，一妻四妾，榮華富貴，後攜家眷入山成仙。這部小說模擬了《天緣奇遇》的才子佳人故事模式，剪裁、移植了《鼓掌絕塵》中的內容。

〔註11〕〔明〕吳敬所《國色天香》第53頁，瀋陽：春風文藝出版社，1989。

《天緣奇遇》也並非全寫淫豔，小說通過祁生的經歷，展現了一定的社會歷史背景，小說中所寫到的人物如皇帝、太后、權奸鐵木迭兒、觀音保、翰林承旨趙孟頫、太監續元暉、起義軍首領蔡九五等都是真實的歷史人物，小說通過這些人物、事件的描寫，反映了當時的社會黑暗和動亂的現實。

二、慾望書寫的基本模式

另一篇值得注意的中篇豔情傳奇是《花神三妙傳》，這篇小說不題撰人，又名《白潢源三妙傳》《三妙傳摘錦》《白錦瓊奇會遇》等，載於《國色天香》《風流十傳》《花陣綺言》《萬錦情林》《燕居筆記》等書中。小說講的是元代至正年間白景雲與趙錦娘、李瓊姐、陳奇姐的故事，每回均有標題，形式接近宋元話本。《懷春雅集》中提到《花神三妙傳》，則《花神三妙傳》當作於明中葉前。這部小說奠定了豔情小說的基本模式。

《花神三妙傳》的前半部分在情節上模仿《鶯鶯傳》，寫書生白景雲於暮春三月遊書雲臺，入凌虛閣，見到三個絕色女子。白生跟蹤她們，知道三個女子一名趙錦娘，丈夫死去，隨母寡居；一名李瓊姐，父親在外地做官，隨母親住在家中；一為督府參軍之女，名陳奇姐，與錦娘為姨表親。因郊外兵亂，李瓊姐、陳奇姐都寄居在趙家。三個女子見到白生，也有顧盼之意。白生在趙家附近租房居住，以鄰居名義去拜見趙母，為其母求藥得到她的贊許，此後經常出入趙家，與錦娘相會。錦娘又為白生撮合瓊姐、奇姐，三女一男秘密往來，經常詩詞唱和，因為都是隔壁，遂經常開壁而人，四人連床大會。後來趙母作媒，將瓊姐許配給白生。朱某求婚奇姐，陳夫人答應了，奇姐不願意，絕食抗議。瓊姐將奇姐與白生之事告訴了陳夫人，陳夫人不得已將奇姐許配給白生。不久發生兵變，奇姐被賊擄去，自盡而死。白生原聘總兵之女徽音才貌超群，其父母要悔婚，徽音絕食，其父母只好送徽音去和白生完婚，白生與徽音、錦娘、瓊姐成了親，得中狀元，官至翰林。

《三妙傳》極少談情，小說寫青年男女幽期密約，甚至是一男數女交合，連床大會，近於豔情小說。小說的小標題如「白生錦娘佳會」、「白生瓊姐佳會」、「白生奇姐佳會」、「四美連床夜雨」，都說明作者關注的是豔遇和色慾。

小說中對女子的容貌描寫細緻，女性容貌是書生一見鍾情的基礎：

> 適有三姬在廟賽禱明神，絕色佳人，世間罕有。溫朱顏以頂禮，
> 露皓齒而陳詞。一姬衣素練者，年約十九余齡，色賽三千宮貌，身

披素服，首戴碧花，蓋西子之淡妝，正文君之新寡；愁眉嬌蹙，淡
映春雲，雅態幽閒，光凝秋水，乃斂躬以下拜，願超化夫亡人。一
姬衣綠者，容足傾城，年登十七，華鬢飾玲瓏珠玉，綠袍雜雅麗鶯
花，露綻錦之絳裙，怳新妝之飛燕；輕移蓮步深深拜，微啟朱唇款
款言。蓋為親宦遊，願長途多慶。一姬衣紫者，年可登乎十五，容
尤麗於二妹。一點唇朱，即櫻桃之久熟；雙描眉秀，疑御柳之新
鉤。金蓮步步流金，玉指纖纖露玉。再拜且笑，無祝無言。白生門外視
久，而不能定情，突入參神，祈諧所願，三姬見其進之遽也，各以
扇掩面而笑焉。生遂致恭，姬亦答禮。〔註12〕

　　男子總是首先為色而動，繼而為女子的才而動，女子的才能在以後的具
體交往中才能逐漸展現出來，而且是第二位的，比如小說中的瓊姐長於詩草，
錦娘精於刺繡：

瓊姐長於詩章，錦娘精於刺繡，昔時針法稍秘，至是女工盡傳。
奇姐茂年，天成聰敏，學錦刺繡，學瓊詩章，無不得其精妙，遂為
勿逆之交。〔註13〕

　　小說中描寫更細緻的是性交合。《花神三妙傳》連篇累牘描寫性交合，小
說男主人公白景雲先後與趙錦娘、李瓊姐和陳奇姐發生性關係。白景雲先接
近趙錦娘，錦娘的母親生病，白景雲探病送藥，得到錦娘母親的喜歡，錦娘
母親讓錦娘感謝白生，兩人終於有機會發生性關係：

翌夕，生入候母，錦見，尚有赧容。生坐片時，因母睡熟，生
即告錦，錦送至堂，天色將昏，杳無人跡。錦與生同入寢所，倉卒
之間，不暇解衣，摟抱登床，相與歡會。斯時也，無相禁忌，恣生
所為。秋波不能凝，朱唇不能啟，昔猶含羞色，今則逞嬌容矣。正
是：春風入神髓，嫋娜嬌嬈夜露滴。芳顏融融，憊悒罷戰，整容而
起。〔註14〕

　　錦娘擔心隔壁的瓊姐、奇姐聞知她和白生之事，於是為白生謀劃，讓他
與瓊姐、奇姐發生關係，以杜塞其口。錦娘讓白生以詩挑逗瓊姐。一天白生
考完試，去和錦娘歡會，半夜時分，錦娘偷偷打開門，讓白生進了瓊姐臥室，

〔註12〕　〔明〕吳敬所《國色天香》第147頁，瀋陽：春風文藝出版社，1989。
〔註13〕　〔明〕吳敬所《國色天香》第149頁，瀋陽：春風文藝出版社，1989。
〔註14〕　〔明〕吳敬所《國色天香》第149頁，瀋陽：春風文藝出版社，1989。

白生掀開帳衾，「按瓊玉肌潤澤，香霧襲人，皓白映光，照床如畫」。〔註15〕瓊姐被驚醒了，正色拒絕。

瓊姐實際上喜歡上了白生，只是強自壓制，竟因思念而成疾。錦娘知道瓊姐的病根，讓白生去安慰瓊姐。瓊姐與白生約定日期，到時又反悔了。一天，錦娘、瓊姐、奇姐三人與白生一起賞月遊戲，當晚白生和瓊姐同房，但瓊姐不解衣帶，她央告白生：「慕兄上識，非為風情，談話片時，足諧所願。」她表示，如果白生強行與她交媾，她「當自經以相謝」。瓊姐擔心「若必採春花，頓忘秋實」，她接受崔鶯鶯的教訓，不做男性的犧牲品，以免落得個始亂終棄的下場。她認為「兄但以詩教妹，妹亦以詩答兄，斯文之交，勝如骨肉」。〔註16〕白生不得已，只好與瓊姐和衣相抱同眠。天亮後，奇姐進來，瓊姐向奇姐表示，既然她們是生死之交，遇到白生這樣溫潤如玉，可稱國家之美器、天下之奇珍的才子，就應該姐妹二人同侍共享。過了幾天，瓊姐終於答應與白生交合：

> 瓊半醉半醒，嬌香無那，謂生曰：「妾既醉酒，又得迷花，弱草輕盈，何堪倚玉？」生曰：「窈窕佳人，入吾肺腑，若更固拒，便喪微軀。」生堅意求歡。女兩手推送，曰：「妾似嫩花，未經風雨，若兄憐惜，萬望護持。」生笑曰：「非為相憐，不到今日。」生護以白帕，瓊側面無言。採擷之餘，猩紅點點；檢視之際，無限嬌羞。
> 〔註17〕

白生與瓊姐交合完後，又進錦娘臥室，上床求歡，錦娘叫白生去找奇姐，奇姐堅守不從。奇姐返家，過了一段時間才回來，瓊姐見到奇姐很高興，兩人有一段對話：

> 此日復至，瓊喜不勝，問奇曰：「別後思姊否？」奇曰：「深思，深思。」又曰：「思白兄否？」曰：「不思，不思。」瓊曰：「何忍心若是？」奇曰：「他與我無干。」瓊曰：「吾妹已染半藍。」奇曰：「任他涅而不緇。」大笑而罷。午後，因檢繡冊，得見前詩，指之曰：「不思白兄，乃想佳期耶？」奇笑曰：「久與姊別，思敘佳期耳。」瓊笑曰：「吾妹錯矣。男婦相會，是為佳期。本思雲卿，如何推阻？」奇

〔註15〕 〔明〕吳敬所《國色天香》第151頁，瀋陽：春風文藝出版社，1989。
〔註16〕 〔明〕吳敬所《國色天香》第153頁，瀋陽：春風文藝出版社，1989。
〔註17〕 〔明〕吳敬所《國色天香》第155頁，瀋陽：春風文藝出版社，1989。

　　　曰：「但思何妨？」瓊曰：「吾爲妹成之。」奇曰：「大姊不須多事。」
　　瓊曰：「恐妹又害相思。」奇曰：「我從來不飲冷水。」瓊曰：「汝今
　　番要食楊梅。」復大笑而罷。〔註18〕

　　白生晚上通過重門到瓊姐臥室中向瓊姐求歡，瓊姐給白生出主意，要白
生夜晚二更時候，通過重門到奇姐房間。奇姐不知道重壁可通，將房門鎖好，
脫光衣服，與瓊姐摟抱而眠。夜半時分，奇姐睡熟，白生自重門進來，奇姐
半醒半睡，以爲是瓊姐，驚覺後才知是白生，「生曲盡蟠龍之勢，奇嗔作舞鳳
之形」，奇姐發誓說：「今宵若肯就，必早赴幽冥；明日若負心，終爲泉下鬼。」
〔註19〕白生無奈只好放手，奇姐答應第二天晚上與白生交合。第二天晚上，
三女與白生飲酒作樂，三鼓時分，瓊姐、奇姐先回房，奇姐害羞，瓊姐說：「盟
誓在前，豈敢相負？」奇姐只好答允：

　　　　生亦突至，奇笑而從，因蒙被而眠。瓊視生曰：「慎勿輕狂，
　　嫩花初吐也。」生笑而登床，只見雲雨之際，一段甘香，人間未有，
　　但略點化，即見猩紅，生取而驗之。奇轉身遽起，謂生曰：「十五載
　　養成，爲兄所破，何顏見吾母乎！皆姊姊誤我也。」生細細溫存，
　　輕輕痛惜，待意稍動，乃敢求歡。奇曰：「只此是矣，何必復然？」
　　生曰：「此是採花，未行雲雨。二姬雅態，妹所悉聞，若不盡情，即
　　喪吾命。」奇不得已，乃復允從。但見芳心雖動，花蕊未開；驟雨
　　初施，何堪忍耐。乍驚乍就，心欲進而不能；萬阻千推，口欲言而
　　羞縮。愁眉重蹙，半臉斜偎。駕枕推捱，頓覺蓬鬆雲鬢；玉肌轉輾，
　　好生不快風情。雖其嬌態之固然，亦其花英之未滿。生亦輕試，未
　　敢縱行，但得半開，已爲至願。須臾雲散，香汗如珠，蓋其相愛之
　　情固根於肺腑，而含羞之態自露於容顏。固問眞情，再三不應，貼
　　胸交股而臥，不覺樵鼓三更。〔註20〕

　　白生與三女先後發生關係後，接著就是「四美連床夜雨」。考試發榜，白
生考居優等。三女給白生慶祝，晚上白生到三女臥室中談笑，不覺到了深夜，
錦娘對瓊姐說：「二姐尙未知趣，今夜當使盡情。」兩人一個給白生解衣，一
個給奇姐解裙子，逼著他們交合。奇姐推辭，錦娘說：「自此以始，先小後大，

〔註18〕　〔明〕吳敬所《國色天香》第159頁，瀋陽：春風文藝出版社，1989。
〔註19〕　〔明〕吳敬所《國色天香》第160頁，瀋陽：春風文藝出版社，1989。
〔註20〕　〔明〕吳敬所《國色天香》第161頁，瀋陽：春風文藝出版社，1989。

以此爲序，勿相推辭。」〔註21〕奇姐只好答應：

> 但見輕憐痛惜，細語護持。女須有深情，但未堪任重，花心半
> 動，桃口含芳，生略動移，即難忍耐。生曰：「但喚我作檀郎，吾自
> 當釋手。」奇固推遜，生進益深。奇不得已，曰：「才郎且放手。」
> 生被奇痛惜數言，不覺眞情盡矣。相抱睡熟，漏下三鼓。〔註22〕

錦娘過來，叫白生去與瓊姐交合，「瓊聞言心動，生雅興彌堅，於是復爲蜂
蝶交」。交媾之後，瓊姐又叫白生去找錦娘，白生上前摟抱錦娘，「錦風月之態
甚嬌，生雲雨之情亦動，在生已知錦之興濃，在錦唯懼生之情泄」。〔註23〕

第二天晚上，白生和三女爲同床之會：

> 次夕，遂爲同床之會，推錦爲先。錦嬌縮含羞。生曰：「姊妹
> 旣同歡同悅，必須盡情盡意。」瓊曰：「四姊何無花月興？」奇曰：
> 「四姊何不逞風流？」於是生與錦共歡，錦亦無所顧忌。次及瓊姐，
> 含羞無言。錦曰：「吾妹眞花月，何乃獨無言？」奇曰：「彼得意自
> 忘言也。」瓊曰：「如妹痛切，不得不言耳。」以次及奇，再三推阻，
> 錦瓊共按玉肌，生大展佳興，輕快溫存，護持痛惜。瓊曰：「夫哥用
> 精細工夫。」生曰：「吾亦因材而篤。」自是而情已溢矣。……自是，
> 屢爲同床之會，極樂無虞。〔註24〕

值得注意的是，《花神三妙傳》先寫穢情，後寫貞烈，顯出縱慾與禮教之
間的矛盾。小說前半部分鋪敍白景雲與三表姐妹交歡的過程，以一男三女同
床大被爲高潮；而到了後半部分，幾個淫亂放蕩的女子忽然變得非常保守，
小說極寫幾個女子的忠孝節烈。

一男三女同床之會，喧笑聲被鄰婦聽到，鄰婦鑽穴偷窺，看到了幾人亂
交的情景，以此要挾白生，白生不得已，先送一根金簪給鄰婦，又去鄰婦家，
與鄰婦交歡，鄰婦才「重誓緘口」。〔註25〕瓊姐、奇姐知道後，內心惶懼，白
生剪髮爲誓說：「若不與諸妹相從，願死不娶。」三女也斷發爲誓：「若不得
與白郎相從，願死不嫁。」〔註26〕瓊姐、奇姐表示，如果不能嫁給白生，「則

〔註21〕〔明〕吳敬所《國色天香》第 163 頁，瀋陽：春風文藝出版社，1989。
〔註22〕〔明〕吳敬所《國色天香》第 163 頁，瀋陽：春風文藝出版社，1989。
〔註23〕〔明〕吳敬所《國色天香》第 164 頁，瀋陽：春風文藝出版社，1989。
〔註24〕〔明〕吳敬所《國色天香》第 165～166 頁，瀋陽：春風文藝出版社，1989。
〔註25〕〔明〕吳敬所《國色天香》第 166 頁，瀋陽：春風文藝出版社，1989。
〔註26〕〔明〕吳敬所《國色天香》第 167 頁，瀋陽：春風文藝出版社，1989。

自剄以謝君耳。寧以身見閻王，決不以身事二姓」，錦娘發誓：「生死不相離，離則爲鬼幽。」白生又發誓說：「終始不相棄，棄則受雷轟。」〔註27〕當月十五，白生與錦娘、奇姐在臨水閣中作樂，錦娘作書招瓊姐前來，瓊姐回信說：「然古人有言：『慾不可縱，縱慾成災；樂不可極，樂極至哀。』且媟慢豈端莊之度，淫褻眞醜陋之形。讀《相鼠》之賦，能不大爲寒心哉！」〔註28〕趙母將瓊姐許配給白生，陳夫人要把奇姐許給貴宦朱某之子，奇姐聽說後絕食三日，陳夫人惶懼不知所由，瓊姐將實情告訴了陳夫人：「妹與白郎殷勤盟誓，生死相隨，決不相背。」陳夫人說：「我將不從，何如？」瓊姐說：「妹已與瓊訣矣。若姨不從，則妹命盡在今夕。」〔註29〕陳夫人只好答應奇姐。

小說描寫了錦娘割股療母之孝：

> 趙母體羸，忽膺重病。三姬無措，請禱於天，各願減壽，以益母年，未見效也。錦夜半開門，當天割股。瓊、奇見其久而不返，密往視之，乃知其由。嗣是和羹以進，母病遂愈。甲人聞知，上其事於郡縣，郡縣旌曰：「孝女之門。」〔註30〕

小說用很多筆墨寫奇姐的節烈。奇姐落入賊兵之手，爲了守住清白而自殺。陳夫人生病，奇姐要回去看望，瓊姐勸阻奇姐說：「寇賊充斥，妹未可行。」奇姐表示：「我寧死於賊手，豈忍不見母暝。」到家不久，賊兵湧來，剽掠男婦數百人。賊兵要劫持陳夫人，陳夫人生病無法站起來，賊兵抽刀要殺她，躲在密處的奇姐出來，願意代替母親而死，賊兵見奇姐天姿國色，大爲歡喜，將奇姐帶走。賊兵將所擄百姓囚禁在河沿宦署中，奇姐對丫鬟蘭香和家僮說：「我爲母病來，豈知爲母死！我若不死，必被賊污，異日何以見白郎乎！」於是咬指出血，在壁上寫道：「母病不可起，夫君猶未歸；妾身遭此變，兵刃詎能違！甘爲綱常死，誰雲名節虧；乘風化黃鶴，直向楚江飛。」接著取出衣裾中所藏的剃刀，「以袖蔽面，自刎其頸，遂僵僕，血流滿地」。蘭香抱著奇姐大哭，賊兵過來，怒殺蘭香，詢問緣由，才知道奇姐是守節自刎，賊兵說：「我誤矣，此節孝女也，勿污其屍。」於是將奇姐屍體抬到後月臺上，以紅綾被覆蓋，「相與環泣」。〔註31〕白生知道奇姐自殺的消息，大慟號哭，昏

〔註27〕〔明〕吳敬所《國色天香》第 168 頁，瀋陽：春風文藝出版社，1989。
〔註28〕〔明〕吳敬所《國色天香》第 170 頁，瀋陽：春風文藝出版社，1989。
〔註29〕〔明〕吳敬所《國色天香》第 178 頁，瀋陽：春風文藝出版社，1989。
〔註30〕〔明〕吳敬所《國色天香》第 177 頁，瀋陽：春風文藝出版社，1989。
〔註31〕〔明〕吳敬所《國色天香》第 179～180 頁，瀋陽：春風文藝出版社，1989。

絕仆地，被扶到床上，昏睡不醒，醒來後不發一言，終夜號泣。第二天白生去祭奠奇姐，見到靈柩即仆地，多時才蘇醒，如是者再四，白生之叔只好代爲祭奠。白生回家後兩天不吃不喝，趙母苦勸，才稍稍進食。白生令人爲奇姐招魂，立主以祀。

　　小說後半部又插入了曾徽音的故事。白生原配曾邊總之女曾徽音，曾徽音賦性貞烈，才貌超群，酷愛《烈女傳》一書。她聽說父親要與白氏悔親，將她許配給總兵之子，於是獨坐在樓上，穿著白色衣服，五日不食。吳總兵之子名大烈，是將中豪傑，曾邊總於中庭開角會，吳大烈出場，讓徽音看到見才貌，使她動心，吳大烈坐在金鞍之上，「衣文錦之袍，容如傅粉，唇若塗朱，擲劍倒凌，飛槍轉接」，〔註32〕眾人都羨其才能，又羨其美貌，曾徽音問侍婢，知道是吳總兵之子，隨即背坐不觀。第二天，她賦《閨怨》以見志，將《閨怨》賦黏於樓壁上，坐臥誦之，五日不食。父母驚訝，只好讓其弟二郎送徽音回家與白生完婚。徽音與白生結婚後，侍候錦娘、瓊姐很周到，侍奉趙母老夫人很恭敬。白生後來擢巍科，登高第。徽音生二子，瓊姐生一子，都擢進士，後來瓊姐、奇姐、徽音與白生合葬於南洲之南，其地佳木繁茂，多產芳蘭，世人皆以爲和氣致祥雲。

　　《花神三妙傳》中的很多情節，如男主人公先後與多個女子發生關係，然後大被同床；再如女子一開始很放蕩，遇到男主人公，交合之後，對男主人公很專情，變得異常貞節；多名女性伺候一名男子，和平相處，共同享受一個男人的性愛，毫無嫉妒之意；男子獲得功名富貴之後，將與自己交合過的女子一一收攏，成爲妻妾，家庭和睦，子孫繁茂，如此等等，都影響了後來的豔情小說和才子佳人小說。《懷春雅集》《鍾情麗集》等文言中篇小說都有《花神三妙傳》的影子。清初煙水散人所編《女才子書》中的《陳霞如》的情節與《花神三妙傳》很相似。

三、才子佳人式的純情描寫

　　與《天緣奇遇》《花神三妙傳》等偏重肉慾的中篇傳奇不同，《劉生覓蓮記》強調感情，有才子佳人小說的某些因素。《劉生覓蓮記》收錄於《國色天香》中，長近四萬字，穿插詩詞駢文一百十一多首。《繡谷春容》中有《劉熙寰覓蓮記》，內容同《國色天香》，但刪去了約一萬字，包括六首詩詞。《萬錦

〔註32〕〔明〕吳敬所《國色天香》第 182 頁，瀋陽：春風文藝出版社，1989。

情林》收《覓蓮記傳》《劉生覓蓮》，刪去九千字和詩詞十八首。《燕居筆記》
所收《覓蓮傳奇》採用《萬錦情林》中文字，又刪去詩詞二十二首。《劉生覓
蓮記》中提到了《鶯鶯傳》《嬌紅記》《天緣奇遇》《鍾情麗集》《荔枝奇逢》《懷
春雅集》等，說明《劉生覓蓮記》受這些作品的影響，而寫作時間亦晚於《天
緣奇遇》《鍾情麗集》《荔枝奇逢》《懷春雅集》等。

　　《劉生覓蓮記》寫才子劉一春從知微翁處得到「覓蓮得新藕，折桂獲
靈苗」兩句讖語，百思不得其解。他拜訪恩師趙思智時，於梅軒前看見一
女子在隔牆折梅吟詩。不久他負笈遊學，被父親好友守樸翁聘為西席，住
在迎春軒中，又遇到了那位折梅吟詩的女子。這位才女叫孫碧蓮，年十八，
身邊有一個侍女素梅。劉一春從書僕愛童口中打聽到關於孫碧蓮的消息，
知道自己的恩師就是孫碧蓮的母舅，喜不自勝，於是私號「愛蓮子」，希望
有機會獲取美人芳心。一天，劉一春結識了妓女許文仙，對飲時提及碧蓮，
文仙教他「先結侍女之心，庶可漸入佳境」。素梅到迎春軒摘花時，劉一春
與她搭訕，求她代為傳情。奉命服侍劉一春的愛童也幫忙傳遞書束，在碧
蓮面前稱譽劉一春。在素梅、愛童撮合下，碧蓮芳心大動，但她不肯輕易
以身相許。她在素梅面前吐露內心，感歎相思之苦，但當素梅說到男女之
私時，她又正色發怒，發誓決不作惡姻緣，給人留下話柄。半年之內，劉
一春和碧蓮經常詩詞酬唱，交換禮物，但始終不及於亂。守樸翁的內侄耿
汝和向劉一春求取愛童，劉一春沒有答應，他懷恨在心。耿汝和碰巧發現
劉一春和碧蓮約會的秘密，向守樸翁告狀，說劉一春的壞話，一面乘機調
戲碧蓮。幸好愛童機伶，事先做好防範，沒讓事端擴大。劉一春以禮自持，
守樸翁派美婢繡鳳借送茶為名，故意勾引劉一春，劉一春沒有動心，通過
了試驗。後來劉一春和孫碧蓮在守樸翁、趙思智的協助下，終於訂了婚。
劉一春前去參加考試，二人暫時分離。放榜後，劉一春中第十四名。其舅
不願外甥少年連捷而「有任性使勢、強佔侵奪之弊，若今不肖士夫所為」，
傳書召劉一春參與平土賊之亂。劉一春與碧蓮匆匆一會，隨即偕家童、愛
童南行赴任。賊亂平定後，其舅懇留劉一春住下，劉一春閒時攜箭射獵為
戲，經常思念碧蓮。其舅家有一婢叫雲香，文雅秀麗，劉一春很喜愛，兩
人過從甚密，誰知被吃醋的王眞眞告發了。雲香說出自己的身世，她原名
苗秀靈，係官宦之女，落難為婢。劉一春之舅於是將雲香送給了他。至此，
劉一春終於明白了知微翁的「覓蓮得新藕，折桂獲靈苗」的意思。不久，

劉一春乘船北上，途中巧遇流落閩南的許文仙。劉一春與孫碧蓮完婚，把素梅嫁給愛童。碧蓮、秀靈后來各生一子一女，二子俱成大儒，二女皆適名門。劉生夫婦同享大壽，五世同居，人人傳頌。

《劉生覓蓮記》的才子佳人傾向已經十分明顯。男主人公劉一春是文武全才，小說開篇介紹說：「自幼聰穎，稟逸韻於天，陶含冲氣於特秀。甫十五，即留心武事，弓馬精熟，以鷹揚自期；忽思『挽二石弓，不如識一丁字』，遂棄武，專於文。年十八，補邑庠生，獵史搜經，著述日富，遠蜚清譽，卓冠士林。人以其才似賈誼，稱爲『洛陽子』。」〔註33〕小說中侍女素梅向碧蓮稱讚劉一春是「國士無雙，人物第一」：「劉君有何郎之貌，有子建之才，有張敞之情，有尾生之信，惜其淹揚子之居，塞田洙之遇，是以晝興賈生之歎息，夜懷宋玉之悲傷耳。……」〔註34〕劉一春不僅有貌有才，而且有德，能做到愼獨，在色上能把持得住。一次碧蓮和父親去看望生病的舅舅，素梅一人在家，遇到劉一春，劉一春感謝素梅爲他和碧蓮傳情，而素梅長得漂亮又有才華，劉一春比較喜歡，素梅更喜歡劉一春。到了晚上，劉一春到碧蓮房中與素梅約會，「梅乃施其上服，表其褻衣，自橫陳於生之旁，逸興飄飄，若不可已」。劉一春問素梅：「佳人先有情乎？」素梅說：「情之所鍾，正在吾輩。情之一字，莫須有。今夕之會，上至天，下至地，東西南北，惟吾兩人在也。當兩下舒暢，以勾凤帳。自非天崩地陷，夫復何憂？」劉一春猛然想到：「宋玉尚不忍愛主人之女，長卿猶不肯私自陳之姬，吾所以用意於碧蓮者，蓋欲謀爲百年計耳。彼素梅縱爲侍女，亦良家處子也，何得波頹瀾溢，以妄污清質乎？」他「氣服於內，心正於懷，取筆書『不可』字於粉壁」。素梅問劉一春：「君子當灑灑不羈，吾不忍先生苦心，折節自獻，烈火乾柴，已同一處，君何得無丈夫志？且嘉會難逢，何陽拒之深也。」劉一春說：「慾心固不可遏，然須於難克處克將去，使吾爲清清烈丈夫，卿爲眞眞貞女子，不亦兩得之乎！」素梅「亦收拾塵心，倍加愛重」。〔註35〕

劉一春舅舅家的婢女雲香文雅而秀麗，雲香喜歡上了劉一春，「備切溫存，常較手技，或與燕笑」，劉一春「雖與之戲談，而以碧蓮爲念，信誓自持，雖暗室相值，雖幽室久處，雖執手相歡，而無一絲苟簡，蓋良玉之溫潤而栗

〔註33〕 〔明〕吳敬所《國色天香》第30頁，瀋陽：春風文藝出版社，1989。
〔註34〕 〔明〕吳敬所《國色天香》第55頁，瀋陽：春風文藝出版社，1989。
〔註35〕 〔明〕吳敬所《國色天香》第61～62頁，瀋陽：春風文藝出版社，1989。

然，涅而不淄者也」。一次，劉一春住在舅舅家，舅舅有事外出，雲香到劉一春的房間，看劉一春寫的詩詞，劉一春從外面回來，覺有寒意，雲香解衣給劉生穿上，劉生「愛香之溫情綣綣。乃令香閉門，引就床共坐。撫摩戲而試之」，但終不及於亂。〔註36〕次日雲香和另一婢女眞眞折梅花來送給劉生，眞眞見劉生穿著雲香的小衣，懷疑劉生和雲香有私。

　　女主人公碧蓮姿容絕世，賦性聰明，富有才華。小說兩次通過劉生的觀察寫碧蓮之美，又以趙思智、童僕、文仙的讚美作補充。劉一春第一次隔牆窺視碧蓮：「聞隔牆似有女聲者，乃以折梅為由，履扁石窺之。一女淺妝淡飾，年可十六七，手執梅枝，口中吟曰：『今日看梅樹，新花已自生。』忽回頭見生，遽掩其身。生心贊曰：『冰肌玉質，不亞壽陽，笑出花間語，獨擅百花之魁。不意塵埃中有此仙品！』」〔註37〕過了幾天，劉一春第一次正面見到孫碧蓮：「生初見之，月眉星眼，露鬢雲鬟，撇下一天丰韻；柳腰花面，櫻唇筍手，占來百媚芳姿。盡態極妍，顏盛色茂，恍若玉環之再世，毛施之復容。其美難將口狀；而通詞句，雅吟詠，又疑奇花而解語，眞所謂仙宮只有世間無者也。」〔註38〕守樸翁派愛童給劉生送羅衣，劉生向童僕打聽孫碧蓮的情況，童僕說：「此吾鄰孫氏所居。其女名芳桃，改名碧蓮，年已十八，詩賦詞歌、琴棋書畫、刺繡工夫，無不完備精絕。早喪其母，未曾許配，故其父擇此居之。買一鄰女以伴蓮，姓曹，名桂紅，後改名素梅，少蓮娘二歲，視如親妹，無一間言，諳文墨，美姿容，蓮娘之亞也。」〔註39〕後來妓女文仙指著孫碧蓮的閨房對劉生說：「個中一女，姿容絕世，美麗超群，賦性聰明，詞華炳煥。吾有一友，竊窺之，羨曰：『美哉妙矣，諸好備矣，此誠無價寶也。』聞惟一侍女為伴，先結侍女之心，庶可漸入佳境。」〔註40〕

　　小說中雖有劉生「棄釣歸室，將愛童而睡」、「又大笑就寢，童捧之而睡」等語，似乎暗示劉生與愛童有同性戀行為，但行文潔淨，寫劉生與多位女子的兒女私情時，沒有流於穢褻。小說中男女主人公在婚前一直沒有發生性關係。孫碧蓮貞潔自守，一次劉一春和碧蓮見面時，要牽她的手，她「假手放扇於生」，低聲說：「讀書人但輕自己之手足，更不重他人之耳目耶？」劉一

〔註36〕〔明〕吳敬所《國色天香》第77～78頁，瀋陽：春風文藝出版社，1989。
〔註37〕〔明〕吳敬所《國色天香》第31頁，瀋陽：春風文藝出版社，1989。
〔註38〕〔明〕吳敬所《國色天香》第33頁，瀋陽：春風文藝出版社，1989。
〔註39〕〔明〕吳敬所《國色天香》第34頁，瀋陽：春風文藝出版社，1989。
〔註40〕〔明〕吳敬所《國色天香》第36頁，瀋陽：春風文藝出版社，1989。

春說：「四無人聲，惟有子知我知耳。」她說：「天知，地知，奈何？」劉一春「彷徨不能自持，遽執蓮手」，「魂已飛天外」，碧蓮說：「妾，嬌體也，乃相煎太急，今日膽落於君矣！此情今當斷，君亦何取於妾？且此何地也，此何時也，此何事也，妾與君何如人也，而敢犯禮侵義若是也？」〔註41〕劉一春和孫碧蓮進一步交往，感情變得深入，有婚姻之約，一次兩人約會，劉一春要求確定關係，碧蓮表示：「君子未室，下妾未嫁。怨曠兩生，情投事引，粗容鄙質，固不敢有辭於君子，但星月盜歡，終為野合，倘樂聚未幾，朝吳暮越，則樂昌鏡破，延平劍分，縱君子有書中之玉，妾當為泉下之塵，是可慮也。歷觀古今之情勝者，惟娛目前，不思身後，故往往扇醜揚污，他美莫贖。妾與君子足稱一世佳配，焉忍遽自輕之！」「求我庶士，迨其謂之。幸君子不棄，浼一伐柯，訂為婚好，庶得以白首相隨，殆愈於偷香竊玉多多也。」〔註42〕劉一春講到鳳巢谷知微翁「覓蓮得新藕」之讖，認為此讖預示他們兩人的姻緣，碧蓮表示願訂姻媾之好，但仍堅守男女大防：「禮之至嚴者，男女也。妾與君子略無夙昔之好，而吟風詠月，至傾腹吐心，是禮外之情也。吾二人行事，何異牆花露柳哉！」劉一春認為：「情之至重者，男女也。生與卿卿已有半年之會，而守信抱負，絕寸瑕點辱，是情中之禮也。吾二人心事，則如青天白日矣。」兩人月下攜手，親密無間，也僅僅是近觀撫摸而已：「生細觀蓮，撫其肌體，瑩然冰姿，湛然月質……」〔註43〕愛童半夜睡醒還不見劉生回來，出去尋找，遇到素梅也在找碧蓮，愛童認為劉生碧蓮「私期暗約，已及數月，不為城闕奇逢，必為丘中樂事矣」，但瞭解劉生和碧蓮的素梅認為兩人絕不會有苟且之事：「蓮娘賢女子也，劉君真君子也。大德不逾，烏有苟行？兩為才炫，少露鋒芒，久有積心，覓期望罄，必相與步月清談。試往尋之，休得驚恐。」〔註44〕直至新婚之夜，碧蓮指著自己的身體對劉生說：「此無足貴，但雖與君子幽會多時，而此身仍為處子，亦足以少蓋前愆。使前日惟慾是從，則今宵之愧心愧容，無由釋矣。」〔註45〕

《劉生覓蓮記》提到了很多豔情故事，借對這樣豔情故事和故事中人物的評價，表達了對情慾的看法。一次劉生去見妓女文仙，文仙拿出《嬌紅記》

〔註41〕 〔明〕吳敬所《國色天香》第38～39頁，瀋陽：春風文藝出版社，1989。
〔註42〕 〔明〕吳敬所《國色天香》第66頁，瀋陽：春風文藝出版社，1989。
〔註43〕 〔明〕吳敬所《國色天香》第67頁，瀋陽：春風文藝出版社，1989。
〔註44〕 〔明〕吳敬所《國色天香》第68頁，瀋陽：春風文藝出版社，1989。
〔註45〕 〔明〕吳敬所《國色天香》第83頁，瀋陽：春風文藝出版社，1989。

給劉生看，劉生看了之後說：「有是哉！有始無終，非美談也。」〔註46〕一次，劉生的朋友金友勝從書坊買了幾本話本拿來給劉生看，劉生看了《天緣奇遇》，鄙之曰：「獸心狗行，喪盡天眞，爲此話本，其無後乎？」看到《荔枝奇逢》和《懷春雅集》，留下了。劉生認爲：「男情女慾，何人無之？不意今者近出吾身，苟得遂此志，則風月談中又增一本傳奇，可笑也。」〔註47〕素梅知道碧蓮對劉生有意思，再三以言語試探，碧蓮笑著說：「汝欲以絳桃碧桃、三春三紅之事待我，如傷風敗俗諸話本乎？」素梅說：「此事恐非兒女子所可自行。劉君前程萬里，自遠大之器，就之恐玷彼清德，絕之恐喪彼性命。差毫釐而謬千里，其端在此。勿謂素梅今日不言也。」碧蓮正色說：「何以劉君爲惜哉！女子之身，賤之則鴻毛，貴之則萬金也。鼎當有耳，豈不聞女子妄從可賤，汝弗疑。」長歎不語移時，又對素梅說：「自思天下有淫婦人，故天下無貞男子。瑜娘之遇辜生，吾不爲也。崔鶯之遇張生，吾不敢也。嬌娘之遇申生，吾不願也。伍娘之遇陳生，吾不屑也。倘達士垂情，俯遂幽志，吾當百計善籌，惟圖成好相識，以爲佳配，決不作惡姻緣，以遺話巴。吾度劉君之意無不可，草草之事不難爲，而所以不敢輕舉妄行者，蓋長慮卻顧耳。然劉君之用情於我者，專矣。日月丸跳，如隙駒壑蛇，深欲息意不思春，恐報劉君之日短也。」〔註48〕

小說擅長心理刻畫，如描寫碧蓮自從見到劉生之後，常無言靜坐，素梅猜她心中有事，她只說是天氣倦人，想操琴解悶，素梅把琴擺好，碧蓮又說：「指力倦，琴音散，不若以棋較勝負。」素梅趕緊換上棋抨，棋沒下完，碧蓮又推開棋抨，自理繡工。沒多久，碧蓮又說：「眼昏，不便針線。暖酒較手技可也。」喝到一半，碧蓮再改口：「恐醉，姑置之。」素梅說：「消遣我太甚！」〔註49〕這段描寫傳神地寫出了戀愛中女子心不在焉的情緒。

小說寫孫碧蓮思春一段，心理描寫細緻入微：

　　　甫入門，即問梅曰：「汝曉我與劉君異事乎？」梅曰：「不曉。」
　日：「汝知劉君在乎？」曰：「不知。」曰：「汝見劉君面乎？」曰：
　「不見。」曰：「劉君來乎？」曰：「不來。」曰：「汝曾一去乎？」

〔註46〕　〔明〕吳敬所《國色天香》第36頁，瀋陽：春風文藝出版社，1989。
〔註47〕　〔明〕吳敬所《國色天香》第53頁，瀋陽：春風文藝出版社，1989。
〔註48〕　〔明〕吳敬所《國色天香》第48頁，瀋陽：春風文藝出版社，1989。
〔註49〕　〔明〕吳敬所《國色天香》第46頁，瀋陽：春風文藝出版社，1989。

曰：「不去。」曰：「然則劉君又回乎？」曰：「不回。」曰：「劉君
怪我乎？」曰：「不惱。」曰：「何時學得此二字文！然則劉君忘我
乎？」曰：「何日忘之？終身不能忘。」曰：「劉君思我乎？」曰：「豈
不爾思？去後常相思。」因指壁上之句，曰：「此劉君親手書也。」
指集後之詞，曰：「此劉君親筆寫也。」指內室之床，曰：「此劉君
親身坐也。」蓮作色曰：「我略不在，汝引賊入界，汝私於劉君已不
可言，而顯跡留壁，更不忌老父覺之耶！」自起為滅其跡。梅曰：「彼
自詠花耳，關渠何事？」更述生行止端方，和而不流，料今訪古，
蓋不多得。蓮閉目搖首曰：「孰有盜跖而施仁義者乎？入寶山而空手
回者乎？伶俐人至此尋汝學本分者乎？」梅曰：「予所否者，天必厭
之。謂予不信，有如皎日。」蓮曰：「天日哪管此事？」梅又盡道劉
君好處，譽之不啻口出。蓮曰：「汝譽劉君，舉之如欲升之天，進之
而欲加之膝，異日容吾試之。」〔註50〕

再如碧蓮訪生未遇，留下一隻戒指，令劉生頓興聯想：

又沉思：「留一戒指，不知寓何意？或戒我休折野花乎？或戒
我休生妄想乎？或戒我休忘此情乎？或戒我休荒書史乎？或戒我休
得苦心頭乎？或戒我休得急心性乎？或戒我休得遽思歸乎？或戒我
休對人前說破乎？」〔註51〕

小說中的知微翁在故事中起到線索作用。小說開篇寫知微翁預言「覓蓮
得新藕，折桂獲靈苗」：

過一鳳巢谷，有老人稱知微翁，數術甚高，戩曜幽壑，採真重
崖，僻結草廬於山麓。生亦仰其名，特拜求今歲之數。老人先書一
紅紙貼於門曰：「今日主喜事福人至。」生至懇數，書二句付生，曰：
「覓蓮得新藕，折桂獲靈苗。」生不解，求明示。老人又畫一人手
持一圭，下書「己酉禾鬥」字。生曰：「吾當於己酉發科乎？然非其
時矣。」老人笑曰：「數之說微，徵則為驗，但前行，知此不過三日。」
生辭退。〔註52〕

〔註50〕〔明〕吳敬所《國色天香》第63頁，瀋陽：春風文藝出版社，1989。
〔註51〕〔明〕吳敬所《國色天香》第52頁，瀋陽：春風文藝出版社，1989。
〔註52〕〔明〕吳敬所《國色天香》第30頁，瀋陽：春風文藝出版社，1989。

小說後面的情節就是讖語「覓蓮得新藕，折桂獲靈苗」一一應驗。到劉一春和碧蓮成婚，劉一春將秀靈喚到面前，對碧蓮說：「不必以此介嫌，未見卿時，知微翁已爲我先聘定矣，卿向見『折桂獲靈苗』之數是也。」碧蓮說：「文仙吾尚愛之，況於苗乎？」〔註53〕

《劉生覓蓮記》受《懷春雅集》影響，而萬曆年間據《懷春雅集》改寫的《融春集》又抄了《劉生覓蓮記》的文字、情節與詩詞。《懷春雅集》中男主人公蘇道春沒有書童，而《融春集》則添一書童在男主角蘇育春身邊，與女主人公潘玉貞的侍女桂英打情罵俏，這一構思模仿了《劉生覓蓮記》。《融春集》和《劉生覓蓮記》都寫女主人公的婢女偷偷摘花，爲書童發現，報告男主人公，趁機要脅、巴結，要她代向小姐問好。《融春集》沿用《懷春雅集》者僅五、六首，而抄自《劉生覓蓮記》的有十餘首。明人盧楠《想當然》、鄒逢時《覓蓮記》劇均據《劉生覓蓮記》改編。

四、豔遇情節模式溯源

這些中篇傳奇中的豔遇情節模式，最早可追溯到唐代的小說《遊仙窟》。《遊仙窟》作於唐高宗調露年間，不見著錄於自唐以後的中土典籍，直到清末才重新由日本傳入。《遊仙窟》的作者是張鷟，《舊唐書》卷149記載，張鷟文名遠播，「新羅、日本東夷諸蕃，尤重其文，每遣使入朝，必重出金貝，以購其文」。〔註54〕張鷟的著作還有《朝野僉載》《龍筋鳳髓判》等。《遊仙窟》一文流落日本的時間當在唐開元年間，據說是由日本詩人山上憶良帶到日本的。891至897年，藤原祐世著《日本國見在書目錄》著錄《遊仙窟》。1881至1885年，清外交官楊守敬駐居日本，遍訪流傳到日本的中國典籍，所編《日本訪書志》卷八提到這部小說。清光緒時，黎庶昌出使日本，與楊守敬同輯《古逸叢書》，其中收錄了《遊仙窟》全文。1928年，陳乃乾將這篇小說排入《古佚小說叢刊》初集。

小說以第一人稱自述奉使河源途中，探尋仙窟，與十娘、五嫂邂逅，並留宿，翌日天明分別的故事。《遊仙窟》寫了一個一夜情故事。這個故事可分成三部分。第一部分寫男主人公「我」進入神仙窟，與十娘五嫂相見，第二部分寫男主人公與十娘五嫂等登堂燕宴，遊園校射，第三部分寫男主人公入

〔註53〕　〔明〕吳敬所《國色天香》第84頁，瀋陽：春風文藝出版社，1989。
〔註54〕　〔五代〕劉昫等《舊唐書》卷149第4016頁，北京：中華書局，1975。

室與十娘合歡，一夜之後，即行分別。鄭振鐸說：「只寫得一次的調情，一回的戀愛，一夕的歡娛，作者卻用了千鈞的力去寫。」〔註55〕楊守敬在《日本訪書志》中說：「文成奉使河源，於仙窟遇崔十娘，與之倡酬夜合。男女姓氏並同《鶯鶯傳》，而情事稍疏，以駢麗之辭，寫猥褻之狀，真所謂倜蕩無檢，文成浮豔者。較之謂張君瑞即元微之所託名，尤爲可信。」〔註56〕日本的妹尾達彥也認爲《遊仙窟》和《鶯鶯傳》「重複著同一故事結構。大概都是作者根據自身在妓館與歌妓的交往經歷而寫成的」。〔註57〕

　　小說開頭一段交待遇仙原因和求仙過程。主人公向一浣衣女子打聽神仙窟情況，浣衣女子說神仙窟是崔女郎之捨，崔女郎是「博陵王之苗裔，清河公之舊族」。〔註58〕主人公初入仙窟，未見其人，先聞箏聲，詠詩一首。女主人公十娘露半面，「余」再詠一首，女子回詩拒之：「好是他家好，人非著意人。何須漫相弄，幾許費精神？」〔註59〕男主人公夜不成寐，寫下一封書信表達對女主人公的傾慕之情，又寫一首七言長詩，長詩最後六句表達了人生苦短，要及時行樂的思想。十娘仍不動聲色，要將詩燒掉，「余」脫口而作「相燃」一詩，十娘意識到對方是稀世罕見的才子，決定與其見面，「錦障劃然卷，羅帷垂半欹」，十娘款款走出，主人公詠詩讚歎十娘容貌之美：「豔色浮妝粉，含香亂口脂。鬢欺蟬鬢非成鬢，眉笑蛾眉不是眉。見許實娉婷，何處不輕盈！可憐嬌裏面，可愛語中聲。」〔註60〕

　　見面之後，兩人各自介紹身世經歷，十娘將男主人公請入中堂。不久五嫂到來，五嫂「爲人饒劇」，促使主人公和十娘關係逐漸變得密切。小說通過「余」與崔十娘、五嫂的對話、和詩推動故事發展，從誇耀對方的容貌才情，互相試探，逐漸轉移到色情話題。小說主體部分是「余」與十娘的對話和對詩，對話和對詩中都有明顯的性意味。男主人公與十娘互相試探，酒宴

〔註55〕鄭振鐸《中國文學研究》第 299 頁，上海：上海書店，1981。
〔註56〕〔清〕楊守敬《日本訪書志》第 32 頁，大連：遼寧教育出版社，2003。
〔註57〕〔日本〕妹尾達彥《才子與佳人——九世紀中國新的男女認識的形成》，見鄧小南《唐宋女性與社會》第 708 頁，上海：上海辭書出版社，2003。
〔註58〕李時人編校，何滿子審定《全唐五代小說》第 131 頁，西安：陝西人民出版社，1998。
〔註59〕李時人編校，何滿子審定《全唐五代小說》第 131 頁，西安：陝西人民出版社，1998。
〔註60〕李時人編校，何滿子審定《全唐五代小說》第 134 頁，西安：陝西人民出版社，1998。

時賦詩，十娘開始放開。宴飲間，十娘讓綠竹取琵琶彈，琵琶入手還未彈，男主人公就詠詩一首：「心虛不可測，眼細強關情。回身已入抱，不見有嬌聲。」十娘應聲而詠：「憐腸忽欲斷，憶眼已先開。渠未相撩撥，嬌從何處來？」〔註61〕十娘的才情使男主人公折服，索筆硯抄十娘的詩，十娘讚賞男主人公的書法「筆似青鸞」。後來三人行酒令，賦《詩經》詩句。綠竹彈箏，五嫂詠箏，十娘詠尺八。十娘要與主人公賭酒，男主人公要賭宿：「十娘輸籌，則共下官臥一宿；下官輸籌，則共十娘臥一宿。」十娘讓取雙陸，「局至，十娘引手向前，眼子盻盻，手子膃腤。一雙臂腕，切我肝腸；十個指頭，刺人心髓」，男主人公詠局：「眼似星初轉，眉如月欲消。先須捺後腳，然後勒前腰。」十娘唱和：「勒腰須巧快，捺腳更風流。但令細眼合，人自分輸籌。」〔註62〕詠局詩中的「眼」、「月」、「捺後腳」、「勒前腰」、「細眼合」既是雙陸棋術語，又有性暗示意味。二人所詠緊扣雙陸，以雙關語步步調情和試探。

飯後十娘借刀子割梨，男主人公詠刀子：「自憐膠漆重，相思意不窮。可惜尖頭物，終日在皮中。」十娘詠刀鞘：「數捺皮應緩，頻磨快轉多。渠今拔出後，空鞘欲如何？」二人詠刀詠鞘，是借實物喻性器官。五嫂索棋局，與男主人公賭酒，男主人公詠道：「向來知道徑，生平不忍欺。但令守形跡，何用數圍棋！」五嫂詠道：「娘子為性好圍棋，逢人劇戲不尋思。氣欲斷絕先挑眼，既得速罷即須遲。」〔註63〕弈棋後，十娘忽見床側有一破銅熨斗，詠道：「舊來心肚熱，無端強熨他。即今形勢冷，誰肯重相磨！」男主人公詠道：「若冷頭面在，生平不熨空。即今雖冷惡，人自覓殘銅。」〔註64〕一番舞後，更加深入，男主人公詠筆硯：「摧毛任便點，愛色轉須磨。所以研難竟，良由水太多。」十娘詠鴨頭鐺子：「嘴長非為嗍，項曲不由攀。但令腳直上，他自眼雙翻。」詠雙燕、詠酒杓子、詠盞等都暗示慾情挑逗，如男主人公詠酒杓子：「尾動惟須急，頭低則不平。渠今合把爵，深淺任君情。」十娘詠盞：「發初

〔註61〕 李時人編校，何滿子審定《全唐五代小說》第138～139頁，西安：陝西人民出版社，1998。

〔註62〕 李時人編校，何滿子審定《全唐五代小說》第141頁，西安：陝西人民出版社，1998。

〔註63〕 李時人編校，何滿子審定《全唐五代小說》第144頁，西安：陝西人民出版社，1998。

〔註64〕 李時人編校，何滿子審定《全唐五代小說》第145頁，西安：陝西人民出版社，1998。

先向口，慾竟漸升頭。從君中道歇，到底即須休。」〔註65〕

飲宴過後，三人一起遊花園，借詠花傳達情意。男主人公以弓箭射雉，十娘作詩，男主人公作答：「心緒恰相當，誰能護短長。一床無兩好，半醜亦何妨。」〔註66〕十娘詠弓：「平生好須弩，得挽則低頭。聞君把投快，更乞五三籌。」男主人公唱和：「縮幹全不到，抬頭則大過。若令臍下入，百放故籌多。」〔註67〕都蘊雙關之意。遊園結束後，同歸十娘臥室，「兩人對坐，未敢相觸」，〔註68〕於是以詩調情，由求手、求腰、求口子而逐漸深入。在五嫂搓合下，二人開始摟抱親吻，接著褪衣解帶，入錦帳交歡，小說描繪了性愛的場景：「於時夜久更深，情急意密。魚燈四面照，蠟燭兩邊明。十娘即喚桂心，並呼芍藥，與少府脫靴履，疊袍衣，閣襆頭，掛腰帶。然後自與十娘施綾帔，解羅裙，脫紅衫，去綠襪。花容滿目，香風裂鼻。心去無人制，情來不自禁。插手紅褌，交腳翠被。兩唇對口，一臂支頭。拍搦奶房間，摩挲髀子上。一齧一意快，一勒一心傷。鼻裏痠痺，心中結繚。少時眼花耳熱，脈脹筋舒。始知難逢難見，可貴可重。俄頃中間，數回相接。誰知可憎病鵲，夜半驚人；薄媚狂雞，三更唱曉。」〔註69〕翌日天明，男主人公要離開，與十娘被衣對坐，泣淚相看。片刻的歡愉只能成為永久的回憶。男主人公與五嫂、十娘互贈信物表達離別之情時，連用六首詠物詩，分別詠相思枕、雙履、青銅鏡、扇、錦、金釵。最後男女主人公握手而別，男主人公離去，留十娘空自傷心。

《遊仙窟》所描寫的實際上是士妓之間赤裸裸的肉慾交往，文中男女主人公言語輕佻露骨，字裏行間隱含著對肉慾的追逐，特別是描寫男主人公和十娘交合一段是現存唐傳奇中描寫性愛活動最直接的文字，《遊仙窟》因此被歸入豔情小說。日本學者鹽谷溫在《中國文學概論講話》中甚至稱《遊仙窟》為「日本第一淫書」。實際上小說主要以華麗的文辭描述男女調情的過程，沒

〔註65〕李時人編校，何滿子審定《全唐五代小說》第 147 頁，西安：陝西人民出版社，1998。

〔註66〕李時人編校，何滿子審定《全唐五代小說》第 149 頁，西安：陝西人民出版社，1998。

〔註67〕李時人編校，何滿子審定《全唐五代小說》第 150 頁，西安：陝西人民出版社，1998。

〔註68〕李時人編校，何滿子審定《全唐五代小說》第 151 頁，西安：陝西人民出版社，1998。

〔註69〕李時人編校，何滿子審定《全唐五代小說》第 152～153 頁，西安：陝西人民出版社，1998。

有對性交進行直接的描寫，而是以套語一筆帶過。文中所穿插的詩歌有影射男女歡合的，但也是用比擬手法。與明清時的豔情小說相比，《遊仙窟》中的性愛描寫還是比較含蓄文雅。全文以詩串連，雖然寫的是性慾望，但對情感的交流描寫得比較細緻。《遊仙窟》洋洋灑灑八千餘字，有較強的故事性，人物形象鮮明，而且敘述手法相當圓熟。《遊仙窟》用第一人稱寫成，採用第一人稱的敘事角度，這在先前的六朝小說中是沒有的，在唐代傳奇中也不多見。小說通篇幾乎是由對話構成，穿插大量的詩歌，用詩歌來酬答、調謔。整篇小說基本上以駢句寫成，吸收了雜賦和民間賦的形式和內容，被稱為「辭賦小說」。

　　《遊仙窟》開唐代「仙窟豔遇」類小說的先河。《遊仙窟》沿襲了六朝人神戀的「遇仙」形式，全文由求仙、遇合、離別幾個部分構成，與六朝時期的遇仙小說如劉義慶《幽明錄》中的「黃原妙音」、「劉晨阮肇」故事很相似。不同的是，六朝志怪中，凡人進入仙境的方式大多是誤入，劉晨阮肇誤入天台，邢子好放犬子誤入仙窟，而唐人小說中大都是男主人公主動尋訪仙境，《遊仙窟》寫「余」主動尋找神仙窟：「端仰一心，潔齋三日。緣細葛，泝輕舟。身體若飛，精靈似夢。」〔註70〕他不辭勞苦，終達仙窟，見到神仙後，不像六朝小說以「夙緣」作為男女結合的理由，「余」對神仙以詩相調、以才相誘。「余」在給十娘的贈詩中勸十娘「及時行樂」，不要辜負「百年身」。《遊仙窟》結尾的離別，不是六朝小說的「緣盡祈歸」，沒有寫「仙凡殊隔」的天上半年、人間七世的時空差異，渲染的是世俗男女的離別哀怨。

　　《遊仙窟》表現了唐代士大夫狎妓的情形，神仙窟宅一似平康里，十娘、五嫂全無仙氣，幾近娼門。唐代同類的仙窟遇豔小說中，士子所遇到的「仙女」多與十娘、五嫂相類。《沈警》中的張姓三女，《郭翰》中的織女，《封陟》中的上元夫人，《華岳神女》中的神女，無一不是美麗動人，思慕凡俗，甚而自薦枕席。以仙窟指妓院，以女仙代稱洞窟中的女郎，多見於唐代的詩文及小說中。唐代詩人曹唐的大、小《遊仙詩》一百餘首，吟詠的主要是妓化的仙女和她們的風流韻事。唐代許多仙道小說所寫的實際上是豔遇故事，這些故事裏所謂的「仙境」更像男女歡會的娼樓妓館，女性神仙也無神聖光環，大膽潑辣，風情萬種，更像青樓妓女。這類小說中的「女仙」有兩種類型，

〔註70〕李時人編校，何滿子審定《全唐五代小說》第 130 頁，西安：陝西人民出版社，1998。

一種是妓化的仙女，一種是仙化的妓女。妓化的仙女把道教神話傳說中的女仙描寫得近於倡女，寫她們的風流體態和萬種風情，寫她們與人間男子大膽熱烈的情愛，如《汝陰人》中的神女、《沈警》中的張氏姐妹、《蕭曠》中的洛神等。仙化的妓女是把美麗的妓女描寫成超凡脫俗的女仙。唐人習慣上把妓女或妖豔女子比作神仙，把狹邪之遊或豔遇稱爲「遊仙」。

仙女妓化和妓女仙化的描寫反映了唐代的仙妓合流現象。陳寅恪在《讀鶯鶯傳》中說：「故眞字即與仙字同義，而『會眞』即遇仙或遊仙之謂也。又六朝人已侈談仙女杜蘭香萼綠華之世緣，流傳至唐代，仙（女性）之一名，遂多用作妖豔婦人，或風流放誕之女道士之代稱，亦竟又以之目娼妓者。」〔註71〕仙妓合流與唐人狎妓冶遊風氣有關。唐代男女關係比較自由開放，整個社會浸染著逸樂之風，文人更喜歡飲酒狎妓，風流放誕。《開元天寶遺事》載：「長安有平康坊，妓女所居之地，京師俠少，萃集於此。兼每年新進士，以紅箋名紙，遊謁其中，時人謂此坊爲風流藪澤。」〔註72〕唐代小說中文人與仙女的豔遇故事正是文人斜狹之遊生活的眞實寫照。

仙妓合流又與唐代女冠的特殊地位有關。唐代道教極盛，很多女性出家修道，出現了大批女道士和專門的女道觀。女子出家有的是眞心皈依教門，有的是爲生活所迫，以尼庵、道觀作爲一時棲身之地，有的是借出家以自由交際。有的女子出家後濃妝豔抹，喜交賓客，放蕩佻達。貴族女性甚至公主自請出家多屬第三種情況。盛唐以後，文人士大夫逸樂成風，女道士以其特殊身份活躍其間，成爲當時男性社交生活的點綴。許多女冠活躍於豪門，以聲色娛人，有些道觀變成了男女歡會的娛樂場所。一些女冠即半娼之流，一面替人做法事，一面也供人狎玩。女道士通曉文墨，士大夫喜與交遊，她們活躍於士大夫間，和眾多文人結交，著名者如魚玄機和李冶。文人在與女冠交往中往往發揮聯想，借女仙來寫自己的愛情和豔遇，「女仙」一詞有了新的內涵。

明代的文言豔情小說《春夢瑣言》是模仿《遊仙窟》而作，不過於《遊仙窟》相比，《春夢瑣言》寫得直露，用更多的文字描寫性愛場面，與通俗豔情小說有相通之處。《春夢瑣言》刊於崇禎年間，篇前有沃焦山人序，署「崇

〔註71〕陳寅恪《元白詩箋證稿》第100頁，北京：文學古籍刊行社，1955。
〔註72〕上海古籍出版社《唐五代筆記小說大觀》第1725頁，上海：上海古籍出版社，2000。

禎丁丑春二月援筆於骨江客舍」。序中闡述了對於性、性愛文學的認識：「古禮曰：男女之交，謂之陰禮。以其寢席之間，有陰私之事也。故鄭衛桑間之詩，聖人不刪。諧謔秘戲，王者容之。以貴和賤固也。蓋世有張文成者，所著《遊仙窟》，其書極淫褻之事，亦往往有詩，其詞尤陋寢不足見。至寫媾和之態，不過『脈張氣怒，頃刻數接』之數字，頓覺無餘味。」〔註73〕《春夢瑣言》不見於中國，只存日本的抄本，後來荷蘭漢學家高羅佩根據日本抄本排印了二百部，分贈世界各地圖書館，《春夢瑣言》得以流傳。《春夢瑣言》是《遊仙窟》的翻版，寫書生韓仲璉與李娘、棠姐二女交歡，曲盡其狀，在明末清初豔情小說裏別具一格。

小說開篇寫韓器：「韓器字仲璉，會稽富春人。幼而孤，為族人養。及長，白皙秀目，姿貌姣麗。口多微辭，賦詩善書，及他歌嘯琴碁百技之流，莫不曉通。時人號曰『賽安仁』，言比潘岳也。蓋富春之地，吳越之名勝，山秀水麗，多出佳人。此裏之女子，以姿色稱者，罔不悉寄情於仲璉，然仲璉無一所勾引也。」〔註74〕一個春日，仲璉曳杖出遊，看到一個山洞，洞中有光，仲璉進洞走了數十步，豁然開朗，穿過林子，看見一個院子，院裏有兩個女子，一個女子「歲可二十二三，面白如玉，不假粉妝，著白綾衣，綠縐裳」，〔註75〕另一個女子「二十而弱，十五而強。顏如桃花，著乾紅衣，翠油裳。其光彩共動人，綽約如神仙」，（P362）第一個女子是李姐，第二個女子是棠姐。李姐名芳華，棠姐名錦英，二女得知仲璉為讀書人，具饌盛情款待：「飯如玉屑，羹肉蕈，芳馨甘脆。次進玉壺金杯，酒香如流，甜如蜜。他看薪之味，器皿之美，殆世不可得見者也。」〔註76〕二女又命侍者吹笛鼓箏，歌舞以佐歡，仲璉、李姐作詩，棠娘歌唱曲。仲璉滅燭就枕，久久不能入睡。到二更時分，李姐和棠娘秉燭排戶而入，李姐表示「願拂枕席，奉一宵之歡」，仲璉以禮婉辭：「僕聞之，禮男女歲不六旬不同居。僕雖無魯人之見，豈不學顏叔之嫌哉？敢辭。」李姐掀開被子說：「君已以單陽處群陰中，雖不媾情合肌，無乃為不犯禮歟？何以五十步笑百步之為？」〔註77〕接著脫了衣服，入仲璉懷中，仲璉情不自禁：「慾火上燃大宅，胸下躍躍乎如履危。龍陽勃起，

〔註73〕〔明〕無名氏《春夢瑣言》，《思無邪匯寶》第24冊第355頁。
〔註74〕〔明〕無名氏《春夢瑣言》，《思無邪匯寶》第24冊第359頁。
〔註75〕〔明〕無名氏《春夢瑣言》，《思無邪匯寶》第24冊第361頁。
〔註76〕〔明〕無名氏《春夢瑣言》，《思無邪匯寶》第24冊第362頁。
〔註77〕〔明〕無名氏《春夢瑣言》，《思無邪匯寶》第24冊第366頁。

如早苗得雨，半露首於褌外。李姐亦雙手卻去仲璉褌，則龍體全見，頭如紫玉。」小說接著描寫仲璉和李姐交合：「仲璉以腰推送之，一下而全沒。李姐回腕持仲璉頸，以口鼻擦輔頰。仲璉復從而抱之，兩身籍束如一。」仲璉變化性交姿勢：「乃曳腰爲鼓蕩全爐之勢，腹肚如韝囊。李姐兩腳交鎖，目瞑肉顫，……玉囊濯濯於谷道，波瀾隨勢溢出，似龍車輪水。交鋒數十合，勝負未決。」棠姐在旁邊忍不住了，「屈軀絢腳，口角沫出」，〔註78〕李姐將她衣服脫去抱上床，小說接著描寫仲璉與棠娘交合：

> 棠娘不言，兩手蔽面，交股屈膝側臥。仲璉就排其膝，則不復固持，翻腹向仲璉，肌膚如紅玉，股間一破縫處，湧泉流膏。仲璉劍鋒再銳，猶新經磨者，脈絡漫理，棠娘徐拇試其鋒，清淚滴滴如鉛水。仲璉以身橫楔於股間，鋒擬隙，恐新交致痛楚，徐徐搷刺，以寶觹解結之勢。然其泛膏滑澤，不復礙梗。遂以彎刀割肉之勢劃入，則刃汩及鐔。雙手相枕，挽頰舐舌舐。肚下毛茸相縈，鋒氣煦煦如伏卵。棠娘臍下似湯谷，一前一綏，以要愉快。棠娘力以氣連下，提舉吸忍。〔註79〕

仲璉稍事休息：「於是蛻身而出，正見門戶兩扇如紫綃，白肉臃腫欲吐，蠕蠕乎似蚌胎剖珠，覺嬌容勝於面。」接著與棠娘交合：「自後持之。背當腹，臀承腰，腿向膝。再以麟角插入空中，用仙鶴啄玉之勢，急疾攻擊。角端直犯神窟，則室內胞脹，如咽如喋。角勢增勁利，來去奮迅。」棠娘「氣息慾絕，足指搖然」，「呻吟噓唏，若狂若病」。〔註80〕李姐從旁邊掣開棠娘的手，將棠娘和仲璉分開，自己與仲璉交合：

> 李姐直蹲仲璉腹上，以器觸玉莖，如乳蛾尋隙。妳房圓圓，類石榴見霜。仲璉復以莖上擬，蠱似建牙，直縱器中，猶承鑿之柱。反身上撐，彎若虹梁。李姐以大骨推壓仲璉肚下，爲就地飲泉之勢，極力榨束。則室內肉珠累累墳起，如榴子之狀，蟻聚攻陽物。陽物送導以腮載內關，龜首上連，啄宮門。子竅開通，水脈津津，下垂於四邊，皎如冰筋。仲璉感快徹骨，不知我神入彼身，彼身換我體。李姐亦切美痛快，茲之極至。首枕仲璉之頰，目不能開，口不能言。

〔註78〕〔明〕無名氏《春夢瑣言》，《思無邪匯寶》第24冊第367頁。

〔註79〕〔明〕無名氏《春夢瑣言》，《思無邪匯寶》第24冊第368～369頁。

〔註80〕〔明〕無名氏《春夢瑣言》，《思無邪匯寶》第24冊第369頁。

　　骨弱筋緩，四肢不收。鼻息噓噓，如涸魚叱呋。仲璉莖口送出醇盡，
直射宮口，若噴筒注水。床辨搖搖戛戛。髻解發迤，金釵玉璫紛落
於下，雲鬟撩亂如漂藻。〔註81〕

　　正在交合到高潮時，忽然傳來山鵑的叫聲，「聲如裂竹，溪響林應」，仲璉愕然驚覺，兩個女子和帳屏幾床之類全部消失，月落鴉啼，天色漸曙，自己身上穿著衣服，坐在兩樹間的石頭上，兩棵樹一是素李，一是海紅，方悟兩女為樹精，微風吹來，樹枝垂拂，仲璉悵然彷徨，題詩而去。

　　小說中的書生仲璉渴望豔遇，又拘於禮教，被動地接受女子的性愛，一旦開始交合，又將禮教拋到九霄雲外。小說中的李姐主動追求性愛的快樂，她向仲璉自薦枕席：「幽僻之境，知君之不堪寂寞。願拂枕席，奉一宵之歡。」〔註82〕仲璉以古禮男女不到六旬不同居為辭，李姐笑話他「以五十步笑百步」，自己脫去衣服，投入仲璉懷中。她還強脫掉棠娘的衣服，抱到床上，讓仲璉交合。兩個女子有著不同的個性特點，《序》中比較二女：「李姐果敢進取，面以白見美。棠娘婉柔窈窕，肌以紅呈豔。」〔註83〕

　　小說總性愛描寫非常細緻，序言中說：「或假喻，或直記。若其態勢，或曰鼓蕩，或曰觸解，或曰刀割，或曰鶴啄，或曰飲泉。他問答之間，雜手足之作置，器皿之設，飲食之具，無有所遺。實可謂變化無窮者也哉。」〔註84〕小說寫仲璉與李姐的性交過程，重點寫仲璉的感受，李姐「以大骨推壓仲璉肚下，為就地飲泉之勢，極力榨束」，仲璉「感快徹骨」，「不知我神入彼身，彼身換我體」。〔註85〕小說寫仲璉和棠娘性交合時，重點寫棠娘的感受。一開始棠娘不說話，兩手蔽面，仲璉「劍鋒再銳，脈絡漫理」，她「始徐拇試其鋒」，開始交合時，棠娘力「以氣連下，提舉吸忍」，然後寫從後而入，「角勢增勁利，來去奮迅」，棠娘「氣息慾絕，足指搐然」，「搖身如尺蠖，反手抓仲璉之腰曰：『已矣，生無聊。』」又說：「佛地天堂不在他焉。」小說寫女子性興奮後的情態：「李姐亦切美痛快，茲之極至。首枕仲璉之頰，目不能開，口不能言。骨弱筋緩，四肢不收。鼻息噓噓，如涸魚叱呋。」作者對女性的陰部描寫尤為細緻。棠娘第一次交合後，門戶「兩扇如紫絹，白肉臃腫欲吐，蠕蠕

〔註81〕　〔明〕無名氏《春夢瑣言》，《思無邪匯寶》第24冊第370頁。
〔註82〕　〔明〕無名氏《春夢瑣言》，《思無邪匯寶》第24冊第369頁。
〔註83〕　〔明〕無名氏《春夢瑣言》，《思無邪匯寶》第24冊第356頁。
〔註84〕　〔明〕無名氏《春夢瑣言》，《思無邪匯寶》第24冊第356頁。
〔註85〕　〔明〕無名氏《春夢瑣言》，《思無邪匯寶》第24冊第370頁。

乎似蚌胎剖珠」。李姐蹲仲璉腹上時，「妳房圓圓，類石榴見霜」，她用力揉搓時，「室內肉珠累累墳起，如榴子之狀，蟻聚攻陽物」。〔註86〕

五、從朦朧到直露的衍變

收錄在《國色天香》等小說總集中的中篇傳奇有很多共通的地方。這些小說多模仿唐人傳奇《鶯鶯傳》，寫才子佳人的情慾，小說中的男主人公大都富有才情，女主人公美貌出眾，男女邂逅相遇，女慕男才，男慕女色，彼此有情，於是花前月下，詩詞贈答，深閨之中，密約偷情，雖有小人擾亂破壞，但最終大都是才子高中，高官厚祿，姻緣美滿，一男娶幾美，然後急流勇退，多福多壽，子孫繁茂，有的悟道成仙。

這類小說所寫的並非一男一女的愛情，《嬌紅記》類型的一男一女的專情戀愛很少出現。《嬌紅記》以《鶯鶯傳》為藍本，但更強調情，王嬌娘勇敢地追求愛情，申純也不像張生那樣以慾望滿足為目的。此後的《賈雲華還魂記》《鍾情麗集》和《龍會蘭池錄》也都是寫一男一女的戀情，結局由悲劇轉為大團圓。但其他小說多寫鑽牆逾穴、幽期密約、私自苟合，多津津於展示男主人公各種偷香竊玉的手段，往往是一男得數女，甚至出現了多女一男連床作樂，宣揚性慾，而少愛情因素。其中的女子，無論是思春少婦、待字閨秀還是大家之婢，都妖冶風流，思慕男色，渴愛男才，不矜持自重，面對勾引以身相許，對風流男子忠貞不貳，是性慾的化身。

這些中篇傳奇小說直接受元代傳奇小說《嬌紅記》的影響，明代永樂年的《賈雲華還魂記》就是仿《嬌紅記》而作，稍後的《鍾情麗集》確立了中篇傳奇的敘事模式，對明代中後期的中篇豔情傳奇產生了重要影響。《嬌紅記》的性描寫只有一句：「生乃與嬌並坐須臾，即攜手入帷，解衣並枕，兩情既合，嬌啼百態，不覺血漬生衣袖。」〔註87〕《鍾情麗集》中的性描寫比較典雅。《賈雲華還魂記》中性愛描寫片段增加：

> 生未暇遍觀，即攜娉就寢。娉乃取白絨軟帕付生曰：「兄詩驗矣。可謂海棠枝上試新紅也。」生笑為娉解衣，共入帳中。娉低聲告生曰：『妾幼處深宮，未諳情事。諧歡之際，第恐弗勝。兄若見憐，

〔註86〕〔明〕無名氏《春夢瑣言》，《思無邪匯寶》第 24 冊第 369～370 頁。
〔註87〕〔明〕馮夢龍《情史》卷 14，《古本小說集成》第 4 輯《情史》第 1071 頁，上海：上海古籍出版社，1994。

不爲已甚。」生曰：「姑且試之，庶幾他日見慣。」豈期娉之身體纖
柔，腰肢顫掉，花心才折，桃浪已翻，羞報呻吟，如不堪處。而生
蜂鎖蝶戀，未肯即休，直至興闌，將過半夜，生起持帕剪燭觀之，
仍與娉使藏焉，留爲後日之記。〔註88〕

　　明代中後期的豔情傳奇向兩個方向發展，一是重情守禮，如《劉生覓蓮
記》寫孫碧蓮與劉一春私期密約，但始終以禮相待，《雙卿筆記》《麗史》《懷
春雅集》《雙雙傳》都屬這一類型，後來的純正的才子佳人小說中延續了這個
路子；另一種情況是寫一男多女的豔遇，張揚性慾，流爲色情，如《花神三
妙傳》《尋芳雅集》《天緣奇遇》《李生六一天緣》《五金魚傳》《如意君傳》《癡
婆子傳》等。這些小說中，男女一見面就想著性交，很少談情。《花神三妙傳》
裏的白景雲與趙錦娘第一次見面就想著私合，很快就「摟抱登床，相與歡會」。
《天緣奇遇》開篇便寫祁羽狄在大街上遇見立在自家門口的有夫之婦吳妙
娘，以兩股金釵爲誘，一夜風流，接著與鄰婦周山茶、寡婦徐氏通，隨後連
遇多個女性，除了麗貞費點周折，其餘基本上都是一見便上床。《李生六一天
緣》中的李春華與葉鳴蟬也是僅僅隔船打了一個照面，便心有靈犀，半夜私會。

　　這些小說繪聲繪色地描寫男女性交場景，大膽直露，逼眞細膩，很少使
用暗示隱語。如《尋芳雅集》中吳廷璋在王府先後與主人之妾、二女以及多
名丫鬟交接，有時一男二女同床縱慾，描繪得非常細緻。這些豔情傳奇描寫
了各種性愛對象、性交姿勢、性交體驗，既有同性，也有異性，上至八旬老
翁，下至少女，翁婿扒灰、叔嫂通姦、兄妹亂倫、群交獸交無所不有，性交
姿勢也五花八門。這類小說多寫一男多女的亂交。《尋芳雅集》中寫嬌鶯、嬌
鳳姐妹同侍一夫，《花神三妙傳》中有「四美連床夜雨」的描寫。《天緣奇遇》
中，祁羽狄先與道姑宗淨、涵師同床，在辛太守家與三婢女晝淫，又與曉雲
等二女共枕，甚至寫祁羽狄與徐氏和文娥、松娘和曉雲兩對母女亂倫淫樂。《李
生六一天緣》開篇寫葉鳴蟬與婢女蕙芳共侍一男，後又寫李生與許芹娘、金
月英同床共歡。所有這些，反映了那個時代縱慾主義盛行的狀況。

　　這些小說中涉及到了道教房中術，如《龍會蘭池錄》中說：「世隆因色度
太過，汞鉛栽而榮衛枯，病幾不振。」〔註89〕《天緣奇遇》中說：「丹爐有煙

〔註88〕〔明〕李禎《剪燈餘話》卷9，《古本小說集成》第4輯《剪燈餘話》第162
　　　　～163頁，上海：上海古籍出版社，1994。

〔註89〕〔明〕吳敬所《國色天香》第12頁，瀋陽：春風文藝出版社，1989。

終是火，藍田無玉豈生芽。」〔註90〕《天緣奇遇》中祁羽狄與玉香仙子歡會後「精彩倍常」。這類小說常常採用享盡歡樂後攜眾美得道成仙的情節模式。《天緣奇遇》中，祁羽狄建立不世之功後，經麗貞點醒，激流勇退，優游田園，置十二房妻妾，號為「香臺十二釵」，並有百餘侍女組成的「錦繡萬花屏」，淫樂無所不至，人間之樂已臻極境，在玉香仙子點化下，與眾美人升到仙界，永享極樂。《李生六一天緣》、《傳奇雅集》、《五金魚傳》都是這個模式。道士、術士、仙人在這些故事中起到了線索作用，如《劉生覓蓮記》開篇寫知微翁預言，《天緣奇遇》中起線索作用的是玉香仙子。除了神仙、道士外，夢境、巧合也常常用來構思情節，如《雙卿筆記》中華國文在術士的幫助下圓娶小姨為妾之夢，順卿用占卜來決定婚事。

男主人公參加科考雖然在小說中寫得很少，但科考卻是解決矛盾的關鍵。男主人公的豔遇大都發生在科考前，而婚姻大都在科考後。男主人公大都以遊學為名到處尋芳獵豔。男主人公遊學沒有一定方向，信足所至，有佳人的地方就駐足，賃屋而居，尋求交往機會。《劉生覓蓮記》中劉生邂逅孫碧蓮，就在其隔壁賃屋而居。《尋芳雅集》中的男主人公經過臨安蘊玉巷，聽見牆內有女子笑語聲，看到幾個美貌女子，他打聽到園子主人王參府是其父的朋友，所見佳人是王參府的女兒，於是準備好禮物，前往拜見，租住在園中讀書。《花神三妙傳》中白生見到三個女子，於是在附近僦屋而居，與三姬為鄰。男主人公多沉湎於性愛，而佳人卻勸男主人公以功名為重。《鍾情麗集》中黎瑜娘勸辜生「莫為蒲柳之姿，墮卻青雲之志」。《雙卿筆記》中華國文沉迷於魚水之歡，新婦自責自省，勸華國文聽從父母，用心讀書，求取功名。《天緣奇遇》中祁生讀書山林，女方給以資助，使祁生能夠安心讀書。《古杭紅梅記》中王鶚與花仙笑桃有一段情緣，王鶚考試前，笑桃從懷中取出三場題目給王鶚，且替王鶚寫好了三場文字，王鶚因之「大魁天下」。女主人公之所以催促男主人公讀書科考，因為獲得功名是婚姻的必要條件，如《龍會蘭池錄》中的蔣世隆中進士前，黃尚書百般阻撓，蔣世隆「文魁天下」後，黃尚書同意了婚事。再如《雙卿筆記》寫華國文娶張知府女正卿為妻，正卿之妹順卿未婚夫趙某因考試不中，鬱鬱而亡。華國文往在岳父家，與順卿往來。他先與順卿婢香蘭有私，共設圈套將順卿誘入國文房中，順卿

〔註90〕〔明〕吳敬所《國色天香》，《古本小說集成》第 1 輯第 158 冊第 595 頁，上海：上海古籍出版社，1991。

不從，與華國文設誓而散。後正卿爲媒，二女同嫁一夫，華國文中了進士，入了翰林。

這些中篇傳奇中的男主人公大都出身世家，相貌才學出眾，如蔣世隆「學行名時，以韓蘇自詡」，〔註91〕劉一春「故家舊族……自幼聰穎，享逸韻於天陶，含沖氣於特秀。甫十五，即留心武事，弓馬精熟，以鷹揚自期；忽思『挽二石弓，不如識一丁字』，遂棄武，專於文。年十八，補邑庠生，獵史搜經，著述日富，遠蜚清譽，卓冠士林。人以其才似賈誼，人稱『洛陽子』」。〔註92〕《國色天香》中的女性形象，一類是遵從禮教者，如《花神三妙傳》中的曾徽音和《天緣奇遇》中的道芳。她們曾與男主人公有婚約，誓死不另嫁。曾徽音精通經史，酷愛《烈女傳》，她同白景雲的婚約已經雙方父母同意而解除，但曾徽音依然覺得有違禮教。另一類女性形象則無視人倫，放縱慾望。《尋芳雅集》中的嬌鸞、《花神三妙傳》中的錦娘、《天緣奇遇》中的廉氏都很放蕩。第三類女性形象前後、內外不一。《尋芳雅集》中的嬌鳳表面上守禮，實則放蕩。第四類女性形象重視感情，一心想找個有才有貌的郎君，一旦找到就誓死相從，如《龍會蘭池錄》中的黃瑞蘭，《劉生覓蓮記》中的孫碧蓮，《鍾情麗集》中的黎瑜娘，這類形象後來發展成爲才子佳人小說中的佳人。

這類小說大都有一個矛盾的主題。很多小說先寫淫亂，後寫貞烈，如《花神三妙傳》。再如《五金魚傳》中古初龍成婚後將祖上傳下的金魚先後分贈四位女子，四出獵豔，最後建功立業，官封武安郡王，五女都被封爲夫人，最後六人飛昇成仙。《天緣奇遇》中祁羽狄先後與三個表姐妹以及六個婢女偷合，又和其他女子發生性關係，其中包括對兩對母女的姦淫，可謂道德淪喪。但這樣的人後來高中榜眼，官居高位，並帶領妻妾十二人修煉成仙。這種主題上的矛盾，歸根結底是由於男性中心觀念，男子要四處獵豔，希望女子淫蕩，而男子又希望女子對自己忠貞不貳，淫蕩的女子一遇到男主人公就變得貞烈。很多小說中的男主人公特別在意女子的貞潔和處女身份，如《龍會蘭池錄》中寫瑞蘭與男主人公發生關係後，對男主人公說：「不意道旁一驪龍珠爲君摘碎，敗麟殘甲，萬勿棄置。」〔註93〕《劉生覓蓮記》中寫孫碧蓮與男主人公多次幽會，但直到結婚時仍爲處子。《花神三妙傳》中錦娘邂逅白景雲

〔註91〕　〔明〕吳敬所《國色天香》第 1 頁，瀋陽：春風文藝出版社，1989。
〔註92〕　〔明〕吳敬所《國色天香》第 30 頁，瀋陽：春風文藝出版社，1989。
〔註93〕　〔明〕吳敬所《國色天香》第 8 頁，瀋陽：春風文藝出版社，1989。

時已寡居兩年，雖然先與白生有私情，但終究不能像妹妹一樣修成正果。小說中的奇姐臨難死節，感動了賊人。

明代中期中篇豔情傳奇的情節結構模式對後來的豔情小說和才子佳人小說影響很大。這類小說大量描寫青年男女私會性愛，對後代豔情小說創作有直接的影響，是向白話章回豔情小說的過渡階段。這批中篇豔情傳奇的創作很快消失了，代之而起的是通俗的豔情小說，另一方面像《劉生覓蓮記》這樣有才子佳人傾向的中篇豔情傳奇發展成為清初的才子佳人小說。

明代後期至清初的豔情小說大都延續《天緣奇遇》的豔遇模式，如《燈月緣》寫真生遇五美，《繡屏緣》寫雲客遇五美，《鬧花叢》中龐生娶一妻四妾，《巫山豔史》中李芳有八房妻妾，《杏花天》寫封悅生與十二金釵，都是一男多美的套路，這些小說大都有連床大戰的描寫，男主人公大都靠丹藥、採戰術等增強性能力，滿足女性的慾望，這些小說中大都有神仙、出家人、隱士等異人為男主人公預言未來，傳授丹藥妙術，或指引男女主人公修道成仙。

《鬧花叢》模擬了《天緣奇遇》的情節模式，又剪裁、移植了《鼓掌絕塵》中的內容。小說中的龐生姿容如玉，文思敏捷，十七歲時遇到已故劉狀元之女玉蓉，效張生鶯鶯故事，成其好事，又與其婢女秋香發生關係，後來又與守寡的表姐桂粵及其姑娘瓊娥成姦。劉小姐相思成病，龐生聞訊假扮醫生進入劉府與劉小姐相會，被其叔劉天表發覺，告到宗師處，宗師王廷用認為他們是天生的一對才子佳人，讓他們締結姻盟，當晚成親。龐生發憤用功，狀元及第，權臣以愛女相配，龐生堅辭，在京城納寡婦美娘為如夫人。兩年後龐生衣錦還鄉，娶桂粵、瓊娥、秋香為妾。後來龐生官至兵部尚書，享受榮華富貴後攜一妻四妾入山成仙。

《杏花天》的情節多襲《天緣奇遇》。《杏花天》寫封生姑媽有三個女兒，他前往探親，與她們偷合。封生從道人那裡得到比甲術、丹藥、迷藥，有很強的性能力，與多女連床大戰。如同《天緣奇遇》中的祁生將先後交合過的十二個女子納為妻妾，《杏花天》中的封生最後也娶到了十二金釵。這部小說也極力誇張男性的性能力。封生從道士那裡學會了比甲術，道士贈給他久戰三子丹和淫幻藥「飛燕迷春」。只要撲上一點「飛燕迷春」，女人就不勾自來。這部小說張揚肉慾，忽略感情，表現了男性的性愛白日夢。後來的《濃情秘史》為截取《杏花天》下部改寫而成。

　　《桃花影》寫舊家子弟魏子卿貌美骨秀，為淫書所惑，貪戀女色，先後私通僕婦山茶、鄰婦夏二娘和丫環蘭英，又與夏女非雲偷情，坐館時又與商人婦小玉通姦，在寒山寺讀書時與小尼了音幽會。他科場得意，秋闈時進京赴選，中了舉人。在金陵，他與房主邱慕南的妻子花氏通姦，遊燕子磯時，又同姑蘇王婉娘成歡。春試時，魏生高中，授錢塘知縣，榮歸故里，收了音、婉娘、小玉為妾，娶夏非云為妻。他任知縣兩載，升任江西巡按，又找回曾與自己有私情的丫環蘭英和商人婦花氏作妾。他出家雲遊，與一妻五妾終日淫樂，一年後又應召為官，累官至工部侍郎，後得半癡僧點化，辭官歸田，不久與妻妾乘船入太湖，都成了仙。原來魏生原為天上的香案文星，諸妻妾都是瑤臺仙子。這部小說寫才子美女詩詞定情，有才子佳人小說的要素。小說中喜歡寫偷窺，第一回寫魏生窺視僕婦山茶夫妻作愛，春心難遏，趁洗澡開始了偷情。非雲偷窺母親和魏生性交，看得出神，性慾萌動。性慾滿足是女性選擇婚姻的重要條件。小說中主動偷情的多是女性。山茶與魏生偷情，對魏生說：「……雖則結親二年，從來未有今日之樂，若不經這件妙物，幾乎虛過一生了。」〔註94〕寡婦卞二娘與魏生偷情，對魏生說：「不謂郎君這樣知趣，又生得這般妙物，……使妾魂靈兒俱已飄散，人間之樂，無逾此矣。」〔註95〕夏非雲目睹了母親和魏雲卿通姦後，發誓非此人不嫁。

　　《巫夢緣》的情節內容多抄襲《桃花影》。小說寫王嵩被卜寡婦勾引，被其夫族捉姦，避到朋友家祠堂裏，與王三娘偷情。王嵩最後中了進士，娶了與自己淫亂的女子。小說中大量引用小曲，如第一回引《掛枝兒》寫王嵩調戲鄰舍金家女兒：「小學生把小女兒低低的叫，你有陰，我有陽，恰好相交。難道年紀小，就沒有紅鸞照。姐姐，你還不知道，知道了定難熬。做一對不結髮的夫妻，也團圓直到老。」〔註96〕第二回引《掛枝兒》寫寡婦卜氏的寂寞：「熨斗兒熨不開眉間皺，快剪刀剪不斷心內愁，繡花針繡不出合歡扣。嫁人我既不肯，偷人又不易偷。天呀，若是果有我的姻緣，也拚耐著心兒守。」〔註97〕第八回引《掛枝兒》寫桂姐拒絕王嵩的求歡：「親哥哥且莫把奴身來破，

〔註94〕〔清〕檇李煙水散人《桃花影》第 1 回，《思無邪匯寶》第 18 冊《桃花影》第 36 頁。
〔註95〕〔清〕檇李煙水散人《桃花影》第 2 回，《思無邪匯寶》第 18 冊《桃花影》第 47 頁。
〔註96〕〔清〕無名氏《巫夢緣》第 1 回，《思無邪匯寶》第 16 冊《巫夢緣》第 164 頁。
〔註97〕〔清〕無名氏《巫夢緣》第 2 回，《思無邪匯寶》第 16 冊《巫夢緣》第 176 頁。

嬌滴滴小東西只好憑你婆娑，留待那結花燭還是囫圇一個。蓓蕾只好看地，且莫輕鋤。你若是只管央及也，拚向娘房裏只一躲。」〔註98〕第九回引《掛枝兒》寫寡婦卜氏與王嵩重敘舊情：「不脫衣，只褪褲，兩根相湊。你一沖，我一撞，怎肯干休。頂一回，插一陣，陰精先漏。慣戰的男子漢，久曠的女班頭，陳媽媽失帶了他也，也精精的弄了一手。」〔註99〕再如第七回引《湖州歌》寫王三娘與王嵩交合：「姐兒心癢好難熬，我郎君一見弗相饒。船頭上火著，且到船艙裏，虧了我郎君搭救了我一團騷。真當騷，真當騷，陰門裏熱水捉郎澆。姐兒好像一雙杭州木拖憑郎套，我郎君好像舊相知，飯店弗消招。弗消招，弗消招，弗是我南邊女客忒虛囂。一時間眼裏火了小夥子，憑渠今朝直弄到明朝。」〔註100〕

《巫山豔史》有很多情節模仿其他小說。李芳偷窺僕人李旺與妻子秋蘭交媾，後與秋蘭成姦，模仿《桃花影》。李芳與人偷情，躲在箱子裏，箱子被偷，給他創造了又一個豔遇機會，這是模仿《濃情豔史》。一個道人贈給李芳九轉金丹，含之可不喪元陽，他的超強的性能力使很多女子迷上了他。道人還給他三個錦囊，遇到危機時打開，根據指示即脫離危險。小說中還寫了一個叫梅悅庵的公子，他喜好龍陽，導致久曠的妻妾與李芳淫亂。他後來看破紅塵出了家，將自己的妻妾送給了李芳，讓李芳湊夠了八美。《巫山豔史》的一些情節被後來的《玉樓春》《醒名花》等豔情小說所模仿，如《玉樓春》寫相士贈送給邵十洲錦囊，幫助他逃命、遇美，《醒名花》寫道人授湛國英三個皂囊。

〔註98〕〔清〕無名氏《巫夢緣》第8回，《思無邪匯寶》第16冊《巫夢緣》第280頁。

〔註99〕〔清〕無名氏《巫夢緣》第9回，《思無邪匯寶》第16冊《巫夢緣》第298頁。

〔註100〕〔清〕無名氏《巫夢緣》第7回，《思無邪匯寶》第16冊《巫夢緣》第259頁。

第二章 《金瓶梅》：慾望與死亡

　　《金瓶梅》這部被稱為世情小說開山之作的小說，可能是第一部文人創作的長篇通俗小說。《金瓶梅》從表面看是一個家庭的興衰史，實際上展現了明代中葉社會的腐敗圖景。《金瓶梅》是市井社會的寫真，是對社會腐朽的批判，是一個關於酒色財氣的諷戒寓言，是關於色空哲學的形象化、通俗化的闡釋，《金瓶梅》的故事發生在十二世紀，但實質上講的卻是作者同時代的事情，在那個時代，不擇手段貪婪盤剝的商人取代了沒落的封建貴族。小說的主人公西門慶和他周圍的人都是邪惡的化身，他們貪財、賄賂、酗酒、欺詐、荒淫。《金瓶梅》可以說是生活的散文，不寫英雄偉績，不寫神靈鬼怪，而是表現日常生活，反映的是人與人之間的庸俗關係。《金瓶梅》擺脫了歷史題材和程式化的典型塑造，通過人物的言談舉止塑造了活生生的人。這部小說揭示的真實生活現象，對中國文學來說是別開生面的，其新的現實主義的描寫手法為《儒林外史》和《紅樓夢》奠定了基礎。

　　無法迴避《金瓶梅》中的性描寫。清代將《金瓶梅》作為色情文學禁燬，二十世紀三十年代「文學革命」以後，《金瓶梅》才在中國古典文學寶庫中佔有一定地位。很多學者認為《金瓶梅》是自然主義的，作者對書中表現的事件採取冷眼旁觀的態度，熱衷於自然主義的細節渲染，淫穢的描寫充斥全書。到新時期一批研究者又倡《金瓶梅》非色情小說論，認為小說中的性描寫文字不占多數，除去性描寫片段，《金瓶梅》對世態的描寫同樣精彩。實際的情況是，性描寫是《金瓶梅》的有機組成部分，對主人公西門慶來說，財貨和色慾是人生的兩大追求，沒有了其中任何一個也就不是西門慶。對潘金蓮、李瓶兒等女性來說同樣如此，性享受既是其人生追求之一，又是其立足於男

權社會的資本，其爭鬥的最主要的表現形式之一，就是施展各自的性魅力以向男人邀寵。

一、感情荒蕪的慾望世界

《金瓶梅》的成書過程和作者至今仍是個謎。根據相關文獻的記載，可以理出《金瓶梅》最初流傳的大致線索。根據相關記載，可推測出這部小說的成書時間應該在 1582 年左右。至於這部小說的作者，可以說是文學研究史上最有名的公案。一種爲大家普遍接受的說法是，《金瓶梅》的作者是蘭陵笑笑生。但蘭陵笑笑生是誰，又是一椿公案。

《金瓶梅》的版本大體上可分爲兩個系統。一是詞話本系統，即《新刻金瓶梅詞話》，現存三部完整刻本及一部二十三回殘本，因題名有「詞話」二字，故稱之爲詞話本；又因題有「萬曆丁巳季冬」東吳弄珠客序，故亦稱萬曆本。二是崇禎本系統，即《新刻繡像批評金瓶梅》，現存約十五部，包括殘本、抄本、混合本，刊行於崇禎年間，故稱崇禎本，又稱爲繡像本、二十卷本、評改本。康熙年間的張評本即《張竹坡批評第一奇書金瓶梅》一書屬崇禎本系統。張評本對崇禎本的改動，僅限於少數回目及個別避諱字句。對於《金瓶梅》兩大版本系統的先後問題，一直存在分歧。大部分研究者認爲，詞話本出現較早，更接近作品原貌，崇禎本是在詞話本基礎上改定而成的本子。還有一部分研究者認爲，今存詞話本與今存崇禎本是平行關係，互不隸屬，相對於「詞話」本，遂改稱崇禎本、張評本爲「說散」本。詞話本和崇禎本在內容上有不少差別。詞話本中存在著許多漏洞和不合理之處，有前後重複的現象，還存在著大量細碎無用的細節，崇禎本進行了刪改。崇禎本與詞話本回目文字全同的僅九回，其餘九十一回的回目都有不同程度的修改。從思想上說，詞話本強調了道德勸誡，崇禎本加深了對人生的思考。詞話本著力於對酒色財氣的批判，意在勸誡世人如何應對世俗生活。崇禎本從世情、人情、人性出發，在強調塵世人生的空幻同時立足於對人生本身的思考，由普通的勸誡主題上升到更具文人氣息有著哲學意的佛家思辨，使得作品更加深刻。

《金瓶梅》的世界是個感情荒蕪的慾望世界，首先是男女之慾的橫流。小說描寫了各色男女的淫亂。私通如西門慶與潘金蓮、李瓶兒、王六兒、宋惠蓮、如意兒、林太太、賁四嫂等，陳經濟與潘金蓮、春梅，來旺兒與孫雪

娥，春梅與周義，潘金蓮與琴童、王潮兒，韓二與王六兒，玳安與小玉，書童與玉簫；嫖妓如西門慶、花子金、應伯爵、陳經濟等與吳家妓院的吳銀兒，鄭家妓院的鄭愛香和鄭愛月，韓家妓院的韓金釧兒、玉釧兒、消愁兒，魯家妓院的賽兒、金兒，麗春院的李桂卿、桂姐，以及韓愛姐、董嬌兒、朱愛愛等；同性行為如西門慶與書童，溫必古與小童，金宗明與陳經濟等；變態性行為如西門慶在女性陰部燒香、潘金蓮飲尿等。即使是出家僧道，亦禁不住色慾之誘惑，在小說的第八回，為武大郎做水陸超度的和尚為潘金蓮的美色而迷倒，「昏迷了佛性禪心」，「七顛八倒，酥成一塊」；﹝註1﹞泰安道士石伯才專門誘姦婦女，雞姦師兄徒弟；晏公廟道士金宗明在妓院包占妓女，還喜歡雞姦；道姑薛姑子與和尚勾搭，又在地藏庵中窩藏男女通姦；精通房中術的胡僧贈送西門慶春藥，如此等等。性關係幾乎是這些男女之間的唯一關係，肉慾是最重要的驅動力。與才子佳人劇和才子佳人小說中的男女一見鍾情不同，金瓶梅中的男女一見起慾，如第一回中潘金蓮見到壯健的武松，三杯酒下肚即「慾心如火」，西門慶一見潘金蓮就「酥了半邊」，見了李瓶兒「魂飛天外」，林太太得知西門慶的風月手段，「心中迷留摸亂」，龐春梅和潘金蓮看到狗交配而感歎人不如狗快樂：「畜生尚有如此之樂，何況人而反不如此乎？」﹝註2﹞

　　張竹坡謂《金瓶梅》之世界為「一片姦淫世界」，小說所描寫之性關係多為變態性行為。暴發商人如西門慶的色情狂行為，更多的是對征服欲的滿足，他無休止地追求財富，也不知疲倦地尋找新的性征服對象，以財富謀權勢，以權勢謀取更多的財富，以財富和權勢強佔姦淫，又將強佔姦淫作為顯示富貴權勢之方式。西門慶的食色態度是新興商人之代表，將食之追求作為第一要務，將色之追求作為人生第一享受，而在以色為食的同時，又對女色持警惕態度，當女色妨礙財貨的時候，毫不猶豫地割捨前者。一般認為，小說是對西門慶的深刻批判，實際上小說對西門慶的描寫更多的是一種欣賞態度，是要以西門慶為樣本向市井富商提出勸誡，相比之下，小說對文人群體之描寫篇幅雖少，但諷刺之態度顯然，從狀元進士到下層文人，既充滿著慾望，又著力掩飾，在西門慶這樣的暴發戶商人面前顯得猥瑣不堪。

﹝註1﹞〔明〕蘭陵笑笑生撰，梅節校訂《金瓶梅詞話》第89頁，香港：夢梅館，1993。
﹝註2﹞〔明〕蘭陵笑笑生撰，梅節校訂《金瓶梅詞話》第1190頁，香港：夢梅館，1993。

　　小說對女性的描寫亦以肉慾爲視角。對於女性容貌的描寫，除了關於頭髮、面容、眼睛、嘴唇等的俗套描寫外，小說不惜筆墨描寫女性的肉體特別是女性身體的隱秘部位如陰部、胸部。小說的第二回寫西門慶在街頭初次見到潘金蓮：「黑鬝鬝賽鴉翎的鬢兒，翠彎彎的新月的眉兒，清泠泠杏子眼兒，香噴噴櫻桃口兒，直隆隆瓊瑤鼻兒，粉濃濃紅豔腮兒，嬌滴滴銀盆臉兒，輕嬝嬝花朵身兒，玉纖纖蔥枝手兒，一撚撚楊柳腰兒，軟濃濃白麵臍肚兒，窄多多尖趫腳兒，肉奶奶胸兒，白生生腿兒，更有一件緊揪揪、紅縐縐、白鮮鮮、黑裀裀，正不知是什麼東西！」〔註3〕竟然能穿透衣服看到內裏，違背生活常理之處顯然，但正是這些地方透露出小說的趣味。最值得注意的是小說對具有淫藝意味的女人小腳的不厭其煩的表現。小說描寫西門慶勾搭潘金蓮，最重要的挑逗動作就是在潘金蓮小腳上繡花鞋上捏了一下，潘金蓮不但沒有抗拒，反而笑了起來，西門慶才採取進一步行動。西門慶娶孟玉樓，除了她的豐厚的陪嫁外，西門慶還特別注意到了她的三寸金蓮。西門慶對宋惠蓮感興趣，除了她的美貌和風騷，西門慶最感興趣的是她的比潘金蓮的金蓮還小的小腳。在第六回中西門慶像文人那樣「吃鞋杯耍子」。西門慶對女人弓鞋的迷戀可以和明朝中後期放縱的文人相比，他喜歡和赤裸全身只穿著紅鞋的女子性交，他讓潘金蓮買紅緞子做鞋子，因爲他「一心只喜歡穿紅鞋兒，看著心裏愛」。〔註4〕在第二十七回中，潘金蓮在葡萄架下鋪設涼枕簟衾，「脫的上下沒條絲」，〔註5〕只有腳上穿著大紅鞋兒，挑逗西門慶。在第二十九回，潘金蓮將全身「搽的白膩光滑」，〔註6〕腳上穿著新做的兩隻大紅睡鞋。在第九十五回中，當如意兒索要財物時，西門慶答應給她半匹紅緞子做衣服，特別提到了要做一雙紅緞子睡鞋兒。女子的鞋子本來即有色情意味，更加上紅色，更能挑起男子的情慾。也正因爲大紅鞋子的性慾色彩，潘金蓮和西門慶都對紅繡鞋的得失異常敏感，甚至成爲一種禁忌。潘金蓮尋找自己丟失的紅繡鞋時，在西門慶宣淫用的暖房兒裏發現了已死的宋惠蓮穿過的紅繡鞋，醋

〔註3〕〔明〕蘭陵笑笑生撰，梅節校訂《金瓶梅詞話》第 22 頁，香港：夢梅館，1993。
〔註4〕〔明〕蘭陵笑笑生撰，梅節校訂《金瓶梅詞話》第 331 頁，香港：夢梅館，1993。
〔註5〕〔明〕蘭陵笑笑生撰，梅節校訂《金瓶梅詞話》第 321 頁，香港：夢梅館，1993。
〔註6〕〔明〕蘭陵笑笑生撰，梅節校訂《金瓶梅詞話》第 344 頁，香港：夢梅館，1993。

意大發，將紅繡鞋剁成幾截。而當西門慶得知自己喜愛的女人的紅繡鞋被小鐵棍拾去玩耍，有可能被別人看到時，將小鐵棍兒毒打幾乎致死。

《金瓶梅》作者對縱慾的態度，是一種奇怪的混合，是既嚮往又畏懼的矛盾心態，通篇看來，對財富的無止境追求與追求之意義的迷惘，對色慾的喜好與縱慾的危害，同時存在於小說故事的敘述中。《金瓶梅》中的性描寫與籠罩整部小說的死亡陰影緊密關聯。西門慶有妻妾六人，日夜宣淫，姦淫丫鬟僕婦，妓院嫖妓，私通大家夫人，又喜好孌童，在精力不支的情況下，服用胡僧春藥。在與僕婦王六兒性交後，筋疲力盡，又服用了過量的春藥與潘金蓮性交，結果「燈盡油乾腎水枯」，〔註7〕不治而死。其對女色的喜好上，拋棄所有的情感因素，一味追求肉慾的純粹滿足，其對肉慾之追求，最後已經超出性慾求之範圍，而成為征服欲滿足的一種手段，而最後死於千百次衝鋒陷陣的床上，死於自己征服過無數次的女人的身下，一切都化為泡影。潘金蓮初嫁武大，挑逗追求武松而被嚴詞拒絕，在性壓抑之下一遇西門慶而動心，與西門慶頻繁的約會偷情，殘酷地毒死了武大，嫁給了西門慶，開始了不知饜足的縱慾生活，與西門慶公開宣淫，與書童偷情，與陳敬濟私合，被趕出西門家後又於王婆的兒子私通，最後被武松殺死。

一部《金瓶梅》講的是一個「慾」字，洋洋灑灑一百回，最後結束於一個「死」字，得出一個「空」字。《金瓶梅》幾乎涉及到了「慾」的各個方面，有權勢欲，有財富欲，有性慾，歸根結底是佔有欲，是貪欲。把本來不是自己的東西拿來，是為佔有，永遠不知道滿足，是為貪。佔有和貪婪就好比是人性的種子中的基因，遇到合適的土壤，有充足的陽光和水分，種子就會發芽，就會蓬勃生長，開放出鮮豔無比的惡之花。西門慶就是這樣一朵惡之花，在那個慾望橫流的社會中，開放得那麼燦爛，在一棵樹上同時開放的，還有潘金蓮、李瓶兒、龐春梅。明中後期的社會，是一個商品經濟發展的社會，一切都可以交換，一切都可以通過各種各樣手段佔有，於是「慾」變得赤裸裸而不再蒙朧。

二、物慾和肉慾的雙重變奏

《金瓶梅》中的西門慶不是一個簡單的流氓混混，更不是除了玩弄女人

〔註7〕〔明〕蘭陵笑笑生撰，梅節校訂《金瓶梅詞話》第1127頁，香港：夢梅館，1993。

什麼都不懂的笨蛋。他很有經營頭腦，非常善於理財。他的父親只留下了一個生藥鋪，生意眼看著也不行了，但到了西門慶手裏，不僅生意變得興隆，而且在很短的時間內擴大經營規模，開了緞子鋪、綢絹鋪、絨線鋪。他不僅坐地經營，還搞長途販運，直接到南京、湖州、杭州等地販運絲綢，大大降低了成本。西門慶還搞合股經營，比如他和親家喬大戶合股到揚州販運鹽，在途中轉手賣了，又從江南採購了二十大車的絲綢布匹，運回清河縣，開鋪發賣。西門慶和喬大戶按股分紅，西門慶三分，喬大戶三分，其餘由韓道國、甘潤、崔本均分。開張那一天就做成了五百兩銀子的買賣，日後則越做越大，本利達到五萬兩銀子。有了錢後，西門慶就開解當鋪，將客人抵押的貨物低價據為己有。西門慶還嫌這樣進錢太慢，於是乾脆放起高利貸。西門慶幾次借高利貸給李三、黃四做黑生意，都是每月五分行利。西門慶生意做得好，還因為交通官府，比如他通過官府得到了幾萬鹽引子，發了大財。再比如他搞長途販運時，設法買通官吏，偷逃稅銀。

　　西門慶在短短五六年時間就掙下了一份天大的家產，成為清河縣的首富，用錢交通官府，甚至和朝廷大員也扯上了關係。在小說的第五十七回中，吳月娘勸西門慶積德行善，西門慶笑著說：「你的醋話兒又來了。卻不道天地尚有陰陽，男女自然配合。今生偷情的、苟合的，都是前生分定，姻緣簿上注名，今生了還，難道是生刺刺撧撧、胡扯歪廝纏做的？咱聞那佛祖西天，也止不過要黃金鋪地；陰司十殿，也要些楮鏹營求。咱只消盡這家私廣為善事，就使強姦了姮娥，和姦了織女，拐了許飛瓊，盜了西王母的女兒，也不減我潑天富貴。」〔註8〕西門慶到底有多少家產，敢說這樣的大話？在小說的第七十九回，西門慶臨死前跟陳經濟交待身後事時說：「我死後，緞子鋪是五萬銀子本錢，有你喬親家爹那邊多少本利，都找與他。教傅夥計把貨賣一宗交一宗，休要開了。賈四絨線鋪，本銀六千五百兩；吳二舅綢絨鋪是五千兩，都賣盡了貨物，收了來家。又李三討了批來，也不消做了，叫你應二叔拿了別人家做去罷。李三、黃四身上還欠五百兩本錢，一百五十兩利錢未算，討來發送我。你只和傅夥計，守著家門這兩個鋪子罷！緞子鋪佔用銀二萬兩，生藥鋪五千兩。韓夥計、來保松江船上四千兩。開了河，你早起身往下邊接船去，接了來家，賣了銀子，交進來你娘兒們盤纏。前邊劉學官還少我二百兩，

〔註8〕〔明〕蘭陵笑笑生撰，梅節校訂《金瓶梅詞話》第 720 頁，香港：夢梅館，
　　　　1993。

華主簿少我五十兩。門外徐四鋪內，還本利欠我三百四十兩，都有合同見在，
上緊使人催去。到日後，對門並獅子街兩處房子，都賣了罷，只怕你娘兒們顧
攬不過來！」〔註9〕算起來，總共有九萬一千多兩銀子，這還不包括他家裏的
積貨和藏銀。有的研究者估計，西門慶的財產應該在十五萬兩銀子以上。

　　問題是，西門慶的本事再大，如果沒有資本，也什麼都做不成。西門慶
的第一桶金是從哪裏來的？是從女人那裡得來的。他接連騙娶奸拐了富有的
孟玉樓和李瓶兒為妾，得到兩筆頗為可觀的財產，使他的資本翻了幾番，這
才使他能夠大展手腳，擴張生意，結交官府，謀取官位。第七回中，媒婆向
西門慶介紹富孀孟玉樓，第一就是說孟玉樓「手裏有一分好錢」：「南京拔步
床也有兩張，四季衣服、妝花袍兒，插不下手去也有四五隻箱子。珠子籠兒、
胡珠環子、金寶石頭面、金鐲銀釧不消說，手裏現銀子，他也有上千兩；好
三梭布也有三二百筒。」〔註10〕聽得西門慶兩眼放光，二話不說就把孟玉樓
娶回了家。李瓶兒帶給西門慶的財產更多。李瓶兒原是蔡太師女婿梁中書的
妾，被李逵殺散，帶著一百顆西洋大珠，二兩重一對鴉青寶石嫁給花子虛，
而花子虛又繼承了花太監的一大筆財產。花子虛還沒死，李瓶兒與西門慶通
姦，一次就開箱子搬出六十錠大元寶，共計三千兩，送給西門慶，又叫西門慶
在夜晚打牆上偷偷運走了四口描金箱櫃，箱櫃裏裝著蟒衣玉帶、帽頂條環、提
係條脫、珍寶玩好之物，都是無價之寶。後來李瓶兒正式嫁給西門慶時，又帶
去了不少私房錢，為資助西門慶擴修房子，又拿出了四十斤沉香，二百斤白蠟，
兩罐子水銀，八十斤胡椒。西門慶後來為了巴結蔡太師，送給蔡太師的生辰擔
都是李瓶兒送給西門慶的財寶。西門慶從李瓶兒那兒發家，西門慶也明白這一
點，所以後來李瓶兒死了，西門慶哭得特別傷心，那傷心是發自內心的。

　　小說用了幾回的篇幅寫李瓶兒的死，寫西門慶的哀痛。當李瓶兒病情加
重時，西門慶停止的一切活動，陪伴李瓶兒，千方百計醫治李瓶兒，花了三
百二十兩銀子高價買來壽木為瓶兒沖災，請潘道士做法祭禳。潘道士囑咐西
門慶在做法當夜不要到李瓶兒房裏去，否則禍會及身，但西門慶還是去了，
他甚至說：「寧可我死了也罷，須廝守著和他說句話兒。」小說第六十二回寫
李瓶兒剛死時西門慶的表現：「這西門慶也不顧的甚麼底下血漬，兩隻手抱著

〔註9〕　〔明〕蘭陵笑笑生撰，梅節校訂《金瓶梅詞話》第1129～1130頁，香港：夢
　　　　　梅館，1993。
〔註10〕　〔明〕蘭陵笑笑生撰，梅節校訂《金瓶梅詞話》第69頁，香港：夢梅館，1993。

她香腮親著，口口聲聲只叫：『我的沒救的姐姐，有仁義好性兒的姐姐！你怎的閃了我去了，寧可叫我西門慶死了罷。我也不久活於世了，平白活著做甚麼！』在房裏離地跳的有三尺高，大放聲號哭。」〔註11〕當李瓶兒的屍體裝裹，用門板抬到大廳之時，「西門慶在前廳，手拘著胸膛，由不的撫屍大慟，哭了又哭，把聲都呼啞了，口口聲聲只叫『我的好性兒有仁義的姐姐。』比及亂著，雞就叫了」。〔註12〕西門慶的表現，讓其他幾房妻妾都大惑不解，特別是讓潘金蓮大為吃醋。李瓶兒很溫柔，李瓶兒嫁給西門慶後對西門慶特忠心，還曾給西門慶生下一個兒子。但無論如何，以西門慶的性格，不可能對李瓶兒產生什麼深厚的生死不渝的愛情，所以西門慶的貼身小廝玳安說：「俺六娘嫁俺爹，瞞不過你老人家，該帶來了多少帶頭來？別人不知道，我知道。把銀子休說，只光金珠玩好，玉帶條環鬏髻，值錢寶石，還不知有多少。為甚俺爹心裏疼？不是疼人，是疼錢！……」〔註13〕

李瓶兒對他的前任丈夫花子虛是那麼殘忍，對接著招贅的另一個丈夫蔣竹山是那麼絕情，為什麼對西門慶那麼死心塌地？當然不是為了錢。實際上，李瓶兒原來的錢可能比西門慶還多。西門慶長得瀟灑，當潘金蓮看到西門慶時，一下子就被西門慶的瀟灑吸引住了：「生的十分博浪：頭上戴著纓子帽兒，金玲瓏簪兒，金井玉欄杆圈兒；長腰身，穿綠羅褶兒；腳下細結底陳橋鞋兒，清水布襪兒；腿上勒著兩扇玄色挑絲護膝兒；手裏搖著灑金川扇兒，越顯出張生般龐兒，潘安的貌兒。」〔註14〕貴婦人林太太早就聽說西門慶的大名，有心接觸，但心存疑慮，當她從房門簾裏看到西門慶「身材凜凜，語話非凡，一表人才，軒昂出眾」時，馬上請西門慶進房中會面。〔註15〕

但僅僅相貌瀟灑是遠遠不夠的。在第三回中，王婆將勾引女人的絕招概括為「挨光」五字訣：潘（潘安的貌）、驢（驢大行貨）、鄧（鄧通般有錢）、小（青春小少，就要綿裏針一般軟款忍耐）、閒（閒工夫）。西門慶自信地說：

〔註11〕 〔明〕蘭陵笑笑生撰，梅節校訂《金瓶梅詞話》第 814 頁，香港：夢梅館，1993。

〔註12〕 〔明〕蘭陵笑笑生撰，梅節校訂《金瓶梅詞話》第 816 頁，香港：夢梅館，1993。

〔註13〕 〔明〕蘭陵笑笑生撰，梅節校訂《金瓶梅詞話》第 835 頁，香港：夢梅館，1993。

〔註14〕 〔明〕蘭陵笑笑生撰，梅節校訂《金瓶梅詞話》第 22 頁，香港：夢梅館，1993。

〔註15〕 〔明〕蘭陵笑笑生撰，梅節校訂《金瓶梅詞話》第 915 頁，香港：夢梅館，1993。

「實不瞞你說，這五件事我都有。第一件，我的貌雖比不得潘安，也充得過。第二件，我小時在三街兩巷遊串，也曾養得好大龜。第三，我家裏也有幾貫錢財，雖不及鄧通，也頗得過日子。第四，我最忍耐，他便就打我四百頓，休想我回他一拳。第五，我最有閒工夫，不然，如何來得恁勤？」〔註16〕這五字訣也就是壞男人的標準，而女人偏偏就喜歡壞男人。小說第七回寫孟玉樓準備嫁給西門慶，但她的母舅張四不贊成，不僅因為西門慶的家庭關係很複雜，更因為西門慶「刁徒潑皮」、「打婦熬妻」、「眠花臥柳」，是個壞男人。但孟玉樓鐵定了心，不是因為西門慶的錢，因為當時西門慶還沒有多少錢，也不是因為他的權勢，當時西門慶還沒有當官。她看中西門慶的，恰恰是西門慶的「壞」，小說中說：「張四無端散楚言，姻緣誰想是前緣。佳人心愛西門慶，說破咽喉總是閒。」〔註17〕

　　但這五字標準中，更主要的，讓女人最後死心塌地的，似乎還是「驢」。張大戶、武大郎、蔣竹山、花子虛等之所以遭到女人背叛，主要就是因為他們都是性無能者。小說第四回寫潘金蓮與西門慶的第一次交合：「（西門慶）於是不由分說，抱到王婆床炕上，脫衣解帶，共枕同歡。卻說這婦人自從與張大戶勾搭，這老兒是軟如鼻涕膿如醬的一件東西，幾時得個爽利！就是嫁了武大，看官試想，三寸丁的物事，能有多少力量？今番遇了西門慶，風月久慣，本事高強的，如何不喜？」〔註18〕從此後，潘金蓮更加憎嫌丈夫，和西門慶顛鸞倒鳳，似水如魚，取樂歡娛，恩情似漆，心意如膠，以致「貪歡不管生和死」。於是她想著與西門慶做永久夫妻，聽從了王婆的計謀，用砒霜毒死了武大郎。小說第五回寫潘金蓮害死武大郎的經過：「這婦人怕他掙扎，便跳上床來，騎在武大身上，把手緊緊地按住被角，那裡肯放些松寬？正似：『油煎肺腑，火燎肝腸。心窩裏如霜刃相侵，滿腹中似鋼刀亂攪。渾身冰冷，七竅血流。牙關緊咬，三魂赴枉死城中；喉管枯乾，七魄投望鄉臺上。地獄新添食毒鬼，陽間沒了捉奸人。』那武大當時哎了兩聲，喘息了一回，腸胃迸斷，嗚呼哀哉，身體動不得了。」〔註19〕可見潘金蓮心腸之狠，也可見潘金蓮對給了他性滿足的西門慶的「愛」之深。

〔註16〕〔明〕蘭陵笑笑生撰，梅節校訂《金瓶梅詞話》第31頁，香港：夢梅館，1993。
〔註17〕〔明〕蘭陵笑笑生撰，梅節校訂《金瓶梅詞話》第76頁，香港：夢梅館，1993。
〔註18〕〔明〕蘭陵笑笑生著、陶慕寧校注《金瓶梅詞話》第43頁，北京：人民文學出版社，2000。
〔註19〕〔明〕蘭陵笑笑生撰，梅節校訂《金瓶梅詞話》第57頁，香港：夢梅館，1993。

　　李瓶兒所「愛」的，也正是這個「驢」。她先嫁給梁中書爲妾，因爲梁中書夫人性甚嫉妒，所以沒有機會接近梁中書，沒有嘗到性交合的滋味。後來名義上嫁給了花子虛，但花子虛性無能，又整天在外和豬朋狗友鬼混，所以李瓶兒實際上守著活寡。有一段時間，李瓶兒被花子虛的叔公花太監霸佔，而花太監更沒有辦法給他性滿足。正在苦悶寂寞難耐的時候，李瓶兒遇到了風流瀟灑的西門慶，從西門慶那兒終於享受到了欲仙欲死的交媾滋味，於是甘願將自己的身家全部託付給西門慶。在花子虛死後，她等著嫁到西門府，但西門慶因事拖延，等不及的李瓶兒招贅了蔣竹山，誰知道蔣竹山又是個「中看不中吃蠟槍頭」，小說第十九回寫道：「卻說李瓶兒招贅了蔣竹山，約兩月光景。初時蔣竹山圖婦人喜歡，修合了些戲藥，縣門前買了些甚麼景東人事、美女想思套之類，實指望打動婦人心。不想婦人曾在西門慶手裏狂風驟雨都經過的，往往幹事不稱其意，漸漸頗生憎惡，反被婦人把淫器之物，都用石砸的稀爛，都丟掉了。又說：『你本蝦鱔，腰裏無力，平白買將這行貨子來戲弄老娘！我把你當塊肉兒，原來是個中看不中吃臘槍頭，死王八！』罵的竹山狗血噴了臉。被婦人半夜三更趕到前邊鋪子裏睡。於是一心只想西門慶，不許他進房中來。」〔註 20〕蔣竹山把李瓶兒引得慾火中燒，而又沒有本事去澆滅，所以李瓶兒怨恨之餘，又想起了西門慶。後來李瓶兒終於嫁入了西門府，當西門慶責問李瓶兒：「我比蔣太醫那廝誰強？」李瓶兒說：「他拿甚麼來比你？你是個天，他是塊磚。你在三十三天之上，他在九十九地之下。休說你仗義疏財，敲金擊玉，伶牙俐齒，穿羅著錦，行三坐五，這等爲人上之人，只你每日吃用稀奇之物，他在世幾百年還沒曾看見哩！他拿甚麼來比你？你是醫奴的藥一般，一經你手，教奴沒日沒夜只是想你。」〔註 21〕李瓶兒所比的主要就是「驢」，就是性能力，

三、「錦包兒」與縱慾的本質

　　西門慶的性慾似乎出奇地旺盛，西門慶家中有六房妻妾，還要淫人妻女、包占娼妓，根據張竹坡統計，與西門慶性交過的女人有十九人，地位高的有貴婦富婆，地位低的有卑賤下人。西門慶的那一雙色眼總在尋覓新的獵豔對

〔註 20〕〔明〕蘭陵笑笑生撰，梅節校訂《金瓶梅詞話》第 213 頁，香港：夢梅館，1993。
〔註 21〕〔明〕蘭陵笑笑生撰，梅節校訂《金瓶梅詞話》第 221 頁，香港：夢梅館，1993。

象，稍有姿色的女人都讓他感到興趣。除了女人外，西門慶還嘗試男色，比如他的書童就是他的雞姦對象。所以潘金蓮說西門慶是「屬皮匠的，縫（逢）著的就上」，「若是信著你意兒，把天下老婆都要耍遍了罷」。〔註22〕西門慶幾乎一天也離不開女人，「淫慾之事，無日無之」。〔註23〕到東京去了幾天，沒有女人解慾，就拿隨同的男僕發洩。

　　西門慶超人的性能力從哪裏來？據西門慶自己說，是靠養而來的，他在少年的時候就知道「養龜」。到底是怎麼養的？一是靠藥物，二是靠器具。小說第四回描寫西門慶與潘金蓮的第二次交合：「少頃，吃得酒濃，不覺烘動春心，西門慶色心輒起，露出腰間那話，引婦人纖手捫弄。原來西門慶自幼常在三街四巷養婆娘，根下猶束著銀打就、藥煮成的托子。那話約有六寸許長大，紅赤赤黑須，直豎豎堅硬，好個東西！有詩單道其態為證：『一物從來六寸長，有時柔軟有時剛。軟如醉漢東西倒，硬似風僧上下狂。出牝入陰為本事，腰州臍下作家鄉。天生二子隨身便，曾與佳人鬥幾場。』」〔註24〕其中所寫的「銀打就、藥煮成的托子」就是壯陽藥物和延長器具的結合。據有的專家研究，西門慶的飲食也有壯陽作用。西門慶特別講究飲食。第三十四回寫西門慶陪幫閒應伯爵在翡翠軒吃飯：「先放了四碟菜果，然後又放了四碟案酒：紅鄧鄧的泰州鴨蛋，曲彎彎王瓜拌遼東金蝦，香噴噴油煤的燒骨禿，肥腺腺幹蒸的劈鹹雞。第二道，又是四碗嘎飯：一甌兒濾蒸的燒鴨，一甌兒水晶膀蹄，一甌兒白煤豬肉，一甌兒炮炒的腰子。落後才是裏外青花白地磁盤盛著一盤紅馥馥柳蒸的糟鰣魚，馨香美味，入口而化，骨刺皆香。西門慶將小金菊花杯斟荷花酒，陪伯爵吃。」〔註25〕這還只是簡單的便飯。西門慶似乎很懂食補、食療。如小說的第五十三回，吳月娘為西門慶準備了羊羔美酒、雞子腰子補腎之物，西門慶吃了以後才去衙門上班。據醫書記載，豬腎主治腎虛勞損，腰膝無力疼痛等症；雞子具有補虛益氣、健胃強胃、補血通脈的功效。在第七十九回中，西門慶服用胡僧藥縱慾過度，以致脫陽，西門

〔註22〕〔明〕蘭陵笑笑生撰，梅節校訂《金瓶梅詞話》第 782 頁，香港：夢梅館，1993。

〔註23〕〔明〕蘭陵笑笑生撰，梅節校訂《金瓶梅詞話》第 95 頁，香港：夢梅館，1993。

〔註24〕〔明〕蘭陵笑笑生撰，梅節校訂《金瓶梅詞話》第 46〜47 頁，香港：夢梅館，1993。

〔註25〕〔明〕蘭陵笑笑生撰，梅節校訂《金瓶梅詞話》第 403 頁，香港：夢梅館，1993。

慶昔日相好鄭愛月送來了燉爛了的鴿子雛兒、十香甜醬瓜茄、粳粟米粥兒。燉鴿子雛具有滋腎益氣、袪風解毒的功效。在同一回中還提到了西門慶用人乳補虛：「玉簫早晨來如意兒房中，擠了半甌子奶，徑到廂房與西門慶吃藥。」〔註26〕《本草綱目》中說，人乳可治虛損勞、虛損風語、中風不語等病。第七十五回中也提到了鴿子雛兒。西門慶從外面回來，吩咐做了一碟鴨子肉，一碟鴿子雛兒，一碟銀絲鮓，一碟掐的銀苗豆芽菜，一碟黃芽韭和的海蟄，一碟燒髒肉釀腸兒，一碟黃炒的銀魚，一碟春不老炒冬筍。

儘管西門慶「養得好龜」，又懂得食補壯陽，但過度的放縱還是淘空了他的身子，使他面對女人心有餘而力不足。在這個時候，胡僧出現了。小說這樣描寫胡僧的形象：「見一個和尚，形骨古怪，相貌搊搜：生的豹頭凹眼，色若紫肝；戴了雞蠟箍兒，穿一領肉紅直裰，頦下髭鬚亂拃，頭上有一溜光簪。就是個形容古怪真羅漢，未除火性獨眼龍。在禪床上旋定過去了，垂著頭，把脖子縮到腔子裏，鼻孔中流下玉箸來。」活脫脫就是一根陽具的形狀，所以西門慶心中暗道：「此僧必然是個有手段的高僧。」〔註27〕西門慶招待胡僧的看饌的造型竟也全是雌雄生殖器形。在酒足飯飽之後，胡僧拿出了春藥：「形如雞卵，色似鵝黃。三次老君炮煉，王母親手傳方。外視輕如糞土，內覷貴乎玕琅。……此藥用託掌內，飄然身入洞房：洞中春不老，物外景長芳。玉山無頹敗，丹田夜有光。一戰精神爽，再戰氣血剛。不拘嬌豔寵，十二美紅妝，交接從吾好，徹夜硬如槍。服久寬脾胃，滋腎又扶陽。百日鬚髮黑，千朝體自強。固齒能明目，陽生姤始藏。」〔註28〕

西門慶求助於春藥，還說明了西門慶的性交已經不僅僅是為了自己性慾的滿足，在更多的情況下是為了滿足一種征服欲和佔有欲。西門慶將他與女性的交媾視為戰鬥，從女性的呻吟求饒中獲得征服的快感。比如小說的第七十八回寫西門慶與林太太的性交合，用的幾乎全是戰鬥術語：

　　　　錦屏前迷魂陣擺，繡帷下攝魄旗開。迷魂陣上，閃出一員酒金
　　剛、色魔王：頭戴肉紅盔、錦兜鍪，身穿烏油甲、絳紅袍、纏條、

〔註26〕〔明〕蘭陵笑笑生撰，梅節校訂《金瓶梅詞話》第1114頁，香港：夢梅館，1993。

〔註27〕〔明〕蘭陵笑笑生撰，梅節校訂《金瓶梅詞話》第603頁，香港：夢梅館，1993。

〔註28〕〔明〕蘭陵笑笑生撰，梅節校訂《金瓶梅詞話》第605～606頁，香港：夢梅館，1993。

魚皮帶、沒縫靴，使一柄黑纓槍，帶的是虎眼鞭，皮包頭流星搥，
沒毬箭，跨一匹卷毛凹眼渾紅馬，打一面覆雨翻雲大帥旗。攝魂旗
下，擁一個粉骷髏、花狐狸：頭戴雙鳳翹、珠絡索，身穿素羅衫、
翠裙腰、白練襠、凌波襪、鮫綃帶、鳳頭鞋，使一條隔天邊、話絮
刀、不得見、淚偷垂、容瘦減、粉面搵、羅幃傍，騎一匹百媚千嬌
玉面毬，打一柄倒鳳顛鸞遮日傘。須臾，這陣上撲鼕鼕**鼔**震春雷，
那陣上鬧挨挨麝蘭靈髢；這陣上腹溶溶被翻紅浪，那陣上刷刺刺帳
控銀鈎。被翻紅浪精神健，帳控銀鈎情意乖。這一個急展展二十四
解任徘徊，那一個忽刺刺一十八滾難掙扎。一個是慣使的紅綿套索
駕鴛扣，一個是好耍的拐子流星雞心搥。一個火忿忿桶子槍，恨不
的紮鈎三千下；一個顫巍巍肉膀牌，巴不得摜勾五十回。這一個善
貫甲披袍戰，那一個能奪精吸髓革。一個戰馬叭蹄蹄磕翻歌舞地，
一個征人軟濃濃塞滿密林崖。一個醜搊搜剛硬形骸，一個俊嬌嬈杏
臉桃腮。一個施展他久戰熬場法，一個賣弄他鶯聲燕語諧。一個鬥
良久，汗浸浸釵橫鬢亂；一個戰多時，喘吁吁枕軟裀歪。頃刻間，
只見這內襠縣乞炮打成堆，個個皆腫眉攘眼；霎時下，則望那莎草
場被槍紮倒底，人人肉綻皮開。正是：愁雲拖上九重天，一派敗兵
沿地滾。幾番鏖戰貪淫婦，不似今番這一遭。〔註29〕

　林太太被比為千嬌百媚的花狐狸，西門慶則為降魔伏妖的酒金剛。「酒金
剛」經過數個回合的較量、進擊，打得花狐狸「一十八滾難掙扎」，以至「汗
浸浸釵橫鬢亂」、「肉綻皮開」，失去了「百媚千嬌」的昔日風采。「酒金剛」
得勝班師，意猶未盡，在林太太心口與陰戶上又燒了兩炷香。

　西門慶通過對女性的征服，還獲得了佔有慾的滿足。對西門慶來說，將
別人的東西據為己有，是一種特殊的快感，所以西門慶家中有六房妻妾，還
要淫人妻女、包占娼妓。小說第七十八回寫西門慶與章四兒性交時的對話：「西
門慶便叫道：『章四兒淫婦，你是誰的老婆？』婦人道：『我是爹的老婆。』
西門慶教與他：『你說是熊旺的老婆，今日屬了我的親達達了。』那婦人回應
道：『淫婦原是熊旺的老婆，今日屬了我的親達達了。』」〔註30〕西門慶之所

〔註29〕〔明〕蘭陵笑笑生撰，梅節校訂《金瓶梅詞話》第1094～1095頁，香港：夢
　　　　梅館，1993。
〔註30〕〔明〕蘭陵笑笑生撰，梅節校訂《金瓶梅詞話》第1099頁，香港：夢梅館，
　　　　1993。

以叫章四兒淫婦，之所以讓章四兒說自己是別人的老婆，就是因為西門慶可以從佔有別人的女人這件事本身獲得更大的快感。

也正是因為性交的最後目的是征服欲和佔有欲的滿足，所以西門慶所使用的性具性藥大都是針對女性的，或讓女人痛苦不堪，或讓女性獲得求生不得求死不能的高潮而求饒。小說的第三十八回寫西門慶和王六兒的性交合：「西門慶見婦人好風月，一徑要打動他，家中袖了一個錦包兒來，打開裏面，銀托子、相思套、硫磺圈、藥煮的白綾帶子、懸玉環、封臍膏、勉鈴，一弄兒淫器。那婦人仰臥枕上，玉腿高蹺，雞舌內吐。西門慶先把勉鈴教婦人自放牝中，然後將銀托子束其根，硫磺圈套其首，封臍膏貼於臍上。」〔註31〕西門慶的錦包兒裏裝著的都是這一類性具，比如「勉鈴」：「身軀瘦小內玲瓏，得人輕借力，輾轉作蟬鳴。解使佳人心顫，慣能助腎威風。號稱金面勇先鋒，戰降功第一，揚名勉子鈴。」〔註32〕據西門慶說，勉鈴產自緬甸，好的勉鈴值四五兩銀子。

小說在寫西門慶與女性的交合時，描寫的重點是女子的反應，如寫王六兒在西門慶用性具攻擊之下，先是「蹙眉隱忍」，接著顫聲大叫：「教淫婦怎麼挨忍。」〔註33〕後來西門慶在王六兒身上試驗胡僧春藥時，王六兒「淫心如醉，酥癱於枕上，口內呻吟不已，口口聲聲只叫：『大雞巴達達，淫婦今日可死也。』」〔註34〕在第五十一回中，西門慶使用了性藥後與潘金蓮交合，一開始潘金蓮感到「從子宮冷森森直掣到心上」，連叫「好難捱忍也」，接著是沒命地叫：「親達達，罷了，五兒的死了。」「須臾一陣昏迷，舌尖冰冷，泄訖一度」。〔註35〕連妓女鄭愛月在西門慶使用性具托子進行性交合時，也感到無法忍受而求饒：「把眉頭縐在一處兒，兩手攀攔在枕上，隱忍難挨，朦朧著星眼，低聲說道：『今日你饒了鄭月兒罷。』」〔註36〕這種以征服和佔有為目

〔註31〕〔明〕蘭陵笑笑生撰，梅節校訂《金瓶梅詞話》第 458 頁，香港：夢梅館，1993。

〔註32〕〔明〕蘭陵笑笑生撰，梅節校訂《金瓶梅詞話》第 179 頁，香港：夢梅館，1993。

〔註33〕〔明〕蘭陵笑笑生撰，梅節校訂《金瓶梅詞話》第 458 頁，香港：夢梅館，1993。

〔註34〕〔明〕蘭陵笑笑生撰，梅節校訂《金瓶梅詞話》第 613 頁，香港：夢梅館，1993。

〔註35〕〔明〕蘭陵笑笑生撰，梅節校訂《金瓶梅詞話》第 630 頁，香港：夢梅館，1993。

〔註36〕〔明〕蘭陵笑笑生撰，梅節校訂《金瓶梅詞話》第 752 頁，香港：夢梅館，1993。

的性慾的發洩很容易變爲變態的虐待。實際上，西門慶使用性具和性藥的性戰，在多數情況下是使女性痛苦不堪，而西門慶就在女性的痛苦哀吟中獲得快感。在女人的陰戶上燒香就是西門慶最喜歡的一招。

金錢、權勢和女人，都是西門慶所追求的。他想做官，先是當上了副千戶，後來又轉正了。但西門慶做官的目的，一是爲了有個頭銜，在場面上好稱呼，顯得威風，但更主要的還是可以賺錢，或者受賄，或者借助官場關係做大生意。他清楚金錢的力量，金錢可以上通朝廷，金錢可以使風雅掃地，那些官員道貌岸然，但幾個小錢就可以讓他們眼睛發綠，聽從擺佈。但與金錢相比，西門慶更在意的是女人，因爲女人才是他追求財富權勢的最終落腳點。在西門慶看來，性的征服才是最根本的征服，是所有征服佔有的象徵。也正因爲如此，西門慶有的時候在金錢上可以退讓一點，但在對女人的爭奪佔有中毫不妥協，對情敵的打擊毫不留情，置之死地而後快。西門慶先是爲潘金蓮而毒死武大郎，接著爲李瓶兒而氣死花子虛，痛打羞辱蔣竹山。特別值得一提的還有西門慶爲宋惠蓮而放逐來旺，打死宋仁。宋惠蓮是西門慶家奴來旺的媳婦，與西門慶有姦情，來旺酒後醉罵西門慶，西門慶就設下陷阱，誣陷來旺謀財害主，與官府串通，將來旺兒在監獄裏折磨得不成人樣，又將他放逐到徐州。宋惠蓮羞怒自殺，宋惠蓮的父親宋仁要爲女兒之死討個說法，被拿到縣裏，當廳打得鮮血順腿淋漓，歸家不上幾日就死了。

西門慶對不忠於他的女性也毫不留情。《金瓶梅》第七回中張四勸孟玉樓不要嫁給西門慶，特別指出西門慶「最慣打婦熬妻」。在小說的後面，西門慶眞的痛打了三個女人，而其原因主要是因爲對自己不夠忠誠。首先是痛打孫雪娥。孫雪娥是先頭陳家娘子陪嫁的，有些姿色，西門慶就讓她做了第四房妾。孫雪娥善於烹調，主管廚房事務。孫雪娥第一次被打，就是因爲沒有及時爲西門慶準備好飯菜，西門慶受潘金蓮、春梅的挑撥，踢了孫雪娥幾腳，孫雪娥發牢騷又被西門慶聽見了，西門慶又打了她幾拳。孫雪娥第二次被責打得更加厲害，因爲西門慶懷疑孫雪娥與來旺有首尾，打完後還拘了她頭面衣服，只教他伴著家人媳婦上灶，不許他見人，實際上是降格爲僕人了。

潘金蓮挑撥西門慶打孫雪娥，她自己也受到西門慶的痛打。西門慶在貪戀妓女桂姐的姿色，長期不在家，潘金蓮慾火難禁，於是與小廝琴童私通。西門慶聽說後，下令把琴童捆住，打了三十大棍，打得皮開肉綻，鮮血順腿淋漓，然後趕出了西門府。西門慶先給潘金蓮兜臉一個耳刮子，把她打了一

交，又喝令潘金蓮脫光衣服，跪在地上供審問：「向他白馥馥香肌上颺的一馬鞭子來，打的婦人疼痛難忍，眼噙粉淚，沒口子叫道：『好爹爹，你饒了奴罷！你容奴說，奴便說。不容奴說，你就打死奴，也只臭煙了這塊地。這個香囊葫蘆兒，你不在家，奴那日同孟三姐在花園裏做生活，因從木香欄下所過，帶係兒不牢，就抓落在地，我那裡沒尋，誰知這奴才拾了。奴並不曾與他。』」〔註37〕西門慶痛打李瓶兒，是因為李瓶兒沒有等著他，擅自作主招贅了蔣竹山。李瓶兒嫁給西門慶後，西門慶故意冷落她，不進她的房，李瓶兒用腳帶弔頸懸樑自縊，被救了下來。西門慶痛罵李瓶兒，又教她下床來脫了衣裳跪著，取出鞭子來抽了幾鞭子。後來李瓶兒對西門慶忠心耿耿，所以西門慶對李瓶兒也格外喜愛、照顧。

四、西門慶之死的反諷意義

西門慶旺盛的不知饜足的性慾，是他在官場、商場上縱橫馳騁的原動力，他在商場、官場上幾乎是戰無不勝，憑著他的聰明，一次次化險為夷，甚至可以稱為「西門不敗」。他兩次被捲入官司的漩渦之中，但他都以金錢為武器，輕易地逃脫了懲罰。西門慶與潘金蓮通姦，合夥謀殺了武大，武松找西門慶報仇，誤殺皁隸李外傳。西門慶略施小技，使武松被刺配二千里。當西門慶捲入一場官司時，蔣竹山乘機與李瓶兒聯手在他身邊開了個好不興隆的生藥鋪，危及西門慶的生意。西門慶在了結官司後，勾結流氓和官場，徹底整垮了蔣竹山。

但西門慶最後在性的戰場上失敗了，徹底敗給了死神，而且是在三十三歲的壯盛之年，在官運亨通之時，在生意蒸蒸日上之時。西門慶的死因是性慾的極度放縱。小說按照時間順序詳細列舉了西門慶在死亡之前二十天內的活動，特別是性活動。正月元旦晚上，西門慶酒帶半酣，到吳月娘房中歇了一夜。第二天早晨出去拜年，到晚上回來，喝得酩酊大醉，撞入賁四家，和賁四娘性交合。正月初三，西門慶在金蓮房中歇了一夜。初六午後到王招宣府中拜節，與林太太「鴛幃再戰」，至二更時分回家，腰腿開始發疼。初七到李瓶兒房中，叫如意兒擠乳吃藥，並與之性交。初八晚上，西門慶在潘金蓮房中玩耍行房。初九，西門慶晚上回家，和如意兒睡覺。十二日，西門慶家

〔註37〕 〔明〕蘭陵笑笑生撰，梅節校訂《金瓶梅詞話》第 130 頁，香港：夢梅館，1993。

中請堂客飲酒，其中何千戶娘子藍氏令他魂飛天外，未能得手，散席時撞見來爵媳婦惠元，抱進房中按在炕沿上「聳了個盡情滿意」。十三日，西門慶早晨起來頭沉，王經將王六兒的一包「物事」遞與西門慶，午後西門慶找個藉口到獅子街會王六兒，用各種淫具、各種姿勢和王六兒進行性交合，一直到晚上掌燈時分。三更時分，西門慶回到家，腿腳發軟，被左右扶進潘金蓮房中。潘金蓮正等著西門慶，西門慶上炕就鼾睡，再也搖不醒。潘金蓮禁不住慾火燒身，用手捏弄西門慶性具，蹲下身子品咂，又從西門慶袖中摸出金穿心盒兒，將剩下的三丸胡僧春藥全部用燒酒給西門慶服下。不一會藥力發作，潘金蓮將白綾帶子拴在西門慶性具的根上，縱身騎在他身上，不管西門慶，自顧交合：「又勒勾約一頓飯時，那管中之精，猛然一股邈將出來，猶水銀之瀉筒中相似，忙用口接，咽不及，只顧流將出來。初時還是精液，往後盡是血水出來，再無個收救。西門慶已昏迷過去，四肢不收。」〔註38〕十四日清晨，西門慶起來梳頭，忽然昏暈倒下。十五日，西門慶「下邊虛陽腫脹，不便處發出紅暈來了，連腎囊都腫的明滴溜如茄子大。但溺尿，尿管中猶如刀子型的一般」，〔註39〕請醫生看視，病因不明。吃了藥，反而虛陽舉發，塵柄如鐵，晝夜不倒。潘金蓮「晚夕不管好歹，還騎在他上邊，倒澆燭掇弄，死而復蘇者數次」。〔註40〕十六日，吳月娘將西門慶從潘金蓮房中移至上房，醫治無效。二十一日五更時分，西門慶「相火燒身，變出風來，聲若牛吼一般，喘息了半夜，捱到早晨巳牌時分，嗚呼哀哉，斷氣身亡」。〔註41〕

　　西門慶玩弄女人無數，以征服女人爲樂趣，最後卻死於女人的胯下，不能不說具有反諷意義。西門慶的直接死因是潘金蓮，潘金蓮在西門慶瀕臨死亡之時，還要從西門慶身上抽取最後幾下快樂，終於導致了西門慶的最後斃命。西門慶的病症，或說是「脫陽之症」，或說是「溺血之疾」，或說「癃閉便毒」，無論如何都與過量服用的春藥有關。胡僧施春藥給西門慶時，說「服久寬脾胃，滋腎又扶陽」，「玉山無頹敗，丹田夜有光」，「一夜歇十女，其精

〔註38〕　〔明〕蘭陵笑笑生撰，梅節校訂《金瓶梅詞話》第1120頁，香港：夢梅館，1993。

〔註39〕　〔明〕蘭陵笑笑生撰，梅節校訂《金瓶梅詞話》第1123頁，香港：夢梅館，1993。

〔註40〕　〔明〕蘭陵笑笑生撰，梅節校訂《金瓶梅詞話》第1125頁，香港：夢梅館，1993。

〔註41〕　〔明〕蘭陵笑笑生撰，梅節校訂《金瓶梅詞話》第1130頁，香港：夢梅館，1993。

永不傷」，但臨別時又反覆叮囑西門慶：「不可多用，戒之，戒之！」〔註42〕之所以不能多用，因爲多用了傷身體。春藥的成分是什麼？爲什麼會傷身體？胡僧沒有說，他故弄玄虛地說：「我有一枝藥，乃老君煉就，王母傳方。非人不度，非人不傳，專度有緣。」〔註43〕在傳統中藥中，溫腎壯陽類藥物多具有助慾功能，如附子、肉桂、淫羊藿、陽起石等，動物類藥有牛鞭、狗鞭、驢腎之類，以及鹿茸、晚蠶蛾、九香蟲、海馬等。這類催慾藥都具有性激素樣作用，可補腎陽、益精髓、強筋骨、興奮性機能，能使陰莖勃起堅硬，可用於功能性陽痿、早洩、陰冷、性慾減退等性功能障礙類疾病的治療。但濫用此類藥物，可產生失眠、心悸等症，還可導致助火劫陰。清代醫家在《石室秘錄》中記載：「人有頭角生瘡，當時即頭重如山，第二日即變青紫，第三日青至身上，即死。此乃毒氣攻心而死也。此病多得之好吃春藥。」〔註44〕從西門慶的死亡前症狀看，胡僧藥中或含有斑蝥的成分。斑蝥素有增加尿量、刺激膀胱、尿道的作用，對尿道產生的刺激可以使性慾低的人興奮起來。但斑蝥又含有毒性，可以引起泌尿系統感染和尿道疤痕，持續使用或用量較大會引起中毒。

五、爲慾望役使的女性的悲劇

西門慶是將性交作爲征服異性的手段，而小說中的幾個女性潘金蓮、李瓶兒、龐春梅則是受著性慾的役使，最後一發而不可收，結局也是死亡。小說之所以命名爲《金瓶梅》，正因爲潘金蓮、李瓶兒、龐春梅都是由慾的放縱走向毀滅，和西門慶的死一起，突出慾的放縱必然導致滅亡的主題。李瓶兒死於血崩，在臨死前良心發現，對自己受慾的驅使而做出的不道德之事表示懺悔。花子虛的陰影一直縈繞在她的腦際，她夢見花子虛來同她算帳，請求花子虛饒恕。深重的罪孽感把她的精神壓垮了。

在這三個人中，性慾最強烈的是潘金蓮，潘金蓮的一切行爲幾乎都是受原始慾望的驅使。在《水滸傳》中即已出現的潘金蓮形象，《金瓶梅》進行了淋漓盡致的刻畫。《金瓶梅》取小說中三主要女性角色之名而命名，而三女性

〔註42〕 〔明〕蘭陵笑笑生撰，梅節校訂《金瓶梅詞話》第606頁，香港：夢梅館，1993。

〔註43〕 〔明〕蘭陵笑笑生撰，梅節校訂《金瓶梅詞話》第605頁，香港：夢梅館，1993。

〔註44〕 〔明〕陳士鐸《石室秘錄》第193頁，北京：人民衛生出版社，2006。

中又以潘金蓮之位置更爲突出，實際上《金瓶梅》即以潘金蓮的故事作爲引子，而又以潘金蓮和她的影子春梅結束小說主體部分的故事。在小說中出場最爲頻繁、行動最多的是潘金蓮，眾多女子之中，對潘金蓮的描寫最爲細緻，從其出身一直寫到其結局。潘金蓮出身於裁縫之家，從小喪父，家庭貧困，被輾轉賣進大戶家做婢女。潘金蓮自小即「生得有些顏色」，她纏得一雙好腳兒，因此小名起作金蓮，長到十八歲，變的更爲漂亮，「臉襯桃花，不紅不白；眉彎新月，尤細尤彎」。小說一開始就強調說，潘金蓮小小年紀就描眉畫眼，傅粉施朱，「做張做勢，喬模喬樣」。在被張大戶姦污之後，因張大戶之妻的忌妒，又被送給「三寸丁谷樹皮」武大爲妻，張大戶之所以願意不要一分錢就把潘金蓮送武大，主要是因爲武大「忠厚」，又租住張家的房屋，張大戶可以經常去「看覷」。〔註45〕潘金蓮不滿意於武大的猥瑣，非常憎厭。身材凜凜、相貌堂堂的武松的出現使得潘金蓮眼前一亮，潘金蓮心動不已：「奴若嫁得這個，胡亂也罷了。」「誰想這段姻緣，卻在這裡！」〔註46〕「我今日著實撩鬥他一鬥，不怕他不動情！」〔註47〕而武松的義正詞嚴的搶白，破了潘金蓮的幻想，潘金蓮在痛哭一場之後，決定採取更直接的行動，一遇風流的西門慶就感到：「不想這段姻緣，卻在他身上。」從挑逗、調情、通姦到鋌而走險殺死丈夫武大，幾經過周折，終於實現了嫁入西門府的願望。而嫁入西門府之後的潘金蓮才意識到更大的挑戰和威脅，因爲西門慶已經有四個妻妾，接著又娶了第六個，而且西門慶還逛妓院，包占妓女，私通官太太，姦污丫鬟僕婦，淫慾無止境，潘金蓮一開始的毒死武大後找到終身依靠的幻想受到沉重的打擊，於是開始一系列的策劃和報復行動，包括排擠、設計陷害其他女子，與西門家的女婿和僕人私通，用種種變態的性行爲取悅西門慶。恩格斯在《家庭、私有制和國家的起源》中認爲：「妻子和普通娼妓的不同之處，只在於她不是像雇傭女工計件出賣勞動那樣出租自己的肉體，而是一次永遠出賣爲奴隸。」〔註48〕《金瓶梅》中的女性形象正可以作爲例證。實際上，恩格斯的論斷對一夫多妻制的古代中國來說更爲準確，而《金瓶梅》是一夫多妻制家庭中女性地位最形象的寫照。

〔註45〕　〔明〕蘭陵笑笑生撰，梅節校訂《金瓶梅詞話》第8～9頁，香港：夢梅館，1993。
〔註46〕　〔明〕蘭陵笑笑生撰，梅節校訂《金瓶梅詞話》第11頁，香港：夢梅館，1993。
〔註47〕　〔明〕蘭陵笑笑生撰，梅節校訂《金瓶梅詞話》第14頁，香港：夢梅館，1993。
〔註48〕　《馬克思恩格斯全集》第21卷第84頁，北京：人民出版社，1965。

在第十一回中，孫雪娥評論潘金蓮說：「說起來比養漢老婆還浪，一夜沒漢子也不成的，背地幹的那繭兒，人幹不出，他幹出來。」〔註49〕潘金蓮曾經想勾引武松，沒有成功，後來先後與西門慶、琴童、陳經濟、王潮兒私通。西門慶幾天不在，她就無法忍受，引誘小廝琴童通姦。她喜歡上了陳經濟，和丫鬟春梅一起與陳經濟群交。為了追求生理上的滿足，她的所有聰明才智都被肉慾轉化成無恥、陰險和狠毒，其人性喪失殆盡，成了一個十足的淫婦。她為了與西門慶長做夫妻，親手將砒霜灌進丈夫的喉嚨。西門慶同樣是死於潘金蓮之手，死於她的淫。她逼著疲憊不堪的西門慶過量服用春藥，在西門慶將死之時，她一方面毫不關心，還不顧死活地「騎在他上面」，弄得西門慶「死而復蘇者數次」。潘金蓮的慾火不但燒死了兩個丈夫，同時也使她容不得丈夫身邊的所有女性。李嬌兒、孫雪娥、孟玉樓，乃至吳月娘，都不是她情場上的對手。李瓶兒出現後，成為她的強有力的競爭對手。她一方面用各種手段吸引西門慶的注意，如美化自己，增強誘惑力，常常暗暗將茉莉花兒蕊兒，攪酥油溮粉，把渾身上下都搽遍了，搽得白膩光滑，異香可掬，再比如用變態的瘋狂的性交合來滿足西門慶的征服欲，甚至飲西門慶的尿。另一方面，她用盡手段打擊李瓶兒，對李瓶兒冷嘲熱諷，在精神上進行折磨，編造謊言，挑撥吳月娘與李瓶兒的關係。最惡毒的是，潘金蓮想盡辦法害死了李瓶兒和西門慶生的兒子官哥兒，使李瓶兒傷心欲絕，不久離開人世。潘金蓮害死的第二個競爭對手是僕婦宋惠蓮。宋惠蓮得寵於西門慶，潘金蓮就發狠心說：「我若教賊奴才淫婦與西門慶做了第七個老婆，我不是喇嘴說，就把『潘』字弔過來哩！」〔註50〕結果宋惠蓮夫婦終於被她逼得「男的入官，女的上弔」。

在小說中，潘金蓮與西門慶性交合最頻繁，小說中明寫的就有二十多次，其中第二十七回「潘金蓮醉鬧葡萄架」中的性交合最為瘋狂變態，將潘金蓮的淫寫到的極致，張竹坡斥之為「極妖淫污辱之怨」。西門慶「先將腳指挑弄其花心」，接著用兩條腳帶把潘金蓮雙足弔在兩邊葡萄架兒上，「如金龍探爪相似」，加以挑逗交合，繼而用李子「投個肉壺，名喚金彈子打銀鵝」，然後「又把一個李子放在牝內，不取出來」。西門慶睡了一覺，過了一個時辰，才使用銀托子、硫黃圈等淫器，兇猛地進行性攻擊，結果「把個硫黃圈子折在

〔註49〕 〔明〕蘭陵笑笑生撰，梅節校訂《金瓶梅詞話》第 115 頁，香港：夢梅館，1993。

〔註50〕 〔明〕蘭陵笑笑生撰，梅節校訂《金瓶梅詞話》第 302 頁，香港：夢梅館，1993。

裏面」，潘金蓮「目瞑氣息，微有聲嘶，舌尖冰冷，四肢不收，髀於衽席之上矣。西門慶慌了，急解其縛，向牝中摳出硫黃圈並勉鈴來。硫磺圈已折做兩截。於是把婦人扶坐。半日，星眸驚閃，甦省過來。因向西門慶作嬌泣聲，說道：『我的達達，你今日怎的這般大惡？險不喪了奴之性命！』」〔註51〕

　　潘金蓮早年的不幸遭遇值得同情，但她後來情慾膨脹，人性扭曲泯滅，是毋庸置疑的。她害人又殺人，罪孽深重是不容諱言的。如果說人性中有一半是野獸，一半是天使的話，後來的潘金蓮則整個是野獸，完全受動物性慾望的支配，人性中的美好已經蕩然無存。潘金蓮最後死於為兄長武大郎報仇的武松刀下，她的死可以說是罪有應得。小說的第八十七回把潘金蓮之死寫得異常血腥恐怖。武松把潘金蓮「旋剝盡了」，香灰塞口，掀翻在地，「先用油靴只顧踢他肋肢，後用兩隻腳踏他兩隻胳膊」，「用手去攤開他胸脯，說時遲，那時快，把刀子去婦人白馥馥心窩內只一剜，剜了個血窟嚨，那鮮血就邀出來。那婦人就星目半閃，兩隻腳只顧登踏」。〔註52〕

　　後來的一些研究者要為潘金蓮翻案，認為潘金蓮是封建制度下的悲劇，是被封建禮教扭曲的靈魂。潘金蓮實際上是一夫多妻制度下女性的寓言，女子的依附地位，女性在家庭中的掙扎和爭鬥，女子性慾的壓抑以及為釋放性慾所冒的危險，女子不安分的最後結局，如此等等，都在潘金蓮身上得到集中體現。小說對潘金蓮的描寫中透露出一種矛盾態度，作者一方面要把潘金蓮塑造為淫婦的典型，比如將少女潘金蓮的愛美之心稱為「做張做勢」，以說明其天生之淫蕩，不惜筆墨描寫潘金蓮與西門慶私通和毒殺武大的經過，詳細描寫其與西門慶的性交過程，與其他男人的私通細節。但是小說的描寫又對潘金蓮的結局表示同情：「堪悼金蓮誠可憐。」潘金蓮之墮落從被賣到張家，被張大戶姦污開始，而其所嫁的武大又是粗醜無比，心懷怨恨非常自然，其對粗壯的武松的動情起初並無淫慾之念，想到是「姻緣」，是終身之依託，即使是與西門慶的私通，固然是愛其風流，但心中第一念仍是依附終身的「姻緣」，毒殺武大固然是潘金蓮所為，但王婆出計謀，西門慶購買毒藥，潘金蓮與武大結束婚姻關係既無望，與西門慶通姦暴露後又受到武大之威脅，於是鋌而走險下毒殺夫。其到西門府之後的私通，一方面是為了釋放蠢動的慾望，

〔註51〕〔明〕蘭陵笑笑生撰，梅節校訂《金瓶梅詞話》第321〜323頁，香港：夢梅館，1993。
〔註52〕〔明〕蘭陵笑笑生撰，梅節校訂《金瓶梅詞話》第1215〜1216頁，香港：夢梅館，1993。

也是對西門慶放蕩行爲的報復，而其與西門慶的種種變態性行爲，連西門慶都說她「枕畔風月，比娼妓都甚」，雖亦時有性慾之滿足感，但更多的時候是忍受痛苦以討好西門慶，小說作者借潘金蓮唱曲感歎：「爲人莫作婦人身，百般苦樂由他人。」〔註53〕這種矛盾的態度實際上是兩種立場的表現，站在男人立場上，要求女人的貞潔，要求女人的絕對依附，對女性的慾望自覺自然持警戒和批評態度，既需要女人的放蕩以獲得性放縱的滿足，又要給女人的放蕩以最嚴厲的懲罰；站在一般市民的立場上，又對女性的弱勢命運表示有限度的同情。這種既愛又恨，既憐惜又厭惡，既感興趣又時刻戒備的心態，是男權社會中男性對女性的典型態度，在其他小說中亦有表現，而在像《金瓶梅》這樣的豔情小說中表現的更爲集中突出。

龐春梅和西門慶有更多的相通之處。她在西門家中只是一個被收用過的奴婢，論地位不能與吳月娘等妻妾相比，但她不甘於卑下的地位，她要往上爬，而她往上爬所依靠的是性。東吳弄珠客在《金瓶梅序》中說：「如諸婦多矣，而獨以潘金蓮、李瓶兒、春梅命名者，亦楚檮杌之意也。蓋金蓮以奸死，瓶兒以孽死，春梅以淫死，較諸婦爲更慘耳。」〔註54〕雖然金蓮、瓶兒、宋惠蓮、孫雪娥等實際上都是死於淫，然而真正直接死於淫的，確實只有春梅一個。與潘金蓮完全受獸慾支配不同，春梅有自己的人生追求，「人生在世，且風流了一日是一日」。〔註55〕所以當西門慶有意要收用她時，她二話沒說就答應了；當潘金蓮叫她和陳經濟性交時，她二話不說就脫下了裙子；嫁給周守備後，她難禁獨眠孤枕，慾火燒心，與一個個男人濫交，最後死在姘夫的身上。她的死和西門慶的死一起更直接鮮明地表達了懲淫的主旨。

六、慾望、死亡與「空」

西門慶死在潘金蓮的胯下，潘金蓮死在武松的刀下，春梅死在姘夫的身上，李瓶兒死於血崩，作爲背叛的懲罰。這就是慾望放縱的結局。小說用西門慶和他的女人們的死，要說的有三層意思。一是慾不可縱，縱慾傷身亡身，這是最淺的也最明白的意思，西門慶和春梅就是直接死於縱慾。二是惡不可

〔註53〕 〔明〕蘭陵笑笑生撰，梅節校訂《金瓶梅詞話》第 463 頁，香港：夢梅館，1993。

〔註54〕 〔明〕蘭陵笑笑生撰，梅節校訂《金瓶梅詞話》第 4 頁，香港：夢梅館，1993。

〔註55〕 〔明〕蘭陵笑笑生撰，梅節校訂《金瓶梅詞話》第 1189〜1190 頁，香港：夢梅館，1993。

作。西門慶、潘金蓮、李瓶兒都是由慾的放縱走向惡，最後受到了應得的懲罰。李瓶兒臨死前夢見花子虛索命，最後死於血崩，潘金蓮死於武松的那把明晃晃的鋼刀下。小說第七十九回評西門慶之死說：「為人多積善，不可多積財。積善成好人，積財惹禍胎。石崇當日富，難免殺身災。鄧通飢餓死，錢山何用哉！今日非古比，心地不明白。只說積財好，反笑積善呆。多少有錢者，臨了沒棺材。」〔註56〕在第九十一回中，作者又一次評議說：「當初這廝在日，專一違天害理，貪財好色，奸騙人家妻女。今日死了，老婆帶的東西，嫁人的嫁人，拐帶的拐帶，養漢的養漢，做賊的做賊，都野雞毛兒零撏了。常言三十年遠報，而今眼下就報了。」〔註57〕

　　小說要說的第三層意思是四大皆空。活著的時候追求金錢，追求權力，追求女人，一旦死神來到，一切皆歸於虛空。張竹坡評《金瓶梅》說：「《金瓶》以冷熱二字開講，抑孰不知此二字，為一部之金鑰乎？」（《冷熱金針》）〔註58〕「其前半部止做金、瓶，後半部止做春梅。前半人家的金、瓶，被他千方百計弄來；後半自己的梅花，卻輕輕的被人奪去。」（《讀法一》）〔註59〕西門慶死後，西門家迅速走向衰敗，眾叛親離、樹倒猴散的局面隨即出現。他的結義兄弟應伯爵、謝希大等改換門庭，溜之大吉，他的親信韓道國拐財遠遁，湯來保欺主背恩，來旺與情人雙雙出走。他的第二夫人李嬌兒歸院，以三百兩銀子的身價做了新貴張二官的夫人。潘金蓮在西門慶死後與女婿陳經濟肆無忌憚地淫亂，最後姦情暴露被趕出家門。第四房小妾孫雪娥在西門慶死後大膽地與情人來旺私奔。孟玉樓與縣太爺的兒子李衙內一見鍾情後，毫不猶豫地衝出了西門大院。小說特別描寫了吳月娘清明上墳，遇見春梅祭奠故主潘金蓮，昔日風流浪蕩人，已化作黃土隴頭之白骨。小說第九十六回特意描寫了春梅遊山子花園，山子花園曾是西門慶多次款待朝廷顯貴、地方豪吏的地方，也是他與眾妻妾遊賞嬉戲、恣行淫樂的地方，但如今花木凋零、人去樓空：「垣牆欹損，臺榭歪斜。兩邊畫壁長青苔，滿地花磚生碧草。山前怪石，遭塌毀不顯嵯峨；亭內涼床，被滲漏已無框檔。石洞口蛛絲結網，魚

〔註56〕　〔明〕蘭陵笑笑生撰，梅節校訂《金瓶梅詞話》第1130頁，香港：夢梅館，1993。
〔註57〕　〔明〕蘭陵笑笑生撰，梅節校訂《金瓶梅詞話》第1260頁，香港：夢梅館，1993。
〔註58〕　〔明〕蘭陵笑笑生《金瓶梅》第12頁，濟南：齊魯書社，1991。
〔註59〕　〔明〕蘭陵笑笑生《金瓶梅》第25頁，濟南：齊魯書社，1991。

池內蛤蟆成群。狐狸常睡臥雲亭，黃鼠往來藏春閣。料想經年人不到，也知盡日有雲來。」〔註60〕更直接體現「空」的觀念的，是孝哥出家。西門慶好不容易才得到一個傳宗接代續香火的兒子，但是作為西門慶轉世的孝哥卻沒有子承父業、重振家風，而是在家衰國難之時，受永福寺普靜和尚的度化後，遁入空門，出家為僧，化陣清風，作辭而去。

小說的開頭先引了一組《四貪詞》，對酒、色、財、氣四病作了一番批判性的詠歎，如詠色云：「休愛綠鬢美朱顏，少貪紅粉翠花鈿。損身害命多嬌態，傾國傾城色更鮮。莫戀此，養丹田。人能寡欲壽長年。從今罷卻閒風月，紙帳梅花獨自眠。」〔註61〕關於酒色財氣的勸誡自古就有，而將這四者歸納為「四貪」則在明代。有人認為「四貪」隱含著諷刺當時的皇帝明神宗的意思。明神宗「四貪」俱全，不理朝政，雒于仁於是陳四箴勸諫。實際上不僅明神宗，明朝君王貪淫者多。如明憲宗寵愛萬貴妃宮，方士胡僧等紛紛進獻房中秘方，大臣爭談穢媒之事。武宗、世宗、穆宗衣缽相傳，多信媚藥，淫樂無度。明穆宗縱慾無度，大量使用春藥，三十六歲就死去。所有這些都與《金瓶梅》中的西門慶有相似之處。但《金瓶梅》顯然不是為了諷刺哪一個皇帝而作，而是要反映社會現實，反思人性的弱點，為在慾海中掙扎的人提供勸世箴言。

《金瓶梅》所反映的是明朝中後期的慾望橫流的社會現實，在《金瓶梅》的小說世界中，從清河縣到全國，上自皇帝，下至僕夫僕婦，包括官員、流氓、尼姑、道士、算命、卜卦者流，媒婆、醫者、工匠、商販之徒，全受著慾的役使。昏庸的皇帝、貪婪的權奸、墮落的儒林、無恥的幫閒、齷齪的僧尼、淫邪的妻妾、欺詐的奴僕，構成了一個慾望的世界。在這個世界中，政治黑暗，官場腐敗，經濟混亂，人心險惡，道德淪喪。西門慶就生活在這樣的世界中，或者說正是這個世界的散發著腐朽氣味的土壤中，長出了西門慶這棵罌粟。

明朝早已消逝如塵煙，但《金瓶梅》的時代還沒有終結。現代學者鄭振鐸曾經感歎：「到底是中國社會演化得太遲鈍呢？還是《金瓶梅》的作者的描寫，太把這個民族性刻畫得入骨三分，洗滌不去？」〔註62〕文龍評西門慶：「直

〔註60〕 〔明〕蘭陵笑笑生撰，梅節校訂《金瓶梅詞話》第1317～1318頁，香港：夢梅館，1993。
〔註61〕 〔明〕蘭陵笑笑生《金瓶梅詞話》第1頁，香港：太平書局，1982。
〔註62〕 魯迅等《名家眼中的金瓶梅》第34～36頁，北京：文化藝術出版社，2008。

與狼豺相同，蛇蠍相似。強名之曰人，以其具人之形，而其心性非復人之心性，又安能言人之言，行人之行哉！」〔註63〕「西門慶不死，天地尚有日月乎？」「若再令其不死，日月亦爲之無光，霹靂將爲之大作。」但文龍又說西門慶「未死之時便該死，既死之後轉不死」，因爲西門慶因《金瓶梅》而得以流傳不朽：「《水滸》出，西門慶始在人口中；《金瓶梅》作，西門慶乃在人心中。《金瓶梅》盛行時，遂無人不有一西門慶在目中、意中焉。其爲人不足道也，其事蹟不足傳也，其名遂與日月同不朽。是何故乎？作《金瓶梅》者，人或不知其爲誰，而但知爲西門慶作也。批《金瓶梅》者，人或不知其爲誰，而但知爲西門慶批也。西門慶何幸，而得作者之形容，而得批者之唾罵。世界上恒河沙數之人，皆不知其誰，反不如西門慶之在人口中、目中、心意中。是西門慶未死之時便該死，既死之後轉不死，西門慶亦何幸哉！」〔註64〕

有人將《金瓶梅》的作者稱爲菩薩，認爲讀了《金瓶梅》的人會因爲參透世事也成爲菩薩。這樣的說法顯然有點誇張了。但直到今天，《金瓶梅》仍有勸誡意義，讓我們警醒，讓我們時時反省自己，防止慾的放縱。不同的人讀《金瓶梅》，會有不同的收穫，商人看西門慶怎樣發財，做官的看西門慶怎樣走關係陞官，世俗之人欣賞其中的性描寫，學習其中的性交姿勢，學習使用性用品和春藥，道學家看到其中的善惡，佛家看到死亡和空無。東吳弄珠客在小說序言中說：「讀《金瓶梅》而生憐憫心者，菩薩也；生畏懼心者，君子也；生歡喜心者，小人也；生效法心者，乃禽獸耳！」〔註65〕

〔註63〕　朱一玄《金瓶梅資料彙編》第607頁，天津：南開大學出版社，2002。
〔註64〕　朱一玄《金瓶梅資料彙編》第640頁，天津：南開大學出版社，2002。
〔註65〕　〔明〕蘭陵笑笑生《金瓶梅詞話》第4頁，北京：人民文學出版社，2008。

第三章 《野叟曝言》：道德英雄塑造中的情慾變調

　　《野叟曝言》可說是中國古代最長的一部小說。這部小說現存兩種不同版本，1881 年毗陵匯珍樓木活字本爲一百五十二回。該版本不題撰人名，書前有「光緒歲次辛巳季秋之月知不足齋主人書於蘭陵旅次」的序及「凡例」六則，有回後總評和文中雙行夾批，另有繡像 16 幅，版心題「第一奇書」。1882 年上海申報館鉛字版和附有西岷山樵序的平版印刷本都是一百五十四回。一百五十四回本中補齊了一百五十二回本中缺失的第二回的一部分、第三回和第四回，還補足了一百五十二回本所缺的一百三十二至一百三十六回。或以爲《野叟曝言》成於乾隆年間，因爲小說第一百四十五回之後提到了熱而瑪尼國、意大里亞國、波爾都瓦爾國、依西把尼亞國，這四國名稱見於《明史》卷 369，而《明史》在乾隆四年刻成並流行。至於這部小說的作者，《野叟曝言》辛巳本知不足齋主人在序言中說「吾鄉夏先生所著」，壬午本西岷山樵序言說是「江陰夏先生」著。魯迅在《中國小說史略》中據西岷山樵序及金武祥《江陰藝文志・凡例》等推定《野叟曝言》爲夏敬渠所作。趙景深到江陰訪夏敬渠後裔，編成《〈野叟曝言〉作者夏二銘年譜》和《〈野叟曝言〉與夏氏宗譜》，進一步確定《野叟曝言》作者爲夏敬渠。夏敬渠一生不得意於科場，長期擔任幕僚，到過很多地方。他因學識廣博而爲社會名流所尊敬。《江陰縣志》說夏敬渠：「英敏績學，通經史，旁及諸子百家，禮樂兵刑天文歷數之學，靡不淹貫。」〔註1〕他的著述除了這部小說外，還有歷史、詩

─────────────────

〔註 1〕光緒《江陰縣志》卷 17，見《中國地方志集成・江蘇府志》輯 25，新華書局
　　　　上海發行所影印，1991。

詞和醫學等方面的著作，他所擅長的學問在這部小說中都有所體現。夏敬渠
所懷的「修齊治平」的傳統儒家理想落空，於是在小說《野叟曝言》中借男
主人公文素臣的故事來彌補自己的人生缺憾。

一、一部奇異的才學小說

趙景深在《〈野叟曝言〉作者夏二銘年譜》中考證說，1786 年，乾隆帝南
巡時，夏敬渠曾打算進獻《野叟曝言》，其女暗中將書易為白紙。〔註 2〕但據
其子夏祖耀《浣玉軒書目》中《綱目舉正》條下按語，夏敬渠當時想向乾隆
帝獻的書不是《野叟曝言》而是歷史著作《綱目舉正》。《野叟曝言》完成後
約一百年後才得以刊刻傳播，一是因為如此長的一部小說刊刻費用不菲，也
是因為作者本就不想刊印傳播，作為一部言志之作，他是寫給自己和朋友看
的。光緒壬午（1882）本西岷山樵的序文說，他的五世祖擬將此書付梓，作
者拒絕了：「是書託於有明，窮極宦官、權相、妖僧道之禍，言多不祥，非所
以鳴盛也。」〔註 3〕

夏敬渠下了很大工夫來構思小說，注意伏筆照應，一些次要人物在小說
中起到暗線連綴作用，一些看似枝蔓的插曲往往引出後面的重要人物和故
事。《野叟曝言》不像大多數小說那樣湊成一百、一百二十回這樣的整數，而
是一百五十四回，分成二十卷，每卷冠以一個字，按順序讀來，組成一幅對
聯：「奮武揆文天下無雙正士，熔經鑄史人間第一奇書。」但小說又安排了很
多情節來強調數字一百的圓滿的象徵意義，如在第一百三十六回中，文素臣
的第一百個孫子出生。第一百四十四至一百四十九回詳細描寫了水夫人的百
歲誕辰慶典，在生日慶典上，五十名童男和五十名童女共一百名男女優伶演
出了一百出戲劇。在第一百五十回中，文素臣與他的朋友共十人各選出自家
孫子中的優異者為日後之友，所選中諸孫歲數相加正好是一百歲。

對這部古代最長的小說的評價，有人認為該書是中國最好的一部白話小
說，小說《凡例》稱之為「第一奇書」：「是書之敘事說理，談經論史，教孝
勸忠，運籌決策，藝之兵、詩、醫、算，情之喜、怒、哀、懼，講道學，辟
邪說，描春態，縱諧謔，無一不臻頂壁一層。至文法之設想，布局映伏鉤綰，

〔註 2〕趙景深《野叟曝言作者夏二銘年譜》，《小說戲曲新考》第 45～63 頁，上海：
　　　世界書局，1939。
〔註 3〕〔清〕夏敬渠《野叟曝言》卷首，光緒 8 年申報館排印本。

猶其餘事。爲古今說部所不能彷彿，誠不愧爲第一奇書之目。」〔註4〕但也有人認爲這部小說一無是處。近代的黃人在《小說小話》中評《野叟曝言》，認爲這部小說「可厭」：「夫小說雖無所不包，然須天然湊合，方有情趣。若此書之忽而講學，忽而說經，忽而談兵論文，忽而誨淫語怪。語錄不成語錄，史論不成史論，經解不成經解，詩話不成詩話，小說不成小說。《雜事秘辛》與昌黎《原道》同編，香奩妝品與廟堂禮器並設，陽阿激楚與雲門咸池共奏，豈不可厭？」〔註5〕魯迅在《中國小說史略》中認爲《野叟曝言》「意既誇誕，文復無味，殊不足以稱藝文」〔註6〕。周越然就認爲《野叟曝言》「全無優點，只有劣點，而其劣點可以三字包之：一曰腐，二曰俗，三曰污」〔註7〕。二十世紀四十年代初，這部小說曾被改編成京劇在上海公演，京劇演員周信芳扮演男主人公文素臣，在當時引起了很大反響。但四十年代之後，就很少有中國學者研究這本書了。

　　無論是稱賞還是批評，皆因爲這部小說中展示的才學。《野叟曝言》在敘事中穿插了作者對政治、經濟、經學、道學、詩學、醫學、史學、算學、房中、韜略、武術、方術、天文、地理等各方面的知識和見解。小說作者採用白話小說這一形式來顯示他的博學。魯迅將此書列爲「清之以小說見才學者之首」。在十八世紀，才學小說一度盛行，《野叟曝言》可說是典型的才學小說或文人小說。早在清初，「炫學寄慨」就成爲一種風氣。科場失意的文人將自己的滿腹才學通過小說中的才子加以展現，發洩心中鬱結的不平憤懣，達到心理補償的目的。

　　但這部小說又不同於其他才學小說，孫楷第在《中國通俗小說總目》中將《野叟曝言》列入「英雄兒女類」。《野叟曝言》以復興儒家的社會政治秩序爲己任，小說標題出自《列子》中「野人獻曝」的故事。一個從未見過皇宮和玉衣華裳的窮人在春日的陽光下曬太陽，感到非常溫暖舒適，他打算說服君王也來一試，自己借機討個賞。《野叟曝言》以明代中期成化至正德年間的史事爲背景，寫一個落第秀才文白字素臣的故事。小說開篇介紹文素臣：「這人是錚錚鐵漢，落落奇才；吟遍江山，胸羅星斗。說他不求宦達，卻見理如

〔註4〕〔清〕夏敬渠《野叟曝言》，光緒7年毗陵匯珍樓活字本。
〔註5〕阿英《晚清文學叢鈔·小說戲曲研究卷》第366頁，北京：中華書局，1960。
〔註6〕魯迅《中國小說史略》第174頁，上海：上海古籍出版社，1998。
〔註7〕周越然《書與回憶》第108頁，瀋陽：遼寧教育出版社，1996。

漆雕；說他不會風流，卻多情如宋玉。揮毫作賦，則頡頏相如；抵掌談兵，則伯仲諸葛。力能扛鼎，退然如不勝衣；勇可屠龍，凜然若將隕谷。旁通歷數，下視一行；間涉岐黃，肩隨仲景。以朋友爲性命，奉名教若神明。眞是極有血性的眞儒，不識炎涼的名士。」〔註8〕這樣一位品貌兼優、文武具備的奇才橫空出世，不甘寂寞，要幹一番驚天動地的大事業。君暗臣昧，宦寺專權，藩王謀逆，外強覬覦，異端氾濫，邪說蜂起，小說所鋪展的國勢傾危之社會歷史背景，爲主人公一展身手提供了最佳的歷史舞臺。文素臣以救挽天下爲己任。他首先入朝面聖，坦蕩直言，諫言未被採納，他反而因此獲罪。文素臣便遨遊四海，結交、收服了江湖上一幫黑白兩道的好漢，婚娶了多位如花似玉而又各懷絕學奇才的女子，然後帶領這些民間草莽組成的正義之師，衛聖道，遏邪說，闢佛老，誅淫僧，除妖道，驅惡鬼，平苗峒，擒闖賊，捉逆藩，滅倭寇，定西域，掃漠北，懷柔遠夷，拯危扶傾，將一個支離破碎、搖搖欲墜的腐朽王朝整理得煥然一新，重構了一個君明臣賢、正教昌明、異端滅絕、萬國來朝、普天沐浴在以道學作爲惟一政教及社會行爲準則的理想盛世，文素臣成爲扭轉乾坤的一代偉人。他不僅受到天下英傑的頂禮膜拜，連東宮王儲也以「素父」呼之。文素臣姬妾羅列，兒孫成群，六世同堂，被崇爲太師，妻封子蔭，光宗耀祖，花團錦簇，最終修身、齊家、治國、平天下完於一身。第一百零六回中，太子的貼身太監覃吉說：「文爺乃古今第一儒者，程朱之外，不足道也。東宮賢達，文爺須扶助他爲堯舜，三代以後賢君，無一可學者。以文爺之本領，不止爲一代興治術，當爲萬世開太平。須把老、佛之教除去，方不負天生文爺之意。一時之良相良將，非吉之所望於文爺也。」〔註9〕皇帝對文素臣感恩戴德：「以先生之功，即朕親跪以奉，亦不爲過。」〔註10〕全書結於一夢，夢中見到在爲儒家排座次的「傳薪殿」上，文素臣的座位竟居韓愈之右。凡是士人夢寐以求的功名利祿之事，都在斯人身上實現了。魯迅在《中國小說史略》中說：「凡人臣榮顯之事，爲士人意想所能及者，此書幾畢載矣，惟尚不敢希帝王。」〔註11〕

〔註8〕 〔清〕夏敬渠《野叟曝言》第 1 回第 3 頁，毗陵匯珍樓活字本，光緒 7 年。
〔註9〕 〔清〕夏敬渠《野叟曝言》第 106 回第 4 頁，毗陵匯珍樓活字本，光緒 7 年。
〔註10〕 〔清〕夏敬渠《野叟曝言》第 111 回第 14 頁，毗陵匯珍樓活字本，光緒 7 年。
〔註11〕 魯迅《中國小說史略》第 174 頁，上海：上海古籍出版社，1998。

　　《野叟曝言》倡導正統儒家觀點，崇尚陽剛之氣，與才子佳人小說、《紅樓夢》《鏡花緣》《兒女英雄傳》形成鮮明對比。在才子佳人故事中，佳人趨於中性化，才子趨於女性化，男子幾乎都美貌、多情善感、體弱多病、道德純潔，故事發生的主要場景大都是花園或閨房。男主人公的女性化特點在《紅樓夢》和後來的《鏡花緣》《兒女英雄傳》中都有所表現。不過才子佳人小說中的男人女性化是出於男性文人的自戀情結，而《紅樓夢》《兒女英雄傳》等小說中的女性化，表現了男性文人對傳統社會所要求的責任的逃避。與才子佳人小說、《紅樓夢》《鏡花緣》《兒女英雄傳》中男性主人公的陰柔完全不同，《野叟曝言》中的男主人公文素臣是個充滿陽剛之氣的超級大儒。

　　《野叟曝言》和《紅樓夢》通過男性主人公的塑造，表達了文人的兩種人生態度。《紅樓夢》中的男主人公賈寶玉在封閉的大觀園中與女性廝混以忘記世事、逃避現實；而《野叟曝言》中的男主人公文素臣充滿樂觀自信，毅然承擔了振興儒家道統、重建道德秩序的重任。《紅樓夢》中的男主人公賈寶玉沉迷於情，以此自我排解、消磨意志；而《野叟曝言》中的文素臣借助情色來鍛鍊道德意志。《野叟曝言》與同成於康熙年間的《儒林外史》有相通之處，都是將儒家之道作爲救治天下的靈藥，但《儒林外史》中充滿了幻滅感傷，而《野叟曝言》則充滿了高昂樂觀的理想主義激情。

　　《野叟曝言》與才子佳人小說、《紅樓夢》等對男女情愛的態度也有很大不同。《野叟曝言》中沒有才子佳人小說中常見的那種纏綿的愛情。《野叟曝言》認爲應控制性興奮，性快樂要服從生育後代的需要，充滿了子嗣繁衍的活力。《紅樓夢》中的大觀園是個未成年的世界，其中沒有性，沒有成人性角色，沒有性愛快樂，沒有繁衍生息的活力。《野叟曝言》歌頌了男性的力量，讚美陽剛，而《紅樓夢》則對男性持否定態度，認爲男人是泥做的俗物。

　　值得注意的是《野叟曝言》這樣一部張揚儒教的小說中卻有大段的色情段落，其中赤裸裸的性描寫與儒家道德說教很不諧調，性描寫的淫穢程度甚至超過了豔情小說，更值得注意的是小說主人公文素臣參與了這些淫穢場面。有的研究者將《野叟曝言》中的異常性描寫解釋成夏敬渠心理怪癖的反映，有人甚至認爲夏敬渠心理變態，文素臣對母親的過度崇敬，與對畸變性行爲和排泄細節的頻繁描寫結合在一起，暗示了作者心理上的不健全以及他的俄底普斯情結。

二、「卻色」描寫與道德英雄的塑造

《野叟曝言》中文素臣形象可謂集傳統文人人生理想之大成。小說對文素臣形象之塑造，可謂無所不用其極。文素臣之學，述孔孟，繼程朱，包羅文明世界之一切知識，爲天下至正之學；文素臣之技，自天文曆算、醫術至琴棋書畫，皆精湛而由技入道；其識囊括當世，而又預見未來。文素臣爲亂世之救主，爲末世之光明。儒家的濟世，道家的退隱，文人的風流，儒生的矜持，兵家的武略，縱橫家的雄辯，武士的工夫，江湖豪俠的義氣，在文素臣身上融而爲一。文素臣是一個無與倫比的絕世天才，他的身上集中了封建時代傳統知識分子所有的美德和才能，被公認爲「聖人」。「聖人」指知行完備、至善之人，首先是道德上十全十美，達到修「愼獨」的境界。文素臣是一個嚴格自律的道學家，他一再經受色慾的考驗，在天理與人慾的交戰中，文素臣總能以超人的自制力戰勝各種誘惑。

《野叟曝言》中的豔情描寫篇幅雖不多，但描寫之直露，誇張之大膽，幾超過豔情小說。其對性行爲之想像，幾接近變態。小說前的凡例說，小說涉及的內容很廣泛，包括理、經、史、孝、忠、兵、醫、詩詞、算數、情、道學、春態、諧謔等，所謂「春態」就是性愛。但《野叟曝言》對異常性行爲的描寫，一方面爲突現男性主人公的超人性，另一方面是爲了反襯男主人公超常的不可思議的自制力，以表現理學家的堂堂正氣。性交甚至成爲文素臣戰勝邪魔外道的武器，在有的章節中，與異性的親密接觸，成爲表現儒家所宣揚的修身的最高境界愼獨的重要內容。小說的主人公文素臣不僅文才武功謀略超人，其性能力亦超群。文素臣有著無窮的精力，但仍然珍惜自己的眞陽，他在失去行動自由的時候，最淫蕩的女人壓在他身上，他竟然還能夠遏制住射精的慾望，他憑藉自己體內的眞陽戰勝了淫邪的女人。他只爲生育後代才跟女人性交。他對妻妾充滿感情而且無親疏厚薄之分，小說稱讚他說：「說他不會風流，卻多情如宋玉。」

文素臣身上的陽剛之氣通過他魁偉的陽道表現出來。在第六十五回中，文素臣剛到南京，突然下起了大雪。一天，文素臣從旅店出來朝著簷下牆邊堆滿白雪的尿桶小解，文素臣很少小解，一解須要半時，他的尿蒸騰出來的熱氣把一桶白雪消化淨盡，氣冲起來，如煙如霧。這一幕情景將對面樓上的一個女人看得心滿意足，色動神飛。那個女人是鄉宦李又全的妾，李又全經常誘騙陽道魁偉、精神壯旺的男子，給他們藥吃，讓自己的妻妾引逗得他們

射精，然後自己去吸取他們的陽精。那個妾看到文素臣碩大的陽道和他撒尿時表現出來的壯旺的陽氣，馬上向李又全彙報。在第九十四回中，文素臣甚至用自己身上的陽氣將石女玉兒蒸得滿身溫暖，最後能正常行經了，而且有了超常的生育能力。

有如此超常的性能力卻又能夠不爲色慾所誘，更反襯出文素臣超常的不可思議的自制力，表現出理學家的堂堂正氣，形象地闡釋了儒家所宣揚的修身的最高境界愼獨的內涵。文素臣從不追求縱慾之樂，性交只是爲了繁衍後代。他認爲，生殖器應被看作「平常可厭，方是寶貝」：

> 何者非寶？況此二物若是平常可厭，方是寶貝。倘有一毫異人，便是破節喪身、禍害不堪之物。即如九姐，雖是狐狸，亦有靈性，如有人罵他豬狗，豈不忿怒？只因把我之物當作活寶，便百般婬戲，全無廉恥，眞豬狗不如矣！倘我之物甚是平常可厭，則彼斷不至死。惟看作活寶一般，所以婬興大發，極力擺弄，以致精泄神憊，現出原身，立時喪命。世上愚人不惜名節，縱慾喪命，與九姐一樣的很多，總受這活寶之害。你之物，若果是活寶，我看去便如火坑一般。一入其中，便如焦皮爛肉，登時燒死；我之物若果是活寶，你亦當看做利刃一般，一觸其鋒，便要刳腸破腹，登時戳死，婬念自消，性命可保。再把那不肯做豬狗的念頭推廣開去，便可盡四德三從的道理。〔註12〕

對女色誘惑的抵抗力是對道德意志的考驗，眞正的英雄本色不僅體現在高強的武藝上，更體現在「卻色」的意志上。《野叟曝言》一方面渲染文素臣超乎尋常的性能力，又用很大的篇幅描述文素臣的「卻色工夫」，使得文素臣成爲一個怪異的「儒家超人」。文素臣面臨情慾考驗時的超強的自我控制的意志力可以說是登峰造極，讓人歎爲觀止，與文素臣相比，柳下惠的坐懷不亂眞的不值一提。在小說的開頭部分，文素臣連續三次抵制了色的誘惑，他拒絕的三個女人中，有兩個後來成了他的妾。

小說第四回寫文素臣「卻」鸞吹。西湖發大水，文素臣從一個無賴手中救出鸞吹，將鸞吹背到一個寺廟中歇息。鸞吹面色如灰土，口角流白沫，文素臣大驚失色，給她把脈，知道鸞吹是厥驚痰壅，病在心絡，加上身上

〔註12〕〔清〕夏敬渠《野叟曝言》第 68 回第 8～9 頁，毗陵匯珍樓活字本，光緒 7 年。

衣服濕透。濕衣黏裹，寒侵內臟，導致昏迷。鸞吹醒來後，文素臣點亮一枝蠟燭，接著找到柴草，燒起火來，把自己身上的一件舊青綢直裰脫下在火上烘烤，勸鸞吹也脫下濕衣服烘烤。鸞吹外罩黑綢夾襖，白綾裙，裏面恰襯銀紅羅小綿襖，藍綢夾褲。綿襖被水浸透了，緊裹著上身，把外襖裙子烘乾，仍不免渾身水氣。文素臣讓她靠近火堆，脫下內衣烘烤，鸞吹不肯。文素臣自己講烘乾的直裰披在身上，將內衣褪下烘烤，想到：「鸞吹綿襖未卸，靠著這烈騰騰的火，水氣直逼到裏邊，豈不釀成大病？」〔註13〕於是再三勸鸞吹「從權」，鸞吹見他說得誠摯，也就不怕羞了，披上文素臣的直裰，脫下內衣，在火翻弄烘烤。文素臣則赤著上身，幫他添柴撥火。兩人對坐深淡，愈覺親密。鸞吹面色被火光照著，兩頰緋紅，她向文素臣表示，願意嫁給他，一是報救命之恩，二是消除瓜田李下的嫌疑。文素臣大驚，解釋說：他救她理所應當，不需報恩；如今孤男寡女同宿廟中，赤裸相對，但心裏坦蕩清白，如果真的結為婚姻，反而讓人懷疑了。文素臣提出二人結為兄妹，鸞吹答應了。兩人衣服烘乾後各各自把衣服穿上。鸞吹見文素臣頭髮散披，從自己頭上拔下一枝金簪，替他挽了髻子。兩人起身，便在神前結拜，訂了兄妹之交。

文素臣和鸞吹只是於深夜之時在古廟中赤裸相對，他與璿姑則是同床共枕，這更見出文素臣的「卻色」工夫。文素臣救助了劉大郎一家，劉大郎和妻子石氏為了報答文素臣，想將妹妹璿姑嫁給文素臣作妾。石氏讓劉大郎多勸文素臣飲酒，將他灌醉，然後叫璿姑和他同睡，第二天跟文素臣說明情況，生米煮成熟飯，文素臣也只有答應了。璿姑一開始不願意，經不住兄嫂跪地哀求，只好答應了。劉大郎、石氏、璿姑輪流敬酒，將文素臣灌醉後，扶到床上躺下，璿姑將文素臣的衣服脫光，看見文素臣如玉山頹倒，風流瀟灑，心動不已，於是脫了衣服，只穿著緊身衫褲，揭開被子，睡到文素臣身邊。過了一會兒，她被文素臣身上的陽氣薰蒸得渾身發熱，只覺得耳紅面熱。璿姑春情萌動，按捺不住，將手緊按素臣肩背，把頭臉斜貼素臣肩窩。文素臣從睡夢中驚醒，發現了璿姑，大吃一驚，聽璿姑說明情況，嚴詞拒絕。璿姑表示，自己為閨中處子，既然與他貼身而臥，不可能再嫁他人，如文素臣不答應，只有一死。文素臣此時情思迷離，心有所動，但想到施恩圖報，妄行非禮，不是君子所為，於是假說可以商量，

〔註13〕　〔清〕夏敬渠《野叟曝言》第4回，申報館排印本，光緒8年。

穩住璿姑，學習柳下惠坐懷不亂，捨經行權，用被單裏住璿姑，緊壓兩邊
睡下，璿姑身子被被單裹住，不能翻動。天明之後，文素臣向劉大郎說明
情況，表示不能接受璿姑。劉大郎抵死哀求，璿姑傷心痛哭，文素臣只好
答應。文素臣聽說璿姑讀《九章算法》，於是答應教她算法。舉行了簡單的
儀式後，當天晚上，文素臣和璿姑入洞房：

> 素臣掀開錦被，放他鑽入被中，舒手過去，枕了璿姑粉頸，把
> 一手替他鬆了鈕扣，脫下裏衣，復將袴帶解開，褪下袴子。璿姑不
> 敢推拒，任素臣解卸。素臣此時安心受用，著意溫存。將粉頸輕勾，
> 香腮斜貼，一手把璿姑身子撫摸。璿姑正在情思迷離，香魂若醉，
> 忽覺素臣那手如有所驚一般收縮不迭，停了片晌。把手抱住璿姑纖
> 腰，將一腿屈入璿姑胯裏，交股而睡，絕不動彈了。璿姑繫驚弓之
> 鳥，覺道又有變頭，心上頓生疑慮：「倘此番又成畫餅，豈不更加羞
> 恥！」一陣心酸，早流出兩行清淚，滴在素臣臂上。〔註14〕

文素臣向璿姑解釋，必須稟知母親，娶她回去成婚後，兩人才能發生性
關係，璿姑這才放心。文素臣一覺醒來，發覺璿姑用纖纖玉指在他背上畫來
畫去，一問，原來她夢中還思考著算法。文素臣見璿姑如此好學，就在手指
在她的小腹上畫圖給她講解。文素臣要離開的前一天晚上，璿姑和文素臣同
床，纏綿恩愛，恨不得將兩個身軀熔化作一塊。兩人講得投機，更加親愛。
兩人睡到日上三竿，方才起身。璿姑的嫂子石氏不相信璿姑和文素臣同床後
還能保持清白：「『休說文相公儒雅風流，姑娘與他同床三夜，不能無情。只
看姑娘這一種窈窕身材，嬌嬈容貌，透骨風流，此時病中蹙額而眠，如煙中
楊柳，雨內芙蓉，兀自令人銷魂。何況笑口初開，歡情乍暢，感恩報德，惜
貌憐才，宛轉於腰股之間，浹洽於肌膚之際，文相公當此，有不心醉神怡，
探珠點玉者乎？姑娘，姑娘，只怕知心如我，猶未能全信耳。』因將手悄向
被裏，從袴管中伸進，把一指輕探入璿姑玉戶，只見葳蕤緊鎖，菡萏嬌含。
璿姑睡中一驚，身子直翻過來，把石氏嚇得粉臉凝羞，姣容失色。幸喜璿姑
疲乏已極，翻轉身來，仍睡了去。石氏方才放心上床而睡，滿心歡喜道：『我
姑娘如此幽貞，真是人間少有。文相公恁般方正，果然世上無雙。我丈夫有
這等妹子，嫁得這等妹夫，真好僥倖也。』」〔註15〕

〔註14〕〔清〕夏敬渠《野叟曝言》第 5 回第 11 頁，毗陵匯珍樓活字本，光緒 7 年。
〔註15〕〔清〕夏敬渠《野叟曝言》第 29 回第 1 頁，毗陵匯珍樓活字本，光緒 7 年。

　　文素臣「卻」素娥更為不易。文素臣生了重病，素娥精通醫學，給文素臣診治，鶯吹跪求素娥替她貼身伏侍文素臣，照顧他的飲食起居、大便小解，等文素臣病癒，讓她給文素臣做妾，素娥表示，她會盡心照顧文素臣。文素臣和衣躺臥，昏沉不醒。素娥開了藥方，熬好藥，給文素臣服下，當天晚上，和衣睡在文素臣腳邊。第二天，又給文素臣服了藥，素娥尋思，文素臣穿著衣服，不知道他身上是否有斑毒，是否有汗，再說穿衣服無法睡得安穩，於是將文素臣的衣服脫光了，自己還是睡在文素臣腳邊。文素臣下床小解，受了風寒，變成瘧疾，大寒大熱。素娥讓扛了一座古銅屏風進來，平放在地上，用銀炭升起幾架火盆來，盆外四面垂下帷幕，素娥走入帷內，脫去衣裙，只留褲子，將身體烤得火熱，然後到床上讓文素臣抱住，幫助驅寒。過了一會，素娥覺得身子漸冷，再到帳中烤熱，再鑽入被中給文素臣驅寒，如此三回。停了一會，文素臣又發起熱來，需要退熱，素娥下床，伏在銅屏上，將身體凍得冰冷，爬起身上床來，鑽入文素臣懷中，緊緊抱住，給他退燒。過了幾天，文素臣的病好了，只是身體有些虛弱。素娥覺得腹中甚餓，想找點茶點吃，發現文素臣的順袋裏有一顆補天丸，以為是補藥，就吃了充饑，嚼時滿口生香，覺得有一種辛熱之氣衝入咽喉，覺得遍身暖暢，情興勃然。她倒在文素臣腳邊想要安睡，誰知小腹內如火炭一般，發作起來，情思迷離，神魂飛蕩，下部暖氣蒸騰。素娥按捺不住。爬過文素臣這一頭，用腮貼文素臣的臉，心頭火發，急求歡會，急忙脫去衣褲，將文素臣抱住，口中不住呻吟。文素臣醒來，嚇了一跳，認是素娥是一時情動，用手摟著她的脖子說：「我此病非汝不生，感入肺腑，你既與我沾皮著肉，亦難再事他人。日間小姐因論璿姑，將你夾雜而言，亦非無意。我原打算向你小姐說明，回去稟知老夫人，即來取你為妾。你是極明理的人，此時苟合，豈我所肯為耶？」〔註16〕素娥告訴文素臣，她五內如焚，難以自制。文素臣將一條腿插入素娥的兩腿之間，把嘴吮咂素娥的嘴，一支手撫摩她的身體。誰知素娥慾火愈熾，興發如狂，緊抱文素臣的腰，文素臣覺著素娥口中與下部如火炭一般，感覺奇怪，一問才知道素娥吃了補天丸。文素臣讓素娥吃冰梨喝水，一股涼氣，沁入心脾，心地變得清涼，慾火才滅。素娥鑽進被中，文素臣把她抱住，素娥已是渾身冰冷。文素臣告訴素娥，補天丸是從一個頭陀那裡得到的淫藥，每每服一丸，

〔註16〕　〔清〕夏敬渠《野叟曝言》第 15 回第 1～2 頁，毗陵匯珍樓活字本，光緒 7 年。

可禦十女，女子服了，可禦十男。素娥藥性雖解，神氣已傷，氣喘吁吁，四肢無力，文素臣緊緊抱住她，百般憐惜，撫摩了一會，累了，才沉沉睡去。《野叟曝言》十五回《總評》說：

> 卻色至此回而極矣！無論雙人之卻邪色，較此迥別，即卻鸞吹、璿姑，亦不得與此並論。鸞吹並未同床合被，其擁挽抱負，皆本俠腸，無情絲牽絆；璿姑雖宛然在床，而爲德不卒，誼士羞稱，卻之尚易；至於素娥，則既感其恩，復許爲妾，而當此赤體擁抱，哭泣求歡，猶且決意絕之，不幾太上忘情乎？噫，難矣！或謂卻璿姑，至第二夜，則素臣已心許爲妾，不特赤體擁抱，並爲撫摩矣，而手忽一驚，遂至絕不動彈，一任璿姑心酸淚落，豈非太上忘情？曰：璿姑所爭，在收與不收，其心酸淚落，只爲不收之故，則其情緩；素娥所爭，在合與不合，其哭泣求救，專爲不合之故，則其情急。緩者不必治之以急，急者豈堪治之以緩？況係感入肺腑之人，而終不肯稍爲權宜以濟燃急，則眞屬太上忘情矣！故其卻鸞吹，當卻者也；卻璿姑，可卻者也；卻素娥，不當卻而又不可卻者也。夫至不當卻、不可卻而終已卻之，作者定爲天下無雙正士，豈虛譽哉！

〔註17〕

在第六十五至六十八回中，文素臣的卻色工夫被誇張到了極點。在第六十五回中，文素臣剛到南京，突然下起了大雪。有錢有勢的鄉宦李又全娶了一大群妻妾，在她們身上施行採戰術，期求長生不老。李又全經常誘騙陽道魁偉、精神壯旺的男子，給他們藥吃，讓自己的妻妾引逗得他們射精，然後自己去吸取他們的陽精。李又全開了一個飯店，一天，文素臣朝著堆滿白雪的尿桶小解，他的尿蒸騰出來的熱氣把一桶白雪消化淨盡，氣沖起來，如煙如霧，這一情景被李又全的一個侍女在飯店樓上看到了，她馬上向李又全彙報。李又全把文素臣請到家中，文素臣到了一座樓內，發現裏面站滿了穿著輕羅薄絹的歌姬。這座樓叫煖玉樓，熱氣從一個大地炕上蒸騰而出，使整座樓都熱氣騰騰的。李又全用蒙汗藥把文素臣迷倒。文素臣頭腦清楚，但四肢不聽使喚。李又全讓他的妾挑逗文素臣，讓他射出精液，而李又全在牆的另一側張嘴等著吸食。李又全的妾用一連串稀奇古怪的動作和聲音來引發素臣

〔註17〕　〔清〕夏敬渠《野叟曝言》第 15 回第 14～15 頁，毗陵匯珍樓活字本，光緒 7 年。

的情興，或者熟練地擺動腹部和陰部，或者把指頭或舌頭伸進自己的陰道，或者吹響陰唇，發出各種各樣的聲音，像蠶吃桑葉，像水滴，像搖籃曲。文素臣知道，如果射出過多的精液，將必死無疑，所以他緊盯住其中一個女人的裸體，忍住射精的慾望：

> 素臣留心看著他嫩乳酥胸，香臍軟腹，要試煉自己力量。隨氏因素臣平日總不忍一視其肌體，今忽注目而視，遂故意跪將起來，假作挽發，把牝戶正對著素臣頭面。素臣也便注視，見一堆嫩肉，松白如雪，一絲細縫，紅潤如珠，暗想：「我雖有妻妾，卻並未目擊其形；若夜間不定主意，此時便不堪屬目矣。」〔註18〕

隨氏以爲文素臣想跟她交媾，就主動迎合，但他解釋說，這樣做是爲了調節自己。小說作者借文素臣的視線對女性生殖器作了細膩的描寫。最爲露骨淫穢的是對交媾大會的描寫。女人們走進房間，脫下衣服，開始表演高超的性雜技動作。她們能讓腹部的各個部分鼓起或者收縮，肚臍也隨之跳出跳入，將大腳指插入陰部，或將生殖器含入口中，表演最精彩的是第九個妾：「九姨上床仰睡，把兩足曲開，露出牝戶，用力一努，果然將花房挺出，掀臀就頸，送入口中，舐吮吞吐，備極醜態。次便放出兩瓣花心，吸吸扇動，淅淅有聲。眾人側耳細聽，有春蠶食葉聲，有秋蟲振羽聲，有香露滴花聲，有暗泉流石聲，有凍露灑窗聲，有微風拂弦聲，有兒咂母乳聲，諮嗟淅瀝，喁喁瑟瑟。滿屋之人，看者變色，聽者神驚，錯愕嗟呀，喝采不置。」〔註19〕文素臣失去了行動能力，甚至連眼睛也無法閉上，只好看著李又全的妾的赤裸的肉體，看著她們的淫穢表演，讓那些女子擺弄自己的陽物，小說作者解釋說，只要文素臣的內心不爲所動，那麼即使發生實際上的性交，也沒有違背儒家的道德規範。九姨在表演中技壓群芳，贏得了與文素臣交媾的機會，這時的文素臣身體虛弱，除了陽具外全身麻木。文素臣與九姨交媾了很長一段時間，瀕於射精，這時他突然定睛一看，發現九姨原來是個狐狸精，不知不覺中來了一點力氣，翻過身來將她壓住，她叫出聲來，放出一股惡臭之氣，最終死去。由於文素臣內功修煉非常成功，使眞陽改變了流向，他沒有射出精液，而是撒了一大泡尿。在第六十八回的結尾，文素臣逃了出去，還解救了十六名妾和上百名女伎、丫頭、小廝等。

〔註18〕〔清〕夏敬渠《野叟曝言》第67回第4頁，毗陵匯珍樓活字本，光緒7年。
〔註19〕〔清〕夏敬渠《野叟曝言》第67回第9頁，毗陵匯珍樓活字本，光緒7年。

三、「從權」法則演繹的極限

文素臣的性遭遇還有一種情況，那就是「行權」。小說經常用「權」來解釋男主人公的一些非禮舉動。「權」一詞出自《孟子》中的一段對話。《孟子·離婁上》中記載，淳于髡問孟子：「男女授受不親，禮與？」孟子說：「禮也。」淳于髡又問：「嫂溺，則援之以手乎？」孟子說：「嫂溺不援，是豺狼也。男女授受不親，禮也；嫂溺，援之以手者，權也。」淳于髡問孟子：「今天下溺矣，夫子之不援，何也？」孟子回答說：「天下溺，援之以道；嫂溺，援之以手——子欲手援天下乎？」〔註20〕「權」這個詞在才子佳人小說中經常出現。在《野叟曝言》中，「從權」法則被演繹到了禮所允許的極限，以便展示文人英雄文素臣在極端情況下的道德風範。

對行權的更為誇大的描寫是文素臣與他的三位姜，一個是璿姑，一個是湘靈，一個是素娥。在第十七回中，文素臣被一位官員請去給他的女兒治病，他正在診病開藥方時，突然沖向病人的姐姐湘靈，撕扯她胸前的衣服，使她半身赤裸，突出兩隻嫩乳。小說解釋說，文素臣的醫術高超，他一眼就從湘靈的臉色上看出了病徵，他撕扯她的衣服，是要使她受到驚嚇，以使他全身氣血跳蕩，從而治好她的病。文素臣反覆申明「正以人命為重」。素娥是文素臣從洪水中救起的女子鸞吹的女僕。素娥精於醫道，她幫助鸞吹護理重病中的文素臣，她用赤裸的身體貼著全身赤裸的文素臣，使他減輕痛苦。文素臣清醒後不久，素娥誤食了一把春藥，慾火中燒，無法遏制，文素臣把自己的腿橫入素娥兩腿之間，撫摩她的身休，用嘴哺住她的嘴，幫她散發藥力。第二天清晨，鸞吹悄悄走來查看他們的房間，看到了這一情景，她覺得他們之間一定發生了非禮的性關係。後來文素臣行為的純潔性在衙門裏得到了辯白。在小說作者看來，堅守性貞節並不比履行其他儒家職責更為重要。文素臣在李又全家中被歌姬們玩弄羞辱時，想到了自殺，但他說服自己活下去，因為他還要為國效力，對母親盡孝：「我豈可守溝瀆之小節而忘忠孝之大經乎？」〔註21〕

小說第九十四回中，文素臣在苗峒中遇到了乾珠，乾珠的母親是神猿，神猿能未卜先知，預知文素臣會來。文素臣隨著引五到了孔雀峒，引五告訴

〔註20〕〔南宋〕朱熹《孟子章句集注·離婁上》，《四書章句集注》第284頁，北京：中華書局，1983。

〔註21〕〔清〕夏敬渠《野叟曝言》第65回第11頁，毗陵匯珍樓活字本，光緒7年。

文素臣，外來的人必須招贅做當地峒種的女婿，才准許住在峒裏。文素臣沒有辦法，只好答應，但說好照數給銀，不眞做夫妻，不同床睡覺。引五說，招了親事，頭人夜裏會來查的，如果不一床睡覺，就會出事。既然文素臣肯出銀子，又不想眞做夫妻，湊巧他的妹子玉兒是個石女，可以做個假圈套，白天給文素臣燒茶煮飯，夜裏給他鋪床疊被，做個幹夫妻，只能抱著頑耍。文素臣暗暗驚異，因爲峒母曾託夢給他，神猿也再三叮囑他，要他不避嫌疑，所以這是前定的。爲了國家大事，可以做出犧牲，何況玉兒是個石女，完全可以行權。文素臣對引五說，如果他妹子眞是石女，他願加倍出二十兩銀子。引五大喜說：「若不是石女，情願退還你身價。只有指頭大一孔，是天留給他撒溺的，憑你驗看就是了。」〔註 22〕文素臣於是給玉兒治療。玉兒不能正常行經，她的雙乳比文素臣的還小，皮膚蒼白。文素臣和玉兒把衣褲褪下，鑽入被中，摟抱而睡，文素臣只覺得滿懷涼氣。玉兒被文素臣陽氣一蒸，滿身溫暖，快活無比，偎在文素臣懷中睡去。第二天晚上文素臣又和玉兒同床：「因復沉沉而睡。玉兒緊摶素臣，更覺渾身滾熱，連稱有趣。復輕輕的把素臣之手先摩胸乳，次摩臍腹，次摩牝戶，更覺渾身快暢，遍體酥麻，口裏不住叫，咿呀阿唷低聲叫喚，直到素臣翻動，方才放手。」〔註 23〕玉兒很快行經了，而且具有了超常的生育力。在第九十五回中，文素臣受了傷，玉兒爲了報答文素臣，爲他舔傷口：「玉兒陪素臣用些酒飯，收拾上床，見素臣負痛呻吟，十分疼惜，又不敢用手撫摩，因縮下身去，用舌輕輕舐拭。素臣覺著舌舐之處，便不甚疼。因令倒睡過去，玉兒依言倒睡。素臣抱住下身，用手摩其臀腿，玉兒連聲稱快道：『奴和爺只是一頭睡著，上身都蒸暖了，下身還覺清涼。今被爺熱手一摶，好不快活。』此夜，素臣不住手的摩撫，玉兒不住口的舐咂。」〔註 24〕每天晚上，文素臣給玉兒從頭到腳全身按摩，玉兒則用口舔吮文素臣傷處。十天之後，文素臣已可坐起，玉兒的身體發生了變化：「玉兒牝上高腫如生癰毒，卻只作癢，並不疼痛。玉兒用手搔爬，忽把脫去浮皮，現出桃花玉洞。私下偷看，竟與嫂子無異，好生奇怪。一日，忽然經來，更自驚異。至夜洗澡，看著渾身皮肉都有血色，兩乳飽堆堆的，如小小饅頭髮起酵來；心下暗喜：莫非應著神人之言，還可與人交合？但與文爺同睡，如

〔註 22〕　〔清〕夏敬渠《野叟曝言》第 94 回第 4 頁，毗陵匯珍樓活字本，光緒 7 年。
〔註 23〕　〔清〕夏敬渠《野叟曝言》第 94 回第 9～10 頁，毗陵匯珍樓活字本，光緒 7 年。
〔註 24〕　〔清〕夏敬渠《野叟曝言》第 95 回第 3 頁，毗陵匯珍樓活字本，光緒 7 年。

此貼身著肉，如此恩愛，豈可另與幹姓爲婚？不覺傷感起來，暗暗流淚。素臣冷眼瞧見，到夜裏問其所以。玉兒被逼不過，只得實說，素臣愈加憐愛道：『你不遇我，豈能與幹姓交合？我不吃跌，豈能每夜同床，替你摩運？此乃天意，非人力所能勉強，不必以爲嫌忌，只要兩心放正，不起邪念就是了。』」〔註 25〕

　　後來文素臣決定帶著玉兒離開，將玉兒送給乾珠做妻子。第二天，文素臣讓玉兒騎上馬，自己擔著貨擔藥箱跟在馬後，那馬如騰雲駕霧一般，風馳電掣而去，文素臣慢慢落後了，路又難走，心裏著慌，懊悔不已。正在這時，神虎趕來，口中銜著一隻小鹿，鹿口銜著一把掌扇似的大靈芝，神虎走到文素臣身邊，伏在地上，文素臣跨上虎背，如騰雲駕霧一般，追上黃馬，放下小鹿，飛跳而去。文素臣將玉兒從馬上放下來，從小鹿口中取出靈芝，文素臣挑起箱擔，抱著小鹿，玉兒手捧靈芝，黃馬隨後，先到開家，接著到乾珠和神猿所住的草堂，神猿和乾珠一齊叩拜文素臣，感謝文素臣爲乾珠找到玉兒這樣的賢惠之女作妻子。神猿說：「然非相公純陽之體，斷不能暖其純陰之質；非相公至正之心，斷不能卻此感恩之色。相公乃平氏大恩人，上自祖先，下及子孫，皆感德不朽者也！」〔註 26〕神猿和乾珠潔心齋戒三日，告知祖先，然後行聘，當月十五日迎娶玉兒過門。新婚之日，神猿請文素臣進新娘房中討喜，文素臣不肯，神猿說：「小媳天荒已破，仍與相公同床，休說別人不能信是處子，即太氏親家親母，亦有所疑；故須相公同老婢進房，當面討出喜來，方可釋疑，即老婢家中僮婢家戶，亦無後言也！」幾句話把引五夫妻都說得滿面通紅。文素臣只好跟著一起進房，討出喜帕。神猿將喜帕遍示在房諸人，說：「這喜不特是眞喜，是全喜，兼是福德俱隆之喜，非雞冠血所可假也！」〔註 27〕接著出房大排筵宴，款待文素臣等人，席散後送新郎、新娘再歸洞房，共效於飛。次日清晨，神猿命乾珠夫婦拜文素臣爲恩父。

　　文素臣經常在女人的心窩上寫字來祛除附在她們體內的妖魔鬼怪。第七十四回中，文素臣在紅瑤家喝醉了，被人架著與紅瑤行合卺禮，醒來後堅決拒收紅瑤爲妾。紅瑤上弔自殺，文素臣爲了救紅瑤，當著紅瑤父母的面對紅

〔註 25〕〔清〕夏敬渠《野叟曝言》第 95 回第 6〜7 頁，毗陵匯珍樓活字本，光緒 7年。

〔註 26〕〔清〕夏敬渠《野叟曝言》第 96 回第 2 頁，毗陵匯珍樓活字本，光緒 7 年。

〔註 27〕〔清〕夏敬渠《野叟曝言》第 96 回第 3 頁，毗陵匯珍樓活字本，光緒 7 年。

瑤的身體百般撫弄。村中五通淫神為害，邵有才的女兒淑貞被五通神拷打，赤身裸體，下身全是傷痕。文素臣用朱墨在兩張素紙上寫上「素臣在此」四字，一張帖在房門首，一張帖在床前。邵有才求文素臣在女兒胸前也寫上字，文素臣在淑貞的酥胸上題了「邪神遠避」四字。村內的女子，除老年、幼稚及醜黑如鬼的，其餘女子都來拜見文素臣，解開胸前衣服，要文素臣在胸口寫字鎮壓。文素臣不肯，女子們的父兄丈夫跪求文素臣，文素臣才答應，在每人胸口寫一「正」字。有許多生邪病的女子求文素臣多寫幾字，文素臣只得又添了「諸邪遠避」四字。有一次文素臣甚至把字寫到了皇帝妃子的身上。第一百零八回中，宮中鬧惡鬼，鬼怪愈殺愈多，更有千百小龍，張牙舞爪，長者尺餘，短者數寸，都鑽入褲管內，去抓臀上的肉，腿上的皮，有的將尾巴插入臀部牝中，辣痛無比。真妃求文素臣用朱砂在宮人身上寫上他的名字以解邪，文素臣在宮人額上題了字，太子又求文素臣在宮人心口上也題上字，文素臣表示不敢，太子說：「急難之時，又當行權，且先生何人，何嫌可避？即正妃心額，尚欲求書。孟子云：『嫂溺不援，是豺狼也！』況宮人乎？」〔註28〕宮人都解開胸前衣服，文素臣只得挨個寫去。宮人寫完，太子求文素臣給正妃題字，文素臣表示不敢，於是遵照太后的意思，用筆蘸好朱砂後，遞給太子，讓太子代書「邪不勝正」四字。

　　清初的才子佳人小說《好逑傳》中的女主人公水冰心也以孟子對行權的辯解為依據，讓才子鐵中玉在她家中養病，不過《好逑傳》和後來的《兒女英雄傳》等小說中，按照從權原則親密接觸的年輕男女最終結為夫妻，這樣就消除了可能招致的非議和猜疑，而《野叟曝言》對女子的性純潔持更寬容的態度。鸞吹最終嫁給了一位才子，而他從未對她的性純潔產生過疑問。更值得注意的是文素臣與石女玉兒的關係，文素臣在為玉兒治療的過程中，刺激她的性慾，激活她的陽氣，促使她行經。這位女子後來嫁給了神猿的兒子乾珠，神猿不僅對文素臣沒有絲毫的疑心，還命乾珠夫婦拜文素臣為恩父。玉兒和乾珠後來生了二十八個兒子。

四、性的齊家意義與闢佛老的內涵

　　文素臣的任務是醫治社會，輔佐君主定國安邦，澤被天下，要治國平天下，必須先齊家，而恢復性的生育意義，是齊家的第一步。

〔註28〕〔清〕夏敬渠《野叟曝言》第106回第6頁，毗陵匯珍樓活字本，光緒7年。

　　第八回中，文素臣對璿姑說：「男女之樂原生乎情，你憐我愛自覺遍體俱春。若是村夫俗子不中佳人之意，蠢妻敏妾不生夫主之憐，縱夜夜於飛，止不過一剎雨雲，索然興盡。我與你俱在少年，亦非頑鈍，兩相憐愛，眷戀多情，故不必赴陽臺之夢，自能生寒谷之春。況且男女之樂原只在未經交合以前，彼此情思俱濃，自有無窮樂趣。既經交合，便自闌殘。若並無十分恩愛，但貪百樣輕狂，便是浪夫淫婦，不特無所得樂，亦且如沉苦海矣。」男女之樂的決定因素在情，如果不恩愛而僅貪戀性本身帶來的歡愉便會淪為浪夫淫婦。第七十回中，文素臣說：「要曉得陰陽二道，不過為天地廣化育，為祖宗綿嗣續，並非為淫樂而設。只要把廉恥看重，淫念自消。」〔註 29〕性為生育傳宗接代而存在，除此之外便要禁慾，將陰陽二道看作「火坑利刃」，才能免於「焦皮爛肉、破腹刮腸」之苦。與性有關的各種慾望被稱為「邪心」、「邪念」、「淫慾」、「淫心」、「淫念」，由性產生的歡愉稱為「淫樂」。但小說對男女之間由情而產生的慾還是肯定的，文素臣並非不瞭解性交的快樂。文素臣在稟明水夫人前已與璿姑、素娥等人同床，並與她們接吻，進行愛撫。

　　按照傳統儒家的觀點，性交只有以生育為目的才是正當的，所以文素臣拒斥肛交，反對使用春藥，從不談房中術。之所以反對男風，主要因為同性戀不能生育。小說的「士字卷」和「熔字卷」提到了閩人酷好男風的惡習。文素臣向城隍神禱告，讓城隍神給他神秘的力量，在男風盛會上數次用眼睛瞪碎了閩地男風的象徵夏相公的塑像，使閩人以為不祥，從此同性戀者的數量大大下降。慾望不能壓制，不能放縱，更不能為了單純的肉體快樂而滋養。《野叟曝言》第九十至九十二回描述了西南地區苗人的性風俗，已婚女子可以和登門造訪的男性客人「授受相親」並接吻，可以不經父母同意就與異性交媾，青年男女可以自定終身。一位「土聖人」為這種性習俗辯護，認為漢人防閑太過，「使男女慕悅之情不能發洩」，「若像中華風俗，男女授受不親，出必蔽面，把陰陽隔截，否塞不通」，就會導致「鑽穴逾牆，做出許多醜事」。〔註 30〕文素臣對他的說法並不贊同，但他也承認絕對禁慾不僅不利於生育繁衍，甚至會對身體帶來損害。

　　文素臣多次對別人提到「寡慾多男」，傳授自己多子的心得。第八十六回中，文素臣告訴太子：「臣聞寡慾多男，故於妻妾間，按其經期，每月止

〔註 29〕〔清〕夏敬渠《野叟曝言》第 68 回第 8 頁，毗陵匯珍樓活字本，光緒 7 年。
〔註 30〕〔清〕夏敬渠《野叟曝言》第 92 回第 7 頁，毗陵匯珍樓活字本，光緒 7 年。

同房一次，此外實無種子之方也。」〔註31〕第一百十一回中，喜得三男二女的白玉麟說：「文爺不說寡慾多男，在家與太太每月只同房一次嗎？俺依著文爺之法，不特小妾們連連生育，拙荊久不受娠，也生一女，豈不該感念文爺？」〔註32〕文素臣到處撮合那些單身的男女，理由也是爲生子以傳宗接代。文素臣有六個妻妾，儘管他與每一個妻妾的感情都很好，但文素臣輕易不與她們同房，而是在水夫人的安排下，按照「寡慾多男」的原則每月只與她們同房一次：「嗣後值諸媳月事初淨，妻則進各房寢宿，妾則各令婢女抱衾裯，至月恒堂薦寢。」〔註33〕文素臣的妻妾爲他生下二十四個兒子以及若干名女兒，這讓周圍的朋友包括東宮太子等人非常羨慕。小說不厭其煩地記敘了文素臣的二十四個兒子出生的年月日，正是遵循了「寡慾多男」的優生方法，文氏全家才人丁興旺六代同昌，在第一百四十一回中，作者煞費苦心地編造出幾百個人名，排出一份《文氏宗譜》。「寡慾多男」的觀點與後來王實穎著的《種子心法》中的觀點相似：「前人云：寡慾多男。是知求嗣者，須要誠心寡慾，專候紅將盡之時，男歡女悅，一種即成胎。倘好色多慾者，是自廢也。」〔註34〕古代房中書《洞玄子》說：「凡欲求子，候女之月經斷後，則交接之。一日三日爲男，四日五日爲女，五日以後徒損精力，終無益也。」〔註35〕

與正面人物的寡慾相對的是反面人物的縱慾，特別值得注意的是，小說中的和尚道士總是與淫濫聯繫在一起。《野叟曝言》對佛道二教充滿了仇恨。小說第一回中，文素臣和朋友們各自表述自己的志向，文素臣表示，他的志向是排斥佛道，弘揚儒學。文素臣將重建儒家的大同理想社會作爲最高使命，而阻礙大同理想實現的各種因素中，佛老最爲突出。於佛老二者中，又以佛爲重。在小說第八回中，文素臣與天竺寺和尚法雨對話，從三個方面對佛教進行了批判。在小說的第一百二十九回中，文素臣在他所上的闢佛老表中，羅列了佛老之害，在一百三十四回中，文素臣提出了滅佛老的具體方案。

小說描寫了佛老所導致的道德墮落。小說塑造的僧徒形象主要有三類。一類是「淫僧」。和尚行曇以看病爲由四處化緣，看上了何氏，幾次到她家去

〔註31〕〔清〕夏敬渠《野叟曝言》第 86 回第 2 頁，毗陵匯珍樓活字本，光緒 7 年。

〔註32〕〔清〕夏敬渠《野叟曝言》第 109 回第 5 頁，毗陵匯珍樓活字本，光緒 7 年。

〔註33〕〔清〕夏敬渠《野叟曝言》第 119 回第 10 頁，毗陵匯珍樓活字本，光緒 7 年。

〔註34〕〔清〕王實穎《種子心法》，《廣嗣五種備要》，道光元年刊本。

〔註35〕〔日本〕丹波康賴《醫心方》第 648 頁，北京：人民衛生出版社，1955。

募化，被何氏拒絕後，就半夜三更趕去她家，試圖實施強姦。第二回中出現的昭慶寺住持松庵也是一個淫僧，他不僅在光天化日之下調戲他人妻女，而且還在寺廟中藏匿了幾十個婦女。和尚都是「色中餓鬼」，幾乎所有的寺廟中都藏有婦女，被文素臣所殺的和尚身上都帶有五花八門的淫藥、淫器。和尚如此，尼姑也多不守清規。第八回寫尼姑了因、了緣在船上遇到文素臣的朋友雙人，見雙人年少風流，一路上做出許多醜態，千方百計去勾引他，遭到拒絕後了因相思成疾，竟然死去。了緣在文素臣勸誡下還俗，聽憑父母擇一頭親事，再不做浮萍斷梗，路柳牆花。第二類是惡僧。第二回出現的靈隱寺方丈和光是皇上御賜的高僧，氣焰囂張。文素臣遊西湖時遇大雨，被一個老者請進船去歇息，老者介紹他與和光相見。由於討厭僧人，文素臣毫不客氣地坐在了上位，和光「氣破胸膛」，「面上紅了白，白了紅，心頭一股冷氣不住的從喉嚨裏要鑽出來，眞是赴呂太后的筵席，如坐針氈一般」。席間談及松庵，文素臣說松庵與禽獸無異，和光冷笑一聲說：「不敬三寶，肆意譏訶，以致現世折福減算，來生帶角披毛……若像這一位所說，止識儒宗，不好禪理，不屑求教，這許多話頭，便是毀佛謗僧，爲死後地獄張本。」〔註36〕爲了報復，和光後來一再利用官府的權勢威逼文素臣的家人。第十二回寫一個頭陀「暗覷婦人胎」，被文素臣除掉。文素臣從船上跳到岸上解手，忽聽到隱隱有悲泣之聲，他縱身飛上屋簷，走過屋脊，看見院子裏一個赤身裸體的頭陀坐在小矮凳上，對面擺著一個浴盆，盆裏的水熱氣騰騰，水裏躺著一個女人，寸絲不掛，兩腿分開。頭陀手裏拿著一雙草鞋，在女人肚上揉擦。文素臣隨手揭了幾片瓦，從房上跳下，用瓦片直劈頭陀的腦袋，瓦片被震得粉碎。文素臣和頭陀惡鬥一場，將頭陀打死。正要出去看浴盆裏的女人的死活，只見屋角又鑽出一個頭陀來，文素臣趕上一步，那頭陀望後便倒，文素臣隨手一提，誰知這頭陀的衣服沒有穿好，露出雪白的身軀，胸前兩隻嫩乳，原來是個女人。浴盆中的女人趕進屋來，原來是文素臣認識的何氏，何氏赤身裸體，一手掩著陰部。她告訴文素臣，這個假頭陀是麟姐。那個被文素臣打死的頭陀把麟姐強姦了，將她的頭髮剪齊，叫她換上僧衣。頭陀吩咐她燒水，他洗完澡，換上熱水，逼著她洗。頭陀摸著她的肚子，說要揉下她腹中的胎兒，供他使用，幸虧文素臣趕到，救了她一命。文素臣從頭陀的包裹裏有曬乾的三五具血孩，八九顆幹心，一個紙包內包著兩包丸藥，一包寫著「易容丸」，

〔註36〕〔清〕夏敬渠《野叟曝言》第 2 回第 7～8 頁，毗陵匯珍樓活字本，光緒 7 年。

一包寫著「補天丸」，另一個油紙包內包著一封信，是一張名單。第四十三回中的寶華寺住持性空「吃的活人腦子、心肝、骨髓，敢也記不起數兒」。〔註37〕第三類是妖僧。妖僧以妖言惑眾，或以邪法害人。第五十回中，寶華寺的妙化禪師爲了哄騙百姓布施，竟把黃大捉來披剃爲僧，口中塞著麻核桃，綁縛在禪座上做活佛，要將他活活燒死，演出一場「活佛昇天」的鬧劇。妙化上臺宣講佛法，文素臣帶人躍上高臺，將妙化制服，接著領人直奔化禪房，在房後的地窖中搜出妖嬈婦女不計其數。

小說中的番僧箚巴堅、噠賴喇嘛、國師繼曉等都是妖僧。國師繼曉爲了篡權，大施魔法，幾乎將整個內宮變成人間地獄。小說第八十九回寫箚實巴師徒供奉歡喜佛。文素臣帶領軍士制服了箚實巴和寺中的凶僧：「有兩個軍士，扯開一僧衣服，見胸前絮有抹胸，用力一撕，突地跳出雙乳，便先押到大殿上去。天竺僧尼，俱不穿袴，自足下用布纏起，纏至股間，即向腰胯絮縛，獨空前陰後臀，以爲溲便之地。軍士不知其故，解上番尼，跪在殿前，把頭捺地，屁股掀起，早露出西方極樂世界一朵破爛蓮花，引得眾人掩口而笑。」在寺廟後面的三間小殿中，供奉著菩薩，正面塑著觀音、文殊、普賢三尊菩薩像，都是赤身裸體：「只見觀音股間，露出牝戶；文殊、普賢，各露陽物。文殊陽物翹然，觀音睨視而笑。普賢一手拈弄觀音的乳頭；文殊右腳一指斜嵌觀音牝內。」兩旁壁上畫著無數赤身的人物禽獸，有佛、菩薩、金剛像，有神仙像，有善男信女像，也有鬼物精靈、牛馬豬羊龍蛇鶴鹿，都是赤身裸體，露出陰部：「有一男交一女的，有兩男交一女的，有人交禽獸的，有禽獸交人的，有兩菩薩金剛神鬼交一禽獸的，有兩禽獸交一菩薩金剛神鬼的，扮出諸般淫戲之式，與春宮無二，各極其變。殿前四個金字匾額，是『大歡喜地』。」〔註38〕文素臣從腰間掣出銅錘，走上供桌，把觀音、文殊、普賢像打成泥餅，連同旁邊赤身裸體的善財、龍女一起打碎。將領尹雄掣出佩刀，把兩壁上淫畫全部削去。眾人在寺廟內搜出多名婦女。朝廷下旨，革去箚實巴的國師之職，將爲首的四名惡僧處斬，其餘的一百零八名和尚和尼姑驅逐回國。

文素臣爲了實現闢佛老的目標，一方面對佛老進行理論上的批駁，另一方面利用一切機會剿滅那些爲害一方的奸僧惡道，剷除直接威脅儒家正統王

〔註37〕〔清〕夏敬渠《野叟曝言》第 41 回第 2 頁，毗陵匯珍樓活字本，光緒 7 年。
〔註38〕〔清〕夏敬渠《野叟曝言》第 87 回第 7～8 頁，毗陵匯珍樓活字本，光緒 7 年。

朝的異端勢力。小說將忠奸鬥爭與儒、道、佛三教紛爭聯繫在一起，形成陣線分明的兩個陣營。邪惡者以景王朱見濠、太監靳直及其弟靳仁、兵部尚書安吉等為首，在成化皇帝的縱容下，視佛道為神明，聯繫各地的豪強惡霸、流氓地痞、淫道狂僧，攪得天下大亂。正義者以東宮太子、文素臣為首，推行儒學治國方略。當文素臣貴為「相父」時，將滅佛當成頭等大事。掃除佛道後，天下之教，復歸於一，思想之大同加上社會生活之大同，才有真正的完整意義上的大同。第一百三十二回寫到，內亂平定後，新皇即位，在文素臣的輔佐下，國家重致太平。日本、安南、扶餘藐視天朝，文素臣之子文龍帶兵征討，最後攻佔了日本。第一百三十七回中，文素臣之子文麟率軍征服了邊域及暹羅、緬甸、印度、錫蘭等地，所到之處焚毀寺廟、斥逐誅殺僧道，大勝而歸。第一百四十七回中，文素臣的朋友景日京征服了歐羅巴洲二十餘國，七十二國皈依中國儒學。

　　小說中文素臣對佛老的批判，實際上是作者夏敬渠理學思想的闡發。夏敬渠衛聖護道的思想從其著作《經史餘論》等作品也可以看出，《讀經餘論》中說：「老佛之為小人，為反中庸，為無忌憚。」「中庸之道，莫大於五倫，而老佛敢於廢君臣、棄父子、絕夫婦、去昆弟朋友之交，而別求其昆弟朋友，其廢之、棄之、絕之而盡去之者，無忌憚之至也。」「故老氏之言，千變而指不外乎養氣；佛氏之言，千變而其指不外乎明心。」清王朝建立後，統治者為加強鞏固自己的統治，一方面採取各種軍事和政治措施，鎮壓漢族及各族人民的反抗鬥爭，另一方面又十分注意利用漢族的儒家學說、藏蒙的喇嘛教，在意識形態領域加強控制。有清一代，程朱理學尤受到統治者的讚賞提倡，被推為官方哲學。統治者雖然尊孔重儒，但又允許佛、道及喇嘛教的存在。統治者雖然也需要利用佛、道二教籠絡漢人，但對佛、道二教也採取了一定的抑制措施。康熙通過控制僧道出家的人數和限制寺院經濟的發展將佛道教的發展嚴格控制在政府允許的範圍內。乾隆時對佛教比較客氣，但對道教活動的限制日趨嚴格，將正一道的組織發展限制在龍虎山，禁止到其他地方傳道授籙，又將正一真人的品秩由二品降至五品。

五、剝離情感的慾望描寫

　　儒家所崇尚的浩然正氣，在文素臣身上表現為男性的陽剛之氣。文素臣身上的陽氣與太陽有關，他甚至被描寫成太陽的化身。小說第一回寫文素臣

出生時，他的父親做了一個夢，夢見孔子親手捧一輪紅日賜給他，紅日發出萬道烈火，將一僧一道登時燒成灰燼。在第八十六回中，當文素臣受知於東宮，將大展雄圖時，太子將東宮側妃所繡的「春風曉日圖」贈給他說：「願先生佩之，如旭日一升，諸邪皆滅，陽和普被，萬匯昌明也。」〔註39〕第一百二十六回寫龍兒等人上天台山觀日出，春燕、秋鴻都說：「與上皇看時相仿，不及太師爺看的一回，有萬道金光，閃爍飛舞，無比好看。」〔註40〕第一百三十三回中，元旦那天，日出五色，景星慶雲復見東方，文素臣舉家登上園中觀星臺觀賞天象，下面人聲喝采如潮，文素臣一家老小與日星一起成為全城百姓膜拜的對象。在第一百五十二回小説結尾，文素臣夢見自己乘龍到了一個地方，與古今聖賢列座，忽見東方升起一輪旭日，滾到文素臣懷內。文素臣一家先後居住在三座建築模式完全相同的宅中，宅名「浴日」。文素臣的所有居處都題「日」名。

　　文素臣皮膚異常白皙，和才子佳人故事中年輕漂亮的才子相似，但文素臣沒有任何女性化特徵，而是充滿了陽剛之氣。那些威脅社會政治穩定的異端人物屬於陰的範疇，他們對性淫樂和權力有著強烈的慾望，而這種慾望也是屬於陰的範疇。在第六十五回中，李又全認定文素臣是純陽之身。在第八十五回中，文素臣診斷成化帝的病症，他給皇上開的療救之方是使陽氣回升，為此必須屏去宮女，但飲米炊，睡覺時夾在兩名壯旺的男童之間，與其擁背抱貼而臥。皇上陽氣的匱乏與文素臣的陽氣壯旺形成鮮明對比。在第九十四回中，精通醫道的文素臣治好了一個石女的病。過重的陰氣阻礙了她的性器官的發育。在第九十五回中，文素臣和石女同床，在文素臣身中陽氣的薰蒸下，她那麻木的身子慢慢恢復了知覺，她的病不僅好了，而且具有了旺盛的生育力，她後來生育了二十八個兒子。文素臣的尿是一種純陽之物，具有異乎尋常的功效。在第十八回中，文素臣的一個妾病危，喝下文素臣的尿得救了。在第八十三回中，文素臣往草席裏著的屍體上小便，使死人復生。

　　文素臣身上的純陽之氣可以驅除妖邪。在一百零五回中，妖僧以寒冰地獄封鎖皇宮，合宮之人個個發抖，如害瘧一般，王子、王女年幼，凍得直哭，文素臣將王子抱入房中，解開胸前衣服，裹在懷內，王子臉色漸漸變了過來，住了啼哭。文素臣見王子身已溫和，交給宮女抱著，又把兩個王女裹入懷中。

〔註39〕〔清〕夏敬渠《野叟曝言》第86回第6頁，毗陵匯珍樓活字本，光緒7年。

〔註40〕〔清〕敬渠《野叟曝言》第126回第6頁，毗陵匯珍樓活字本，光緒7年。

整個宮中寒冷異常，只有文素臣的房中暖和，太子吩咐把受傷及嬌怯的宮女馱代文素臣房中，文素臣房中蹲有一百多個宮女，離文素臣越近則越暖和。後來文素臣用霄光珠照明，取冰塊燒水煮粥，分送到各處。到得天明，合宮之人，無不飽暖。誰知寒冷過去，烈火地獄來襲。文素臣取出闢暑神珠，命宮人懸掛起來，登時滿室生涼。但到了午後，忽然滾進幾個斗大的火球，齊聲爆響，爆作百十個小球，滿房滾跳，燒宮女的衣服和鬢髮，燒得宮女或渾身精赤，或赤裸上、下半身，焦頭燎髮、燒衣破褲的不計其數。文素臣勃然大怒，大喝一聲，眼光所到，火球隨即消滅。文素臣令取來溺桶，解下半桶溺來，將草薦浸濕，攤放在門檻上，火球翻滾，離草薦尺許，就轉了回去。景王最後因為服用了過量的壯陽藥走陽而死，宮廷才重回太平。

文素臣的陽剛之氣體現在性能力上，他「陽道魁偉」，他精通玄素內媚之術，他的超常的性能力甚至可以成為克敵的利器，在床上也是戰無不勝，攻無不克，讓現實中那些陽痿的文士官僚自慚形穢。他性能力超群，卻又善於克制，性成為普度眾生、教育改造墮落女性的手段。

小說將苗夷、倭人等醜化為禽獸，認為他們只有獸性，除了殘暴就是淫亂，甚至亂倫，小說描寫了苗人首領毒龍五男五女十兄妹之間的淫亂。在作者看來，對付這樣的蠻夷之族，就應該運用以「野」制「野」、以淫止淫的戰術。這種征討宣撫方式當然下三濫，與天朝中國的文明、禮義相悖，但小說作者認為，為了達到既定目的，運用什麼方式、使用什麼手段並不重要。小說第九十四、九十五回描寫了赤身峒毒蟒的淫毒。作為文素臣的一個分身，奚勤在性能力上不遜於文素臣，在蕩平苗峒時，文素臣指使奚勤仗著春藥之功一戰克敵。文素臣到了赤身峒後，進入毒蟒的洞穴。一座大亭子額題「雲床」二字，亭內有五架楠木刻成、似床非床的仰榻，中間架著石臺，四邊花木池石無不具備，一曲牆腳邊堆著無數屍骸。往裏走，一個石巷兩邊雕刻著赤身男女擁抱交合的各種姿勢，踏著機關，渾身亂動。走了百十步是三間空殿，東邊一個院子裏有三間大房，裏間的榻上睡著一男一女，渾身肉鱗，身長丈餘，鬢髮皓白，其貌如龍，四面廊下躺著很多赤身裸體的女人。文素臣越過一堵牆，看見有七間一帶長房，房中大石榻上五男五女排著順頭而睡，有仰睡的，有側睡的，有摟抱而睡的。男長一丈，女長約九尺，滿身肉鱗，略似龍形。十條毒蟒上部似它們的父母，下部短了許多，只有陰陽兩竅，沒有糞門臍乳眼耳口鼻等竅，全身鱗甲掩蓋著，喉下逆鱗與順鱗分界處露出紅

肉。天已漸明，文素臣從洞中出來，看見五毒蟒夫婦帶著人和獸操練，操練完畢是飲宴，飲宴之後，有一人帶著十男十女上來，五個男毒蟒去摸女人的牝戶，五個女毒蟒去攢捏男人的陽物，選中了五男五女，隨即放炮起身回宮，被選中的五男五女跟在毒蟒後面，簇擁而進。文素臣從樹根裂縫中看到毒蟒夫婦和被選中的五男五女圍著石臺坐下，歡呼飲酒，猜枚行令。一個男毒蟒猜著了，便抱一個女人放在雲床上：「五座雲床都有機關，這女人一壓上去，兩邊龍爪施展，便把那女人兩腿分開，高高架起。素臣才明『雲床』二字之意。毒蟒把陽物抵進，女人便是哀哭；一經抽送，哭聲愈高。九毒蟒看著，喜笑一會。又一男毒蟒猜著，也抱一女人上床。須臾，又一女蟒猜著，便抱著個男人，卻自己仰睡上去，龍爪架開兩腿，扳著男人腰胯，盡力弄聳。那兩個女人，都哭得聲息俱無，血流滿股；男毒蟒兀自抽送不止。這女毒蟒弄了一會，忽地把兩手抵床，將身騰空，龍爪便自放開；立將起來，推倒男人，提起兩腿倒撞過來，用力一撕，直撕破心坎邊去；腹中腸髒，血淋淋的都滾將出來。素臣又怒又嚇，頭髮根根直豎。」〔註41〕

奚勤的丈人根五因為和頭人不和，被頭人報給毒蟒大王，毒蟒大王選中了奚勤及其丈人一家四口用來淫戲，奚勤哭著向文素臣求助。毒蟒的陽物、陰戶都是冷的，交合時不能快活，所以要選人交媾淫樂。毒蟒夫妻有誓在先，每月只晦朔弦望五日的白天交媾淫樂，到了夜間仍十人同床。文素臣交給奚勤一包補天丸，告訴他在交合時含化一丸，吃酒了效果更好，火酒的話更妙，可抵當勁敵，又不為毒蟒的冷陰冷陽之氣所害。想解藥性的話，飲冷水就可以。每人每年只需要六十丸補天丸，包裹七八百丸可夠四人用三年。文素臣許諾一二年後剷除毒蟒，將他們救出來。文素臣傷好後，掛念奚勤，又到赤身峒，從樹洞進去，從縫中窺探毒蟒的行動。一會兒，毒蟒帶著十個男女出來，奚勤夫妻，根五、查媽都在其中。毒蟒抽長短籌選擇交媾的對象。奚勤等已偷偷將藥吃下，兩對毒蟒先後抽得奚勤、根五夫妻四人，將他們抱上雲床，小說描寫到：

> 奚勤等藥性發作，陰陽二物俱如火炭。四個毒蟒淫興大發，叫喚之聲，如連珠炮一般，震得怪響，再湊著石峒中四面山壁應聲，幾於天崩地塌。把那六個毒蟒都看得眼熱，不及抽籌，各抱一人隨地交媾。卻只有雲床上四毒蟒淫聲浪氣，無般不叫；其餘毒蟒杳無氣息，唯有男人被搖被打及女人受痛不過悲哭之聲。弄了一個時辰，

〔註41〕〔清〕夏敬渠《野叟曝言》第 94 回第 13 頁，毗陵匯珍樓活字本，光緒 7 年。

床上毒蟒叫喚得愈加厲害，地下的毒蟒已肏死了一個女人，撕殺了一個男人，余皆勉強支持，連那已選中的一男一女亦俱相形見絀不得。毒蟒一聲叫喚，便都不歡而罷。這床上四個毒蟒，直弄到日色平西，陸續丟泄，滿地都流著陰陽之精。根五、奚勤仍是兩杆鋼槍，查媽、根氏仍是兩爐熾炭。毒蟒有誓在先，是那一人賭得，就歸那一人交合，別的便不相犯。此時，根五夫妻恰為三毒蟒所得，奚勤夫妻恰為五毒蟒所得，其餘毒蟒眼中看得火熱，卻不能輪流接戰。五毒蟒丟泄之後，亦不復交，把根五、奚勤也放上床，床上龍爪把八條腿高高架起，露出陰陽四物。討了香爐、蠟臺，在四物之前點起大蠟，焚起好香，四個毒蟒跪地磕頭如搗，道：「這是天老爺差下來，賞給咱們受用的寶貝，好不拜謝的嗎？」〔註42〕

　　第一百三十、一百三十一回中，在懷柔倭國時，已成為天朝國使的奚勤，以勢不可當的床上工夫征服了倭國的國母寬吉，並與寬吉在性高潮中涅槃成為大歡喜佛，佛身經漆斂供奉後，受到倭國舉國若狂的崇敬與朝拜，華夏天朝也不戰而將困擾邊疆的宿敵降服。戰場上不行床上來，武力不行性具上，構想可謂誇誕離奇。文容和奚勤出使日本，木秀聽說天朝使者貌美如絕色婦人，大喜，親自去拜見，文容責備木秀不納貢，木秀認罪，答應一月內備齊貢禮。文容和奚勤到殿上宣讀詔旨，木秀設席款待，在酒中放進蒙藥，把文容、奚勤蒙倒。木秀下令將兩人拉入浴室洗乾淨。倭女們先脫下文容的衣褲，見文容渾身如羊脂白玉一般，歎慕不已。把文容揩乾後，扶在浴池邊石槽裏躺好，接著剝掉奚勤的衣褲，露出陽物，眾倭女大驚，個個舌頭伸出，不敢去洗。年紀稍長的倭女上前撫摸，奚勤的陽物漲胖，竟如兩腿一樣粗長。寬吉的貼身婢女佛眼兒跑去報告寬吉，寬吉大怒，令佛眼兒同佛手兒去把兩個使者搶來。兩人到浴室門口，一眼瞧見奚勤腰間的昂然巨物，如船桅般豎起，就先拖拽奚勤。眾倭女忙把文容扶擁起來，交給木秀。木秀聽說寬吉搶走了奚勤，無可奈何，見文容雪白粉嫩的皮膚，脫得乾乾淨淨，便也不暇計較。他近前細看文容，越看越愛，伸手撫摩，慾心大熾，於是用解藥將他弄醒，將他抱坐在膝上。文容醒來大驚，大怒喝罵，但木秀有萬夫不當之勇，文容被他用力抱住，無法掙脫。文容假裝答應，要求先穿戴好衣帽，好和他對天

〔註42〕〔清〕夏敬渠《野叟曝言》第 95 回第 8～9 頁，毗陵匯珍樓活字本，光緒 7 年。

設誓。木秀信以爲眞，將文容放下來，文容貝床頭有刀，急擊在手，往水秀刺去。木秀隨手拿起一把椅子架住，將刀震落到地下。文容急忙拾起刀，再撲木秀，木秀舞動椅子，逼近文容，文容爲免受辱，自刎而死，木秀近前搶救，已來不及了。寬古取解藥將奚勤灌醒，和他説了文容自刎的事。奚勤心想，文容已死，若自己再死了，就無人向朝廷彙報消息了，於是假作歡喜，陪寬吉快活，尋找時機報仇。小説描寫寬吉和奚勤淫樂的情景：

> 寬吉大喜，拉著奚勤親嘴，將袴脱下，掐弄其陽，陡然肥漲，與浴室所見無異，佛眼等在旁嘖嘖歎慕。寬吉已是耐不住，一手把奚勤攔腰抱住，一手捧定龜頭，舔呃咀吮。奚勤本來臂力不差，這裡覺得寬吉手勢甚重，腰間如上鐵箍，休想動得，只得佯作醉態，聽其所爲。但覺龜頭既大，龜眼亦寬，那舌尖竟已舔進，不往的攪弄、又酸又癢，又辣又酥，好生難熬。弄了一會，佛眼來請娘娘安睡，寬臺抱上床去，忙叫倭女相幫，把兩人身上脱得一絲不掛，又開兩腿，搭著奚勤屁股，湊上準頭，細意挪迓如小兒吃乳一般，乍含乍放。那龜頭兀不肯進去，到得淫水直淋，然後順勢吞入牝户，陡覺漲豁。奚勤朦朧中擺動起來，寬吉非常快活，吁吁汗喘，叫喚不迭。約有一頓飯時，忽然大聲叫喊，兩人都已死了了去了。〔註43〕

眾倭女抓緊去報知木秀，木秀與兩個妾交媾後，抱著一個小喇嘛雞姦，事畢剛剛睡去，聞報大驚，前往觀看，原來奚勤的陽物從寬吉的陰部一直頂到胸口，搠破了心，流血而死，而寬吉力氣大，性慾勃發，緊抱奚勤，竟然將他勒死。寬吉緊緊勾抱著奚勤，無法扳開，只好請大喇嘛來咒解，大喇嘛看了，合掌膜拜説：「這是大歡喜涅槃之像，萬年難遇的，怎麼還要咒解？快些大家匍拜，念著大歡喜佛寶號，頂禮三日，歡喜三日，漆起眞身，永留聖蹟便是了。」〔註44〕木秀信以爲眞，想穿上衣服禮拜，大喇嘛對他説，在大歡喜佛前要赤身，一絲不掛，要每天三遍上香，三遍歡喜，三日之後，漆成眞身，斷七之後，迎入寺裏供養。歡喜就是交媾，選出十二個男子，十二個女子，在靈前赤身交媾，上一遍香，就交媾一遍。木秀讓一個妾與大喇嘛配對，自己與一個妾配對，選了十二個小喇嘛與十二個倭女配對，每日三次上香，三次歡喜。三日之後，漆成眞身，斷七之後，迎入寺中供養。

〔註43〕 〔清〕夏敬渠《野叟曝言》第 132 回，申報館排印本，光緒 8 年。
〔註44〕 〔清〕夏敬渠《野叟曝言》第 131 回第 2 頁，毗陵匯珍樓活字本，光緒 7 年。

藩王景王是叛亂的首惡。文素臣對付景王的辦法很怪異，他派遣心腹文容兒扮作妖冶尼僧，進入景王府，接近景王的七妃，以性交來討好七妃，利用七妃除掉景王。七妃想在景王叛亂成功後當皇后，在與景王飲酒時提出要求，景王表示，如果在性交時七妃任他擺佈一晚上，他就答應讓她做皇后，七妃答應了。景王吃了春藥，使用安太師送的一尺多長的藥消息子及諸般淫器，按照春宮畫冊性交，一直做到天明，弄得七妃極聲告饒，下身由酸而痛，由痛而麻，由麻而木，四肢癱軟。景王走後，七妃向容兒表示：「我受王爺的虧，怎樣打算也擺佈他一場，出我這口氣兒。」容兒給七妃出主意說：「娘娘每日甜甜的睡覺，吃些人參補藥，養起精神，等王爺進來，就合他說：『爺若不吃丸藥，不用消息，不戴淫器，能贏得奴，便算得爺真實本事。奴便心悅誠服。』王爺是好勝的人，包管上釣。娘娘便私吃一丸紫金丹，弄輸了王爺，這便可以出氣了。」到了十七日晚上，景王進了七妃房中，七妃提前用了藥，景王中計，沒有服藥，連泄兩次，伏在身上，氣喘不休，七妃問道：「爺如今伏奴不伏，還敢再戰嗎？」〔註45〕卻不見景王回答，覺得詫異，一試他口中的呼吸是冷的，忙抱轉來，一看他竟走陽而死了。七妃和眾宮女輪流著給景王接氣，景王活了過來，太醫來診脈，說是脫陽之症，開了補藥，服藥之後，不見動靜。到了初更時分，景王陽物挺硬，龜頭迸破，膿血淋漓，景王嚎叫不絕。到了二十日黃昏，景王身體有所好轉。當天晚上，文容兒趁七妃熟睡，將睡熟的景王殺死，將他的頭切了下來。

文素臣統帥軍隊與叛軍作戰，俘獲了一個武藝高強、性情倔強的女道士。為了制服對方，文素臣手下的大將鐵丐先服用了補天丸：「踉蹌進房，放在床上，扯脫袴子，在纏袋內取一丸藥吃下，脫衣上床，盡力狠幹，把立娘弄丟了才解放他兩手，將衣服剝盡，再闖轅門。這三更天把立娘連丟三次，狼狽不堪，苦苦求饒。鐵丐亦覺盡興，起來喝了口水，方才得泄。鐵丐陽道本偉，怕立娘經過大敵，徵不服他。因在山東路上殺過一個遊方和尚，得有補天丸，放在身邊，未曾試過，吃了一丸藥，性發作起來，便直幹至天明。立娘雖經過妙化法寶，因其相與婦女極多，不能專用在一人身上。自妙化死後又經久曠，被素臣神力壓捺，未免傷筋損骨，怎當得起鐵丐童真，吃了補天淫藥，三丟之後百骸弛放，連身都翻不轉來，直僵僵的躺在床上。」〔註46〕立娘表

〔註45〕〔清〕夏敬渠《野叟曝言》第106回第11頁，毗陵匯珍樓活字本，光緒7年。
〔註46〕〔清〕夏敬渠《野叟曝言》第78回第2～3頁，毗陵匯珍樓活字本，光緒7年。

示願意與鐵丐做夫妻，將叛賊的情況全供述出來了。文素臣私下問鐵丐，得知鐵丐在與立娘性交前吃了補天丸，告誡鐵丐以後再也不可服用，將補天丸要了去。文素臣除滅淫僧時，往往不忘從淫僧那裡搜奪補藥。

在第一百零二回中，消滅荒淫的大狗、二猴也是靠的性。大狗、二猴都是公猴與母狗相交所生，天生妖孽，勇力異常，矯捷無比。大狗似狗，故以狗名；二猴似猴，故以猴名。大狗仗著勇力，又有二猴幫助，成為諸瑤之長，佔據大藤峽數十年，出沒兩廣，殺官劫商，肆無忌憚。官軍屢次征討，都以失敗告終。受貳本是大狗的寵童，大狗的寡房妹子二猴與受貳私通，出入無忌。岑濬來投大狗，受貳勸大狗殺了岑濬。大狗貪岑濬的家勢威名，要臣服他以鎮壓苗、僮，反把二猴許配給他為妻。岑濬把受貳當奴僕看待，受貳對岑濬恨之入骨。二猴因岑濬年老，不及受貳精壯，而且自恃勇力，又是土主的妹妹，將岑濬視為降人，因此夫妻二人不和。一天早起，岑濬把苗女抱在懷中玩弄，二猴也把受貳叫進來，坐在他的膝上。岑濬解開苗女的衣服，摸她的雙乳。二猴也脫掉受貳的褲子，捏弄他的陽物。岑濬大怒，令左右侍從閹割受貳，左右侍從笑而不應。二猴下令左右侍從挖去苗女的陰戶，血肉淋漓，放在岑濬面前。岑濬向大狗哭訴，大狗袒護妹妹，岑濬只好忍氣吞聲，如坐針氈。後來韋忠逃來，岑濬想置黨羽以自固，於是勸大狗重用韋忠。大狗愛韋忠的相貌，於是把幼女嬌鶯許配給他。嬌鶯年紀雖少，但淫蕩與二猴無異，與很多瑤丁私通，但又貪著韋忠貌美力強，與韋忠還很恩愛。韋忠是假投降，他不僅不禁止嬌鶯與瑤丁奚四調笑，還假裝發怒，令瑤丁剝掉奚四的衣褲要鞭打，奚四驢騾一般的陽物露了出來，嬌鶯看見了。垂涎三尺，厚著臉皮央求韋忠，要與奚四交媾，韋忠答應了。嬌鶯擁奚四上炕，奚四知道韋忠的意思，於是與嬌鶯公然交媾：

> 不料略進少許，以至開口流血。韋忠拿汗巾，一面替嬌鶯拭血，一面撫摸其牝，百般憐惜，道：「我原說你當他不起，如今怎好？」嬌鶯道：「不防，待我過兩日再去捱他，少不得有快活的時候。」說著心裏感激韋忠，勝似生身父母，在大狗面前，百般誇獎韋忠的好處。〔註47〕

大狗於是將韋忠當做親信，對他言聽計從。二猴聽說了，來問嬌鶯借奚四一用。嬌鶯本捨不得，但畏懼二猴，只好讓二猴將奚四帶走。奚四竭力奉

〔註47〕〔清〕夏敬渠《野叟曝言》第 102 回第 7 頁，毗陵匯珍樓活字本，光緒 7 年。

承二猴，二猴如獲至寶，從此不再與岑濬同住，在密雲樓上與奚四日夜廝守，翻雲覆雨。後來文素臣帶官兵進攻，攻破險要，直逼峒前。大狗請二猴商議軍事，誰知二猴與奚四日夜宣淫，非常疲乏。奚四知道官兵來了，取身邊吃剩的補天丸，每天服一丸，盡力狠幹，弄得二猴連連丟泄，頭目森然，渾身癱化。大狗被毒箭射傷，傷處疼痛非常，嚎叫不止，軍心大亂。奚四作內應，文素臣率官軍殺入，擒獲大狗、二猴，文素臣傳令將大狗、二猴梟首示眾。

在特殊情況下，性還可以成為避世的手段。第一百三十回中，文素臣上表請滅佛、老，觸怒了憲宗，憲宗讓文素臣聽西域所貢的獅子吼，文素臣因此患了「失心瘋」，過了一段極為荒淫放蕩的生活。他把小內監、宮女抱在膝上胡亂摸弄玩耍。上皇賜給文素臣女樂一部、祕器一匣。文素臣見女樂中有六個女教師，非常面熟，原來是李又全的妾七姨、十姨、十一姨、十二姨、十三姨及十八姨大桃。當晚文素臣令七姨像在李又全家中那樣進行性表演。七姨一開始覥覥不敢脫衣服，文素臣令她脫掉褲子，褪去抹胸。七姨一絲不掛，連翻幾個筋斗，滾到文素臣面前，伸開兩足，露出陰部。文素臣低著頭，眯著眼睛，盡情欣賞七姨的陰部，哈哈大笑。唱曲聲、喝采聲和文素臣的狂笑聲一陣陣傳到外面。那些女弟子唱著曲兒，彈奏著樂器，七姨應著節拍進行性表演，文素臣看得手舞足蹈，歡喜異常。那些女弟子出去後，文素臣取出祕器觀玩，揀了一件放在七姨的陰部作耍，七姨面泛紅潮，情興發動，星眼朦朧，文素臣興致勃發，拉掉褲子，騰身跨上，與七姨發生性交合。滿屋子的男女都性慾萌動，女人裸體狂跑，男的抱住女人研擦，臊聲浪氣，直到半夜。第二天晚上輪到十姨表演，翻筋斗，豎蜻蜓，表演完畢，文素臣讓她仰面躺在床上，上床同她交媾，一直到二三更天才停下。此後十一姨、十二姨、十三姨輪流表演，輪流與文素臣發生性關係。家事國事，概置不理。文勤等六名內監受文素臣影響，也私下與那些女教師親近，文素臣看見了，索性讓六名內監與六個女教師配作對食。一天，水夫人去看文素臣，文素臣垂首伏地，水夫人讓他抬起頭來，看看他的臉沒說一句話，接著到日升堂，那些女教師子弟來不及穿衣服，都光著身子，一齊跪下磕頭。水夫人讓她們抬起頭，一個個看過，也不發一語。她讓十六個女弟子各唱一曲，聽完後帶著女兒和眾兒媳出去了。水夫人對眾兒媳說，心疾沒有辦法治，只好委心任運，以待天時。女教師子弟從此更無忌憚，在暖室內常赤著上身，乾脆把抹胸解掉，只留褲子，或只留裙子。知子莫若母，水夫人知道文素臣是以性混亂、

性放蕩來韜光養晦，迷惑憲宗，逃脫殺身之禍，而所有這一切是爲了完成「崇正避邪」的偉業。

六、「炫學寄慨」與文人的白日夢

　　《野叟曝言》被稱爲以小說見才學的炫學小說。《野叟曝言》的作者夏敬渠顯然有意識將他的才學融入小說之中，他將平生得意之作儘量納入書中，以炫其學，甚至將其專著如《綱目舉正》《全史約論》《經史餘論》《學古編文集》《唐詩臆解》等書中的一些章節段落照抄在小說裏。《野叟曝言》的這種寫作方式並非特例，清代中期的很多文人小說都有炫學的傾向。但《野叟曝言》所炫耀的學問，有不少存在著問題。文素臣無所不通，他啓蒙開講，答疑解惑，儼然一代宗師，但縱觀其說，既迂腐又離奇。小說第七十回寫文素臣向飛娘闡述陰陽化育之道：「人無論男女，皆由父精母血而成。精有精氣，血有血氣，豈有兒子才得父母之氣，女兒便不得父母之氣的道理？女兒既受父母之氣，女兒所生子女，又得女兒所受父母之氣，這氣不是接續得下去的麼？俗說外甥似舅，就是這一氣的緣故。若不明以氣聚氣之說，只看以血聚血，便知古來所傳滴血之事，信而可徵。現今官司檢驗，尚以此爲據。父母之血既與子女之血凝聚合一，父母之氣豈不與子女之氣合漠貫通？血係有形之物，故可見；氣係無形之物，故不可見。以血較氣，氣靈而血蠢；蠢者尚能合一，豈靈者反不能合一邪？」〔註48〕第七十一回中，文素臣進一步闡述以血驗氣之理：「《易經》說：『男女構精，萬物化生……言致一也。』只這『致一』二字，便是滴血之根。蓋男得陽氣，女得陰氣，不構精，則陰陽之氣不和，不合便不致一；既以致一，則男子身中有女子之陰氣，女子身中有男子之陽氣，其氣合一，則其血亦是合一。不然，父是一氣，母是一氣，生下子女，同受父母之氣，豈不成了二氣？連前日說的父子一氣之理，也覺有礙了！故天地必絪縕，而後天地之氣一；男女必構精，而後男女之氣一。構精者，構其精氣，即所謂交媾。男氣通乎女，女氣通乎男，氣既交通，血自凝合，故夫妻亦可滴血也。」〔註49〕夫妻可構精通氣，但契哥契弟無法通氣：「男女構精，則陽氣直達於牝，由牝而前，達於腹，於心，於肺，於舌，後達於腎

〔註48〕　〔清〕夏敬渠《野叟曝言》第 70 回第 5～6 頁，毗陵匯珍樓活字本，光緒 7 年。

〔註49〕　〔清〕夏敬渠《野叟曝言》第 71 回第 7～8 頁，毗陵匯珍樓活字本，光緒 7 年。

命、脊背，以至於腦、鼻。陰氣直達於卵，由卵而前，達於心、腹、肺、舌，後達於腎命、脊背、腦、鼻，由鼻、腦、舌、肺而灌溉四肢百骸，無處不到，始爲交通，始爲致一。若男與男構，則雖如閩中之契哥、契弟，終身不二，而契哥之陽氣不過入契弟之糞門而已，糞門雖與大腸相通，而大腸之下竅，謂之幽門，非大便不開，若使陽氣能通入大腸，則大腸之糞亦必直推而下矣。有是理乎？大腸中臭穢粗濁之氣盤屈而下，陽氣即入大腸，亦不能上達大腸之上，更接受胃海中飲食未化之物，層疊推下，陽氣更無從上達。若腸氣可由大腸入胃，則大腸臭穢之氣，亦必時時衝入胃中，直達於口矣。有是理乎？惟大腸專司輸泄，氣不上行，大腸下竅又有幽門關鎖。故契哥之陽氣只在糞門中停留時刻，仍隨陽精瀉出，萬萬不能上達於胃海，通於喉舌，而傳佈於周身也。至契弟糞門既有幽門關鎖於上，即或稍通，而大腸中純是重濁臭穢下降之氣，又何來清揚之氣，足以由糞門而上達於契哥人道之中，而成爲一氣乎？氣既不能交通，而血又何能凝合乎？」〔註50〕

　　更爲荒誕離奇的是文素臣關於無夫生子的解釋，可謂信口雌黃。第七十五回中，一個女人的丈夫已經三年不在家，女人突然生下孩子，人們懷疑有姦情。文素臣解釋說：「古來無夫生子之事盡有，當盡我知識，爲之剖別。」〔註51〕文素臣說，無夫生子有多種可能，有的是爲龍氣所感，風雨雷電時，在房外忽有所觸，陰部有受了陽氣的感覺；有的是爲水族所淫，在河邊洗衣服打水時，忽然被水衝著下體，陰部有受了冷氣的感覺；有的是爲暑氣精魅所淫，酷暑季節，赤身睡臥，容易爲精魅所淫；有的是在河邊飲水，喝進了水沫水球；有的是因爲在樹上摘食了怪異的奇花奇果；有的是露天仰吞流星電火冰雹；有的是在野地小解，忽然覺得地上有濕熱蒸氣上沖陰部。文素臣爲這個女人伸了冤，原來這個女人與自己五歲的兒子使用同一個便盆，男孩的陽氣通過便盆輾轉蒸入女人陰部，導致懷孕。這樣生下的小孩體內只有肉和氣，沒有骨頭。文素臣當眾檢驗這個無骨嬰兒，果然如他所料：「因把背上油皮揭破一塊，只聽呱的一聲，氣從破皮走出，血流滿地，放手擲下，已成肉餅。」〔註52〕

　　即使是正常的才學，文素臣表現才學的方式也很怪異。文素臣在被子裏給劉璿姑講算學，他把劉璿姑平坦柔軟的肚皮當作畫板，在上面畫三角、畫

〔註50〕　〔清〕夏敬渠《野叟曝言》第71回第9頁，毗陵匯珍樓活字本，光緒7年。
〔註51〕　〔清〕夏敬渠《野叟曝言》第75回第3頁，毗陵匯珍樓活字本，光緒7年。
〔註52〕　〔清〕夏敬渠《野叟曝言》第75回第6頁，毗陵匯珍樓活字本，光緒7年。

圓圈、畫直線斜線，講三角勾股之法。第十七回中，文素臣在任知縣家做客，突然看見任小姐，任小姐美麗健康，但文素臣看出她身患「痘毒」，決定當場立刻給她根治。文素臣突然抱住她，強行剝她的衣服。任小姐嚇壞了，拼命掙扎反抗，已被文素臣剝掉了上衣：「那女子精著半身，突出兩隻嫩乳，急得雙足亂跳。又李一手扯住那女子腰間的抹胸，一隻手還要去扯脫他的裙袴，那女子抵死掩住下身，沒命的喊叫。」〔註53〕任夫人率領丫鬟奶娘衝上來與文素臣搏鬥，男僕也趕來救人，但都打不過力大無窮的文素臣。人們正準備去叫兵丁捕快，文素臣突然宣佈，小姐染有可怕的痘毒，現在已經治好。隨後文白向眾人講述了痘毒的可怕，解釋說這樣突然驚嚇，「痘毒」才能受驚嚇發散跑掉。

所以，從總體看來，與其說《野叟曝言》是才學小說，不如說是一部言志小說。早在清初，「炫學寄慨」就成為一種風氣。科場失意的文人將自己的滿腹才學通過小說中的才子加以展現，發洩心中鬱結的不平憤懣，達到心理補償的目的。天花藏主人在《合刻天花藏才子書序》中寫道：「故人而無才，日於衣冠醉飽中，蒙生瞎死則已耳。若夫兩眼浮六合之間，一心在千秋之上，落筆時驚風雨，開口秀奪山川。每當春花秋月之時，不禁淋漓感慨，此其才為何如？徒以貧而在下，無一人知己之憐。不幸憔悴以死，抱九原埋沒之痛，豈不悲哉！予雖非其人，亦嘗竊執雕蟲之役矣。顧時命不倫，即間擲金聲，時裁五色，而過者若罔聞罔見，淹忽老矣。欲人致其身，而既不能，欲自短其氣，而又不忍，計無所之，不得已而借烏有先生以發洩其黃粱事業。有時色香援引兒女相憐，有時針芥關投友朋愛敬，有時影動龍蛇而大臣變色，有時氣沖牛斗而天子改容。凡紙上之可喜可驚，皆胸中之欲歌欲哭。」〔註54〕

「炫學寄慨」風氣之形成，是通俗小說文人化的結果。中國文學長期以詩文為主流，詩歌最主要的言志載體。到了晚明時期，小說逐漸成為「言志」的重要媒介，文人開始通過小說表現志向理想。自清代初年開始，通俗小說的創作群體發生了很大變化，書商操縱通俗小說寫作的情況有了改變，學者文人開始將通俗小說寫作視為與詩文等同嚴肅工作，甚至用半生的時間寫作一部通俗小說，於小說中表達自己的人生志向和對社會歷史的理解。這類小說的主要創作動機，抒情性、說理性的強化和故事性的淡化，使這類小說很

〔註53〕〔清〕夏敬渠《野叟曝言》第17回第4頁，毗陵匯珍樓活字本，光緒7年。
〔註54〕〔清〕天花藏主人《平山冷燕》第1頁，瀋陽：春風文藝出版社，1983。

難成為暢銷贏利類讀物。這些「不得已」而作的小說，往往成為文人作家的人生絕唱。這些小說雖常常以歷史為背景，小說之描寫卻主要取材於現實人生，對社會人生之感悟成為這些小說得以流傳的主要原因。在小說史的長期沉積之後，文人小說作家得以融合不同的小說類型，將神怪小說的綺麗、才子佳人小說的幻想和世情小說的寫實融匯於一體。清初大量湧現的才子佳人小說是小說史上的第一次「言志」熱潮，到了清代中葉，「炫學寄慨」的小說更興盛一時，被稱為兒女英雄小說的一類小說被認為是言志小說的高峰。這類小說的創作與小說作者的身世境遇有關。懷才不遇，胸中才學無由表現，抱負無由施展，只有借助於小說世界之構建，於虛幻世界中實現儒家修齊治平之理想。李汝珍直至晚年，仍須為生計而奔波，窮愁潦倒，於是著書以耗壯歲。《野叟曝言》是言志小說的登峰造極之作。夏敬渠撰寫這樣一部頗有爭議長篇小說，與他的身世閱歷有關，小說中的很多情節都有作者自身生活的影子，有的地方顯然是想彌補人生的一些缺憾。《野叟曝言》更是作者夏敬渠的白日夢，是作者的黃粱事業。

夏敬渠在《野叟曝言》中所描寫的白日夢也是封建時代文人的共同夢幻。小說主人公文素臣的人生之旅，在清代前中期的文人中有典型意義。封建時代士人的人生哲學是「達則兼濟天下，窮則獨善其身」，「獨善其身」在大多數人來說是一種難耐的人生寂寞，因此「兼濟天下」是士子追求的目標，但在現實生活中，「兼濟天下」又很難實現，士人只好在幻想和夢境中實現「兼濟天下」的人生目標。《野叟曝言》是作者那些「未能滿足的願望」的夢幻式實現。夏敬渠一生潦倒，卻以「天分絕高」自許，不甘埋沒其才，於是把理想與抱負寄託於創作，將人生的無奈和感慨轉化為小說世界中的英雄偉業，在虛擬的「空中樓閣」中實現了自己的黃粱夢，藉此獲得精神上的安慰。小說中文素臣飛黃騰達的傳奇經歷，是一個落魄文人在寒窗下的癡人說夢，真實地反映了道學家的心理。

《野叟曝言》又被稱為兒女英雄小說，小說中的文素臣被稱為文人英雄。實際上，在清代前中期的很多小說中都有文人英雄的形象。在這一時期，通俗小說逐漸成為文人表達情志的一種重要的文學媒介，文人作家常通過文學形象的塑造表達自己的社會人生見解，小說中的人物形象常常被視為作家的化身。文人小說中的這些文人英雄與現實畢竟遙遠，文人小說家也清醒地意識到了這一點，從英雄夢中醒來，給文人英雄們安排了合理的結局。除了《野

叟曝言》從始至終充滿對理學的歌頌、滅佛興儒的激情外，其他的文人英雄傳奇幾乎都由儒家的濟世熱情轉爲對仙、道、佛的嚮往，如《女仙外史》中的呂撫歸天，《綠野仙蹤》中的冷於冰成仙，《希夷夢》中的仲韓二人出世。這種皈依佛道的現象，固然與明清以來的「三教合一」有關，更重要的當是文人在理想破滅後對精神憩息所的尋覓。就在這種入世與出世的二難選擇中，文人和他們的英雄匆匆走過了一個世紀。

第四章　《姑妄言》：慾望世界中慾與情的另類書寫

　　在古今中外，要找一部像《姑妄言》這樣的小說實在不容易，這不僅因為充斥全書的性描寫，還因為這部小說性描寫的方式，對性的態度。這部小說被有的人稱為「超級色情小說」，不僅因為書中大段大段的性描寫，還因為它集此前的性愛描寫之大成，異性戀與同性戀，正常交和變態交，陰交和肛交，人交和獸交，群交和亂倫，市井百姓的性交和出家人的性交，如此等等，幾乎無所不包，各種各樣的性姿勢、性技巧，春藥、性工具和養龜術，如此等等，幾乎可以稱為性交的百科全書。

　　與這部書相比，以前的那些豔情小說，甚至包括《肉蒲團》和《浪史》，都是小巫見大巫。但奇怪的是，這部小說又讓人讀後感覺與《肉蒲團》等豔情小說有明顯的不同，不同的是描寫的態度。即使是《肉蒲團》那樣聲稱以淫制淫，由色悟空的小說，其中的性描寫仍有誨淫的嫌疑，而《姑妄言》中的性描寫卻讓人感覺有深刻的意思在其中，有的性描寫甚至觸動讀者的心靈，使讀者有諸多人生感慨。與其他豔情小說對性交的津津玩味不同，《姑妄言》採取的是一種客觀冷靜的態度。《姑妄言》中的性描寫多數無法刪除，不僅因為佔有的篇幅大，更因為性描寫實為小說反映社會人生的方式，是小說揭示人生真相的獨特視覺，刪除了性描寫的《金瓶梅》仍然是《金瓶梅》，但刪除了性描寫的《姑妄言》絕對不是《姑妄言》了。

一、第一奇書《姑妄言》的「奇」

　　《姑妄言》無刻本傳世，歷來文獻中亦不見著錄。1941 年上海優生學會、1942 年上海中華書局根據藏書家周越然所見之殘抄本（《孤本小說十種》著錄存四十、四十一、四十二回）刊行，學者方知有《姑妄言》一書，惜無首尾，至李福清於《亞非民族》雜誌發表《中國文學各種目錄補遺》，介紹了他在列寧圖書館所見《姑妄言》二十四冊，1997 年臺灣據以出版了全帙排印本，《姑妄言》全帙方為中國學者所知曉，一系列研究文章接連發表，使其影響迅速擴大。

　　《姑妄言》寫作年代，根據書前《自序》所署「時雍正庚戌中元之次日三韓曹去晶編」，則當成於雍正八年（1730），而現存抄本避康熙諱，而不避乾隆諱，亦證明該抄本抄寫於雍正末年。作者署名曹去晶，其生平家世無考，作者自署「三韓」，三韓於清代初年為熱河省的一個縣，後又為遼東之代稱，顧炎武《日知錄・外國・三韓》云：「今人乃謂遼東為三韓，……原其故，本於天啓初失遼陽，以後章奏之文遂有謂遼人為三韓者，外之也。今遼人乃以之自稱，夫亦自外也已。」〔註1〕目錄後的林鈍翁總評又云：「予與曹子去晶，雖曰異姓，實同一體，自襁褓至壯迄老，如影之隨形，無呼吸之間相離，生則同生，死則同死之友也。」〔註2〕後署「庚戌中元後一日古營州鈍翁書」，則曹去晶為遼東人無疑。而小說的故事背景為南京，對南京的地理風俗又非常熟悉，則作者曾長期生活於南京。

　　《姑妄言》採用雙聯對偶回目，一主一副，其結構之獨特，源於其內容之龐雜，全書近九十萬字，只分為二十四回，每回多達四萬餘字，少則二萬餘字，而且故事人物眾多，頭緒紛繁，每一回分正副標目，既可概括本回內容，又顧及了主線與枝節的關係。小說的命名，作者在第一回開首說：「話說前朝有一件奇事，余雖未曾目睹，卻係耳聞，說起來諸公也未必肯信，但我姑妄言之，諸公姑妄聽之，消長晝祛睡魔可耳！」〔註3〕作者在自序中則說：「夫餘之此書，不名曰真而名曰妄者，何哉？以余視之，今之衣冠中人妄，富貴中人妄，勢利中人妄，豪華中人妄，雖一舉一動之間而未嘗不妄，何也？以余之醒視彼之昏故耳。至於他人，聞余一言曰妄，見余一事曰妄，余飲酒

〔註1〕〔清〕顧炎武《日知錄》卷二九《三韓》第 1047 頁，長沙：嶽麓書社，1994。
〔註2〕〔清〕三韓曹去晶《姑妄言》總評，《思無邪匯寶》本《姑妄言》第 75 頁。
〔註3〕〔清〕三韓曹去晶《姑妄言》第 1 回，《思無邪匯寶》本《姑妄言》第 103 頁。

而人曰妄，余讀書而人亦曰妄，何也？以彼之富貴視余之貧故耳。我既以人爲妄，而人又以我爲妄，蓋宇宙之內，彼此無不可以爲妄。嗚呼！況余之是書，孰不以爲妄耶？故不得不名之妄言也。然妄乎不妄乎，知心者鑒之耳。」〔註4〕曹去晶自評云：「余著是書，豈敢有意罵人，無非一片菩提心，勸人向善耳。內中善惡貞淫，各有報應，句雖鄙俚，然而微隱曲折，其細如髮，始終照應，絲毫不爽，明眼諸公見之，一目自能了然，可不負余一片苦心。其次者，但觀其皮毛，若曰不過是一篇大勸世文耳，此猶可言也。」〔註5〕林鈍翁總評亦云：「予初閱之，見其中多雜以淫穢之事，不勝駭異曰：曹子生平性與予同，愚而且鹵，直而且方，不合時宜之蠹物也，何得作此不經之語？深疑之必有所謂，復細閱之，乃悟其以淫爲報應，具一片婆心，借種種諸事以說法耳。」〔註6〕

　　《姑妄言》中描寫性交文字十分之六七，然而與其他專意性交的豔情小說相比，《姑妄言》對社會的反映較爲廣闊，從對忠臣孝子、義夫節婦、清官廉吏、英雄豪傑，文人墨客之讚頌，到對諂父惡兄、逆子凶弟、淫僧惡道、貪官污吏之嘲諷，從對朝廷黑暗政治之抨擊，到對市井勢利之風之批判。小說故事之時間，開始於明朝萬曆年間，結束於甲申、乙酉之變，內容涉及閹黨弄權亂政，涉及到改朝換代之巨變，寫了農民和市民之貧困，揭刺了官吏之橫暴貪婪，批了社會風俗之腐靡，而重點放在對人性之陰暗之揭示。小說人物以所謂的「殘賊惡人」爲主，而少有正面人物。其對污濁世態和醜惡人性之暴露可謂淋漓盡致。「國家之賊」則有馬士英、阮大鋮等閹黨餘孽，「家庭之賊」則有不知父母妻子爲何物的忤逆不孝順之徒如卜校、伍氏夫婦，「聖人之賊」則有不學無術、道德淪喪之徒如遊係、卜通、計德，「倫常之賊」則有父子聚麀的阮大鋮、全家淫亂的姚華胄、同事操戈的鍾氏兄弟、借種於家奴的易於仁、害死父親的艾鮑兄弟、賣女求榮的忘恩小人王恩夫婦等等，「地方之賊」則有貪官污吏如鎮江府刑廳苟思、刑部崔司獄、刁千戶，地方惡霸如聶變豹。

　　據林鈍翁評論，小說借種種事情說法，對世人提出警戒，有「警人當窮而好善」、「警人擇婿不當以財，而持身無淫妒」等十六「警」，〔註7〕而其中

〔註4〕〔清〕三韓曹去晶《姑妄言》自序，《思無邪匯寶》本《姑妄言》第65頁。
〔註5〕〔清〕三韓曹去晶《姑妄言》自評，《思無邪匯寶》本《姑妄言》第67頁。
〔註6〕〔清〕三韓曹去晶《姑妄言》總評，《思無邪匯寶》本《姑妄言》第75頁。
〔註7〕〔清〕三韓曹去晶《姑妄言》總評，《思無邪匯寶》本《姑妄言》第76～79頁。

最令作者痛心疾首的是勢利之風，對權勢和財富的崇拜對人性的腐蝕。小說戲仿桃園三結義，用相當長的篇幅寫了宦萼、賈文物、童自大三人的結盟，他們毫不掩飾的表達了以富貴結盟的心理，所謂的「富貴他人合，貧窮親戚離」，〔註8〕而其所結之社爲「酒肉社」，其結盟誓言竟然是「只願同年同日生，不要同年同日死」。〔註9〕小說中極少的正面人物如鍾情和他的陪襯梅生、幹生，都飽受勢利小人之白眼，即使是寫小人物如嬴陽和陰氏，也反覆渲染勢利社會「有錢就尊敬」的世情，所謂貧窮時無人雪中送炭，富貴時有人錦上添花。小說對於勢利社會之批判則是採用以淫說法，以風月宣講因果報應，而其最主要的報應方式仍然是淫，如姦臣阮大鋮一家亂倫，幫助朱棣奪取皇位的和尚姚廣孝的孫子姚華胄的妻妾被和尚萬緣姦淫，正面的例子則有童自大因爲發善心而以外得到房中秘術，獲得了超強的性能力，以此性能力制服了潑悍的妻子。值得注意的是小說對出家僧尼的描寫，小說用大段篇幅對僧尼的淫亂作了細緻的描寫，整部小說故事即以接引庵黑尼姑與峨眉山道士的交往、交媾開端，而黑尼姑和道士又作爲若隱若現的線索，貫穿小說情節始終。另外如第五回中萬緣和尚在姚家的極度淫亂，第六回中了緣和尚對嬴氏的肆意姦淫，第十八回中假道姑本陽和尼姑崔命兒的淫亂及其對良家女子蘭佛姑的誘姦，第十九回中翟道人以傳授房中術爲幌子姦淫單于學家中全部嬌妻美妾豔婢，如此等等，與明清時期其他豔情小說中對出家人的描寫和態度基本一致。

小說情節龐雜，而線索又甚爲清晰，以篾片、賭棍和龜子竹思寬串連市井風俗史，以竹思寬與火氏相遇開始，到二人同死結束，正如林鈍翁所評，「以一絲總貫二十四回大書」，「是一部大關鎖」；〔註10〕以書生鍾情與瞽妓錢貴之愛情作爲全書的另一條主線，寄寓作者的文人情懷，從鍾情和錢貴之相識，到鍾情中舉後堅守盟約而與錢貴成親，再到國家滅亡後鍾情告別錢貴，雲遊四方，不知道所終，如林鈍翁所云，二人如戲劇中的正生正旦，爲小說情節之關鍵；小說用不少筆墨描寫的宦、賈、童三人，則貫穿起士紳社會。三條線索的交織將上自朝廷，中包地方官紳，下至平民百姓、地痞流氓的社會各

〔註8〕〔清〕三韓曹去晶《姑妄言》第9回，《思無邪匯寶》本《姑妄言》第1038頁。

〔註9〕〔清〕三韓曹去晶《姑妄言》第9回，《思無邪匯寶》本《姑妄言》第1115頁。

〔註10〕〔清〕三韓曹去晶《姑妄言》第24回，《思無邪匯寶》本《姑妄言》第2922頁。

個方面組成一個網絡。《姑妄言》的結構形式顯示了對小説傳統的繼承，比如兩世姻緣的故事框架，從唐代傳奇小説到講史話本，再到章回小説，到了明末清初的《醒世姻緣傳》中，兩世姻緣成爲小説的基本故事框架，在《姑妄言》中，鍾情和錢貴的兩世姻緣雖然只是故事的引子，但是兩人的前定的婚姻卻是小説的一條主要線索。而二人的情愛故事又借鑒了由《西廂記》開創的才子佳人小説模式，小説對錢貴的丫鬟代目作了較多描寫，讓人想到《西廂記》中的丫鬟紅娘。從二人的相識、相知到相守、相親，基本沿襲了明末清初才子佳人小説的情節模式，不同的是，更加強了男女主人公的知遇之感，只有風塵女子而且是盲眼的風塵女子賞識淪落不遇的才子，其中寄寓了文人小説作家的深沉的感喟。也正是在這個意義上，這部小説有鮮明的文人色彩。

這部小説的影響，由於長期失傳，現存的材料有限，因而沒有確切的證據，但是其白描手法和寓悲於喜的諷刺手法，與《儒林外史》的諷刺藝術有相通之處。有的學者從曹去晶與曹雪芹同姓、同籍以及生活年代接近等方面（《姑妄言》的《自序》寫於雍正七年，而且其時作者曹去晶有可能在南京，而此前不久曹家任江寧織造，煊赫一時），想到兩人可能有聯繫，曹雪芹可能受到了曹去晶的影響，雖然只是猜測，但是確實可以從《紅樓夢》中發現受到《姑妄言》影響的蛛絲馬蹟，如「淫僧」與「情僧」，五個家庭與四大家族，等等。

《姑妄言》在世情小説發展史上的地位也有值得注意的地方。小説對家庭的描寫明顯受到《金瓶梅》的影響，豔情描寫秉承明中葉以來的豔情小説傳統，又是對《金瓶梅》的性描寫的發展，在以性描寫刻畫人物性格，特別是人物的以性變態和性幻想爲主要表現形式的深層心理，表達對社會的批判等方面，比起《金瓶梅》來更爲成功。性被眞正描寫爲生活的一部分，無論在性作爲生活的有機組成部分的意義上，還是在性作爲謀生的手段的意義上，因而與《金瓶梅》相比，雖然《姑妄言》的性描寫的篇幅和細緻程度都遠遠超過之，但是其穢褻程度又比較淡薄。

《姑妄言》對性交之描寫，可謂集性描寫之大成。有一女多男性交，有一男多女性交，有多男多女混交，有男同性戀，有女同性戀，還有關於兩性人的大段描寫。不僅寫了男性利用房中術的採陰補陽，還對女性的採陽補陰作了細緻描寫。不僅寫了對淫具和春藥的利用，而且對古代筆記小説中作爲罕見記聞的獸交作了詳盡的鋪陳。兩性之間的關係被簡單化爲赤裸裸的性

交，無論男女在異性眼中只是性獵取的對象。小說之性描寫雖承《如意君傳》《繡榻野史》之餘緒，但亦非僅僅是對性描寫集大成和篇幅的擴大而已，其性描寫不僅與現實之揭示緊密相關，亦一改以前豔情小說對床笫性交行為的簡單描寫，而深入到人物之心理，通過對各種變態性行為潛在性壓抑、性幻想等的分析，將各種變態性行為與社會倫理道德聯繫到了一起。小說所選性描寫對象亦體現出作者之性觀念，作者認為對夫婦而言，「至於枕席上之事，又是婦人常情，不足為責」，〔註11〕因而亦不足為怪，多採用略寫而不作渲染，如對男女主人公鍾情和錢貴關係的描寫，至於姦臣、劣紳、惡霸、儒林敗類、賭棍篾片等，則極力渲染其性生活之糜爛，家庭之淫亂，性生活之變態如與狗、驢、猴等的獸交以及雙性亂交、舔陰等，如魏忠賢、馬士英、阮大鋮、姚華胄、姚澤民、聶變豹、易於仁、竹思寬、人屠戶、遊係、卜通等。小說對女子偷情描寫較多，正如林鈍翁評語所云：「此一部書中，婦女貞烈賢淑者少，淫濫潑悍者多。」〔註12〕而小說不僅描寫其淫濫之行為，更揭示淫濫之原因，或為生活之所迫而以賣淫謀生存如郝氏、昌氏，或為惡少匪人之引誘如陰氏，或因自然生理需求被壓抑而造成的心理逆反如鐵氏、富氏、嬴氏、牛氏。

《姑妄言》對性交的描寫有一點值得注意，那就是對女性對性慾望滿足的主動追求作了較多描寫，在不少性交活動中，女性處於主導地位，小說還以性饑渴的不得滿足來解釋女性之悍妒，刻畫了為數不少的懼內男人形象。這讓我們想到李漁小說集中關於妒婦的篇章（如《連城璧》之《妒妻守有夫之寡，懦夫還不死之魂》），想到蒲松齡注釋的《怕婆經》以及作為《怕婆經》形象化注解的小說《馬介甫》《江城》《錦瑟》等，還有與蒲松齡有關的長篇小說《醒世姻緣傳》中的片段。

因果報應成為小說情節構造的最重要因素。在小說的開頭是閔漢到聽在城隍廟中聽到地府之王對前朝疑案的審判，從董賢、曹植、楊國忠、李林甫、趙普、秦檜、朱棣、姚廣孝、嚴嵩、嚴世藩等歷史上有名可查的人物，到嫌貧愛富的女子白金重、有財無貌的黃金色以無名窮文士等虛擬人物，都被判投胎，接受輪迴賞罰。如李林甫託生的阮大鋮，楊再思託生的鄔合、武三思

<hr />

〔註11〕〔清〕三韓曹去晶《姑妄言》第17回，《思無邪匯寶》本《姑妄言》第2032頁。

〔註12〕〔清〕三韓曹去晶《姑妄言》第7回，《思無邪匯寶》本《姑妄言》第2922頁。

託生的竹思寬、秦檜託生的艾金、嚴嵩託生的馬士英、朱棣託生的李自成、姚廣孝託生的姚澤民等，皆在今世受到果報。其中如姚廣孝助朱棣發動所謂的「靖難之變」，得封國公，二百年後投胎姚家爲姚澤民，投降李自成，被判凌遲之刑，連累姚廣孝也被開棺戮屍。如宦蕚、童自大、賈文物聽從城隍勸化，又受到鍾情感化，變得樂善好施，得到福報，妻妾滿堂，子女成行，功名富貴等等。作者在《自評》中稱小說「始終照應，絲毫不爽」，〔註13〕幾乎一飲一啄，皆逃不過因果，如輪姦嬴氏的兩個獄卒，很快受到嚴厲懲罰，被活活打死；再如竹思寬與火氏發生姦情，在最後終於縱慾而亡。以因果報應作爲構造小說的故事框架，在清代前期的小說中比較普遍，如《醒世姻緣傳》《女仙外史》《說岳全傳》《續金瓶梅》等，然而《姑妄言》不同的是以淫爲報應，前世的罪惡要以今生的淫亂作爲報應，如姦臣阮大鋮，其妾嬌嬌與其子阮最、阮憂私通，阮大鋮又與兒媳鄭氏、花氏淫亂，阮大鋮的妻妾毛氏、馬氏等與家奴通姦，今生的淫亂更以淫慾的極度放縱以至於家敗人亡爲主要的報應方式，如嬴氏未婚即與小廝苟合，婚後又不安於室，結果先受和尚姦淫，被逮進監獄，被獄卒輪姦幾乎至死。至於改過自新者所受善報，亦以淫爲主要內容，如宦蕚等皆獲得超強性能力，制服悍妒的妻子，從而家和萬事興旺，功名富貴兼得。

　　《姑妄言》之題材類型，或以爲豔情小說之尤，或以爲家庭小說之新發展，爲從《金瓶梅》到《紅樓夢》的中間過渡環節之一，或以爲筆鋒所指，全在市井。概而言之，《姑妄言》所描寫生活場景以家庭生活爲主，客廳、臥室之外，不過是青樓妓院。小說描寫之重點，雖爲家庭細故，而又偏重於閨幃之間，男女之慾被作爲家庭生活的重要組成部分而加以不厭其煩的描寫。男女之慾被當作家庭生活的重要組成部分，不僅因爲色爲人之本性需要，更因爲色在《姑妄言》的世界中是謀食之手段，正是在這個意義上，小說將豔情描寫引向了活態的市井社會生活，豔情也因而成爲小說世界的有機組成部分。不僅如此，《姑妄言》還進一步將豔情與才子佳人的純情糅合在一起，而創作出也許是中國文學史上唯一的一部文人化的豔情小說。作者不僅在小說的男性主人公身上寄託了自己的人生理念，懷才不遇的憤慨，關心國事的憂憤，出處之間的徘徊，高潔品格的展示，以及對情慾的理智化的思考，還化身爲故事的講述者，在遊戲嘲諷的背後，隱含著講述者的旁觀俯視視角，表

〔註13〕　〔清〕三韓曹去晶《姑妄言》自評，《思無邪匯寶》本《姑妄言》第67頁。

達了對社會的批判，流露出對現實政治的深深失望以致於絕望。而這種鮮明的批判者姿態，是其他豔情小說和才子佳人小說所缺少的。

二、慾望橫流的世界

《姑妄言》的世界真的是一個慾望橫流的世界。在小說中，性甚至超越了食，成爲人生的第一需要。男女相見，首先注意的就是陰部，首先想到的就是性交。在小說正文的開篇，這樣描寫接引庵：「門口一叢黑松樹，一個小小的圓紅門兒，進去裏面甚是寬敞。」〔註14〕明顯是女性陰部的象形。第一個出場的小說人物到聽將道士引入庵中，道士調戲庵中小姑子，二人發生了性關係。道士在離開前，將採戰之術傳授給了黑姑子，從此這一道一尼成爲小說中的一條重要線索，也爲整部小說定下了基調。

道士離開了接引庵，到了西湖邊上，在那裡遇到了昌氏。昌氏十三歲時就與隔壁小廝於敷初試雲雨情，後來萬不得已就嫁給了他，不到半年就把於敷弄成癆症，不到一年，於敷就被徹底淘空了身子死了。替丈夫守孝不到一個月，昌氏就無法忍受慾望的煎熬，與過路少年發生性關係，她母親責備她，她竟然反唇相譏：「我嫁過的女兒，娘管不得了。我見娘也常做來，難道你是舊寡婦就該做的麼？」〔註15〕從此後一發而不可收拾。爲了躲避閒漢的騷擾，昌氏搬到了西湖邊上，因爲這裡有很多寺廟，而據說和尙本領高強，有不歇不泄的本事，而且廟裏的食物財寶都是別人捐獻，來得容易，所以不但可以得到性快樂，還可以掙錢享用。一年多時間，這些和尙就被他弄得鼻塌嘴歪，囊內已空，裂裟度牒都典了。於是昌氏乾脆做了明娼，索價甚廉，只要三錢一次，若本事高強，可以遂他的心，便不收錢，但無人能讓她歡暢。有一次，她一個晚上戰勝了八個少年，將他們痛快地貶斥羞辱一番。直到道士到來，昌氏才算遇到了對手。昌氏後來又和屠四相好，爲了躲避市井無賴的糾纏，搬到了屠四的叔叔人屠戶家中暫住。人屠戶好嫖，他妻子陶氏乾脆撇了自己的丈夫，與丈夫的朋友私奔了。人屠戶又娶了一個姓通的妓女。一年之後，人屠戶得了一個下疳，竟將性具爛掉了。通氏於是開始和其他男人私通。昌氏發現了通氏的秘密，於是和通氏的姦夫一起淫亂。通氏將性具壯大的竹思寬推薦給昌氏。誰知竹思寬竟然不是昌氏的敵手，昌氏於是將道士給她的藥

〔註14〕〔清〕三韓曹去晶《姑妄言》第1回，《思無邪匯寶》本《姑妄言》第152頁。
〔註15〕〔清〕三韓曹去晶《姑妄言》第1回，《思無邪匯寶》本《姑妄言》第179頁。

送給竹思寬使用。竹思寬使用之後，果然勇猛無比，結果昌氏在一夜之中，精脈流枯，舊病復發，漸漸飲食不進，渾身打骨縫裏邊發熱，五心煩燥，日漸黃瘦。但她仍然每夜與竹思寬交媾，當竹思寬和通氏勸她暫歇幾日，將養身子時，她回答說：「我自幼到今，恨無敵手。今得遇此，一死何恨？我當年曾說牡丹花下死，做鬼也風流，今果應其言了。所恨者相遇未久，若同他相聚一年，就死也無遺恨了。我今已病入膏肓，古語兩句話說的好：臨崖勒馬收韁晚，船到江心補漏遲。我如今忙忙的日夜行樂，猶恐無及，你如何還說止歇的話？」〔註16〕最後昌氏竟然因此而死，臨死前還請來竹思寬，將他的性具撫摩了一會，長歎兩聲，落了幾點淚，這才氣絕而亡。昌氏真的為性而死了。

小說極力誇張被稱為賽敖曹的竹思寬的性具，「橫量寬有二寸，豎量及一尺」。〔註17〕因為性具太大，一般的女人承受不了，一直沒有享受到性愛的滋味，幸虧遇到了郝氏。小說將郝氏陰部之大和性慾之旺盛誇張到了極點，小說寫到：「竹思寬遇了這個開大飯店的主兒，方得飽嘗一頓異味，始知婦人裙帶之下真有樂境。起先竹思寬以為自己腰間這廢物是沒用的了，今日方知天生一物，必有一配。」所以竹思寬送錢給郝氏，極力討她歡心。而郝氏也擔心自己的年過四十，成了老佳人，恐怕竹思寬嫌棄她。為了籠住竹思寬，她甚至勸自己的女兒錢貴與他性交，結果惹得錢貴大罵竹思寬。竹思寬在在賭場中認識一個朋友叫鐵化，鐵化好色，但性能力不強，所以不能滿足妻子火氏的慾望，受到火氏的折磨。於是小說接著寫火氏的淫蕩。就這樣一個人物引出另一個人物，引出一場又一場的淫亂。

除了群交、亂倫、雞姦等此前豔情小說中常見的情節，《姑妄言》還描寫了此前小說少寫的獸交，用長達一回的篇幅寫陰陽人的怪異性交，將這個世界的淫亂渲染到了極致。小說的第二回中，鐵化的妻子火氏因為丈夫無法滿足自己，所以慾火難消。一天她看見兩隻狗交媾，她甚至想做母狗：「可以人而不如母狗乎？」〔註18〕於是她將雄狗引到臥室中，引誘狗與她交媾，享受到前所未經的快樂，竟然覺得丈夫錢化還不如一隻狗。游夏流的妻子多銀不僅與狗交媾，甚至懷孕生下了一窩小狗。多銀看到狗交媾，將狗的性具與自

〔註16〕〔清〕三韓曹去晶《姑妄言》第2回，《思無邪匯寶》本《姑妄言》第284頁。
〔註17〕〔清〕三韓曹去晶《姑妄言》第2回，《思無邪匯寶》本《姑妄言》第231頁。
〔註18〕〔清〕三韓曹去晶《姑妄言》第2回，《思無邪匯寶》本《姑妄言》第295頁。

己丈夫的性具作了比較，覺得還是狗的性具大。她將狗引到臥室，狗竟然不用教導，輕車熟路，讓多銀快活萬分。多銀從此每天買牛肉四斤煮熟餵狗。多銀生下小狗後，一點也不覺得羞恥，她心裏想的是：「不過是下些狗了，又不得傷命，是落得快活的。」〔註19〕接著與狗交媾。有一天，多銀在後院看到了鄰居拴在那兒的驢子的性具，於是又想與驢子交媾，一開始驢子沒有反應，引導了幾天，驢子終於學會了與人交媾，而多銀竟然被因此而死。游夏流回到家裏，發現多銀光著下身，仰睡在春凳上，而狗爬在她身上抱著亂聳。游夏流打開狗，這才發現多銀已經死了，再看到在地上吃草的驢子性具上的鮮血，明白了是怎麼一回事。

小說第十四回則寫容氏與猴子交媾。她嫁給了易老兒，性慾得不到滿足，內心非常苦悶，於是讓易老兒買了一個大猴子玩耍解悶。大猴子竟然通人性，容氏給它餵食的時候，它竟然去掀容氏的裙子，回來又對著容氏擺弄自己的性具。容氏恍然大悟，原來大猴子要與她交媾。容氏將猴子牽到房中，與之交媾，竟然覺得強似自己的丈夫。半年之後，容氏竟然懷孕了，生下了一個兒子，面目小，尖臉縮腮，形似猴子，只是沒有毛。易老兒還以為是自己的兒子，歡喜得了不得。一個月後容氏將猴子牽到房中上床，猴子看見床裏睡著的小孩，到跟前撫摩，竟然有無限疼愛之意。孩子十歲的時候，送到學堂中念書，先生給他起個學名叫易於仁。易老兒先病死了，不久猴子也死了，容氏暗暗墮淚，叫兒子用小棺材裝上猴子，埋在易老兒墳後。容氏臨死前，夢見了猴子，猴子要和她繼續做夫妻，又叫她將真相告訴兒子，讓他知道猴子是他的親生父親。容氏一開始不好意思開口，後來還是告訴了易於仁，囑咐他將她和猴子合葬。交代完，這才咽氣。

容氏與猴子所生的兒子易於仁和那隻猴子一樣好色，他的舉動比漢朝的漢靈帝和南朝的劉子業有過之而無不及。他不僅與婢妾二十餘人在一起群交，還買了幾隻大猴子，讓婢妾同猴子交媾，他在旁邊欣賞。他的貪淫舉動讓一隻善能變化老狐看在眼裏，讓這隻專心修煉、從不迷惑婦女的老狐起了淫心，與易於仁的美妾鄒氏交媾，一年後鄒氏生下一個女兒，因為據老狐說這女兒後來奇淫，就給她起名奇姐。奇姐奇就奇在是個千古少有的陰陽人，兼有男人和女人的性具，上半月男性性具起作用，下半月女性起作用。她嫁

〔註19〕〔清〕三韓曹去晶《姑妄言》第12回，《思無邪匯寶》本《姑妄言》第1459頁。

給了牛耕，牛耕因爲疾病，成了個髒頭風，發作的時候肛門內外奇癢無比，需要龍陽小子給他肛交。與奇姐結婚後，上半月由奇姐給他肛交，兩人竟然互爲夫妻。奇姐名義上爲牛耕買了八個婢妾，實際上是主要是供自己在上半個月享用，牛耕將他選來給他肛交的八九個小子送給奇姐，供她下半月享用。於是奇姐、牛耕、八個女子、八個男子一起淫亂。奇姐先後姦淫了牛耕的妹妹香姑和表妹貞姑，香姑竟然愛上了奇姐，但貞靜賢淑的貞姑羞憤無比，決定實施報復。她將奇姐的男性性具咬掉，並塗抹上腐蝕性的藥物，使奇姐的陰部潰爛，一直延及臟器，最後死去。

　　古代小說雜記有寫到獸交的，但從沒有像《姑妄言》寫得這麼細緻。至於與動物交媾而懷孕，當然不可能，但小說以這種奇思妙想嘲諷了人的獸性，不節制的慾望可能使人墮落到連動物也不如的境地，甚至招致不可預知的果報。

三、懼內描寫與人性眞實的表現

　　小說從一個獨特的角度解釋了男子懼內的原因。男子的性無能是懼內的最重要原因。小說中的幾個畏妻如虎的男人，都無法滿足妻子的旺盛的性慾。比如賈文物，他從小體弱，十幾歲娶了比自己大十歲，有幾十萬家私的富家獨生女兒，結果見了妻子就如小鬼見了閻王一般，後來他中了進士，又得到了岳家的巨額財產，於是假充文墨，欺世盜名，可對妻子卻依然畏懼非常。原來富氏因爲醜陋悍潑，無人提親，等到二十多歲，情慾萌動，對性愛充滿渴望，可體質單弱的十三歲孩童賈文物讓她大失所望，慾望的煎熬使她對賈文物充滿了仇恨，於是對他進行辱罵和折磨。後來富氏聽說賈文物在京城中了進士，第一個念頭竟然是希望丈夫的性具和功名一樣發達：「及聞他中了進士，以爲他這一回來家，離了半年有餘，不但於此道中或者長了些學問，他今日得了功名，身子既然發達，或連身邊的那件物事也發達些，亦未可知。」〔註20〕誰知賈文物中進士後，假裝斯文，到後來連性交都不急不忙，文質彬彬，惹得富氏大爲光火：「富氏此時三十多歲的壯婦，正是慾火蒸炎的時候。俗語說：『婦人三十四五，站著陰門吸風，蹲著牝戶吸土。』可是看得這般舉動的？把怒氣整整積到十分。別的怒氣向人訴說訴說，也可消去些須。這一

〔註20〕〔清〕三韓曹去晶《姑妄言》第15回，《思無邪匯寶》本《姑妄言》第1791頁。

種氣，雖父母兄弟之前，亦難出之於口。況左右不過是些婢婦，向誰說得？只好自己鬱在胸中。因其人而蓄者，即以其人而泄之。所以一見了面，輕則罵而重則打，從無好氣。就是她獨自坐著，丫頭們見她面上，即如當日褒姒一般，從不曾見她一點笑容。」〔註21〕

　　後來賈文物害了重病，富氏竟然不聞不問，如果不是鮑信找來了峨眉老道，賈文物說不定就一命嗚呼了，於此可見富氏對賈文物的絕情。峨眉老道治好了賈文物的病，賈文物見老道醫術高明，於是向他求一個療妒奇方，治富氏的悍妒。老道告訴他，女人悍妒不是天性使然，多數情況下是因爲性慾無法滿足，老道於是有一段關於女人悍妒的妙論：

> 婦人未有悍而不妒，妒而未有不淫者。若果能遂她的淫心，那悍妒之氣自然就漸漸消磨下去。居士試想，任你萬分悍妒的婦人，她到了那枕席上心滿意足的時候，可還有絲毫悍妒之氣否？皆因不能飽其淫慾，使忿怒之氣積而成悍。陰性多疑，以爲男子之心移愛於他人，故在她身上情薄，此心一起，悍而又至於妒。婦人犯了淫、妒二字，棄之爲上。既不能棄，萬不得已而思其次。古云：治水當清其源。只有把她的淫情遂了，她那悍妒就不知其然而然自化爲烏有矣。〔註22〕

老道送給賈文物兩粒大丸藥來和七八丸綠豆大的丸藥，又傳授給他房中妙訣。到了晚上，用酒一顆大丸藥，又用藥塗抹性具，到了第二天早晨起來，發現自己的性具變得又長又大，「竟長將七寸，粗逾雞子，紫威威一個茄子相似」，〔註23〕賈文物心中比當日中舉中進士還快活。到了晚上，富氏看到賈文物碩大的性具，大驚大喜。一場性交，使富氏欲仙欲死，富氏歡喜得直叫賈文物「我的親親」、「我的哥哥」，這麼親熱的稱呼叫賈文物渾身發麻。當富氏得知是鮑信推薦的老道給的賈文物藥物時，富氏甚至要送給老道一千兩銀子作謝，還要專門感謝有薦引之功的鮑信。第二天早晨起來，富氏對賈文物既溫柔又體貼，賈文物受寵若驚，那些丫鬟更感到奇怪。賈文物遵照老道的囑

〔註21〕〔清〕三韓曹去晶《姑妄言》第15回，《思無邪匯寶》本《姑妄言》第1792頁。

〔註22〕〔清〕三韓曹去晶《姑妄言》第15回，《思無邪匯寶》本《姑妄言》第1803頁。

〔註23〕〔清〕三韓曹去晶《姑妄言》第15回，《思無邪匯寶》本《姑妄言》第1805～1806頁。

咐，接連幾夜與富氏交媾，最後使富氏認輸求饒。富氏完全沒有了悍妒之氣，甚至送了四個丫鬟給賈文物享用。賈文物叫她遞酒賠罪，她竟然也答應了，小說寫到：

> 富氏笑道：「只遞酒，不說罷。」賈文物道：「我不強求你。你
> 不叫，後來再求我歇一歇，看我可依？」富氏當真有些怯他，恐弄
> 個不住禁不得，二則要圖得他的歡心。到了此時，把以前降丈夫的
> 手段一些也記不得了，笑著道：「你仗他的勢子降我麼？罷了，我替
> 你賠了禮，你明日再不要落在我手裏。」口說著硬話，卻拿過一個
> 杯來篩了酒，起身遞與賈文物，她只是嘻嘻的笑。賈文物道：「你不
> 說不拜，我也不吃，也不算。」她笑著下來，拜了一拜，道：「親哥
> 哥，小妹妹再不敢了，你饒了我罷。」把個賈文物喜得說不出來，
> 笑著一把抱住，道：「親姐姐，你不要再得罪我了。」〔註24〕

賈文物的兩個朋友也都懼內。一個是童自大，他的妻子又胖又醜，也是悍妒無比。有一天，童自大多看了丫鬟一眼，鐵氏伸出胡蘿蔔粗的五個手指，兜臉給他一掌，他被打得愣愣掙掙的，鐵氏又擰著他的一隻耳朵，抓起雞毛撢帚，往他的脖子上打了十多下，打得童自大頸如刀割，淚似雨流，跪在地板上亂轉。童自大苦苦哀求，鐵氏才饒了他。鐵氏將那個漂亮的丫鬟賣了，又將另外三個像樣的丫頭配給了三個僕人。後來童自大遇到了一個少林僧，少林僧幫助他改造性具，又將採戰術傳給了他。童自大到臥室，很自豪地向鐵氏展示自己的性具，鐵氏又驚又喜。到了晚上，童自大使用採戰術，使鐵氏快樂得要死，渾身肥肉亂抖，生平第一次享受這樣的快活。童自大把和尚的話告訴了她，因為採戰要吸婦人的陰精，所以要一天換一個婦人，七天一輪，否則婦人會生病，如按照和尚的囑咐去做，還可以生兒子，多買些婢妾用來採戰，還可以延壽。鐵氏竟然都答應了，她笑著說：「既如此說，你買小老婆就討一百個我也不管，只要你有本事去做，只做定了例子，但是七日你就來同我弄一回，你若再有本事，在我肚裏種出個兒子來，就是十日我也等得。」〔註25〕

〔註24〕〔清〕三韓曹去晶《姑妄言》第 15 回，《思無邪匯寶》本《姑妄言》第 1830
～1831 頁。
〔註25〕〔清〕三韓曹去晶《姑妄言》第 17 回，《思無邪匯寶》本《姑妄言》第 2116
頁。

另一個是宦萼。宦萼的妻子侯氏潑悍無比，經常打罵宦萼。後來宦萼先採用春宮圖中的技巧與侯氏性交，後又使用春藥揭被香和金槍不倒紫金丹，終於征服了侯氏，治好了侯氏的妒症。侯氏甚至丫鬟將嬌花送給了宦萼。小說寫道：「侯氏喜得眉花眼笑，親了他兩個嘴，說道：『這樣敬我愛我疼我，還有甚麼說的？你若時常像這樣不躲懶，我便將丫頭與你服事也是肯的。』」〔註26〕

賈文物、宦萼、童自大都獲得了奇術、妙藥，用性治好了妻子的悍妒症。像游夏流、鐵化、魏氏兄弟、喜縣令等就沒有這麼幸運。游夏流娶的是卜多銀，在結婚之前，卜多銀已經與多個男人發生了性關係，但那些男人都不能讓她滿足，她本以爲嫁了丈夫，「或者僥倖有個絕大的物事」。但游夏流更讓她失望。連續兩夜，她都毫無感覺，終於忍無可忍。她氣得「三尸神暴跳，七竅內生煙」，又急又怒，一頭撞去，混打混咬，大哭大叫：「你這麼個樣子要甚麼老婆？豈不耽誤了我的少年青春？我這一世怎麼過得？叫我守活寡，還要這命做甚麼？」她拿過褲帶，光著屁股，跳下床來，要在床欄杆上上吊。游夏流嚇得下床跪在面前，抱定她的兩腿哀求：「你息息怒罷，是我父母不是，從小定了你，怪不得我。雖然我沒本事，我像父母般孝敬你，凡事遵你的法度，你將就過罷。」多銀哭哭啼啼地罵道：「你就把我當祖宗供著，也抵得上那個東西麼？」〔註27〕游夏流沒有辦法，只好給她口交，她這才住了聲不哭，不上吊了。從此以後，游夏流成了天下僅一，古今無二的懼內「都元帥」，卜氏罵一聲，他就跪下哀求，娘長娘短的叫。他爲多銀掃地鋪床，燒茶煮飯，給她洗腳、倒馬桶。

鐵化的妻子火氏生得有五七分姿色，有八九分風騷，但爲人淫而且悍。鐵化一開始愛她美麗，凡事順著她，慢慢地火氏就開始對他動手動腳了。到後來，鐵化滿足不了她的性慾，讓她更爲惱怒，因此鐵化只好躲到外邊去。等到鐵化回來，火氏先是哭哭罵罵，後來就開始抓抓打打起來，最後與鐵化竟像有不共戴天之仇的一樣，見了面就罵，罵上氣來就咬上幾口，向鐵化臉上亂抓。鐵化更是嚇得日夜躲在外邊。有一天，火氏兩隻狗交配，於是就將

〔註26〕〔清〕三韓曹去晶《姑妄言》第 11 回，《思無邪匯寶》本《姑妄言》第 1324 頁。

〔註27〕〔清〕三韓曹去晶《姑妄言》第 10 回，《思無邪匯寶》本《姑妄言》第 1240 頁。

狗牽到臥室，與狗交媾。在性滿足之後，火氏想道：「我若早知有此妙事，稀罕那忘八做甚麼？」〔註28〕

魏氏兄弟更慘。魏如豹向童自大哭訴說：

> 實不相瞞，我寒家祖墳上的風水有些古怪，大約是陰山高，陽山低，祖傳代代有些懼內。到了我愚弟兄，越發是馬尾穿豆腐，提不起。我家兄那樣個好漢，咱衙門裏算他頭一名，番子二三十人也打他不住，憑你甚麼狠強盜，見了他，俯伏在地。家嫂那樣個肌瘦人兒，到他跟前，才打到他奶胖。老妹丈是常見的，家嫂間或一時動怒，要打他一百，打到九十九下，不但不敢爬起來，連動也不敢動。我不是說大話，我每常打到捱不得的時候，還大膽討討饒，他連饒也不敢討，啞巴似的咬著牙死捱。因他叫魏如虎，外邊人知道這事，說當年李存孝會打虎，是個肌瘦小病鬼的樣子，恰巧家嫂也姓李，又生得小巧，人都叫他母存孝。大約老妹丈也有所聞，到了弟益發可憐，說起來連石婆婆也掉淚。那些作踐的事也說不盡，一句結總的話，也不怕老妹丈見笑，他此時若叫我死，大約也不敢再活。也怨不得，一來我的賤體比老妹丈小了好些，賤內的尊軀與捨表妹相彷彿，他要打起我來，一隻手像拎小雞似的，輕輕就摜在地下，一屁股坐在脊樑上，就如孫行者壓在五行山，還想動一動麼？憑他揀著那一塊，愛怎麼打就怎麼打，我叫做抬轎的轉彎，滿領就是了，總是我賤名的這個豹字當初起的不好。〔註29〕

魏如豹將家有悍妻歸因於祖墳風水，實際上有兩個細節說明了其中奧妙。魏如豹回家，剛到家門口，他妻子師氏正在門內看街上兩條大獅子狗交配，被魏如豹打斷了興致，非常惱怒。魏如豹抓緊討好她，說買了二斤肉一斤酒要孝敬她，師氏這才高興。師氏想吃牛肉燉絲瓜，但一聽賣菜的說韭菜是壯陽的，就馬上叫魏如豹買韭菜，而且還要多買。在吃飯的時候，魏如虎只揀肉吃，魏如豹只吃韭菜。魏如虎的妻子李氏問師氏，為什麼魏如豹不吃肉，師氏告訴她韭菜可以壯陽，李氏一聽，罵魏如虎道：「你害了讒癆了，你把韭菜也吃些是呢。」〔註30〕魏如虎忙連吃了幾大口韭菜，李氏才高興。

〔註28〕〔清〕三韓曹去晶《姑妄言》第 2 回，《思無邪匯寶》本《姑妄言》第 298 頁。

〔註29〕〔清〕三韓曹去晶《姑妄言》第 3 回，《思無邪匯寶》本《姑妄言》第 342～343 頁。

〔註30〕〔清〕三韓曹去晶《姑妄言》第 3 回，《思無邪匯寶》本《姑妄言》第 358 頁。

童自大本來要寫文書休妻，聽了魏如豹訴苦，又在茶館中聽人討論江寧縣喜老爺因為和男寵小董兒睡覺，被妻子抓住了，捋掉了半邊鬍子，這才知道世上的男人都怕老婆，於是打消了休妻的念頭。

自婚姻形成之日起，懼內的現象就已經存在，即使是大談特談男尊女卑禮教的先秦兩漢時代，懼內現象也是層出不窮，而儒教經過兩晉南北朝反儒思潮的衝擊，在上層統治者和下層百姓之中實際上是名存實亡，真正堅守的是社會的中層，但即使在社會的中層，男尊女卑觀念也沒有得到真正的貫徹。在《世說新語》中，懼內竟然被當作風流雅事，到了唐代，宰相的夫人妒悍，不僅令宰相畏懼，甚至不畏皇帝的威脅。在武則天朝，由於女子當權，男人只好順從，為中下層社會做了榜樣。男人懼內，原因有很多，有的是畏懼妻子娘家的財富或權勢，有的是由愛生懼，還有的是無緣無故，只能歸因於天生的性格原因。在明清之際，妒婦成為小說中的重要角色，甚至出現了一些專門描寫妒婦的小說，如《療妒羹》《醋葫蘆》《醒世姻緣傳》等，這些小說都在琢磨男人懼內的原因。其中最突出的是《醒世姻緣傳》，這部小說用兩世姻緣和因果報應來解釋男人懼內的原因，而最後竟然靠佛教的《金剛經》才徹底治好女主人公的妒病，於此可見女人妒悍之病的頑固和可怕。《姑妄言》則將性挫折看成是女子悍潑而難以駕馭的重要甚至唯一原因，悍淫女子的慾望又像洪水猛獸一樣將男子吞沒，男子只有借助藥物和方術在床上征服女人，才能最後征服女人，徹底治好女人的妒悍之疾。《姑妄言》顯然誇大了性在婚姻中的作用，但確實從一個獨特的角度揭示了懼內的重要原因之一。現代心理學和社會學的調查研究也證明了性在婚姻中的地位，很大一部分離婚與性生活不和諧有關，性生活的不和諧可能造成某些生理方面的擾亂和心理方面的掙扎與焦慮，進而造成性格的怪異甚至人格的變態。所以《姑妄言》以極端的誇張一定程度上反映了人性的真實。

四、對採戰術的文學想像

房中術是中國古代文化中最神秘的部分之一，所謂房中，顧名思義指的是臥室內隱秘的性生活，現存的房中書講述的實際上並不是如何達到性生活的和諧，而是從男性的角度探究如何使女子獲得性高潮或者征服女子的方法。採補術是房中術的重要內容，按照這些房中書的說法，男子掌握了性交採補的秘密，可以通過性交達到養生長壽的目的。但所有這些房中書都沒有

解釋採補的具體方法，可能這才是古代房中術的不傳之秘。明清時期的豔情小說幾乎都涉及了房中術，但這些小說中的男主人公關心的是性具的大小，更爲在意的是在床上征服女人，讓女人求饒，顯示自己的性能力，獲得性征服的快感，所以雖然偶而提到採補，也只是一筆帶過。

　　《姑妄言》不僅對房中術的實踐作了描寫，更對房中術中最神秘的採戰術進行了想像，這些想像現在看來是不科學的、可笑的，但不能不承認其想像確實奇妙。在小說第一回出現的峨眉山道士「既會採陰，又善煉汞」，到處尋找「好鼎器」採補。他在接引今庵中見到了黑姑子，認爲是「好鼎器」，於是就開始採補，而所謂的「採補」，指的是用性具吸食陰精。道士稱讚黑姑子的陰部是「寶」：「別的婦人弄頭一次，陰精都盛，第二次就少了，第三次還有沒有的，間或還有受不得的。你的一回多似一回，再吸不盡，豈不是寶？」〔註31〕爲了表示對黑姑子的謝意，道士將採陽補陰術傳授給了她。黑姑子用到聽做了個實驗，「覺得果如醍醐灌頂，甘露沁心，樂不可言」，〔註32〕到聽一開始也覺得快活無比，一連三度，弄得頭暈眼花而去。

　　小說對道士採補術的厲害反覆渲染。道士在杭州遇到了昌氏母女，昌氏性慾旺盛，淫蕩無比，但被道士採補了一次，就頭暈眼花，腰酸背痛。道士走後，昌氏竟然支撐不住，睡倒在床，病了數月，幾乎喪命，吃了許多補益的藥才起得來。在小說的第十五回中，萬緣和尚在姚府眾妻妾淫亂了二十多日，感覺應付不來，於是將峨眉山道士推薦給姚府中的女人們。道士先和桂氏交合，桂氏獲得了前所未有的滿足，連續獲得了兩次高潮，還有求歡之意，道士告訴她：「使不得，我這東西不同他人，與婦人交媾，陰精全吸了的，因你從未經此，故敢行二次。若是長弄一次之後，必須養息六七日才可，不然定要生病。這盡夠了，你不信，等我拔出來，你看陰中可有流出來的余瀝麼？」〔註33〕桂氏一試，果如其言。

　　當賈文物因爲妻子悍妒而向峨眉老道求療妒奇方時，峨眉老道送給他性藥，並將房中採補術傳授給了他。賈文物將藥內服外塗，果然奇驗無比，性具變得粗大無比。小說的第十七回詳細講述了採補的具體操作。童自大向少

〔註31〕　〔清〕三韓曹去晶《姑妄言》第1回，《思無邪匯寶》本《姑妄言》第166頁。
〔註32〕　〔清〕三韓曹去晶《姑妄言》第1回，《思無邪匯寶》本《姑妄言》第169頁。
〔註33〕　〔清〕三韓曹去晶《姑妄言》第15回，《思無邪匯寶》本《姑妄言》第1892頁。

林僧請教房中秘術，得到峨眉老道真傳的少林僧向童自大講解了採戰種子的分別，採戰和種子是古代的兩種秘術，採戰就不能種子，種子就不能採戰，而峨眉山老道的採補術卻將這兩種秘法結合到了一起，所以才稱為異術。少林僧先解釋什麼是採戰：「男女交媾，男人的陽精就是身上的腦髓，人的頭顱謂之髓海，臨泄時，精由髓海而下走，夾脊至尾閭至腎而出，所以通身快暢。若作喪得多了，腦枯髓竭，所以人就身弱致病，久而久之，如油乾燈滅，命便喪了。若會了採戰，不但自己的陽精不泄出去，反把婦人的陰精彩了，吸在自己的身中來補養髓血，坎離既濟，那身子自然一日一日的強壯起來。身強髓滿，自然就延壽了，所以叫做採戰。」〔註34〕接著解釋什麼叫種子：「婦人不懷孕，或是子宮冷，或是男子的精冷。我有一種藥方，男女皆服，經行之次一交合，便可得子，男人的精脈壯而暖，就是種子。」又解釋採戰和種子不能相合的原因：「種子是要自己的陽精泄了出去，採戰是要把陰精吸了過來。當日人有採戰的法，只能採過來，不能吐出去。若是把持不住，忽然一走，不但前功盡棄，還要喪命。所以說採戰不能種子，生子不能採戰。我這個法是要採就採，要種就種，既可保養身子，卻病延年，又可多得子嗣，所以不肯輕授匪人。」〔註35〕

　　少林僧還將採戰的注意事項告訴了童自大：「這一採起來，那婦人快活到心窩裏去，吸出來的陰精也是他的腦髓。男人的快活，周身通泰，比泄出時更樂。採戰的婦人，二十歲以外，三十四五歲以內的方可，那老的小的都用不得。小的精血未足，老的精血已衰，多致成疾，大捐陰功。就是中年婦人，瘦怯的還行不得，要胖胖壯壯無病的方可。若採過一次，要好好的將養七日，才得復原，過了七日，又才採得。若次數多了，要身子虛弱，成癆病死的，就不死，也再不能生子，因他的精血枯了。我說不敢妄傳匪人者，恐他混逞淫毒，縱意亂弄起來，傷了婦人性命，這豈不是我傳法的大罪過麼？所說罪過，就是這個緣故。但這個法，除非像府上這樣富足，才行得來，若是窮漢守著一個妻子，可幹得這事麼？須得有十數個婢妾，才可供得過來，這裏頭還有一個不損陰德的妙法。婦女們二十來歲尋了來，十年之內若生了子，就

〔註34〕〔清〕三韓曹去晶《姑妄言》第 17 回，《思無邪匯寶》本《姑妄言》第 2105
　　　　～2106 頁。

〔註35〕〔清〕三韓曹去晶《姑妄言》第 17 回，《思無邪匯寶》本《姑妄言》第 2106
　　　　頁。

不用說了，那無子的，到三十歲上，就與他一夫一妻嫁了去，再換少年的，這個更沒罪過。」〔註 36〕

少林僧先給童自大做了性具增大手術，他的手術讓人想到《肉蒲團》中未央生的性具再造。不過童自大的手術沒有傷筋動骨。少林僧先叫童自大用酒服下藥，然後用煎的藥草水薰洗性具，不住地搓扯，一個時辰後又用鹽滾湯服了一丸藥。就這樣過了七天，童自大的性具果然變得壯大無比：「看那陽物時，渾身青筋暴綻，色若羊肝，一個龜頭紫威威亮錚錚，形如染的雞子，約有七寸來長，一虎零一指粗細。」〔註 37〕手術還沒有完成。到第八天，少林僧給童自大的性具用了麻藥，用手心揉散了血脈，然後用銀刀將馬口割開，再用靈藥敷上，用絹帕包好。少林僧這才將採戰秘法傳給他，教他如何採吸，如何運功，如何吐泄。又過了七天，童自大性具手術完成，性具的馬口就像一張小嘴一般，竟會一張一閉。少林僧又將採戰秘法細細地講解了一番，把種子丸藥送給他，然後讓他做個試驗，取了半斤燒酒，倒在一個碗內，童自大用性具吸酒，頃刻就吸完了。於是童自大的採戰術終於學成，到了晚上和妻子鐵氏交合，使用了採戰術，童自大覺得一股熱氣自尾閭穴直冒天庭，樂不可言，才知道這個秘法的奇妙。

男人是採陰補陽，女人則是採陽補陰。在第十八回中，被迫出家的崔命兒經假道姑本陽介紹，向接引庵黑姑子學會了採戰法。黑姑子告誡她：「師太學會了這個法子，只有一件要緊，卻要留心。當日這道士再三囑咐我道，倘遇著有會採戰的男子，看他手段要利害，就忙迴避，若被他採丟了，不但將前功盡棄，還要傷了性命，這叫做崩鼎。若保固得住，吸得過會採戰陽精，來得這一次，卻也抵得每常千次的功效，補益卻也不小。那男子渾身精脈喪盡，也不能保全性命。他又曾說道，但是男子再採不過婦人，他是動，我是靜，以逸待勞；他是剛，我是柔，他外有形，而我內無形，不但柔能克剛，以無形而制有形，自然得勝的多。然不可不防。」〔註 38〕到了晚上，命兒和本陽一試採戰術，覺得丹田內一股熱氣行遍周身，真如醍醐灌頂，甘露融心，

〔註 36〕〔清〕三韓曹去晶《姑妄言》第 17 回，《思無邪匯寶》本《姑妄言》第 2107～2108 頁。

〔註 37〕〔清〕三韓曹去晶《姑妄言》第 17 回，《思無邪匯寶》本《姑妄言》第 2110 頁。

〔註 38〕〔清〕三韓曹去晶《姑妄言》第 18 回，《思無邪匯寶》本《姑妄言》第 2177 頁。

其樂無比。本陽被命兒連採了幾次，心中害怕，竟然逃跑了。命兒學會了採戰，吸引少年到慈悲庵中，用來採補，十人之中，四個成癆，六個喪命，「被他把藥汁吸盡，都成了藥渣兒了」。〔註39〕不久來了一個僧人，性具壯大，性能力超人，但命兒使用秘術，一夜之間，採了七次，將僧人弄得頭腦轟轟，一陣陣發迷，腰眼酸痛異常，苦告求饒。天一亮，那僧人就逃跑了。

崔命兒還是遇到了對手，那就是童自大。崔命兒聽說童自大會採戰，就想與他一會，好採他久蓄的精髓，誰知卻沒有鬥過童自大，結果陰精狂泄而死。小說用一大段描寫了真正的男女採戰：

> 童自大並不知婦人會採戰，他弄進去，一頂盡根，正想運氣咬他，顯顯手段，不想反被他內中一下咬住，動也動不得，咂將起來。童自大從未經此，甚覺得受用，憑他咬咂。咂了多時，他心中快活，也就吐了幾滴。命兒見他精出，以為畢事，定然大泄，忙用力採吸，卻又沒有，如此數次，他力也就費盡了。他並不知童自大是可採可吐的，只說一泄便不能止，只顧用力，雖然自己十分用力，但人的精力有限。一鼓作氣，再而衰，三而竭。大小總是一理。童自大卻覺他內中咂得一陣松似一陣，後來漸漸咬不住了，就像沒牙齒的老兒放了塊硬肉在嘴裏，只好亂咬，卻降不動。童自大覺物松活，他卻咬將起來，一下咬住了花心緊咂，命兒被他咂得渾身一陣陣的發麻，先還咬著牙關忍住，約有一個時辰，只聽得他道：「不好了，我要死。」說了這一聲，陰中一陣滾熱流出，童自大張開馬口盡著吸，他也只當每常婦人的一樣，吸幾下就盡了，誰知這次越吸越多。吸了多時，覺與平時大不相同，渾身上下骨縫中，精氣無處不到，後來覺得充滿了，採吸不盡，他內中還流個不住。再看那姑子時，像死了似的，倒吃了一驚，連忙拔出，叫道：「小師傅，快來看看你師太是怎麼樣了！」〔註40〕

五、無情之性與無性之情

在這個慾望橫流的世界中，那些姦夫淫婦之間，有的只是赤裸裸的肉慾，為了肉慾的滿足，不惜違背最基本的人倫道德，群交、亂倫無所不為，甚至與

〔註39〕〔清〕三韓曹去晶《姑妄言》第18回，《思無邪匯寶》本《姑妄言》第2181頁。

〔註40〕〔清〕三韓曹去晶《姑妄言》第18回，《思無邪匯寶》本《姑妄言》第2252～2253頁。

動物交媾，人真的淪爲了野獸。與這些無情的淫獸之行形成鮮明對照的，不是梅生的純情，也不是鍾情和錢貴的性情兼得，而是鄔合與嬴氏之間的無性之情。

嬴氏名叫皎皎，是出身戲子的嬴陽和陰氏的女兒，自幼淫蕩，十五歲起即與鄰家小廝龍颺有私，幾年後私情敗露，匆忙間嫁給了幫閒鄔合。鄔合是個天閹，沒有性具，他本來不打算娶妻，但他做幫閒攢了不少錢，於是想找個妻子照顧家。他本想找嫁不出的石女，或者年齡大的寡婦，誰知道卻娶到了年輕漂亮的嬴氏。嬴氏知道鄔合是個天閹後，哭了兩三天。鄔合知道對不住她，於是用盡一切辦法去奉承討好她。時間長了，嬴氏見他對自己這樣關心，心也軟了，也就準備和鄔合過一輩子無性的夫妻生活了。飽暖思淫慾，嬴氏又開始想真正的男人，但她家住的巷子是個死胡同，沒有行人來往，能夠經常見到的王酒鬼倒是個男人，但年紀太大了。兩年後，巷口的土地廟裏來了個叫了緣的和尚。了緣趁鄔合不在家，姦淫了嬴氏，使嬴氏享受到了從未經歷的交媾之樂。了緣使用計謀，將嬴氏騙到廟中姦淫，一開始嬴氏還感受到快樂，到後來痛苦難忍，苦苦哀求，了緣仍然兇狠無情地抽插，致使其陰部潰爛，仍不罷休。嬴氏這才後悔，於是想起了鄔合的溫柔，對她的種種恩情。後來了緣和尚被抓住，嬴氏也被帶到公堂上訊問，受到拶刑，又被打了十五個板子，被打得血肉分飛。知縣以爲嬴氏與人私通，鄔合不會再要她，於是準備傳官媒領賣，暫時收入監中。在監獄中，嬴氏受到兩個窮兇極惡、貪財好色的禁子色癆和錢癖的性虐待，如果不是鄔合及時趕來，她幾乎死於監中。嬴氏見到了鄔合，又羞又怕，羞的是沒臉見他，怕的是他心中懷恨。誰知道鄔合不僅沒有責備她，反而對她倍加憐惜，嬴氏回想起這幾日的悲慘遭遇，不由得悔愧交加，放聲大哭，他對鄔合說：「哥哥，我負了你，我實該死的了。你不恨我，倒這樣疼我，我今生報你不盡，來生變馬變狗報你的恩罷。」鄔合回答：「我同你雖是幹夫妻，數年的恩愛怎麼忘得了？況原是我不是，我一個廢人，把你一個花枝般的少婦耽擱著，我何嘗不悔？這是你被人坑陷說不出來。我也不要你補報，從今後一心一意，安心樂業過日子就夠了。苦楚你也都嘗過了，再不要妄想了。」〔註41〕嬴氏從此慾念全消，就是一時偶動淫心，想起和尚的狠毒，禁子的兇惡，感到性交只有痛苦，沒有快樂。從此以後，她一心一意地疼愛丈夫，過起了和美的日子。

〔註41〕〔清〕三韓曹去晶《姑妄言》第 7 回，《思無邪匯寶》本《姑妄言》第 838～839 頁。

另一個例子是嬴陽和陰氏。嬴陽出身戲子，兼做龍陽，後來被惡霸聶變豹強姦致殘。陰氏被幾個惡少姦淫，人家都知道她的淫穢之名，所以無人願意娶她，一直到十九歲還無人提親。有一次，嬴陽到陰家的店鋪中買東西，陰氏看嬴陽長得清秀，一心要嫁給她。結婚之後，陰氏和嬴陽十分恩愛，但不久嬴陽舊疾復發，無法唱戲，於是在家教陰氏唱戲。因為沒有收入，嬴陽又要治病服藥，家中的積蓄很快花光了，只好當陰氏的首飾衣服。陰氏很賢惠，心疼丈夫，豪無怨辭。嬴陽要出去唱戲，陰氏怕他身體不好，捨不得他勞累。有一天，陰氏在門口看到一個叫金礦的少年，彼此留情，在他們生活拮据柴米不繼時，陰氏在心裏盤算：「我家丈夫病病痛痛的，日夜辛苦掙來的錢還不夠盤纏，倘累倒了怎麼處？那真正就要餓死了，看他時時焦愁，又可憐見的，實在也沒法……我看那人定是個富家子弟，他那個樣子倒也有心在我，我若勾上了他，倒還不愁穿吃……我看他自己多病動不得，見我青春年少，孤眠獨宿，他也有些過不得意，我就走走邪路，諒也還不怪我。我要瞞著他做，就是我沒良心了。竟同他商議，看他如何說。他若肯依，豈不是一舉兩得？」〔註42〕陰氏在與金礦交合完之後，將實情告訴了金礦，金礦深受感動，慘然道：「你原來有這番好心，難得難得，同你丈夫說明白，我情願養活你夫妻二人到老。」〔註43〕嬴陽回來，陰氏將事情的經過告訴了他：「你今後也不必進班去了，養養身子罷。哥哥，我實心為你，你不要疑我是偷漢，說這好看的話欺你。我若是圖己快樂，你多在外，少在家，我豈不會瞞著你做，又肯告訴你麼？」〔註44〕嬴陽一開始怫然不悅，後來也就答應了。就這樣過了半年有餘，金礦陸續送給陰氏百餘金，還有許多衣服首飾。事情傳出去後，引起了無賴惡少的嫉恨，嬴陽和陰氏只好搬遷。在搬遷之前，嬴陽將金礦請到家中，夫妻兩人跪謝金礦的恩典，金礦難過得流下眼淚，小說這樣描寫離別的情景：

> 金礦聽見他要去，竟癡了，兩眼望著陰氏，只見陰氏淚如雨滴，
> 並無一言。金礦忍不住也掉下淚來，滴在杯中，忙把眼拭拭，一口
> 乾了，道：「你夫妻請起來。」他二人叩了個頭爬起，金礦讓他夫妻

〔註42〕 〔清〕三韓曹去晶《姑妄言》第 6 回，《思無邪匯寶》本《姑妄言》第 735～
736 頁。

〔註43〕 〔清〕三韓曹去晶《姑妄言》第 6 回，《思無邪匯寶》本《姑妄言》第 744 頁。

〔註44〕 〔清〕三韓曹去晶《姑妄言》第 6 回，《思無邪匯寶》本《姑妄言》第 745 頁。

兩傍坐下，問道：「路費有了麼？」陰氏道：「向蒙你給，還有些，昨日房子又賣了二三十兩。」又問道：「你們幾時起身？」贏陽道：「船已雇了，準在後日早行。」金礦道：「我到家就叫人送些路費來，你買小菜吃。」他夫婦道：「蒙大爺的恩多了，也不敢叨賞。」又讓他吃酒，他道：「此時心已碎了，一滴也下不去，你倒撒了開，說說話罷。」贏陽見他不用，撥到那邊屋內，陪他家人吃，明騰個空兒讓他兩人作別。陰氏見丈夫去了，忙把門掩上，一把拉著金礦，低聲哭道：「你不要怨我薄情拋你，我就在此，你也來不得了。我們且去幾年，或有相逢日子。你不要惱恨我。」金礦抱他在懷，也哭道：「只恨這些奴才壞了我二人的好事，我怎肯怨你，別了你多日，我一肚子話此時一句也說不出了。」〔註45〕

後來贏陽將自己的救命恩人，聶變豹的愛妾閔氏介紹給了金礦，兩家一直保持友好關係。作者對他們之間的關係充滿了同情，給他們安排了做官、生子、夫妻偕老壽終的結局。評點者也一再強調，陰氏捨身養夫，其罪可原：「以陰氏所為言之，淫只可謂之三，而情有七。較諸婦淫濫不堪者，高出許多頭地，宜乎後有好處也。」〔註46〕評陰氏與金礦的關係：「一對情種，比別姦夫淫婦一絕貪淫者，大相懸絕。」〔註47〕

六、食色關係的深刻揭示

《姑妄言》性描寫的另一個深刻之處，就是揭示了色與食的緊密關係。「食色，性也」，食與色同為人之基本需要，必然有著密切的關係。飽暖思淫慾，是食色關係的一個方面。這在《姑妄言》中有所表現，比如姚府中的那些女人們，飽食終日，無所事事，淫慾蕩漾，不僅與庶子亂倫，而且與和尚道士淫亂。

再比如小說中的容氏，嫁給了富裕的易老兒，過上了衣食飽暖的安逸生活，也不嫌棄易老兒年老，對這樣的生活很滿足。小說寫道：「那容氏當日過的是裙布荊釵、黃齏淡飯的日子，還要燒火做飯，洗衣縫補。雖然招了個丈

〔註45〕〔清〕三韓曹去晶《姑妄言》第6回，《思無邪匯寶》本《姑妄言》第749～750頁。

〔註46〕〔清〕三韓曹去晶《姑妄言》第7回，《思無邪匯寶》本《姑妄言》第793頁。

〔註47〕〔清〕三韓曹去晶《姑妄言》第6回，《思無邪匯寶》本《姑妄言》第749頁。

夫，日間做工累得七死八活，夜間枕席之上還有甚高興？倒下頭直到天亮。
間或十日半月動作動作，也不過應應卯，點綴而已。至於其中樂處，並未曾
嘗得。今日到了易家，雖不能錦衣玉食，頭上竟戴了鍍金銀首飾，身上穿了
松江細布，竟還有幾件上蓋綢衣疊在箱內。飲食雖不能日日雞鴨，因易老兒
圖他歡喜，三五日中定有些魚肉到口，這是他當日成年不得嘗的罕物。而且
有個家人使用，終日惟有飲食高坐。到了夜間，在家時床上鋪一條草薦，上
面一條燈草席，蓋的是粗布被。如今是大厚的褥子，墊著綢面布裏的被，又
溫又軟，好不受用。那老兒又常常竭力要種種子，容氏方知天地間，日裏有
這樣安富尊榮，夜間床幃中夫妻有此種樂處。不但不嫌他老，把他竟當老寶
貝一般，十分恩愛。」〔註 48〕但飽暖之後思淫慾，無法發洩慾望的容氏只好
與猴子交媾，竟然生下了孩子。在臨死的時候，她念念不忘的，竟然是那隻
給她帶來無限快樂的猴子，要與猴子合葬，而不是給了她飽暖的易老兒。

　　小說中以不少篇幅對龍陽的生活遭遇作了細緻而深刻的描寫。小說中的
龍陽或為小廝（第五回），或為優伶（第六回），或為窮家子弟（第六回），或
為門役（第八回），皆以後庭作謀生具。作者以諧謔的語調講述了崑山戲子兼
作龍陽風氣的由來，蓋唱戲只能謀得眼前衣食，欲積私蓄最好的途徑是兼做
龍陽：「但這種人又喜賭又好樂，以為這銀錢只用彎彎腰蹶蹶股就可源源而
來，何足為惜？任意花費。及至有了幾歲年紀，那無情的鬍鬚，他也不顧人
的死活，一日一日只管鑽了出來，雖然時刻掃拔，無奈那臉上又多了幾個皺
紋，未免比少年減了許多風韻。那善於修飾的，用松子、白果、官粉搗爛如
泥，常常敷在臉上，不但遮了許多缺陷，而且噴香光亮，還可以聊充下陳。
無奈糞門前後長出許多毛來……到了此時，兩手招郎，郎皆不顧，雖在十字
街頭把腰彎折，屁股蹶得比頭還高，人皆掩鼻而過之，求其一垂青而不能，
要想一文見面萬不能夠了。」〔註 49〕實為龍陽悲涼一生之真實寫照。小說中
的贏醜放了一個「清越異常」的響屁，想到要靠出賣屁股為生的兒子，不禁
慘然長歎：「他雖然掙了幾個錢，今生要像我放這樣個響屁，斷乎不能的了。」
〔註 50〕他的兒子贏陽相貌嬌好，又會裝扮，在十二三歲就被一個大老官以一

〔註48〕　〔清〕三韓曹去晶《姑妄言》第 14 回，《思無邪匯寶》本《姑妄言》第 1647
　　　　　～1648 頁。
〔註49〕　〔清〕三韓曹去晶《姑妄言》第 6 回，《思無邪匯寶》本《姑妄言》第 680～
　　　　　681 頁。
〔註50〕　〔清〕三韓曹去晶《姑妄言》第 6 回，《思無邪匯寶》本《姑妄言》第 683 頁。

大塊銀子和兩套綢絹衣服開闊了「聰明孔」，從此走上小官之路。後來被地方土豪聶變豹誘進府中強暴，肛門破裂，大腸頭拖出，成爲殘疾，只好靠妻子陰氏接客賣淫維持生計。其一生遭遇是爲衣食掙扎的小官命運之縮影。

　　另外一個典型的例子是第七回中的龍颺，小說戲謔地稱他是以「賣圈兒肉大髒頭的生意爲生」，至長成大漢，嘴上長出鬍鬚，屁股溝里長出毛，就被老主顧游混公無情地拋棄，只好拔光嘴上的鬍鬚和屁股溝裏的毛，相與了另一個孤老充好古，充好古手頭拮据，只能供應龍颺的酒食，龍颺也非常高興。和嬴陽一樣，龍颺一方面要出賣色相以換取衣食，另一方面又渴望著性的滿足，嬴陽無法抵抗女色的誘惑而落入魔掌，致成殘疾，龍颺因爲逼奸嬴氏而被嬴氏及其丈夫設計毒懲，棒槌插肛門，以繩索將棒槌繫在腰間，割去舌頭，在街上被巡夜的官兵當作怪物打死。再如第八回中的魏忠賢生得標緻，在縣衙中充當門役時，深得六房書辦的喜愛，衣食不愁，後又爲好男風的知縣所寵信，謀得了二三千金，嘴上也長出了鬍鬚，退役回家，想到的第一件事就是娶一個標緻的女子爲妻，他打聽到一個絕色女子，心中動火，聲稱只要模樣好，不論是整是破。第十六回寫龍陽楊爲英聽說有貴公子光顧，欣欣然有自得之色，滿以爲從此以後可以豐衣足食，誰知道被游夏流的妻子卜氏衝破，只好尋找寫零主顧，勉強糊口，當以男色爲性命的充好古答應在賣妻子後付給他銀錢時，楊爲英才答應與其成就好事。充好古當了一件布衫，買了半斤牛粑，沽了兩壺燒酒，吃飽喝足，就在一座破廟的香案上成就好事。以色求食在這裡得到了淋漓盡致的展示。小說描寫楊爲英怕自己的糞門大鬆，招攬不住這個肥主顧，故意做出各種騷淫之態。楊爲英遵從的正是龍陽的唯衣食是求的原則，最後楊爲英和充好古一起窮餓而死沒，這也是幾乎所有龍陽的最後結局。

第五章 《紅樓夢》:「意淫」與情慾關係的調和

　　《紅樓夢》自面世、流傳之日起,打動了無數讀者,贏得了無數眼淚。光緒年間,文人士大夫中流傳著「開談不說紅樓夢,讀盡詩書亦枉然」的說法。〔註1〕到了20世紀,「紅學」與敦煌學、甲骨學並稱為現代中國的三大顯學。從沒有哪一部文學作品能像《紅樓夢》這樣產生如此深遠的影響,引起整個社會的強烈關注,也沒有哪一部文學作品像《紅樓夢》這樣有著如此多的謎團,沒有哪一部文學作品像《紅樓夢》這樣引起如此持久激烈的爭論。有人甚至將《紅樓夢》稱為現代中國的一部天書。對這部小說主旨,有色空說、談情說、悲劇說等多種說法,但賈寶玉和林黛玉的愛情不僅是小說的重要線索,表達了作者對情和慾的理解,還是其他各層主旨的重要體現,談《紅樓夢》,首先就要談談賈寶玉和林黛玉的愛情。

一、木石前盟的愛情悲劇

　　《紅樓夢》開篇的木石前盟神話講述了石頭轉世的神瑛侍者與天界靈物絳珠仙草的情緣,引出還淚酬情之事,預示了現實世界中的寶黛愛情。小說中的絳珠仙草生長在三生石畔,寓示絳珠仙草轉世的林黛玉以情至上,強調了賈寶玉和林黛玉的感情是自然生成的純真情感。神瑛侍者以甘露灌溉絳珠仙草,使草胎木質的仙草化成人形,所以林黛玉身上的草木之性源自水和石。

〔註1〕〔清〕得輿《京都竹枝詞》,見一粟《紅樓夢資料彙編》第354頁,北京:中華書局,1964。

絳珠仙草爲酬報灌溉之德，與神瑛侍者一起下凡，要用淚水報答灌溉之恩。寶黛愛情超越了傳統愛情故事中的才子佳人模式，也與牛郎織女式的愛情有所不同。他們的愛情基於兩情相悅和志趣相投，超越了父母之命、門當戶對的世俗功利。「絳珠」又寓血淚之意，「木石前盟」最終抵不過「金玉良緣」，純眞自然之情爲世俗倫理所毀滅，寶黛愛情最終成爲悲劇。劉夢溪在《情問紅樓》中說：「中國傳統社會男女之間的愛情是婚姻與愛情分離的，足以成痛，是情愛與性愛分離的，足以爲苦，《紅樓夢》既寫了有愛情卻不能結合的痛，又寫了有情愛不能實現性愛的苦，還有大量既無情愛又無性愛的悲。」〔註2〕

在第三回中，當賈寶玉第一次看見神仙般的林妹妹脖子上沒有與自己一樣的玉時，登時發作起癡狂病來，狠命地將玉摘下往地上砸。在賈寶玉和林黛玉看來，通靈寶玉是他們愛情的最大障礙，因爲一旦石變成了玉，木石前盟就不復存在了。林黛玉到賈府之前，就聽說過通靈寶玉之事。賈寶玉的玉是先天帶來的，薛寶釵雖沒有先天帶來的寶物，也佩戴著金鎖，金鎖上有癩頭和尚所說的「不離不棄，芳齡永繼」幾個字。而林黛玉身上沒有與通靈寶玉對應的飾品，她感到傷心、疑惑，不時萌生無名的悲哀。在林黛玉看來，如果賈寶玉不在意「金玉良緣」的說法，她提起來的時候，他應該置若罔聞，而賈寶玉一聽就動肝火，說明他是在意的。林黛玉的這一邏輯讓賈寶玉非常傷心。

「林黛玉」名中的「林」寓指木，「玉」指石。林黛玉本是「絳珠仙草」，是「草木之胎」，而「草木之胎」源於神瑛的灌溉。林黛玉出場時，賈寶玉解釋她名字的含義：「西方有石名黛，可代畫眉之墨。」〔註3〕道家經常以「木」作比闡述人生哲學，《莊子》中經常提到「樹於無何有之鄉，廣莫之野」，「不夭斤斧」的大樹。〔註4〕「木」與「石」一樣是自然之道的象徵。「木」「石」與「金」「玉」相對，金與玉的價值來於世俗社會的承認，是世俗功利欲求的產物，而金玉良緣是世俗的婚姻，在賈母、王夫人、王熙鳳等人看來，金玉良緣才是美滿的婚姻，門當戶對，傳宗接代，富貴榮華，是世俗對婚姻的要求，生命的相互吸引根本不在考慮範圍。薛寶釵本著對「金玉良緣」的追求，

〔註2〕劉夢溪《情問紅樓─賈寶玉、林黛玉愛情故事的心理過程》序，桂林：廣西師範大學出版社，2007。

〔註3〕張俊、沈治鈞《新批校注紅樓夢》第78頁，北京：商務印書館，2013。

〔註4〕陳鼓應《莊子今注今譯》第29頁，北京：中華書局，1983。

按照封建禮教規範雕鏤自己的天性，把自己規範成一個舉止言談溫婉如玉的大家閨秀，她雖然得到了婚姻，但沒有得到愛情。「石」、「木」與「玉」代表著不同的人格。賈寶玉、林黛玉、晴雯、甄士隱都是木石之性，而甄寶玉、薛寶釵、襲人、賈雨村都是金玉之性。金玉之性反映了執迷現實功利的人生狀態。李時珍在《本草綱目・總序》中說：「飛走含靈之爲石，自有情而之無情也。雷震星隕之爲石，自無形而成有形，大塊炎炎，鴻鈞爐韝，金石雖若頑物，而造化無窮焉。」〔註5〕「石」是無情之物，又是至情之物。賈寶玉對大觀園裏的少女們無不傾之以眞情至情，不分貴賤，無論賢愚。賈寶玉愛林黛玉，對林黛玉一片癡情。第二十九回中，賈寶玉心裏想：「我不管怎麼樣都好，只要你隨意，我就立刻因你死了，也是情願的。你知也罷，不知也罷，只由我的心，那才是你和我近，不和我遠。」〔註6〕第三十二回中，賈寶玉向林黛玉傾訴：「我爲你也弄了一身的病在這裡，又不敢告訴人，只好掩著。只等你的病好了，只怕我的病才得好呢。睡裏夢裏也忘不了你！」〔註7〕

　　王國維將《紅樓夢》主旨歸結爲「慾」，認爲小説通過演繹賈寶玉「慾」（玉）的幻滅，揭示出人間命運的恒常模式：人生是一齣悲劇，悲劇的根源在於無法擺脫的慾望。在《紅樓夢》中，生命的凋謝、愛情理想的毀滅、繁華的易逝，如此等等，構成了《紅樓夢》的悲劇主旨。《紅樓夢》中的悲劇中最觸動人心的是愛情婚姻悲劇。賈寶玉和林黛玉的愛情被解釋爲「木石前盟」。賈寶玉的前身則是神瑛侍者。林黛玉的前身是絳珠草。在靈河三生石畔，絳珠草得神瑛侍者以甘露灌溉，受天地精華，「遂脫了草木之胎，幻化人形，僅僅修成女體」，成爲絳珠仙子。絳珠仙子「饑餐秘情果，渴飲灌愁水」。絳珠仙子下凡幻化爲林黛玉，以淚水報答神瑛侍者的澆灌之恩。絳珠仙子所食「秘情果」，所飲「灌愁水」，寓情愁之意，所以林黛玉一出生「便鬱結著一段纏綿不盡之意」。〔註8〕在小説第三回中，九歲左右的林黛玉初進賈府，與賈寶玉兩人初見，都有似曾相識的感覺。林黛玉一見賈寶玉，吃了一驚，心裏想：「好生奇怪，倒像在那裡見過的，何等眼熟！」〔註9〕而賈寶玉看到林

〔註5〕〔清〕李時珍著，劉衡如點校《本草綱目》卷8《金石部目錄》第455頁，北京：人民衛生出版社，1979。
〔註6〕張俊、沈治鈞《新批校注紅樓夢》第551頁，北京：商務印書館，2013。
〔註7〕張俊、沈治鈞《新批校注紅樓夢》第598頁，北京：商務印書館，2013。
〔註8〕張俊、沈治鈞《新批校注紅樓夢》第15頁，北京：商務印書館，2013。
〔註9〕張俊、沈治鈞《新批校注紅樓夢》第74頁，北京：商務印書館，2013。

黛玉，也笑著說：「這個妹妹我曾見過的。」接著解釋說：「雖沒見過，卻看著面善，心裏倒像是遠別重逢的一般。」〔註10〕

林黛玉從見到賈寶玉起，就開始流淚。第三回中，丫鬟鸚哥說：「林姑娘在這裡傷心，自己淌眼抹淚的，說：『今兒才來了，就惹出你家哥兒的病來。倘或摔壞了那玉，豈不是因我之過！』所以傷心，我好容易勸好了。」〔註11〕在第十七回中，林黛玉誤會賈寶玉不愛惜自己所贈之物，不由得生氣流淚：「黛玉越發氣的哭了，拿起荷包又鉸，寶玉忙回身搶住，笑道：『好妹妹，饒了他罷！』黛玉將剪子一摔，拭淚說道：『你不用合我好一陣歹一陣的，要惱就摺開手！』說著賭氣上床，面向裏倒下拭淚。」〔註12〕第二十六回中，賈寶玉引用《西廂》《會眞》中的語句，林黛玉認爲賈寶玉是拿自己取笑，大爲惱怒。同一回中，林黛玉夜訪怡紅院，被拒之門外，傷心落淚。第二十九回寫了黛玉的幾次流淚。第三十四回中，賈寶玉挨打，林黛玉前往探望，「兩個眼睛腫的桃兒一般，滿面淚光」第八十二回中，林黛玉歎氣滴淚，無情無緒，和衣睡下，做了一個夢，在夢中哭泣，夢醒之後，想著夢中光景，神魂俱亂，又哭了一回。直到第九十八回「苦絳珠魂歸離恨天 病神瑛淚灑相思地」，林黛玉淚盡而逝。

賈寶玉「一落胞胎」的時候，嘴裏便銜著一塊有著許多字跡的五彩晶瑩的玉，所以取名叫作寶玉。通靈寶玉是賈寶玉身家性命所寄，失去此玉，賈寶玉便癲狂、癡呆。之所以稱爲「通靈」，是因爲石頭有了情。賈寶玉所執著的也是「情」。花月癡人評論說：「……蓋生於情，發於情；鍾於情，篤於情；深於情，戀於情；縱於情，圍於情；癖於情，癡於情；樂於情，苦於情；失於情，斷於情；至極乎情，終不能忘乎情。惟不忘乎情，凡一言一事，一舉一動，無有而不用其情。」〔註13〕賈寶玉兩次砸玉摔玉，都是因爲林黛玉。第三回中，賈寶玉聽說林黛玉沒有玉，「登時發作起癡狂病來，摘下那玉，就狠命摔去」。第二十九回中，賈寶玉聽林黛玉說「好姻緣」，氣得說不出話來，賭氣從頸上抓下通靈寶玉，咬牙往地下摔，見沒摔碎，便找東西來砸。

〔註10〕 張俊、沈治鈞《新批校注紅樓夢》第77頁，北京：商務印書館，2013。
〔註11〕 張俊、沈治鈞《新批校注紅樓夢》第81頁，北京：商務印書館，2013。
〔註12〕 張俊、沈治鈞《新批校注紅樓夢》第326頁，北京：商務印書館，2013。
〔註13〕 一粟《古典文學研究資料彙編・紅樓夢卷》第54頁，北京：中華書局，1963。

　　林黛玉的敏感、自尊被周圍的人認為是小心眼、尖刻。賈母說林黛玉「那孩子太是個心細」,李嬤嬤說林黛玉說出來的話「比刀子還尖」。薛寶釵打趣林黛玉:「顰丫頭的一張嘴,叫別人恨又不是,喜歡又不是。」史湘雲覺地「林黛玉不讓人」,喜歡「言語之中取笑」。丫頭紅玉也抱怨「林姑娘嘴裏又愛刻薄人,心裏又細」。實際上林黛玉的敏感多數情況下都是因為賈寶玉,她擔心賈寶玉「見了『姐姐』,就把『妹妹』忘了」。第八回中,賈寶玉看了薛寶釵的金鎖,薛寶釵看了賈寶玉的寶玉,這一幕被林黛玉看到了,林黛玉有點不高興,微帶醋意地說自己「來的不巧」。接著又借著雪雁來梨香院送手爐的空檔,譏諷寶玉聽寶釵喝暖酒的話:「也虧你倒聽他的話。我平日和你說的,全當耳旁風;怎麼他說了你就依,比聖旨還快些!」第二十九回中,賈母看見一個赤金點翠的金麒麟,就想起「誰家的孩子也帶著這麼一個的」,薛寶釵在一旁說「史大妹妹有一個」。林黛玉嘲諷說:「他在別的上還有限,惟有這些人帶的東西上越發留心。」第二十回中,賈寶玉從薛寶釵處趕來見史湘雲,林黛玉說:「我說呢,虧在那裡絆住,不然早飛了來了。」賈寶玉反駁說,不是「只許同你頑,替你解悶兒」,林黛玉傷心地獨自啜泣。第二十九回中,寶黛因為金玉之說而一個大哭大吐,一個摔玉砸玉,驚動了賈母、王夫人。

　　賈府是「鐘鳴鼎食之家,翰墨詩書之族」。賈府憑藉先祖跟隨帝王打江山的功績而發跡,受皇恩恩澤至今,更有皇親國戚之榮。賈府有很強的門第觀念,對社會地位和聲望特別在意。正因為如此,賈府對賈寶玉才寄予那麼大的希望,對賈寶玉的婚姻非常重視,一個賢惠的妻子可以生子延續香火,可以幫助理家,可以督促男子上進,而門當戶對的婚姻更可以相互援引。所謂「不孝有三,無後為大」,對女子來說,生育至關重要。女子身體健康,才有可能懷孕生子,而林黛玉身體病弱,顯然不合要求。賈母談到選寶二奶奶要求時說,不用家私兒根基兒怎樣,只要模樣兒和性格兒好就可以,實際上家私兒和根基兒是不言自明的基本前提。合乎這幾個條件的,顯然是薛寶釵而非林黛玉。王崑崙在《紅樓夢人物論》中說:「寶釵是美貌,是端莊,是和平,是多才,是一般男子最感到『受用』賢妻。如果你是一個富貴大家庭的主人,她可以尊重你的地位,陪伴你的享受;她能把這一家長幼尊卑的各色人等都處得和睦而得體,不苛不縱;把繁雜的家務管理得井井有條,不奢不吝。如果你是一個中產以下的人,她會維持你合理的生活,甚至幫助你過窮苦的家

計，減少你的許多煩惱。如果你多少有些生活的餘裕，他也會和你吟詩論畫，
滿足你風雅的情懷。」〔註14〕

在小説的後半部分，賈寶玉訂親的流言讓林黛玉「杯弓蛇影」，「絕粒」
以求「早些死了」，「免得眼見了意外的事情」。最後的結局是林黛玉「焚稿斷
癡情」，回歸仙境，成爲主管仙草的瀟湘妃子，賈寶玉科舉中鄉魁後卻塵緣，
跟隨一僧一道回歸大荒山。薛寶釵「出閨成大禮」，不久懷了孕，在賈寶玉遁
入空門後，薛寶釵雖然傷心痛哭，但「端莊模樣兒一點不走」，還安慰王夫人：
「那寶釵卻是極明理，思前想後，寶玉原是一種奇異的人，夙世前因，自有
一定，原無可怨天尤人，更將大道理的話，告訴他母親了。薛姨媽心裏反倒
安了，便到王夫人那裡，先把寶釵的話說了。王夫人點頭歎道：『若說我無德，
不該有這樣好媳婦了。』」

《紅樓夢》的理想世界是情的世界，而現實世界則是理和禮的世界。《紅
樓夢》中最根本的衝突就是情和禮的衝突。《紅樓夢》的作者自稱小説「大旨
談情」，在小説中形象化地描寫了「情」與「禮」的衝突。小説中賈寶玉和林
黛玉的純潔的愛情，源自「絕假純眞，最初一念之本心」。〔註15〕賈寶玉的癡
情開拓了「兒女眞情」的境界，超越了男女情愛的狹小天地，顯示了以情待
人的理想色彩。賈寶玉的「情」不限於男女之情，而是一種人生態度。賈寶
玉不僅對大觀園中的美麗少女傾注滿腔柔情，花草樹木也會觸動他的情思。
第三十五回中，兩個婆子談論賈寶玉的呆：「我前一回來，還聽見他家裏許多
人說，千眞萬眞有些呆氣。大雨淋的水雞兒似的，他反告訴別人：『下雨了，
快避雨去吧。』你說可笑不可笑？時常沒人在跟前，就自哭自笑的。看見燕
子，就和燕子說話。河裏看見了魚，就和魚兒說話。見了星星、月亮，他不
是長籲短歎的，就是咕咕噥噥的。」〔註16〕《紅樓夢》作者所追求的是一個
「有情之天下」，他在作品中用濃墨重彩渲染情，特別是寶黛的愛情，《紅樓
夢》的悲劇就是「情」被毀滅的悲劇。

二、賈寶玉的「意淫」與泛愛主義

脂評說賈寶玉的評語爲「情不情」：「天生一段癡情，所謂『情不情』也。」
警幻仙姑說：「如爾則天分中生成一段癡情，吾輩推之爲『意淫』。」所謂「情

〔註14〕 王崑崙《紅樓夢人物論》第220頁，北京：北京出版社，2004。
〔註15〕 〔明〕李贄《焚書・續焚書》第146頁，北京：中華書局，2011。
〔註16〕 張俊、沈治鈞《新批校注紅樓夢》第643頁，北京：商務印書館，2013。

不情」、「意淫」、「癡情」都強調了賈寶玉的多情和泛愛。姚燮在《讀紅樓夢
綱領》中說：「寶玉於園中姊妹及丫頭輩，無在不細心體貼，釵、黛、晴、襲
身上，抑無論矣。其於湘雲也，則懷金麒麟相證；其於妙玉也，於惜春弈棋
之候，則相對含情；於金釧也，則以香雪丹相送；於鴛兒也，則於打絡時曉
曉詰問；於鴛鴦也，則湊脖子上嗅香氣；於麝月也，則燈下替其篦頭；於四
兒也，則命其翦燭烹茶；於小紅也，則入房倒茶之時，以意相眷；於碧痕也，
則群婢有洗澡之謔；於玉釧也，有吃荷葉湯時之戲；於紫鵑也，有小鏡子之
留；於藕官也，有燒紙錢之庇；於芳官也，有醉後同榻之緣；於五兒也，有
夜半挑逗之語；於佩鳳、偕鸞也，則有送秋韆之事；於紋、綺、岫煙也，則
有同釣魚之事；於二姐、三姐也，則有佛場身庇之事；而得諸意外之僥倖者，
尤在為平兒理妝、為香菱換裙兩端。」〔註 17〕大觀園中的女子被比喻為花，
各種花爭奇鬥豔，才好看，才有趣。所以愛花的人總想著建一個最大的花園，
將天下的名花都圈養起來。大觀園就是賈寶玉的花園，也是作者的花園。賈
寶玉是個泛愛主義者，他愛所有的青春美少女，當然也希望天下的青春美少
女都圍繞在他身邊。

　　賈寶玉愛林黛玉，對林黛玉一片癡情。但賈寶玉對其他女子的愛戀同樣
出於真情，出於自然。林黛玉說賈寶玉「見了姐姐就忘了妹妹」。第三十回中，
賈寶玉對林黛玉說：「你死了，我做和尚。」林黛玉登時把臉放下來，問賈寶
玉：「你們家倒有幾個親姐姐、親妹妹呢，明兒都死了，你幾個身子做和尚去
呢？」〔註 18〕第三十一回中，襲人提到死時，賈寶玉當著林黛玉的面對襲人
說：「你死了，我做和尚去。」林黛玉伸出兩個指頭笑道：「做了兩個和尚了。
我從今已後，都記著你做和尚的遭數兒。」〔註 19〕第三十六回中，賈寶玉在
夢中喊：「和尚道士的話如何信得？什麼『金玉姻緣』，我偏說『木石姻緣』！」
〔註 20〕但他也喜歡薛寶釵。第二十八回中，賈寶玉要看薛寶釵的紅麝串子：「可
巧寶釵左腕上籠著一串，見寶玉問他，少不得褪了下來。寶釵原生的肌膚豐
澤，一時褪不下來。寶玉在傍邊看著雪白的胳臂，不覺動了羨慕之心，暗暗
想道：『這個膀子若長在林姑娘身上，或者還得摸一摸；偏長在他身上，正是
恨我沒福。』忽然想起『金玉』一事來，再看看寶釵形容，只見臉若銀盆，

〔註 17〕一粟《紅樓夢資料彙編》第 168～169 頁，北京：中華書局，1963。
〔註 18〕張俊、沈治鈞《新批校注紅樓夢》第 561 頁，北京：商務印書館，2013。
〔註 19〕張俊、沈治鈞《新批校注紅樓夢》第 582 頁，北京：商務印書館，2013。
〔註 20〕張俊、沈治鈞《新批校注紅樓夢》第 658 頁，北京：商務印書館，2013。

眼同水杏，唇不點而含丹，眉不畫而橫翠，比黛玉另具一種嫵媚風流，不覺又呆了。寶釵褪下串子來給他，他也忘了接。」〔註21〕第三十四回中，賈寶玉挨打後，薛寶釵來看他，一時話說急了，不覺紅了臉低下頭來，賈寶玉注意到了：「寶玉聽得這話如此親切，大有深意，忽見他又咽住不下說，紅了臉，低下頭，只管弄衣帶，那一種軟怯嬌羞、輕憐痛惜之情，竟難以言語形容，越覺心中感動，將疼痛早已丟在九霄雲外去了。」〔註22〕林黛玉死後，賈寶玉一時想起黛玉，未免心酸落淚，但轉念一想，寶釵畢竟是第一流人物，舉動溫柔，於是將愛慕黛玉的心腸略移到寶釵身上。

讓賈寶玉動心的還有史湘雲。在第二十一回中，林黛玉追趕史湘雲，賈寶玉攔住，笑著勸道：「饒他這一遭兒罷。」林黛玉不依，薛寶釵在一旁說：「我勸你們兩個看寶兄弟面上，都撂開手罷。」脂評說：「玉、顰、雲已難解難分，插入寶釵云『我勸你兩個看寶兄弟分上』，話只一句，便將四人一齊籠住，不知孰遠孰近，孰親孰疏，真好文字。」「前三人，今忽四人，但是書中正眼，不可少矣。」〔註23〕第二十九回中，賈母到清虛觀拈香，張道士送給賈寶玉的禮物中有一個金麒麟，賈寶玉聽說史湘雲也有金麒麟，就將這個金麒麟忙拿起來揣在懷裏。林黛玉注意到了，「瞅著他點頭兒，似有讚歎之意」。〔註24〕在第三十一回中，史湘雲來了，先問寶玉在不在家，薛寶釵說：「他再不想別人，只想寶兄弟。兩個人好玩笑，這可見還沒改了淘氣。」賈寶玉稱讚史湘雲會說話，林黛玉在一旁冷笑著說：「他不會說話，就配帶金麒麟了？」〔註25〕史湘雲撿到了賈寶玉丟失的金麒麟，發現這個金麒麟比自己的金麒麟又大又有文采，便擎在掌上，心有所動。史湘雲將金麒麟還給賈寶玉，笑著說：「幸而是這個，明日倘或把印也丟了，難道也就罷了不成？」賈寶玉笑著說：「倒是丟了印平常，若丟了這個，我就該死了。」〔註26〕林黛玉對金麒麟事件很是擔心：「原來黛玉知道史湘雲在這裡，寶玉一定又趕來，說麒麟的原故。因心下忖度著，近日寶玉弄來的外傳野史，多半才子佳人都因小巧玩物

〔註21〕張俊、沈治鈞《新批校注紅樓夢》第533～534頁，北京：商務印書館，2013。
〔註22〕張俊、沈治鈞《新批校注紅樓夢》第618頁，北京：商務印書館，2013。
〔註23〕〔清〕曹雪芹《脂硯齋重評石頭記》第21回，《古本小說集成》第2輯第68冊《脂硯齋重評石頭記》第455頁，上海：上海古籍出版社，1992。
〔註24〕張俊、沈治鈞《新批校注紅樓夢》第548頁，北京：商務印書館，2013。
〔註25〕張俊、沈治鈞《新批校注紅樓夢》第585～586頁，北京：商務印書館，2013。
〔註26〕張俊、沈治鈞《新批校注紅樓夢》第591頁，北京：商務印書館，2013。

上撮合，或有鴛鴦，或有鳳凰，或玉環金佩，或鮫帕鸞絛，皆由小物而遂終身之願。今忽見寶玉也有麒麟，便恐藉此生隙，同史湘雲也做出那些風流佳事來。因而悄悄走來，見機行事，以察二人之意。」〔註27〕林黛玉對賈寶玉說：「死了倒不值什麼，只是丟下了什麼金，又是什麼麒麟，可怎麼好呢？」〔註28〕

　　賈寶玉與妙玉的關係則是虛寫。第四十一回中，妙玉嫌劉姥姥用過的杯子髒，便不要了，卻拿自己常日吃茶的杯子斟茶給賈寶玉。第五十回中，賈寶玉和眾女子聯句作詩，賈寶玉聯句作得不好，李紈罰他到櫳翠庵取紅梅，並命人好好跟著去，林黛玉連忙攔著說：「不必，有了人反不得了。」〔註29〕林黛玉已經覺察到妙玉和賈寶玉的微妙關係，但妙玉已是檻外人，所以林黛玉沒有放在心上。賈寶玉取紅梅回來，作了一首詩：「酒未開樽句未裁，尋春問臘到蓬萊。不求大士瓶中露，為乞嫦娥檻外梅。」他把櫳翠庵比作蓬萊，把妙玉比作大士、嫦娥。第六十三回中，群芳開夜宴後，賈寶玉才發現妙玉給他祝壽的箋子，他看完箋子，驚喜得跳了起來。他趕緊為妙玉寫回帖，在邢岫煙的建議下，寫了「檻內人寶玉薰沐謹拜」幾個字。第八十七回中，賈寶玉信步走到蓼風軒，聽見惜春正和妙玉下棋，便掀簾進去，妙玉見到賈寶玉，幾次臉紅，後來妙玉暗示賈寶玉送她回去，妙玉回去後，心跳耳熱。這些描寫都暗示了二人的微妙關係。

　　在大觀園中，眾多女兒圍繞在賈寶玉身邊，以賈寶玉為中心，而賈寶玉將這視為自然，希望眾女兒都鍾情於他。他對小姐身份的女兒是體貼愛慕，對丫鬟身份的女兒也是憐惜喜愛。賈寶玉對大觀園外的美麗女兒也是一見傾心。第十五回中，賈寶玉在一個村莊看見一個美麗的女孩，「情不自禁，然身在車上，只得眼角留情而已」。〔註30〕第十九回中，賈寶玉在襲人家裏看到一個穿紅衣服的女孩，見那女孩生得「實在好得很」，念念不忘，私下裏對襲人說：「怎麼也得他在咱們家就好了。」〔註31〕第三十五回中，通判傅試家有兩個嬤嬤來了，賈寶玉連忙叫請進來。原來賈寶玉聽說傅試有個妹子，名叫傅秋芳，是瓊閨秀玉，才貌雙全。第三十九回中，劉姥姥編了一個故事，賈寶

〔註27〕張俊、沈治鈞《新批校注紅樓夢》第595頁，北京：商務印書館，2013。
〔註28〕張俊、沈治鈞《新批校注紅樓夢》第596頁，北京：商務印書館，2013。
〔註29〕張俊、沈治鈞《新批校注紅樓夢》第898頁，北京：商務印書館，2013。
〔註30〕張俊、沈治鈞《新批校注紅樓夢》第278頁，北京：商務印書館，2013。
〔註31〕張俊、沈治鈞《新批校注紅樓夢》第362頁，北京：商務印書館，2013。

玉信以為眞，聽說故事裏的標緻小姐早夭了，連連跌足歎息。他聽說女孩的父母為她蓋了廟，塑了像，年深日久，人也沒了，廟也爛了，於是派書童茗煙去尋這個廟。

　　賈寶玉對所有這些女子的愛是意淫。在第五回的太虛幻境中，警幻仙姑對賈寶玉說：「好色即淫，知情更淫。是以巫山之會，雲雨之歡，皆由既悅其色，復戀其情所致。……淫雖一理，意則有別。如世之好淫者，不過悅容貌，喜歌舞，調笑無厭，雲雨無時，恨不能盡天下之美女供我片時之趣興，此皆皮膚淫濫之蠹物耳。如爾則天分中生成一段癡情，吾輩推之為意淫。惟『意淫』二字，可心會而不可口傳，可神通而不能語達。」〔註32〕「惟心會而不可口傳，可神通而不可語達」的「意淫」究竟是什麼？脂硯齋評點說：「按寶玉一生心性，只不過是『體貼』二字，故曰意淫。」〔註33〕也就是說，「意淫」指對女子的尊重、愛戀、疼惜。但「意淫」終究是淫，不是柏拉圖式的精神之愛。警幻仙姑說：「塵世中多少富貴之家，那些綠窗風月，繡閣煙霞，皆被那些淫污紈袴與流蕩女子玷辱了。更可恨者，自古來多少輕薄浪子，皆以『好色不淫』為解，又以『情而不淫』作案，此皆飾非掩醜之語耳。」〔註34〕「意淫」中有「好色」和「知情」的因素，精神與肉體結合，才是「意淫」。

三、以花喻女性的深層內涵

　　小說第二回中，冷子興引賈寶玉的話：「女兒是水做的骨肉，男人是泥做的骨肉。我見了女兒便清爽，見了男子便覺濁臭逼人。」〔註35〕賈寶玉之所以喜歡年輕的女子，因為她們美麗純淨。女人是花。小說第六十三回寫賈寶玉和眾女子在一起玩占花名的遊戲。寶釵先掣出一根籤，籤上畫著一支牡丹，題著「豔冠群芳」四字，下面鐫著一句唐詩：「任是無情也動人。」探春掣了杏花，紅字寫著「瑤池仙品」四字，有詩云：「日邊紅杏倚雲栽。」接著是李紈，她掣出一根籤，籤上畫著一枝老梅，寫著「霜曉寒姿」四字，那一面是一句詩：「竹籬茅舍自甘心。」史湘雲掣了海棠，題著「香夢沉酣」四字，另一面寫著一句詩：「只恐夜深花睡去。」麝月掣了荼靡花，香菱掣了並蒂花，

〔註32〕張俊、沈治鈞《新批校注紅樓夢》第137頁，北京：商務印書館，2013。
〔註33〕〔清〕曹雪芹著，鄧遂夫校訂《脂硯齋重評石頭記甲戌校本》第163頁，北京：作家出版社，2001。
〔註34〕張俊、沈治鈞《新批校注紅樓夢》第137頁，北京：商務印書館，2013。
〔註35〕張俊、沈治鈞《新批校注紅樓夢》第45頁，北京：商務印書館，2013。

黛玉抽的籤上畫著一枝芙蓉,題著「風露清愁」四字,那面是一句詩:「莫怨東風當自嗟。」襲人掣了桃花。〔註36〕每個女子對應著一種花,活著是女人花,死了也成為花神。小説寫晴雯被王夫人趕出去之後,不久重病而死。第七十八回中,賈寶玉向小丫頭詢問晴雯的情況,小丫頭哄騙賈寶玉說,晴雯不是死,而是昇天了,天上少一個花神,玉皇爺叫她去管花兒。賈寶玉信以為真,看見池中的芙蓉花,想起小丫鬟說晴雯做了芙蓉花神,於是用楷書在晴雯素日所喜的冰鮫縠上寫了一篇《芙蓉女兒誄》。

　　《紅樓夢》將女人寫成花,首先因為這些女子像花一樣美麗。圍繞在賈寶玉身邊的年輕女子都很美。林黛玉美:「兩彎似蹙非蹙籠煙眉,一雙似喜非喜含情目,態生兩靨之愁,嬌襲一身之病。淚光點點,嬌喘微微。閒靜似嬌花照水,行動如弱柳扶風。心較比干多一竅,病如西子勝三分。」〔註37〕薛寶釵美:「臉若銀盆,眼同水杏,唇不點而含丹,眉不畫而橫翠,比林黛玉另具一種嫵媚風流。」〔註38〕第四十九回中,賈寶玉見薛寶琴、邢岫煙、李綺、李紋等人來了,驚喜若狂,忙到怡紅院中,笑著對襲人、麝月、晴雯說:「你們成日家只說寶姐姐是絕色的人物,你們如今瞧見他這妹子,還有大嫂子的兩個妹子,我竟形容不出來了。老天,老天,你有多少精華靈秀,生出這些人上之人來!可知我『井底之蛙』,成日家只說現在的這幾個人是有一無二的,誰知不必遠尋,就是本地風光,一個賽似一個,如今我又長了一層學問了。除了這幾個,難道還有幾個不成?」〔註39〕即使是大觀園中的丫鬟也個個是美人。賈寶玉迷戀年輕、美麗、真純的女兒,他害怕她們長大,擔心她們有朝一日會出嫁,因為女兒一旦出嫁,就會變老變壞,「無價的寶珠」會變成他厭惡的「死珠」甚至「魚眼睛」。第五十八回中,邢岫煙訂婚,賈寶玉感慨萬千:

> 只見柳垂金線,桃吐丹霞,山石之後,一株大杏樹,花已全落,葉稠陰翠,上面已結了豆子大小的許多小杏。寶玉因想道:「能病了幾天,竟把杏花辜負了!不覺到『綠葉成陰子滿枝』了!」因此仰望杏子不捨。又想起邢岫煙已擇了夫婿一事,雖說男女大事,不可

〔註36〕張俊、沈治鈞《新批校注紅樓夢》第1141～1145頁,北京:商務印書館,2013。
〔註37〕張俊、沈治鈞《新批校注紅樓夢》第76～77頁,北京:商務印書館,2013。
〔註38〕張俊、沈治鈞《新批校注紅樓夢》第534頁,北京:商務印書館,2013。
〔註39〕張俊、沈治鈞《新批校注紅樓夢》第875頁,北京:商務印書館,2013。

不行，但未免又少了一個好女兒。不過二年，便也要「綠葉成蔭子滿枝」了。再過幾日，這杏樹子落枝空。再過幾年，岫煙也不免烏髮如銀，紅顏似槁。因此，不免傷心，只管對杏歎息。〔註40〕

值得注意的是，賈寶玉眞正喜歡的是年輕、貌美的女子。他愛的是「女兒」而非「女人」。第五十九回中，春燕引用賈寶玉的話說：「女孩兒未出嫁，是顆無價寶珠；出了嫁，不知怎麼就變出許多的不好的毛病兒來；再老了，更不是珠子，竟是魚眼睛了。分明一個人，怎麼變出三樣來？」〔註41〕第七十七回中，在周瑞家的指揮下，幾個媳婦把司棋拉了出去，寶玉等她們走遠，指著恨恨德說：「奇怪，奇怪！怎麼這些人只一嫁了漢子，染了男人的氣味，就這樣混帳起來，比男人更可殺了！」守園門的婆子聽了，不禁笑起來，問賈寶玉：「這樣說，凡女兒個個是好的了，婦人個個是壞的了？」賈寶玉發恨說：「不錯，不錯！」〔註42〕「女兒」指未出嫁的年輕女孩子。未出嫁的「女兒」珍貴可愛，出嫁後成爲「女人」，失去了光彩，變得不可愛了，而嫁了男人又年老的女性就越發可惡而不忍目睹了。只要是女兒，即使染上了少許男人氣味，仍然可愛。第三十六回中，薛寶釵勸賈寶玉立身揚名，賈寶玉生氣地說：「好好的一個清淨潔白女子，也學的沽名釣譽，入了國賊祿鬼之流。這總是前人無故生事，立言造言，原爲引導後世的鬚眉濁物。不想我生不幸，亦且瓊閨繡閣中亦染此風，眞眞有負天地鍾靈毓秀之德了！」〔註43〕但他看到薛寶釵雪白的胳膊照樣怦然心動。

小說將女人比作花，不僅因爲她們美麗，也不僅因爲她們身上往往有異香，而是要借女人如花表達一種理念：女人如花，花是用來欣賞的，不能褻玩；女人如花，而花園中很少只種一種花，往往是百花爭豔的；女人如花，花是柔弱的，需要憐惜呵護；女人如花，花會很快凋零的。

女子和花一樣柔弱，和花一樣需要呵護。寶玉對女子的關愛，像是一種對花的憐惜。他心甘情願地爲女子們服務，賈寶玉對大觀園中的姐妹及丫鬟不細心體貼。晴雯貼對子手凍涼了，他趕忙給捂手；晴雯喜歡吃豆腐皮包的餡包子，他專門向尤氏去要；晴雯爲他補孔雀裘，他一會問喝水不，一會讓

<hr>

〔註40〕張俊、沈治鈞《新批校注紅樓夢》第 1055 頁，北京：商務印書館，2013。
〔註41〕張俊、沈治鈞《新批校注紅樓夢》第 1068～1069 頁，北京：商務印書館，2013。
〔註42〕張俊、沈治鈞《新批校注紅樓夢》第 1400～1401 頁，北京：商務印書館，2013。
〔註43〕張俊、沈治鈞《新批校注紅樓夢》第 651～652 頁，北京：商務印書館，2013。

歇歇，一會又給披斗篷，一會又給她墊枕頭，關懷、體貼可謂無微不至。怡紅院的丫鬟可以恣情縱意地擲骰子，磕滿地瓜子，直呼其名，支使他幹活，批評他的弱點。第三十回寫賈寶玉在園子裏看見一個女孩子蹲在地上不斷地寫著一個「薔」字，想她一定有什麼心事，又見她模樣兒單薄，「心裏那裡還擱的住熬煎呢。可恨我不能替你分些過來」。〔註44〕這時忽然下起雨來，他自己淋得渾身冰涼，卻沒有感覺，只看著齡官頭上滴下水來，反而提醒齡官身上濕了，不要寫了。第三十五回寫賈寶玉被賈政打傷後，玉釧兒端湯給他喝，賈寶玉先是哄其他僕人出去，讓玉釧親嘗一口蓮葉羹，後來進來兩個婆子，只管說話，賈寶玉猛一伸手要湯，將碗撞落，將湯潑在了自己的手上，他卻只管問玉釧燙了哪裏。第五十八回中，藕官在園裏燒紙錢，賈寶玉為了袒護藕官，假託做夢，說是自己要燒的。第六十一回中，賈寶玉為賈環的丫環彩雲瞞贓。第六十二回寫賈寶玉為香菱換石榴裙解難。第四十四回中，賈寶玉為自己能照顧平兒而喜出望外。

　　既然是花，就會很快飄零。大觀園中種植很多花，大觀園中的女子也被比擬為花。在賈府繁盛之時，小說就多次暗示花的凋零。第二十三回中，林黛玉聽唱《牡丹亭》，想起古人詩中「水流花謝兩無情」的句子，詞中「流水落花春去也，天上人間」的句子，又想起方才讀的《西廂記》中「花落水流紅，閒愁萬種」的句子，仔細忖度，不覺心痛神癡，眼中落淚。第二十八回寫林黛玉葬花，賈寶玉聽見林黛玉所唱詞，不覺癡倒：「試想林黛玉的花顏月貌，將來亦到無可尋覓之時，寧不碎心腸斷？既黛玉終歸無可尋覓之時，推之於他人，如寶釵、香菱、襲人等，亦可以到無可尋覓之時矣。」〔註45〕第七十回寫林黛玉作《桃花行》：「胭脂鮮豔何相類，花之顏色人之淚。若將人淚比桃花，淚自長流花自媚。淚眼觀花淚易乾，淚乾春盡花憔悴。憔悴花遮憔悴人，花飛人倦易黃昏。一聲杜宇春歸盡，寂寞簾櫳空月痕。」〔註46〕

　　三春過後芳菲盡，姹紫嫣紅開遍，最終都付與斷井頹垣。大觀園中花事凋零，春光已逝，秋意肅殺，悲涼之霧，遍被華林。待到賈府被炒，「三春去後諸芳盡，各自須認各自門」，只留下「落葉蕭蕭，寒煙漠漠」，那些鍾靈毓秀的女子很快如風流雲散，如雨打殘紅，玉隕香消，化作冷霧寒煙。林黛玉

〔註44〕張俊、沈治鈞《新批校注紅樓夢》第568頁，北京：商務印書館，2013。
〔註45〕張俊、沈治鈞《新批校注紅樓夢》第516頁，北京：商務印書館，2013。
〔註46〕張俊、沈治鈞《新批校注紅樓夢》第1267頁，北京：商務印書館，2013。

淚盡而逝。薛寶釵獨守空房，寂寞而終。元春「虎兔相逢大夢歸」，死在深宮。探春「生於末世運偏消」，掩面泣涕，遠嫁他鄉。史湘雲最後是「湘江水逝楚雲飛」，命運坎坷。妙玉遁入空門，帶髮修行，但「欲潔何曾潔」，「到頭來，依舊是風塵骯髒違心願」。迎春誤嫁「中山狼」，「一載赴黃粱」，被折磨至死。惜春「勘破三春景不長」，出家為尼，「可憐繡戶侯門女，獨臥青燈古佛傍」。王熙鳳「機關算盡太聰明，反算了卿卿性命」。李紈雖「帶珠冠，披鳳襖」，卻是終身守寡，「也只是虛名兒與後人欽敬」，「枉與他人作笑談」。秦可卿「擅風情，秉月貌」，是賈府重孫媳婦中第一個得意之人，最終「畫梁春盡落香塵」。巧姐雖「巧得遇恩人」，卻不再是富家千金，而是在荒村野店裏紡織度日。金陵十二釵最終都歸入「薄命司」中。大觀園裏的女奴命運更為悲慘。「心比天高，身居下賤」的晴雯被逐出大觀園，抱恨夭亡。司棋被剝奪了婚姻自由，以死抗爭，撞牆自盡。金釧兒只因和寶玉說了幾句玩笑話，被王夫人逐出，跳井而亡。鴛鴦為逃避賈赦逼婚，在老太太死後自盡了。「千紅一窟」、「萬豔同杯」是眾女子的共同結局。

四、與「意淫」相對的濫淫

在世情小說中，情慾是人性的重要表現，情和慾被當作相互對立而又密切相關、相互轉化的兩個範疇，比較典型的是《紅樓夢》。作者借小說中的警幻仙姑之口，將情慾分為意淫和皮膚淫濫，而小說著力表現的是賈寶玉的意淫。所謂意淫，實際是指對異性的關愛憐惜，這種憐惜由博愛、泛愛轉而專於一人，就是愛情。小說作者在引子中假借石頭之口說：「市井俗人，喜看理治之書者甚少，愛看適趣閒文者特多。歷代野史，或訕謗君相，或貶人妻女，姦淫兇惡，不可勝數。更有一種風月筆墨，其淫穢污臭，塗毒筆墨，壞人子弟，又不可勝數。至若佳人才子等書，則又千部共出一套，且其中終不能不涉於淫濫，以致滿紙潘安、子建、西子、文君，不過作者要寫出自己的那兩首情詩豔賦來，故假擬出男女二人名姓，又必旁出一小人其間撥亂，亦如劇中之小丑然。且鬟婢開口即者也之乎，非文即理。故逐一看去，悉皆自相矛盾，大不近情理之話。」〔註47〕為了與情作對照，《紅樓夢》中也描寫了慾，描寫了皮膚濫淫。梁恭辰在《北東園筆錄》中說：「《紅樓夢》一書，誨淫之

〔註47〕〔清〕曹雪芹著，鄧遂夫校訂《脂硯齋重評石頭記甲戌校本》第81頁，北京：作家出版社，2001。

甚者也。」〔註48〕齊學裘在《見聞隨筆》中說《紅樓夢》：「語涉妖豔，淫跡
罕露，淫心包藏，亦小說中一部情書。高明子弟見之，立使毒中膏肓，無可
救藥矣。其造孽爲何故哉？因知淫詞小說之流毒於繡房綠女、書室紅男，甚
於刀兵水火盜賊。」〔註49〕

　　與豔情小說和其他世情小說不同的是，《紅樓夢》中的性描寫非常含蓄。
清代陳其元在《庸閒齋筆記》中說：「淫書以《紅樓夢》爲最，蓋描摹癡男女
情性，其字面絕不露一淫字，令人目想神遊，而意爲之移，所謂大盜不操干
矛也。」〔註50〕如仔細分析，會發現《紅樓夢》中的性描寫涉及到了性的很
多方面。

　　小說第五回寫了賈寶玉的夢交。賈寶玉在秦可卿的臥房裏入睡，秦可卿
臥房的布置充滿淫慾氣息：

> 　　剛至房中，便有一股細細的甜香。寶玉此時便覺眼餳骨軟，連
> 說：「好香！」入房向壁上看時，有唐伯虎畫的《海棠春睡圖》，兩
> 邊有宋學士秦太虛寫的一副對聯云：「嫩寒鎖夢因春冷，芳氣襲人是
> 酒香。」案上設著武則天當日鏡室中設的寶鏡，一邊擺著趙飛燕立
> 著舞的金盤，盤內盛著安祿山擲過傷了太眞乳的木瓜。上面設著壽
> 昌公主於含章殿下臥的寶榻，懸的是同昌公主製的連珠帳。寶玉含
> 笑道：「這裡好，這裡好！」秦氏笑道：「我這屋子，大約神仙也可
> 以住得了。」說著，親自展開了西施浣過的紗衾，移了紅娘抱過的
> 駕枕。〔註51〕

　　就是在這樣具有強烈性暗示意味的環境中，賈寶玉夢遊幻境，才會在夢
中與警幻仙姑之妹可卿發生性關係。在太虛幻境中，警幻仙姑將妹妹可卿者
許配給賈寶玉，秘授寶玉雲雨之事，將寶玉推入房中，將門掩上，「那寶玉恍
恍惚惚，依著警幻所囑，未免作起兒女的事來，也難以盡述。至次日，便柔
情繾綣，軟語溫存，與可卿難解難分」。〔註52〕賈寶玉從夢中驚醒後，與丫環

〔註48〕　〔清〕梁恭辰《北東園筆錄四編》，清光緒二十一年（1895）刻本。見一粟《紅
　　　　　樓夢資料彙編》第366頁，北京：中華書局，1963。
〔註49〕　〔清〕齊學裘《見聞隨筆》卷15，天空海闊之居，同治十年刻本。
〔註50〕　〔清〕陳其元《庸閒齋筆記》卷8，同治十三年刊本。見一粟《紅樓夢資料彙
　　　　　編》第382頁，北京：中華書局，1963。
〔註51〕　張俊、沈治鈞《新批校注紅樓夢》第113～114頁，北京：商務印書館，2013。
〔註52〕　張俊、沈治鈞《新批校注紅樓夢》第138頁，北京：商務印書館，2013。

襲人初試雲雨情，這是賈寶玉的第一次性愛。襲人給賈寶玉繫褲帶時，手伸到大腿處，只覺冰涼一片，濕濕的，忙抽回手，問賈寶玉是怎麼回事：「寶玉紅了臉，把他的手一撚。襲人本是個聰明女子，年紀又比寶玉大兩歲，近來也漸省人事，今見寶玉如此光景，心中便覺察了一半，不覺把個粉臉羞的飛紅，遂不好再問。」稍後襲人含羞笑問：「你為什麼——」把眼往四下裏瞧了瞧，才又問道：「那是那裡流出來的？」賈寶玉便把夢中之事說給襲人聽：「說到雲雨私情，羞的襲人掩面伏身而笑。寶玉亦素喜襲人柔媚嬌俏，遂強拉襲人同領警幻所訓之事。襲人自知賈母曾將他給了寶玉，也無可推託的，扭捏了半日，無奈何，只得和寶玉溫存了一番。」〔註53〕

除了這一次與襲人的關係，小說中寫到賈寶玉與其他女子的關係時都是間接暗示，非常含蓄，比如第十九回寫賈寶玉和林黛玉的膩情；再如第二十四回寫賈寶玉要吃鴛鴦嘴上的胭脂；第二十八回寫賈寶玉看到薛寶釵雪白的膀子，進入迷亂的性幻想；另外如史湘雲醉眠芍藥茵、呆香菱情解石榴裙，都有曖昧意味。第三十一回中，晴雯數落碧痕給寶玉洗澡弄得滿地是水，暗示賈寶玉和碧痕在洗澡時嬉戲：「罷，罷！我不敢惹爺。還記得碧痕打發你洗澡啊，足有兩三個時辰，也不知道做什麼呢，我們也不好進去。後來洗完了，進去瞧瞧，地下的水，淹著床腿子，連席子上都汪著水，也不知是怎麼洗的。笑了幾天！我也沒工夫收拾水，你也不用和我一塊兒洗。今兒也涼快，我也不洗了，我倒是舀一盆水來，你洗洗臉，篦篦頭。才鴛鴦送了好些果子來，都湃在那水晶缸裏呢。叫他們打發你吃不好嗎？」〔註54〕

與賈寶玉的「意淫」相對的是賈赦、賈珍、賈璉、賈蓉等男性的濫淫。特別是賈璉追求純粹的肉慾，與賈寶玉的「意淫」形成鮮明對比。小說第二十一回寫賈璉和多姑娘通姦：

如今賈璉在外熬煎，往日也見過這媳婦，垂涎久了，只是內懼嬌妻，外懼孌童，不曾得手。那多姑娘兒也久有意於賈璉，只恨沒空兒。今聞賈璉挪在外書房來，他便沒事也要走三四趟，招惹的賈璉似饞鼠一般，少不得和心腹小廝計議，許以金帛，焉有不允之理，況都和這媳婦子是舊交，一說便成。是夜，多渾蟲醉倒在炕，二鼓人定，賈璉便溜進來相會。一見面早已神魂失據，也不及情談款敘，便寬衣動作起來。誰知這媳婦子有天生的奇趣，一經

〔註53〕張俊、沈治鈞《新批校注紅樓夢》第144頁，北京：商務印書館，2013。
〔註54〕張俊、沈治鈞《新批校注紅樓夢》第582～583頁，北京：商務印書館，2013。

男子挨身，便覺遍體筋骨癱軟，使男子如臥綿上，更兼淫態浪言，壓倒娼妓。賈璉此時恨不得化在他身上。那媳婦子故作浪語，在下說道：「你們姐兒出花兒，供著娘娘，你也該忌兩日，倒爲我醃臢了身子。快離了我這裡罷。」賈璉一面大動，一面喘吁吁答道：「你就是娘娘！那裡還管什麼娘娘呢！」那媳婦子越浪起來，賈璉亦醜態畢露。一時事畢，不免盟山誓海，難捨難分。自此後，遂成相契。〔註55〕

第四十四回中，在鳳姐生日時，賈璉趁機與鮑二媳婦私通，鳳姐惱怒地衝進去，「抓著鮑二家的就撕打」，最終鮑二媳婦羞慚地上弔自殺。賈璉安撫鮑二，將事情平息下來：「又體己給鮑二些銀兩，安慰他說：『另日再挑個好媳婦給你。』鮑二又有體面又有銀子，有何不依，便仍然奉承賈璉，不在話下。」〔註56〕

小說對亂倫性關係的描寫比較隱晦，與小說寫作過程中的刪改有一定關係。第六回中，賈蓉找王熙鳳借東西，兩人的對話表情很曖昧：

> 這鳳姐忽然想起一件事來，便向窗外叫：「蓉兒回來！」外面幾個人接聲說：「請蓉大爺回來呢。」賈蓉忙回來，滿臉笑容的瞅著鳳姐，聽何指示。那鳳姐只管慢慢吃茶，出了半日神，忽然把臉一紅，笑道：「罷了，你先去罷。晚飯後你來再說罷。這會子有人，我也沒精神了。」賈蓉答應個「是」，抿著嘴兒一笑，方慢慢退去。
> 〔註57〕

第七回中，焦大喝醉了酒，罵賈府淫亂：「要往祠堂裏哭太爺去，那裡承望到如今生下這些畜牲來！每日家偷狗戲雞，爬灰的爬灰，養小叔子的養小叔子，我什麼不知道？咱們『胳膊折了往袖子裏藏』！」眾小廝被嚇得魂飛魄喪，把焦大捆起來，用土和馬糞滿滿的填了他一嘴，鳳姐和賈蓉都裝作沒聽見。〔註58〕

小說第十三回暗寫了秦可卿與賈珍的亂倫性關係。秦可卿死後，賈珍哭得淚人一般，他吩咐請欽天監陰陽司來擇日，停靈七七四十九日，請一百單八眾禪僧在大廳上拜大悲懺，超度前亡後化諸魂，另於天香樓上設一壇，九十九位全真道士打四十九日解冤洗業醮，停靈於會芳園中，靈前另請五十眾

〔註55〕張俊、沈治鈞《新批校注紅樓夢》第402～403頁，北京：商務印書館，2013。
〔註56〕張俊、沈治鈞《新批校注紅樓夢》第798～799頁，北京：商務印書館，2013。
〔註57〕張俊、沈治鈞《新批校注紅樓夢》第155頁，北京：商務印書館，2013。
〔註58〕張俊、沈治鈞《新批校注紅樓夢》第176頁，北京：商務印書館，2013。

高僧、五十眾高道做法事，一副棺材花了一千兩銀子，在靈前認丫鬟為孫女，
為秦可卿摔喪駕靈。這些描寫暗示了賈珍與秦可卿的關係，按原作回目和批
語，秦可卿是淫喪天香樓，而其淫喪當與賈珍有關。

　　賈珍、賈蓉父子以及賈璉與尤氏姐妹的關係也屬於亂倫。尤二姐和尤三
姐是寧國府的親戚，兩姐妹和賈珍之妻尤氏不僅不同母，而且不同父，她倆
是尤老娘與前夫所生，再婚時帶過來的。後來尤氏之父死了，尤家家計艱難，
幸虧賈珍幫助，賈珍、賈蓉父子趁機調戲甚至霸佔尤氏姐妹。第六十三回中，
賈敬死了，尤二姐、尤三姐和母親尤老娘到寧國府參加喪禮，賈蓉去看外祖
母和兩個姨娘：

　　　　賈蓉且嘻嘻的望著他二姨娘，笑說：「二姨娘，你又來了？我
　　父親正想你呢。」二姨娘紅了臉，罵道：「好蓉小子！我過兩日不
　　罵你幾句，你就過不得了，越發連個體統都沒了。還虧你是大家公
　　子哥兒，每日念書學禮的，越發連那小家子的也跟不上。」說著，
　　順手拿起一個熨斗來，兜頭就打，嚇得賈蓉抱著頭，滾到懷裏告饒。
　　尤三姐便轉過臉去，說道：「等姐姐來家，再告訴他。」賈蓉忙笑
　　著跪在炕上求饒，因又和他二姨娘搶砂仁吃，那二姐兒嚼了一嘴渣
　　子，吐了他一臉，賈蓉用舌頭都舔著吃了。眾丫頭看不過，都笑說：
　　「熱孝在身上，老娘才睡了覺，他兩個雖小，到底是姨娘家，你太
　　眼裏沒有奶奶了。回來告訴爺，你吃不了兜著走。」賈蓉撇下他姨
　　娘，便抱著那丫頭親嘴，說：「我的心肝，你說得是。咱們饒他們
　　兩個。」丫頭們忙推他，恨的罵：「短命鬼！你一般有老婆丫頭，
　　只和我們鬧。知道的說是玩，不知道的人，再遇見那樣髒心爛肺的、
　　愛多管閒事嚼舌頭的人，吵嚷到那府裏，背地嚼舌，說咱們這邊混
　　帳。」賈蓉笑道：「各門另戶，誰管誰的事？都夠使的了。從古至
　　今，連漢朝和唐朝，人還說『髒唐臭漢』，何況咱們這宗人家！誰
　　家沒風流事？別叫我說出來。連那邊大老爺這麼利害，璉二叔還和
　　那小姨娘不乾淨呢。鳳嬌子那樣剛強，瑞大叔還想他的賬。那一件
　　瞞了我？」〔註59〕

　　小說中還寫了僕人丫鬟的私情。第十九回中，賈寶玉想去看看美人圖，
卻碰到了僕人茗煙和一個丫頭在「幹那警幻所訓之事」：

────────────

〔註59〕張俊、沈治鈞《新批校注紅樓夢》第1155～1156頁，北京：商務印書館，2013。

想著，便往那裡來。剛到窗前，聽見屋裏一片喘息之聲。寶玉倒唬了一跳，心想：「美人活了不成？」乃大著膽子，舔破窗紙，向內一看，那軸美人卻不曾活，卻是茗煙按著個女孩子，也幹那警幻所訓之事，正在得趣，故此呻吟。寶玉禁不住大叫：「了不得！」一腳踹進門去，將兩個唬的抖衣而顫。茗煙見是寶玉，忙跪下哀求。寶玉道：「青天白日，這是怎麼說！珍大爺要知道了，你是死是活？」一面看那丫頭，倒也白白淨淨兒的，有些動人心處，在那裡羞的臉紅耳赤，低首無言。寶玉跺腳道：「還不快跑！」一語提醒，那丫頭飛跑去了。〔註60〕

第七十一回寫司棋和潘又安相會，被鴛鴦撞破了：

且說鴛鴦一徑回來，剛至園門前，只見角門虛掩，猶未上閂。此時園內無人來往，只有班兒房子裏燈光掩映，微月半天。鴛鴦又不曾有伴，也不曾提燈，獨自一個，腳步又輕，所以該班的人皆不理會。偏要小解，因下了甬路，找微草處走動，行至一塊湘山石後大桂樹底下來。剛轉至石邊，只聽一陣衣衫響，嚇了一驚不小。定睛看時，只見是兩個人在那裡，見他來了，便想往樹叢石後藏躲。鴛鴦眼尖，趁著半明的月色，早看見一個穿紅襖兒、梳鬅頭，高大豐壯身材的，是迎春房裏司棋。鴛鴦只當他和別的女孩子也在此方便，見自己來了，故意藏躲，嚇著玩耍，因便笑叫道：「司棋！你不快出來，嚇著我，我就喊起來，當賊拿了。這麼大丫頭，也沒個黑家白日，只是玩不夠。」這本是鴛鴦戲語，叫他出來。誰知他賊人膽虛，只當鴛鴦已看見他的首尾了，生恐叫喊出來，使眾人知覺，更不好；且素日鴛鴦又和自己親厚，不比別人。便從樹後跑出來，一把拉住鴛鴦，便雙膝跪下，只說：「好姐姐！千萬別嚷！」〔註61〕

《紅樓夢》也寫到了出家人的情慾和淫亂，如秦鍾與智慧偷情，賈芹和水月庵中的小沙彌沁香、女道士鶴仙勾搭。第十五回寫秦鍾和尼姑智慧兒的故事。智慧兒自幼在榮府走動，常和寶玉、秦鍾玩笑，長大後漸知風月，看上了秦鍾人物風流，秦鍾也愛她妍媚，兩人情投意合。寧國府送殯，秦鍾跟著到了鐵檻寺，順便到饅頭庵會智慧兒：

誰想秦鍾趁黑晚無人，來尋智慧兒。剛到後頭房裏，只見智慧兒獨在那兒洗茶碗，秦鍾便摟著親嘴。智慧兒急的跺腳說：「這是做

〔註60〕張俊、沈治鈞《新批校注紅樓夢》第356～357頁，北京：商務印書館，2013。
〔註61〕張俊、沈治鈞《新批校注紅樓夢》第1295～1296頁，北京：商務印書館，2013。

什麼！」就要叫喚。秦鍾道：「好妹妹，我要急死了！你今兒再不依我，我就死在這裡。」智慧兒道：「你要怎麼樣，除非我出了這牢坑，離了這些人，才好呢。」秦鍾道：「這也容易，只是『遠水解不得近渴』。」說著，一口吹了燈，滿屋裏漆黑，將智慧兒抱到炕上。那智慧兒百般的扎掙不起來，又不好嚷，不知怎麼樣就把中衣兒解下來了。這裡剛才入港，說時遲，那時快，猛然間一個人從身後冒冒失失的按住，也不出聲。二人唬的魂飛魄散。只聽「嗤」的一笑，這才知是寶玉。〔註62〕

第二天一早，賈母、王夫人打發了人來看寶玉，要寶玉回去，秦鍾戀著智慧兒，讓寶玉求鳳姐再住一天，於是又住了一夜，「那秦鍾和智慧兒兩個，百般的不忍分離，背地裏設了多少幽期密約，只得含恨而別，俱不用細述」。〔註63〕秦鍾回去之後就生了病：「偏偏那秦鍾秉賦最弱，因在郊外受了些風霜，又與智慧兒幾次偷期絺繾，未免失於檢點，回來時便咳嗽傷風，飲食懶進，大有不勝之態，只在家中調養，不能上學。」〔註64〕智慧兒私逃入城來看視秦鍾，被秦業知覺，將智慧逐出，將秦鍾打了一頓，自己氣的老病發了，三五日便死了。秦鍾本自怯弱，又帶病未痊，受了笞杖，見老父氣死，悔痛無及，又添了許多病症。

《紅樓夢》的主旨是言情，原來的一些性描寫，在修改中或者刪去，或者作了處理，變得委婉含蓄。小說描寫性愛多用虛寫，或者一筆帶過，如小說中寫孫紹祖「一味好色，好賭酗酒，家中所有的媳婦丫頭將及淫遍」，寫賈璉和尤二姐「顛鸞倒鳳，百般恩愛，不消細說」。再如第二十三回寫賈璉與王熙鳳的性生活：

> 賈璉正同鳳姐吃飯，一聞呼喚，放下飯便走。鳳姐一把拉住，笑道：「你先站住，聽我說話：要是別的事，我不管；要是為小和尚小道士們的事，好歹你依著我這麼著。」如此這般，教了一套話。賈璉搖頭笑道：「我不管！你有本事你說去。」鳳姐聽說，把頭一梗，把筷子一放，腮上帶笑不笑的瞅著賈璉道：「你是真話，還是玩話兒？」賈璉笑道：「西廊下五嫂子的兒子芸兒，求了我兩三遭，要件事管管，

〔註62〕 張俊、沈治鈞《新批校注紅樓夢》第282～283頁，北京：商務印書館，2013。
〔註63〕 張俊、沈治鈞《新批校注紅樓夢》第282～284頁，北京：商務印書館，2013。
〔註64〕 張俊、沈治鈞《新批校注紅樓夢》第289頁，北京：商務印書館，2013。

我應了，叫他等著。好容易出來這件事，你又奪了去。」鳳姐兒笑道:
「你放心。園子東北角上，娘娘說了，還叫多多的種松柏樹;樓底下
還叫種些花草兒。等這件事出來，我包管叫芸兒管這工程就是了。」
賈璉道:「這也罷了。」因又悄悄的笑道:「我問你，我昨兒晚上不過
要改個樣兒，你為什麼就那麼扭手扭腳的呢?」鳳姐聽了，把臉飛紅，
「嗤」的一笑，向賈璉啐了一口，依舊低下頭吃飯。〔註65〕

　　《紅樓夢》第七十三回寫邢夫人在園門前遇到賈母房內的小丫頭傻大
姐，傻大姐笑嘻嘻走來，手內拿著個花紅柳綠的東西，低頭瞧著只管走。傻
大姐無事時入園內來玩耍，往山石後掏促織，撿到一個五彩繡香囊中傻大姐
在山石背後撿到了一個五彩繡香囊，上面繡著春宮畫，小說借傻大姐之眼看
春宮畫，減少色情意味:「上面繡的並非花鳥等物，一面卻是兩個人赤條條的
相抱，一面是幾個字。這癡丫頭原不認得是春意兒，心下打諒:『敢是兩個妖
精打架?不就是兩個人打架呢?』左右猜解不來，正要拿去給賈母看呢，所
以笑嘻嘻走回。」邢夫人接過來一看，「嚇得連忙死緊攥住」，嚇唬傻大姐說:
「快別告訴人!這不是好東西。連你也要打死呢。因你素日是個傻丫頭，已
後再別提了。」傻大姐嚇得黃了臉。〔註66〕

　　邢夫人將五彩繡香囊拿給王夫人，由此引發抄檢大觀園，結果司棋、入
畫、芳官、蕊官、藕官等或被逐出，或遁入空門。

　　小說中寫到性時，偶而也很粗俗，常常出自下人粗人之口，如第二十八
回寫賈寶玉和薛蟠、妓女雲兒等人飲酒行令、吹拉彈唱。雲兒唱的一段小曲
譬喻性交:「豆蔻花開三月三，一個蟲兒往裏鑽，鑽了半日鑽不進去，爬到花
兒上打秋韆。肉兒小心肝，我不開了你怎麼鑽?」薛蟠的酒令更粗俗不堪:「女
兒悲，嫁了個男人是烏龜;女兒愁，繡房鑽出個大馬猴;女兒喜，洞房花燭
朝慵起;女兒樂，一根雞巴往裏戳。」〔註67〕

五、兩類同性愛描寫的意義

　　值得注意的是《紅樓夢》中的同性戀描寫。《紅樓夢》中所寫的同性戀有
兩種情況，一種偏重於精神，與「意淫」相近，如賈寶玉與秦鍾、蔣玉函之

〔註65〕 張俊、沈治鈞《新批校注紅樓夢》第429～430頁，北京:商務印書館，2013。
〔註66〕 張俊、沈治鈞《新批校注紅樓夢》第1321～1322頁，北京:商務印書館，2013。
〔註67〕 張俊、沈治鈞《新批校注紅樓夢》第527～528頁，北京:商務印書館，2013。

間的關係，一種偏重於肉慾，屬於皮膚淫濫之類，如薛蟠、賈璉等人的同性交關係。小說對這兩種同性戀的態度是一褒一貶。

小說第七回中，賈寶玉第一次見到秦鍾，就喜歡上了他：「那寶玉自一見秦鍾，心中便如有所失。癡了半日，自己心中又起了個呆想，乃自思道：『天下竟有這等的人物！如今看了，我竟成了泥豬癩狗了。可恨我爲什麼生在這侯門公府之家？要也生在寒儒薄宦的家裏，早得和他交接，也不枉生了一世。我雖比他尊貴，但綾錦紗羅，也不過裹了我這枯株朽木；羊羔美酒，也不過填了我這糞窟泥溝。富貴二字，眞眞把人荼毒了！』秦鍾也喜歡上了賈寶玉：「那秦鍾見了寶玉形容出眾，舉止不凡，更兼金冠繡服，豔婢嬌童：『果然，怨不得姐姐素日提起來就誇不絕口。我偏偏生於清寒之家，怎能和他交接親厚一番，也是緣法！』」〔註68〕小說第九回寫秦鍾和寶玉「二人同來同往，同起同坐，愈加親密」，秦鍾「覥腆溫柔，未語先紅」，寶玉「性情體貼，話語纏綿」，兩人關係親厚。〔註69〕後來寶玉、秦鍾在學堂中與香憐、玉愛關係密切，導致爭風吃醋，大鬧書房，事後金榮說：「他（秦鍾）素日又和寶玉鬼鬼祟祟的，只當人家都是瞎子，看不見。今日他又去勾搭人，偏偏撞在我眼裏。」〔註70〕在第十五回中，寶玉撞破秦鍾和水月庵小尼智慧兒的好事，兩人有一段暧昧對話：「秦鍾笑道：『好哥哥，你只別嚷，你要怎麼著都使的。』寶玉笑道：『這會子也不用說，等一會兒睡下，咱們再細細的算帳。』」小說作者故弄玄虛地說：「卻不知寶玉和秦鍾如何算帳，未見眞切，此係疑案，不敢創纂。」〔註71〕第十六回中，秦鍾生病，寶玉心中悵悵不樂。秦鍾死後，寶玉痛哭不止，「日日感悼，思念不已」。〔註72〕事隔一年，寶玉還老惦著秦鍾。第八十一回寫寶玉多年之後重迴學堂，「忽然想起秦鍾來，如今沒有一個做得伴、說句知心話兒的，心上淒然不樂」。〔註73〕

第二十八回中，賈寶玉和蔣玉菡第一次見面就毫不掩飾地吐露愛慕之心，蔣玉菡把北靜王贈的貢品大紅汗巾解下換了寶玉的松花汗巾，暗示兩人之間的暧昧關係：

〔註68〕 張俊、沈治鈞《新批校注紅樓夢》第172頁，北京：商務印書館，2013。
〔註69〕 張俊、沈治鈞《新批校注紅樓夢》第200～201頁，北京：商務印書館，2013。
〔註70〕 張俊、沈治鈞《新批校注紅樓夢》第210頁，北京：商務印書館，2013。
〔註71〕 張俊、沈治鈞《新批校注紅樓夢》第283頁，北京：商務印書館，2013。
〔註72〕 張俊、沈治鈞《新批校注紅樓夢》第308頁，北京：商務印書館，2013。
〔註73〕 張俊、沈治鈞《新批校注紅樓夢》第1485頁，北京：商務印書館，2013。

寶玉見他嫵媚溫柔，心中十分留戀，便緊緊的攥著他的手，叫他：「閒了往我們那裡去。還有一句話問你，也是你們貴班中，有一個叫琪官兒的，他如今名馳天下，可惜我獨無緣一見！」蔣玉函笑道：「就是我的小名兒。」寶玉聽說，不覺欣然，跌足笑道：「有幸，有幸！果然名不虛傳！今兒初會，卻怎麼樣呢？」想了一想，向袖中取出扇子，將一個玉玦扇墜解下來，遞給琪官，道：「微物不堪，略表今日之誼。」琪官接了，笑道：「無功受祿，何以克當？也罷，我這裡也得了一件奇物，今日早起才繫上，還是簇新，聊可表我一點親熱之意。」說畢，撩衣將繫小衣兒的一條大紅汗巾子解下來，遞給寶玉道：「這汗巾子是茜香國女國王所貢之物，夏天繫著，肌膚生香，不生汗漬。昨日北靜王給的，今日才上身。若是別人，我斷不肯相贈。二爺請把自己繫的解下來給我繫著。」寶玉聽說，喜不自禁，連忙接了，將自己一條松花汗巾解下來，遞給琪官。二人方束好，只聽一聲大叫：「我可拿住了！」只見薛蟠跳出來，拉著二人，道：「放著酒不喝，兩個人逃席出來幹什麼？快拿出來我瞧瞧！」〔註74〕

賈寶玉和蔣玉函的密切交往激怒了忠順王爺，忠順王爺派長史官到賈府跟賈政索要蔣玉函，令賈政大為震驚，再加上金釧兒之死與賈寶玉有關，賈政痛打賈寶玉，將賈寶玉打個半死。

賈寶玉之所以喜歡秦鍾和蔣玉函，主要是因為他們都和賈寶玉有相似之處。寶玉在他們身上看到了自己的影子。寶玉、秦鍾第一次相見，秦鍾的容貌「似在寶玉之上」，有「女兒之態」，寶玉見了秦鍾「心中似有所失」，秦可卿叮囑賈寶玉：「他雖靦腆，卻脾氣拐孤，不大隨和兒。」〔註75〕此句之後有句脂評：「實寫秦鍾，雙映寶玉。」〔註76〕寶玉、秦鍾二人的容貌氣質和性格都有相似之處，秦鍾諧音「情種」、「情重」，這也是寶玉的性格特質。蔣玉菡也是如此，賈寶玉對秦鍾、蔣玉函的欣賞，與他對女子的欣賞憐愛有相通之處，是一種情感上的認同，從根本上說是內心自戀的一種表現。

〔註74〕張俊、沈治鈞《新批校注紅樓夢》第 529～530 頁，北京：商務印書館，2013。
〔註75〕張俊、沈治鈞《新批校注紅樓夢》第 173 頁，北京：商務印書館，2013。
〔註76〕〔清〕曹雪芹著，鄧遂夫校訂《脂硯齋重評石頭記甲戌校本》第 196 頁，北京：作家出版社，2001。

其他男性的同性戀實際上不是真正的同性戀，或爲怪癖，或爲尋求新鮮刺激，也屬皮膚淫濫之類。小說第四回寫鄉宦之子馮淵本好男色，後來遇到了英蓮，喜歡上了她，竟然改變了性傾向，門子向賈雨村介紹馮淵說：「年紀十八九歲，酷愛男風，不好女色。這也是前生冤孽：可巧遇見這丫頭，他便一眼看上了，立意買來作妾，設誓不近男色，也不再娶第二個了。」打死馮淵搶走英蓮的薛蟠也酷愛男風，第九回寫薛蟠假說要上學，實際上是想到學堂內結交「契弟」：

> 原來薛蟠自來王夫人處住後，便知有一家學，學中廣有青年子弟。偶動了龍陽之興，因此也假說來上學，不過是「三日打魚，兩日曬網」，白送些束脩禮物與賈代儒，卻不曾有一點兒進益，只圖結交些契弟。誰想這學內的小學生，圖了薛蟠的銀錢穿吃，被他哄上手了，也不消多記。又有兩個多情的小學生，亦不知是那一房的親眷，亦未考眞姓名，只因生得嫵媚風流，滿學中都送了兩個外號，一個叫香憐，一個叫玉愛。別人雖都有羨慕之意，「不利於孺子」之心，只是懼怕薛蟠的威勢，不敢來沾惹。〔註77〕

秦鍾和賈寶玉入學後，見了香憐、玉愛，相互喜歡，但知道他們是薛蟠的相知，不敢輕舉妄動。一天塾師賈代儒有事回家，薛蟠也沒來上學應卯，秦鍾趁機和香憐弄眉擠眼，假裝出小恭，到後院說話，被窗友金榮瞧見，金榮要先「抽個頭兒」，秦、香二人不答應，金榮拍著手笑嚷：「貼的好燒餅！你們都不買一個吃去？」秦鍾、香憐二人進來向賈瑞告金榮欺負他們，誰知賈瑞以公報私，不主持公道，金榮越發得意，一口咬定說：「方才明明的撞見他兩個在後院裏親嘴摸屁股，兩個商議定了一對兒。」金榮的話激怒了賈薔，賈薔將事情經過告訴了寶玉的書童茗煙，茗煙進來揪住金榮問道：「我們尻屁股不尻，管你雞巴相干？橫豎沒尻你的爹罷了！說你是好小子，出來動一動你茗大爺！」金榮氣黃了臉，說：「反了！奴才小子都敢如此！我只和你主子說。」〔註78〕

第二十一回寫賈璉搞同性交：「那賈璉只離了鳳姐便要尋事，獨寢了兩夜，十分難熬，只得暫將小廝內清俊的選來出火。」〔註79〕柳湘蓮也有寵養

〔註77〕 張俊、沈治鈞《新批校注紅樓夢》第 201 頁，北京：商務印書館，2013。

〔註78〕 張俊、沈治鈞《新批校注紅樓夢》第 202～204 頁，北京：商務印書館，2013。

〔註79〕 張俊、沈治鈞《新批校注紅樓夢》第 401 頁，北京：商務印書館，2013。

變童的癖好。第四十七回中，薛蟠想調戲柳湘蓮，柳湘蓮大為惱怒，他對薛蟠說：「你隨後出來，跟到我下處，咱們另喝一夜酒。我那裡還有兩個絕好的孩子，從沒出門。」他將柳湘蓮騙出來，先命小廝杏奴先回家去，接著痛打了薛蟠一頓。「杏奴」諧音「性奴」，小廝杏奴當是柳湘蓮的變童。〔註80〕第七十五回寫薛蟠、傻大舅等人一起賭博，薛蟠贏了，心中高興，便摟著一個小么兒喝酒，又命小么兒將酒去敬傻大舅。傻大舅輸了，喝了兩碗酒，有些醉意，嗔陪酒的小么兒只趕贏家不理輸家：「你們這起兔子，真是些沒良心的忘八羔子！天天在一處，誰的恩你們不沾？只不過這會子輸了幾兩銀子，你們就這樣三六九等兒的了。難道從此以後再沒有求著我的事了？」〔註81〕

小說還寫了女性同性戀。扮演生角兒的藕官與扮演旦角兒的藥官兩人日久生情，假戲真做。藕官和藥官、藕官和蕊官之間的同性戀關係很隱秘。第五十八回中，賈寶玉向芳官打聽藕官的事，芳官評論藕官和藥官的關係說：「那裡又是什麼朋友哩？那都是傻想頭，他是小生，藥官是小旦，往常時他們扮作兩口兒，每日唱戲的時候，都妝著那麼親熱，一來二去，兩個人就妝糊塗了，倒像真的一樣兒。後來兩個竟是你疼我，我愛你。藥官兒一死，他就哭的死去活來的，到如今不忘，所以每節燒紙。後來補了蕊官，我們見他也是那樣，就問他：『為什麼得了新的，就把舊的忘了？』他說：『不是忘了。比如人家男人死了女人，也有再娶的，只是不把死的丟過不提，就是情分了。』你說他是傻不是呢？」賈寶玉得知藕官與藥官的同性戀關係後，不僅不覺奇怪，倒「獨合了他的呆性，不覺又喜又悲，又稱奇道絕」。〔註82〕藕官、藥官和蕊官三人的命運為寶玉、黛玉和寶釵三人的結局埋下伏筆，作者有意將藕官、藥官與寶玉、黛玉相比。

六、兩個世界的內在關聯

按照林黛玉的說法，大觀園裏面是乾淨的，但出了園子就是髒的臭的了。把落花葬在園子裏，讓它們日久隨土而化，才能永遠保持清潔。林黛玉在《葬花詞》中說：「未若錦囊收豔骨，一抔淨土掩風流。質本潔來還潔去，不教污淖陷渠溝。」〔註83〕問題是，「欲潔何曾潔」，清潔只是個幻象。大觀園這個

〔註80〕張俊、沈治鈞《新批校注紅樓夢》第848頁，北京：商務印書館，2013。
〔註81〕張俊、沈治鈞《新批校注紅樓夢》第1363～1364頁，北京：商務印書館，2013。
〔註82〕張俊、沈治鈞《新批校注紅樓夢》第1062～1063頁，北京：商務印書館，2013。
〔註83〕張俊、沈治鈞《新批校注紅樓夢》第27回第513頁，北京：商務印書館，2013。

人間的太虛幻境，這個眾女子的人間樂園，是建築在現實世界的骯髒之上，從骯髒而來，最後又回到骯髒中去。繁華只是一瞬，快樂只是一時，眞實、永恆的只有虛、空、幻。《紅樓夢》是對如花女人的哀挽，《紅樓夢》的悲劇是青春、愛情、生命和美被毀滅的悲劇。在小說情節發展中，悲劇從抄檢大觀園開始，而抄檢大觀園是因爲一個繡春囊。小說第七十三回中，傻大姐誤拾繡春囊，引起了大觀園內部的騷動。也就在第七十三回中，有人從外面翻牆進入大觀園。這個繡春囊是第七十一回司棋和她的表弟潘又安在園中偷情時失落的。繡春囊的出現是個象徵，象徵著現實世界對大觀園的入侵，就好比作伊甸園中蛇的出現，蛇一出現，亞當和夏娃就從天堂墮落到人間。從第七十一回開始，大觀園理想世界開始出現幻滅的跡象。第七十六回中，黛玉和湘雲中秋夜聯詩，黛玉最後的句子是「冷月葬花魂」，花是大觀園中女孩子的象徵，妙玉說：「只是方才我聽見這一首中，有幾句雖好，只是過於頹敗悽楚。此亦關人之氣數，所以我出來止住你們。」〔註 84〕繡春囊的出現說明了一個問題，那就是所謂的純情只是少年男女的幻想，隨著年齡漸長，慾念必然萌生，婚姻既不可免，女兒必然變爲女人。所以賈寶玉最害怕的結果必然會出現，這一點作者也意識到了，賈寶玉和眾女子的年齡安排就顯示了作者的困惑。繡春囊的出現還說明了作者「意淫」情愛觀的失敗，在情和慾之間很難均衡，不存在純情的世界。

　　有人認爲《紅樓夢》中大觀園外的現實世界是慾的世界，大觀園內的理想世界是情的世界。大觀園把女兒和外面的世界隔絕開來，與現實世界慾的橫流形成鮮明對比。第十九回中，黛玉午睡，寶玉去看她：「彼時黛玉自在床上歇午，丫鬟們皆出去自便，滿屋內靜悄悄的。寶玉揭起繡線軟簾，進入裏間，只見黛玉睡在那裡，忙上來推他道：『好妹妹，才吃了飯，又睡覺。』將黛玉喚醒。黛玉見是寶玉，因說道：『你且出去逛逛。我前兒鬧了一夜，今兒還沒歇過來，渾身酸疼。』寶玉道：『酸疼事小，睡出來的病大。我替你解悶兒，混過困去就好了。』黛玉只合著眼，說道：『我不困，只略歇歇兒，你且別處去鬧會子再來。』寶玉推他道：『我往那裡去呢，見了別人就怪膩的。』黛玉聽了，『嗤』的一笑道：『你既要在這裡，那邊去老老實實的坐著，咱們說話兒。』寶玉道：『我也歪著。』黛玉道：『你就歪著。』寶玉道：『沒有枕頭，咱們在一個枕頭上罷。』黛玉道：『放屁！外頭不是枕頭？拿一個來枕著。』

〔註 84〕張俊、沈治鈞《新批校注紅樓夢》第 1390 頁，北京：商務印書館，2013。

寶玉出至外間，看了一看，回來笑道：『那個我不要，也不知是那個醃臢老婆子的。』黛玉聽了，睜開眼，起身笑道：『真真你就是我命中的『魔星』！請枕這一個。』說著，將自己枕的推給寶玉，又起身將自己的再拿了一個來枕上，二人對著臉兒躺下。」〔註85〕脂硯齋批語：「若是別部書中寫此時之寶玉一進來便生不軌之心，突萌苟且之念，更有許多賊形鬼狀等醜態邪言矣。此卻反推喚醒她，毫不在意，所謂說不得淫蕩是也。」〔註86〕寶黛兩人間沒有慾的騷動。第二十一回中，賈寶玉偷偷來到黛玉的房中，當時黛玉和史湘雲還沒醒來。寶玉跟他的姐妹們親熱慣了，以至看她們睡覺或掀起她們的被子讓其光著的膀子露在外面也沒關係。跟丫環們在一起時，他可以更加隨意，他穿衣時她們在身旁侍候，他可以同她們一道洗澡。

　　大觀園外的現實世界則充溢著淫慾，賈珍與秦可卿，秦鍾與智慧兒，鳳姐與賈蓉、賈瑞，賈珍、賈璉與尤氏姐妹，賈璉與鮑二家媳婦，如此等等，都沉溺於肉慾之中。賈珍、賈璉、賈蓉等對待女性的態度是「悅容貌，喜歌舞，調笑無厭，雲雨無時，恨不能天下之美女供我片時之趣興」。〔註87〕值得注意的是，沉溺於慾望之中的人如秦鍾、賈瑞、尤氏姐妹、鮑二家媳婦等等，都沒有得到善終。即使秦可卿，寧府上下無不稱讚，但因為沉淪慾海，最後是淫喪天香樓。《紅樓夢》曲子中說秦可卿：「擅風情，秉月貌，便是敗家的根本。」〔註88〕

　　所謂「情既相逢必主淫」，大觀園中的「情」與外在世界的「淫」實際上有著內在的關聯。據作者在小說開卷第一回中所說，《紅樓夢》的另一個名字是「風月寶鑑」。小說中與「風月寶鑑」內容有關的章回形成另一條線索，與大觀園的純情世界形成對照。第十二回中，賈瑞調戲王熙鳳，被王熙鳳要弄，生了重病，一位跛足道人送給賈瑞一個雙面鏡，就是風月寶鑑。賈瑞沒有遵從道人的勸告，看鏡子的背面，跟隨王熙鳳走入鏡內的夢中世界，縱慾而亡，他的家人在他屍體下發現了冰涼漬濕的一大灘精液。風月寶鑑讓人聯想到秦可卿的臥室中武則天用過的寶鏡，聯想到怡紅院門內的那面大鏡子。在第五回中在侄媳秦可卿的臥室中休息，秦可卿的幻影引領他夢入太虛幻境，在幻

〔註85〕張俊、沈治鈞《新批校注紅樓夢》第369～370頁，北京：商務印書館，2013。
〔註86〕〔清〕曹雪芹《脂硯齋重評石頭記》第19回，《古本小說集成》第2輯第67冊《脂硯齋重評石頭記》第423頁，上海：上海古籍出版社，1992。
〔註87〕張俊、沈治鈞《新批校注紅樓夢》第137頁，北京：商務印書館，2013。
〔註88〕張俊、沈治鈞《新批校注紅樓夢》第135頁，北京：商務印書館，2013。

境中，賈寶玉與警幻仙姑的妹妹、秦可卿的幻影兼美發生了性關係。賈寶玉從孽海情天的夢遊中醒來，感覺大腿間冰涼、濕漉漉的，是夢中流出的精液。值得注意的是，將風月寶鑒送給賈瑞的道人也正是照看通靈寶玉的跛足道人。第六十五回描寫了尤氏姐妹與賈璉、賈珍、賈蓉之間的亂倫性關係，又一次提到了警幻仙姑。第六十六回講了墮落的尤三姐和伶人柳湘蓮的故事。柳湘蓮把鴛鴦劍送給尤三姐當作定情信物，後來尤三姐用其中的一把劍自刎，柳湘蓮截髮出家，跟隨瘋道人飄然而去。賈寶玉與柳湘蓮有很多相似之處，都被稱作「二爺」，而且他們之間有一種特殊的親密關係。值得注意的是，賈寶玉也與尤三姐有過交往，賈寶玉說：「我在那裡（寧國府）和他們（尤二姐、尤三姐）混了一個月，怎麼不知？眞眞一對尤物，他又姓尤。」〔註89〕第六十六回最後寫尤三姐的幽靈一手捧著鴛鴦劍，一手捧著冊子，前往太虛幻境「修注案中所有一干情鬼」。〔註90〕所有這些情節都暗示，賈寶玉的意淫和慾之間沒有本質的區別。

小說中的秦可卿形象非常值得注意，她是情和慾兩個世界的關聯。秦可卿在第五回中初次露面，到第十三回死去。秦可卿在小說中所佔的篇幅很少，但卻與小說的主題有著緊密關聯。秦可卿與小說的主要人物間都有著密切的關聯。她在賈寶玉的夢境中使賈寶玉成人，幫助賈寶玉對情有了朦朧的理解；她在賈寶玉的心目中兼黛玉和寶釵之美，是完美的女神；她的死因迷離，預示著賈府的衰亡；她託夢給王熙鳳，預言了賈府的結局，在賈府中，她是唯一的清醒者。秦可卿之死是小說情節的一個轉換點。秦可卿又名兼美，所謂兼美，是指兼寶釵、黛玉之美。秦可卿相貌、才情、性格合釵黛而爲一，可以說是寶釵和黛玉的合體。在寶玉看來，太虛幻境中警幻仙姑的妹妹可卿乳名兼美，她「鮮豔嫵媚，大似寶釵；嫋娜風流，又如黛玉」。〔註91〕秦可卿「心性高強，聰明不過」，〔註92〕「不拘聽見什麼話兒，都要忖量個三日五夜才算」，〔註93〕好像黛玉；她同時又人緣極好，深得親戚、長輩與下人的喜愛，可比寶釵。脂硯齋在庚辰本第四十二回回前批中說：「釵玉名雖二個，人卻一身，此幻筆也。今書至三十八回時，已三分之一有餘。故寫是回，使二人合而爲

〔註89〕張俊、沈治鈞《新批校注紅樓夢》第1209頁，北京：商務印書館，2013。

〔註90〕張俊、沈治鈞《新批校注紅樓夢》第1211頁，北京：商務印書館，2013。

〔註91〕張俊、沈治鈞《新批校注紅樓夢》第137頁，北京：商務印書館，2013。

〔註92〕張俊、沈治鈞《新批校注紅樓夢》第217頁，北京：商務印書館，2013。

〔註93〕張俊、沈治鈞《新批校注紅樓夢》第212頁，北京：商務印書館，2013。

一。請看黛玉逝後寶釵之文字，便知余言不謬也。」〔註94〕秦可卿身為寧府的長孫媳，身居內室，賈寶玉本很難見到秦可卿，小說卻安排賈寶玉多次隨王熙鳳見到秦可卿。在秦可卿的引領下，賈寶玉神遊太虛幻境，在幻境中與可卿發生了性關係，獲得了性啟蒙。小說如此安排，是有深意的。

　　秦可卿又是情的化身。「秦可卿」諧音「情可情」。《紅樓夢曲》第十三支《好事終》中說「宿孽總因情」，〔註95〕也就是說，賈府的衰落是因為一個「情」字。秦可卿的死因是個謎。一種說法認為秦可卿是病死的，另一種說法認為秦可卿是「淫喪」。在小說中，賈珍和秦可卿的關係令人猜疑。賈珍對秦可卿之死反應過度。小說第七回中寫到，一天黑夜，寧國府派老奴焦大送秦鍾回家，焦大非常生氣，借酒破口大罵：「爬灰的爬灰，養小叔子的養小叔子」，有人認為，「爬灰」應指家主賈珍與秦可卿的苟且之事。脂批說：「焦大之醉，伏可卿之病至死。」〔註96〕小說寫秦可卿死於疾病，但小說又寫秦可卿的死令全家「無不納罕，都有些疑心」。秦可卿的病或許和焦大醉罵有關。一種解釋是，秦可卿意識到自己與公公賈珍的亂倫之事已被別人發現，心理上承受巨大壓力，導致生病。小說第十回中，醫術高明的張先生說：「大奶奶是個心性高強、聰明不過的人。但聰明太過，則不如意事常有；不如意事常有，則思慮太過。」〔註97〕

　　焦大所說的「養小叔子」，有人以為指的是秦可卿和賈寶玉。秦可卿與賈寶玉的關係確實有可疑之處。賈寶玉與秦可卿的丈夫賈蓉是叔侄關係。小說第五回中，賈寶玉在太虛幻境中遇到了警幻仙姑的妹妹，警幻仙姑的妹妹乳名兼美，字可卿，被警幻仙姑許配給寶玉。賈寶玉神遊太虛幻境前，是個人事未開的懵懂小兒，在太虛幻境中，經過仙姑的指引，與可卿數日繾綣，難解難分。值得注意的是，引領寶玉出入太虛幻境的是現實中的秦可卿，而在夢境中與寶玉行雲雨之事的警幻仙姑之妹與秦可卿同名。真幻兩個「可卿」除了名字相同外，還有很多共通處。太虛幻境中的可卿應該是現實中秦可卿的幻象，小說借夢境反映了秦可卿與賈寶玉的不正常關係。賈寶玉「神遊太

〔註94〕陳慶浩《新編石頭記脂硯齋評語輯校》第575頁，北京：中國友誼出版公司，1987。
〔註95〕張俊、沈治鈞《新批校注紅樓夢》第135頁，北京：商務印書館，2013。
〔註96〕〔清〕曹雪芹著，脂硯齋評，嶽仁輯校《紅樓夢脂匯本》第95頁，長沙：嶽麓書社，2011。
〔註97〕張俊、沈治鈞《新批校注紅樓夢》第217頁，北京：商務印書館，2013。

虛幻境」，或許只是他在秦可卿房中所做的一個夢，而之所以在夢中夢見可卿
並與她發生性關係，一是由於兼有寶釵和黛玉之美的秦可卿美麗異常，讓青
春萌動的賈寶玉怦然心動，二是由於秦可卿的臥室裝飾令寶玉「眼餳骨軟」，
給他心理暗示。第十三回，賈寶玉聽到秦可卿的死訊，反應很強烈：「只覺心
中似戮了一刀的，不覺的『哇』的一聲，直奔出一口血來。」〔註98〕

　　現存小說中尤氏的前後表現以及秦可卿的兩個丫鬟寶珠、瑞珠的結局，
也都暗示了天香樓事件。甲戌本第十三回脂批說：「秦可卿淫喪天香樓，作
者用史筆也，老朽因有魂託鳳姐賈家後事二件，的是安富尊榮坐享人能想得
到處，其事雖未漏，其言其意則令人悲切感服，姑赦之，因命芹溪刪去。」
〔註99〕另一條脂批說：「此回只十頁，因刪去天香樓一節，少卻四五頁也。」
〔註100〕作者之所以刪去「淫喪天香樓」一節，是因為脂硯齋讀到秦可卿託夢
給王熙鳳，囑咐賈家後事，「令人悲切感服」。實際上，作者刪去秦可卿淫喪
天香樓的情節，也是出於主題表達的需要。秦可卿對小說主旨的表達有著重
要的意義，將她直接寫成淫蕩的女子，不利於主旨的表達。秦可卿是「情」
的化身，在男權社會中，像她這樣的弱女子根本無法把握自己的命運，在天
香樓事件中，她只是個被動的犧牲者。第六十六回中，柳湘蓮評價寧府說：「你
們東府裏，除了那兩個石頭獅子乾淨罷了。」〔註101〕作為一家之主，賈珍玩
弄女性，惡名遠播。他看到兒媳秦可卿有情有貌，就心生邪念，做出「爬灰」
這類有違倫常的事，而「擅風情，秉月貌」的秦可卿只好忍氣吞聲，而賈珍
的玩弄使秦可卿身體衰弱生病，再加上心理的憂慮惶恐，鬱鬱寡歡，終於一
病不起。亂倫的責任主要在賈珍，而秦可卿又值得同情，所以作者為了主題
表達的需要，刪去了「秦可卿淫喪天香樓」一節，但保留了其他相關情節，
用史筆暗示秦可卿與賈珍之間的亂倫關係。

七、情慾描寫中的文人情懷

　　《紅樓夢》第一回中寫道：「卻說那女媧氏煉石補天之時，於大荒山無稽

〔註98〕張俊、沈治鈞《新批校注紅樓夢》第249頁，北京：商務印書館，2013。

〔註99〕〔清〕曹雪芹《脂硯齋甲戌抄閱再評石頭記》第137頁，上海：上海古籍出
　　　　版社，1985。

〔註100〕〔清〕曹雪芹著，鄧遂夫校訂《脂硯齋重評石頭記甲戌校本》第233頁，北
　　　　京：作家出版社，2001。

〔註101〕張俊、沈治鈞《新批校注紅樓夢》第1209頁，北京：商務印書館，2013。

崖煉成高十二丈、見方二十四丈的頑石三萬六千五百零一塊，那媧皇只用了三萬六千五百塊，單單剩下一塊未用，棄在青埂峰下。誰知此石自經鍛鍊之後，靈性已通，自去自來，可大可小。因見眾石俱得補天，獨自己無才不得入選，遂自怨自愧，日夜悲哀。」不知過了幾世幾劫，空空道人經過大荒山，發現了這塊石頭，石頭上鐫刻文字，講述入世歷劫的故事，最後是一首偈子：「無才可去補蒼天，枉入紅塵若許年。此係身前身後事，倩誰記去作奇傳？」〔註102〕脂硯齋說「無材可去補蒼天」是「書之本旨」。〔註103〕

　　小說中的賈寶玉將女兒與男人對舉，女兒清爽，男人濁臭。在世俗社會中，仕途經濟屬男人的事業，而仕途經濟充滿了濁臭氣味，由男人住宰的社會，由男人操縱的仕途經濟，都充滿了僞善、爭鬥和污濁，深閨中的女兒遠離社會，保留了更多的自然天性，顯出別樣的純潔和清爽。《紅樓夢》實際上是將「女兒」作爲與勢利、虛僞、污濁社會對立面，表達了對純潔自然天性、眞誠道德人格以及理想人生的追求。平子在《小說叢話》中說：「《紅樓夢》一書，賈寶玉其代表人也。而其言曰：『賈寶玉視世間一切男子，皆惡濁之物，以爲天下靈氣悉鍾於女子。』言之不足，至於再三，則何也？曰：此眞著者疾末世之不仁，而爲此言以寓其生平種種之隱痛者也。凡一社會，不進則退，中國社會數千年來，退化之跡昭然，故一社會中種種惡業畢具。而爲男子者，日與社會相接觸，同化其惡風自易；女子則幸以數千年來權利之衰落，閉置不出，無由與男子之惡業相薰染。雖別造成一卑鄙齷齪、決無高尚純潔的思想之女子社會，而其猶有良心，以視男子之脅牋脅賊，日演殺機，天理亡而人慾肆者，其相去尤千萬也。此眞著者疾末世之不仁，而爲此以寓其種種隱痛之第一傷心泣血語也；而讀者不知，乃群然以淫書目之。嗚呼，豈眞嗜腐鼠者之不可以翔青雲耶！何沉溺之深，加之以當頭棒喝而不悟也！然吾輩雖解此義，試設身處地，置我於《紅樓夢》未著、此語未出現以前，欲造一簡單直捷之語以寫社會之惡態，而警笑訓誡之，欲如是語之奇而賅，眞窮我腦筋不知所措矣。」〔註104〕也就是說，小說頌揚女子，眞正的目的是爲了表達對男權社會的失望。《紅樓夢》寫的是花的悲劇，寫的是女人的悲劇，實質上是男人的悲劇。

〔註102〕張俊、沈治鈞《新批校注紅樓夢》第5～8頁，北京：商務印書館，2013。
〔註103〕〔清〕曹雪芹著，鄧遂夫校訂《脂硯齋重評石頭記甲戌校本》第80頁，北京：作家出版社，2001。
〔註104〕一粟《紅樓夢資料彙編》第571頁，北京：中華書局，1963。

　　這種對情愛的高度重視和對名利的淡薄，實際上反映了文人所不得不面對的現實以及面對這樣的現實的無奈和自我排遣的心態。早在清初恢復的科舉，到了十八世紀已經出現了畸形的發展，士子人數的眾多，錄取名額的限制，官職位數的有限，加上為富貴豪門設置的種種捐納，以及世襲制度的延續，士子獵取功名的機會已經非常渺茫，更何況還有種種科場的營私舞弊和閱卷中的隨意性、偶然性。所以這些小說中關於功名無謂的表述，實際上是對這種境況的消極的回應，將愛情置於功名之上也就可以理解，這是一種情感的轉移。一方面對功名念念不忘，一方面表示無意於此，這種矛盾的描述表露了文人心態的矛盾與煎熬，因此使得這些愛情故事不同於市井的情愛，而有著鮮明的文人色彩。這種大規模地向情愛中尋找精神寄託的現象，與那個時期文人的境遇息息相關。這是一個文人失志的時代，也只有在這樣的時代，文人們才第一次體會到了女子的困境，女子走出閨閣、融入社會，是和文人入世、施展濟世抱負同樣的艱難啊。也正是這樣的時代，在如此境遇之下，士人對情愛、家庭傾注了前所未有的熱情。本來，修、齊、治平是士人人生的三重境界，治國平天下甚至已成為士人與生俱來的宿命般的人生目標，而在士人地位低落、士人貶值的時代，士人只有帶著無奈與感傷，回到家這個避風港中熨平心靈的創傷。在身心疲憊之時，士人想到了女子，希望得到女子的幫助，助自己成名——這當然只能是幻想，或者撫慰自己受傷的心靈——這是女子能做到的。《紅樓夢》從女性的角度切入對繁華生活的回憶，有著同樣的原因，那女子世界大觀園即作者的心靈憩園，對女子的讚美與依戀中依稀可見作者的心靈傷痕，這是對成人利祿世界的恐懼，對士人命運的逃避，賈寶玉表示要在女子散去之前化為灰與煙，實際上表現了對男人世界的深深的失望。從這一角度看，賈寶玉對科舉制度的厭惡，對愚忠愚孝的批判，不是無知孩童的信口開河，而他將同樣厭惡利祿世界的林黛玉視為知己，甚而視為前世已定的姻緣，也蘊含著作者對理解自己的女子的渴望與感激。

　　值得注意的是這些小說對情和慾的表現。清代學者戴震的情慾觀肯定論是對社會思潮的反映和總結。戴震把儒家經典中的私欲分解為二，認為聖人要求禁絕的只是私，而欲只能滿足，他說：「聖人之道，使天下無不達之情，求遂其慾而天下治。」〔註105〕如果把性比喻為水，那麼欲自然得就像水的流

―――――――――――――――――――――――――

〔註105〕〔清〕戴震《戴震全集》第一冊第 212 頁，北京：清華大學出版社，1991。

動。他認為以「天理」、「公義」等人為臆斷的理念為指導的政治目標，要求廣大民眾在嚴格禁慾的同時強迫自己服從自我的犧牲，忍受由此而產生的痛苦，實際上是一種非人類的刻薄，它的最終的結果是促使非人類性的頹廢在社會範圍內蔓延，〔註106〕像縱慾之風就是典型的例子。文人小說家感覺到色慾對人的品質和生活的腐蝕作用，他們一方面宣揚自然的情，另一方面對病態的過度的色慾表示警惕或進行批判，在清代的文人小說中，不僅才子佳人小說竭力以禮作為分辨情與濫淫的界限，即是世情、神怪類小說也往往把對色慾的勸誡作為創作的目的之一。丁秉仁在《瑤華傳》的自序中表明自己寫作的最初動機是有感於社會上沉迷於色慾的人數之多和程度之深，要以形象的故事喚醒那些不能自拔的子弟。在這部小說中，慾與情被認為是可以分裂的。把色慾視為修道的最大的障礙的還有李百川的《綠野仙蹤》，冷於冰在仙府中與仙人們談論他的弟子們成仙的前景，認為酒色才氣四個修道的大忌中，色最難把持，而道通真人更指出，如果不能戒絕「色」，即使渾身都是仙骨，也毫無益處。在《紅樓夢》中，情被警幻仙子稱為意淫，所謂的意淫，不同於皮膚淫濫，是天生的一段癡情，「惟心會而不可口傳，可神通而不可語達」，小說中賈寶玉只與襲人試了一次雲雨情，除此之外，即使與丫鬟一起洗澡，也沒有發生關係，所以晴雯在臨逝之前感歎「空擔了個虛名」。與賈寶玉的意淫相對的就是賈瑞、賈璉等人的皮膚濫淫，賈珍、賈蓉父子的亂倫行為是淫濫中最為罪惡的部分，似隱若現的天香樓是寧府淫慾生活的象徵，賈瑞與風月寶鑒的插曲，也許也是作者為意淫而安排的對照。賈寶玉與林黛玉、薛寶釵之間的感情糾葛，在神話的意義上，是前世夙緣與現世婚姻的矛盾，是金石緣與金玉緣的衝突，在現世的意義上則是情與慾的衝突，薛寶釵的豐腴而美麗的身體和她的富裕的家庭背景一樣，代表著現世的物慾。賈寶玉不止一次地想親近薛寶釵的肉體，而他們之間從來沒有真正的感情交流，薛寶釵所有的而為賈寶玉深惡痛絕的對功名的熱望，也使這種交流幾乎不可能。林黛玉在很大程度上代表著「情」的一面，賈寶玉與林黛玉最為親近的交往和接觸也從來沒有使他對林黛玉的病弱的身體產生絲毫邪念，他們之間只有各種形式的情感交流和糾葛，相互間的試探，一次次的誓約，一點點暗示都讓他們怦然心動，對方的最為細微的舉動都被密切關注，對舉業功名的輕視被當作知音的最為重要的部分反覆提及。

〔註106〕　〔日本〕村瀨裕也《戴震的哲學》第243頁，濟南：山東人民出版社，1996。

　　這種對情與慾的辨別，實際上是在情與理、禮間的徘徊，理與禮成爲分別眞情與肉慾的最根本的界線。但另一方面，調和情與理並不是這些文人小說家眞正的或最重要的創作動機或本意，正如上面所說，才子佳人的愛情與世俗情慾的區別，在很大程度上與慧眼識英雄的知遇感緊密地聯繫在一起，因而具有濃重的文人氣息。這種對比以極端的形式表現在雍正年間的豔情小說《姑妄言》中。在《姑妄言》所描寫的淫慾橫流的世界中，卻有著書生鍾情和瞽妓錢貴的純眞的愛情，正是他們的與世俗淫慾形成最極端對照的愛情，給這個世界增添了一絲亮光和希望，避免了這個世界的最終沉淪。爲了與世俗的淫慾對照，鍾情和錢貴的歡愛用了最少的筆墨，而且只是婉轉的提示或暗示，小說還特意寫了鍾情在與錢貴定情後的幾次卻色，以表示他對錢貴的鍾情。從情與理的衝突，情與理的調和，到十八世紀情與慾的分辨，這種轉變實際上也顯現了文人自我意識加強的過程。從中世開始愛情就被文人用來作爲不得志的情感寄託或轉移，即使在市井情愛故事最爲風行的時代，這種文人化的愛情仍然異常鮮明，但利用通俗小說的形式，將文人化的愛情發揮到極至的，還是十八世紀，也正是在這一時期，通俗小說的文人化達到了一個高峰。

第六章 《水滸傳》及其他：色的誘惑與慾的考驗

對小說來說，有女人才有故事，比如《三國演義》談的是歷史，談的是男人的王圖霸業，但裏面還是需要有女人點綴。但在明清時期的歷史演義、英雄傳奇、神怪類小說中，女人只是配角，女色被認爲是對英雄豪傑的考驗，色慾被認爲是修道的最大障礙。《三國演義》裏，貂蟬色誘董卓、呂布，釀成兵變。曹操攻宛城，張繡投降。曹操看上了張繡叔叔張濟的妻了，頗有姿色的鄒氏，和她同居，張繡借機發動兵變，曹操僥倖逃脫，搭上了典韋的性命。《水滸傳》的江湖中沒有真正的女人，因爲少數的幾個女人也被男性化、邪惡化了。男人沾了女人就沒什麼好事，最終又都以殺掉女人而結束故事，如宋江殺了閻婆惜，楊雄殺潘巧雲，武松殺潘金蓮，盧俊義殺賈氏等等。《水滸》中的英雄對女人持近乎厭惡的態度，而禁慾、練武所導致的過剩精力，只好用來吃喝和殺人。《水滸傳》中大碗喝灑、大塊吃肉的場面經常出現。女色很可怕。《西遊記》裏的女妖是對唐僧師徒的嚴峻考驗。在清代的小說《女仙外史》和《綠野仙蹤》中，情慾被認爲是修道成仙的最大障礙。

一、禁慾的好漢形象

《水滸傳》中的好漢大都身體強健，他們不僅喜歡展現自己健壯的身體，還喜歡美化自己的身體。燕青「一身雪練白肉」，張順因皮膚白而被稱作浪裏白條。好漢們喜歡在身上刺青。史進因刺一身青龍而得綽號九紋龍。魯智深有一身花繡，因此被稱爲花和尚。解寶兩隻腳上刺著兩個飛天夜叉，阮小五

胸前刺著青鬱鬱一個豹子，楊雄刺著藍靛般一身花繡，燕青刺了一身花繡，似玉柱上鋪著軟翠，花項虎龔旺脖頸上應該刻有一隻斑斕猛虎。

《水滸傳》中這些身體壯健的好漢卻不近女色。小說寫史進：「每日只是打熬氣力；亦且壯年，又沒有老小，半夜三更起來演習武藝，白日裏只在莊後射弓走馬。」〔註1〕寫晁蓋：「最愛刺槍使棒，亦自身強力壯，不娶妻室，終日只是打熬筋骨。」〔註2〕楊雄、盧俊義等都是如此。《水滸傳》中的好漢大多沒有家庭或家庭遭遇不幸，落得孑然一身，這樣才可以自由自在縱橫江湖。江湖好漢不貪女色，將兄弟情誼置於兒女情感之上。宋江崇尚江湖義氣，喜愛武藝，他雖然娶閻婆惜為外室，但並不在意閻婆惜，不貪戀女色。正因為如此，閻婆惜才會與別的男人私通。盧俊義於女色上也不甚在意。宋江、盧俊義都不在意女色，卻都栽在了女色上。宋江被閻婆惜要挾，怒殺閻婆惜，從此走上了流亡之路。盧俊義被賈氏陷害，如果不是梁山好漢前來營救，必死無疑。他們的遭遇說明，女色是好漢的剋星，好漢一沾染女色即遭厄運。好色的好漢受到嘲笑或懲罰。

不貪女色是梁山好漢的戒律。第七十三回中，李逵誤以為宋江貪戀女色，大鬧忠義堂，不僅砍倒了杏黃旗，還要活劈宋江。在李逵看來，好漢一旦與女性發生了關係，就變成了「畜牲」，就該被殺死：

> 李逵道：「我閒常把你做好漢，你原來卻是畜牲！你做得這等好事！」宋江喝道：「你且聽我說！我和三二千軍馬回來，兩匹馬落路時，須瞞不得眾人。若還搶得一個婦人，必然只在寨裏。你卻去我房裏搜看。」李逵道：「哥哥，你說甚麼鳥閒話！山寨裏都是你手下的人，護你的多，那裡不藏過了！我當初敬你是個不貪色慾的好漢，你原來是酒色之徒。殺了閻婆惜便是小樣，去東京養李師師便是大樣。你不要賴，早早把女兒送還老劉，倒有個商量。你若不把女兒還他時，我早做早殺了你，晚做晚殺了你。」〔註3〕

為了招安，宋江很費心思。小說第七十二回寫宋江正月十四晚上來到東京，在茶坊吃茶，聽茶博士說起東京第一名妓李師師，得知李師師就是當今皇上的相好，馬上讓燕青安排他和李師師會面。裝成富商的宋江剛到李師師

〔註1〕陳曦鍾等《水滸傳會評本》第69頁，北京：北京大學出版社，1981。
〔註2〕陳曦鍾等《水滸傳會評本》第259頁，北京：北京大學出版社，1981。
〔註3〕王利器《水滸全傳校注》第2760頁，石家莊：河北教育出版社，2009。

家吃了一盞茶，徽宗皇帝的聖駕已經到了李師師家的後門，宋江等只好知趣溜走。正月十五晚上，宋江花了一百兩黃金買通虔婆，再次來到李師師家，和京城第一名妓從容一敘，宋江心情激動，喝得酒酣耳熱，把李逵找個藉口打發到門前等候。宋江把滿腹心事寫成一首詞，李師師似懂非懂，宋江還沒來得及給李師師解釋，皇上又從地道來到李師師家。宋江等來不及撤離，便躲在暗處偷窺，暗自盤算能否向皇上討一道招安赦書。沒想到李逵懷疑宋江對李師師動了心，在門外惹起事來，用交椅砸倒了楊太尉，還放火燒著了李師師家的房子，又搶過一條棍，打到大街上來。一見火起，徽宗吃了一驚，一道煙走了。

李逵不貪女色，不僅無視女性的存在，甚至厭惡女性。一次李逵陪戴宗、宋江到酒樓吃飯，邊吃邊聊，說得高興，過來一個唱曲的女子，站定便唱，李逵覺著女子打斷了自己的話頭，大為掃興，伸手一點，抹脫了人家額頭一塊油皮，那女子頓時昏了過去，往後便倒。第七十三回中，狄太公的女兒與東村的王小二私通，還裝神弄鬼遮人耳目，李逵竟然將二人先後砍死，砍下兩顆人頭，發瘋似的亂剁，把兩人屍身剁成十幾段丟在地上。

江湖隱語稱好色為「溜骨髓」。蔣門神原來有一身好武藝，使得好槍棒，可到了快活林後，娶了一個小妾，「因酒色所迷，淘虛了身子」，〔註4〕根本不是武松的對手，被武松打得在地下叫饒。第四十四回中，潘巧雲出場時，小說引用了一首詩：「二八佳人體似酥，腰間仗劍斬愚夫。雖然不見人頭落，暗裏教君骨髓枯。」〔註5〕第四十八回中，王英被扈三娘活捉，小說引用了一首詩：「色膽能拼不顧身，肯將性命值微塵。銷金帳裏無強將，喪魄亡精與婦人。」〔註6〕這也是好漢仇視女色的一個重要原因。

《水滸傳》中的好漢不貪女色，作為補償，他們愛大碗喝酒，大塊吃肉。小說對好漢們「大塊吃肉，大碗喝酒」的場面描寫得很詳盡。第四回寫魯智深飲酒，用手扯著狗肉，蘸著蒜泥吃，一連吃了十來碗酒，臨走時，還把剩下的狗腿揣在懷裏帶走。在第五回中，魯智深在劉太公莊上吃酒，吃了三二十碗酒，還吃掉了一盤牛肉、一隻肥鵝。第十五回寫吳用到石碣村游說阮氏三兄弟共劫生辰綱，四人在村裏酒店飲酒，切十斤黃牛肉，吃了無數杯酒。

〔註4〕王利器《水滸全傳校注》第1371頁，石家莊：河北教育出版社，2009。
〔註5〕王利器《水滸全傳校注》第1870頁，石家莊：河北教育出版社，2009。
〔註6〕〔明〕施耐庵《水滸傳》第646頁，北京：北京人民出版社，1997。

吳用回請阮氏兄弟，買了二十斤生熟牛肉，一對大雞。小說中的好漢人人都喜飲酒能飲酒，幾乎事事都要飲酒。《水滸傳》中很多精彩的故事情節都與酒有關，如武松快活林醉打蔣門神，景陽岡打虎；宋江潯陽江頭醉題反詩，引來梁山好漢劫法場；魯達酒店飲酒聽到冤情，三拳打死鎮關西；吳用借酒在黃泥岡導演出「智取生辰綱」好戲等，都離不開酒。

與大碗喝酒相應的是大塊吃肉。好漢們最喜歡吃的是牛、羊、馬肉。《水滸傳》提到殺牛和吃牛肉共 187 次，殺羊和吃羊肉 106 次，宰馬和吃馬肉 32 次，殺豬和吃豬肉僅 23 次。梁山每逢盛大喜慶的時候，多宰殺牛、羊、馬肉來慶賀。「成甕喝酒，大塊吃肉」顯示了梁山好漢的粗豪，而吃肉又可以使身體強健，身體強健是練武的基礎。梁山好漢特別喜歡大塊吃牛肉。牛用於農耕，是重要的畜力，因此被認為是力量的象徵。第七回中，魯智深耍起了禪杖，眾潑皮驚呼：「兩臂膊沒水牛大小氣力，怎使得動！」〔註7〕第三十八回中，李逵轉眼間把二斤羊肉都吃了，宋江讚歎說：「壯哉，真好漢也！」李逵回答：「這宋大哥便知我鳥意，吃肉不強似吃魚！」〔註8〕

二、游離主題的蕩婦描寫的意義

《水滸傳》中身體壯健的好漢喜歡武功，如九紋龍史進酷愛武術，不愛經營家產，把母親給氣死了。晁蓋「最愛刺槍使棒，亦自身強力壯，不娶妻室，終日只是打熬筋骨」。因為沉迷於練武，所以好漢們不近女色，他們認為近女色影響工夫的精純與長進。娶親的好漢因為長期冷落妻子，致使妻子寂寞難耐而出軌，宋江的外室閻婆惜、楊雄的妻子潘巧雲、盧俊義的妻子賈氏都是如此。

閻婆惜出現在《水滸傳》的第二十一回中。宋江幫助料理了閻婆惜父親閻公的後事，閻婆心存感激，見宋江沒有妻室，自己老來也無依靠，便央王婆和宋江說，「情願把婆惜與他」。「宋江初時不肯，怎當這婆子撮合山的嘴，攛掇宋江依允了。就在縣西巷內，討了一所樓房，置辦些家火什物，安頓了閻婆惜娘兒兩個，在那裡居住。沒半月之間，打扮得閻婆惜滿頭珠翠，遍體綾羅」，小說描寫閻婆惜的容貌：「花容嫋娜，玉質娉婷。鬢橫一片烏雲，眉掃半彎新月。金蓮窄窄，湘裙微露不勝情；玉筍纖纖，翠袖半籠無限意。星

〔註7〕王利器《水滸全傳校注》第 490 頁，石家莊：河北教育出版社，2009。
〔註8〕王利器《水滸全傳校注》第 1654 頁，石家莊：河北教育出版社，2009。

眼渾如點漆，酥胸真似截肪。韻度若風裏海棠花，標格似雪中玉梅樹。金屋美人離御苑，蕊珠仙子下塵寰。」「初時宋江夜夜與婆惜一處歇臥，可向後漸漸來得慢了」，因為「宋江是個好漢，只愛學使槍棒，於女色上不十分要緊」，「這閻婆惜水也似後生，況兼十八九歲，正在妙齡之際，因此宋江不中那婆娘意」。豐衣足食卻少人陪伴的閻婆惜與宋江的同事張文遠勾搭上了，張文遠「生得眉清目秀，齒白唇紅。平昔只愛去三瓦兩舍，飄蓬浮蕩，學得一身風流俊俏。更兼品竹調絲，無有不會」。閻婆惜和張文遠兩人如膠似漆，「婆惜自從和那小張三兩個搭上，並無半點情分在這宋江身上」。她故意疏遠怠慢宋江，希望宋江能休掉自己，而宋江採取拖延之策：「又不是我父母匹配的妻室，他若無心戀我，我沒來由惹氣做甚麼？我只不上門便了。」〔註9〕閻婆惜的母親有心撮合二人重歸舊好，以使自己晚年有個依靠，硬拉宋江與女兒見面，並弄來酒菜，把兩人關房裏。宋江「口裏只不做聲，肚裏好生進退不得」，閻婆惜則想：「你不來睬我，指望老娘一似閒常時來陪你話，相伴你要笑？我如今卻不要！」〔註10〕當天晚上宋江雖和閻婆惜一床睡，於閻婆惜卻如守屍一般。閻婆惜發現了晁蓋派劉唐送來的信，抓住了宋江的把柄，公開承認她與張文遠的關係，迫使宋江同意寫休書：「第一件，你可從今日便將原典我的文書來還我；再寫一紙，任從我改嫁張三，並不敢再來爭執的文書。」她向宋江索要一百兩黃金，宋江說晁蓋送給他的酬金他如數退回了，閻婆惜抵死不信：「可知哩。常言道：『公人見錢，如蠅子見血。』他使人送金子與你，你豈有推了轉去的？這話卻似放屁！做公人的，『那個貓兒不吃腥？』『閻羅王面前，須沒放回的鬼！』你待瞞誰？」〔註11〕閻婆惜以報官要挾宋江，宋江一時怒起，殺了閻婆惜。

　　從長相和氣度看，楊雄強於宋江。楊雄「生得好表人物，露出藍靛般一身花繡，兩眉入鬢，鳳眼朝天，淡黃面皮，細細有幾根髭髯」，被稱為「病關索」，小說中用一首《臨江仙》詞描寫楊雄：「兩臂雕青鐫嫩玉，頭巾環眼嵌玲瓏。鬢邊愛插翠芙蓉。背心書創字，衫串染猩紅。問事廳前逞手段，行刑處刀利如風。微黃面色細眉濃。人稱病關索，好漢是楊雄。」〔註12〕他是是薊州兩院押獄兼劊子手，有一身好武藝。楊雄「自出外去當官，不管家事」，

〔註 9〕王利器《水滸全傳校注》第 985～987 頁，石家莊：河北教育出版社，2009。
〔註 10〕王利器《水滸全傳校注》第 993 頁，石家莊：河北教育出版社，2009。
〔註 11〕王利器《水滸全傳校注》第 1004～1005 頁，石家莊：河北教育出版社，2009。
〔註 12〕王利器《水滸全傳校注》第 1861～1862 頁，石家莊：河北教育出版社，2009。

〔註13〕家裏請和尚做功德這樣的大事，楊雄也只是「到申牌時分，回家走一遭」。〔註14〕男人不著家，和尚進了門，這才有了潘巧雲與和尚的眉來眼去。潘巧雲假託到寺中還願，在寺中與和尚裴如海偷情。有一天，楊雄「正該當牢，未到晚，先來取了鋪蓋去，自監裏上宿」，潘巧雲於是與和尚家中密會，「自此爲始，但是楊雄出去當牢上宿，那和尚便來」，「將近一月有餘，這和尚也來了十數遍」。〔註15〕

　　楊雄、石秀一見如故，結拜爲兄弟，楊雄讓石秀住到自己家中。和尚裴如海與潘巧雲眉來眼去，被石秀看在眼裏。裴如海讓寺裏的胡頭陀每天往楊家後門小巷裏敲木魚報曉，如果看到香桌擺在門外，就告知裴如海來廝會。兩人暗地裏往來十幾回，石秀看出了破綻，告訴了楊雄，潘巧雲反咬一口，誣陷石秀調戲她。楊雄聽信了潘巧雲的話，很生氣，石秀也沒有分辯，收拾包裹行李離開了。他四更起來，埋伏在楊家後門巷子裏，待頭陀來時，一把揪住，把刀子往脖上一按，頭陀就交代了全部經過。石秀殺了頭陀，換上頭陀的衣服，化裝成頭陀，繼續敲木魚。裴如海聽木魚響出來，被石秀剝了衣裳刺死。石秀將兩具的和尚屍體和尖刀扔在巷子裏。楊雄聞聽此事，猜到是石秀所爲。他尋著石秀，表示負荊請罪。石秀拿出頭陀和尚的衣服，這是和尚偷情、頭陀報信的鐵證。楊雄表示回家以後夜裏就把潘巧雲碎割了解恨。石秀給楊雄出了個主意。楊雄回家，以到翠屏山燒香還願爲藉口，將潘巧雲和丫鬟迎兒騙到山上，石秀拿出和尚頭陀的衣物，潘巧雲一見，兩頰飛紅，無話可說。石秀掣出腰刀，逼問丫鬟迎兒，嚇得迎兒跪在楊雄跟前，把裴如海和潘巧雲偷情的經過從實說了。潘巧雲無法抵賴，只好承認。石秀按楊雄的吩咐，把潘巧雲的衣服首飾全部剝掉，楊雄自己動手把潘巧雲捆在樹上。石秀把迎兒的首飾也都除去了，遞過刀來，勸楊雄斬草除根，楊雄一刀將迎兒揮爲兩斷，潘巧雲哀求石秀，石秀說：「嫂嫂，哥哥自來服侍你。」〔註16〕楊雄過來，先用刀將潘巧雲的舌頭割了，指著潘巧雲大罵，拿刀將潘巧雲從胸口一直開到小腹，取出五臟掛在松樹上。殺人後，楊雄、石秀商量去處，石秀勸楊雄投奔梁山。

〔註13〕王利器《水滸全傳校注》第1872頁，石家莊：河北教育出版社，2009。
〔註14〕王利器《水滸全傳校注》第1884頁，石家莊：河北教育出版社，2009。
〔註15〕王利器《水滸全傳校注》第1901～1902頁，石家莊：河北教育出版社，2009。
〔註16〕王利器《水滸全傳校注》第1939頁，石家莊：河北教育出版社，2009。

　　盧俊義也是一心練武，不把娘子放在心上，最終釀成家庭悲劇。盧俊義綽號玉麒麟，長得相貌堂堂，「目炯雙瞳，眉分八字，身軀九尺如銀。威風凜，儀表似天神」，〔註17〕他一身好武藝，「棍棒天下無對」。可他的老婆賈氏卻出軌了，情夫還是自家下人、管家李固，而盧俊義於李固有救命和知遇之恩。賈氏出軌的原因，書中沒有正面寫，只就燕青口中點到：「主人腦後無眼，怎知就裏？主人平昔只顧打熬氣力，不親女色，娘子舊日和李固原有私情，今日推門相就，做了夫妻。」看來是盧俊義「只顧打熬氣力，不親女色」，使賈氏寂寞難耐而出軌。盧俊義在女色上不留意，對燕青卻很親近。燕青唇若塗朱，睛如點漆，面似堆瓊。盧俊義幾天沒見到燕青，便問人：「怎生不見我那一個人？」話未說完，燕青出場了，小說描寫燕青的打扮，像個女子：「六尺以上身材，二十四五年紀，三牙掩口細髯，十分腰細膀闊。帶一頂木瓜心攢頂頭巾，穿一領銀絲紗團領白衫，繫一條蜘蛛斑紅線壓腰，著一雙土黃皮油膀胛靴。腦後一對挨獸金環，護項一枚香羅手帕，腰間斜插名人扇，鬢畔常簪四季花。」〔註18〕盧俊義親近信任燕青，但當燕青告訴他賈氏和管家李固私通之事，他不相信，先是呵斥：「我的娘子不是這般人，你這廝休來放屁！」接著是大怒，喝罵燕青：「我家五代在北京住，誰不識得！量李固有幾顆頭，敢做恁般勾當！莫不是你做出歹事來，今日倒來反說？我到家中，問出虛實，必不和你干休！」〔註19〕

　　其實賈氏和李固的私情早有端倪。盧俊義準備去泰安州燒香躲災兼做買賣，要帶著李固，賈氏卻出面勸阻，理由是「出外一里，不如屋裏」。李固說腳氣犯了走不得路，盧俊義大發雷霆，眾人不敢再說。小說接下來寫道：「當晚，先叫李固引兩個當直的，盡收拾了出城。李固去了，娘子看了車仗流淚而去。」次日五更，盧俊義出門上路，分付賈氏好生看家，賈氏只是說：「丈夫路上小心，頻寄書信回來，家中知道。」〔註20〕李固出門，賈氏流淚；盧俊義出門，賈氏倒不流淚。此後兩人趁盧俊義滯留梁山，直接「做了一路」，並把礙眼的燕青趕出家門。隨後，李固又與賈氏串通，陷害盧俊義私通梁山反賊，盧俊義被押赴法場，被梁山好漢救出。盧俊義與梁山好漢直奔大名府，捉住了李固和賈氏，帶上梁山，將李固綁在左邊將軍柱上，賈氏綁在右邊將

〔註17〕王利器《水滸全傳校注》第2394頁，石家莊：河北教育出版社，2009。
〔註18〕王利器《水滸全傳校注》第2397～2398頁，石家莊：河北教育出版社，2009。
〔註19〕王利器《水滸全傳校注》第2443頁，石家莊：河北教育出版社，2009。
〔註20〕王利器《水滸全傳校注》第2402頁，石家莊：河北教育出版社，2009。

軍柱上，宋江讓盧俊義自行發落，盧俊義手拿短刀，大罵潑婦賊奴，將二人割腹剜心，凌遲處死，拋棄屍首。

潘金蓮出軌的原因比較複雜。潘金蓮本是一朵鮮花，小說描寫潘金蓮的容貌：「眉似初春柳葉，常含著雨恨雲愁；臉如三月桃花，暗藏著風情月意。纖腰嫋娜，拘束的燕懶鶯慵；檀口輕盈，勾引得蜂狂蝶亂。玉貌妖嬈花解語，芳容窈窕玉生香。」〔註21〕正因為潘金蓮如此美貌，才引得張大戶糾纏她。潘金蓮是清河縣大戶人家張大戶的使女，二十餘歲，頗有些顏色，張大戶糾纏她，她不肯依從，還告訴了張大戶的老婆，張大戶記恨在心，「倒賠些房奩，不要武大一文錢」，〔註22〕白白地嫁與三分像人、七分似鬼的武大郎。潘金蓮嫁給武大後，清河縣的奸詐浮浪子弟經常騷擾她，但她也沒做什麼特別出格的事。為了躲浮浪子弟，武大搬家，潘金蓮表示贊同。後來潘金蓮看上了武大的兄弟武松，挑逗武松，受到武松的呵斥，武松警告她要「籬牢犬不入」，〔註23〕潘金蓮雖然生氣，但在武松走後，鬧了幾場，也能「約莫到武大歸時，先自去收了簾子，關上大門」。〔註24〕潘金蓮出軌，一是她本身「淫蕩」，二是西門慶的出現以及王婆的撮合，三是對武大郎的不滿。武大郎不僅長得醜，而且軟弱，沒主意，閉塞不知事。潘金蓮描述自己是「不戴頭巾男子漢，叮叮噹當響的婆娘。拳頭上立得人，胳膊上走的馬，人面上行的人」，〔註25〕這樣的一個女人和武大郎那樣一個男人不可能生活在一起，他們的結合注定是悲劇。隨著事件的發展，武大成為潘金蓮、西門慶通姦的障礙，王婆定計，教唆潘金蓮殺夫，在她的極力攛掇下，潘金蓮終於鴆殺了親夫。

似乎游離於英雄主題之外的豔情描寫，鮮明地體現了市井百姓對世俗的追歡逐笑生活的沉醉或嚮往，對美色追逐的欣羨。另一方面，《水滸傳》中女性迷惑是對英雄的考驗，是對英雄本性的驗證，反襯了英雄的不可征服。小說寫潘金蓮勾引武松，武松不為所動，突出了武松的崇高。小說還以對蕩婦的血腥殺戮表現好漢的豪氣。第二十一回寫宋江殺閻婆惜：「婆惜卻叫第二聲時，宋江左手早按住那婆娘，右手卻早刀落，去那婆惜顙子上只一勒，鮮血飛出，那婦人兀自吼哩。宋江怕他不死，再復一刀，那顆頭伶伶仃仃落在枕

〔註21〕王利器《水滸全傳校注》第1114頁，石家莊：河北教育出版社，2009。
〔註22〕王利器《水滸全傳校注》第1112頁，石家莊：河北教育出版社，2009。
〔註23〕王利器《水滸全傳校注》第1129頁，石家莊：河北教育出版社，2009。
〔註24〕王利器《水滸全傳校注》第1132頁，石家莊：河北教育出版社，2009。
〔註25〕王利器《水滸全傳校注》第1129頁，石家莊：河北教育出版社，2009。

頭上。」〔註26〕再如武松殺嫂：「那婦人見頭勢不好，卻待要叫，被武松腦揪倒來，兩隻腳踏住他兩隻胳膊，扯開胸脯衣裳。說時遲，那時快，把尖刀去胸前只一剜，口裏銜著刀，雙手去幹開胸脯，取出心肝五臟，供養在靈前。肐查一刀，便割下那婦人頭來，血流滿地。」〔註27〕楊雄殺潘巧雲，先是剝去首飾衣服，赤裸裸地綁在大樹上，然後是割去舌頭，剖開胸腹，取出心肝五臟。寫割舌頭時，不是一刀割了，而是先剜出舌頭，再割去。寫取心肝五臟，不是一刀捅了，而是從心窩劃到小肚子上，再取出心肝五臟，還要將心肝五臟在松樹上，讓一群老鴉啄食。對女性的血腥殘殺場面，表現了對淫婦的厭惡和仇視，淫婦被認為是對男人的威脅。宋江在自己的安危受威脅時自己動手殺了婆惜。武松為哥哥報仇，殺了潘金蓮。石秀的安危並未受到「婦人」的威脅，他也不是楊雄的親兄弟，卻代楊雄查奸、殺姦夫，幫助設計殺「婦人」，表現了男性對付女性的同仇敵愾。但這些淫婦身上又體現了作者潛在的矛盾心態。潘金蓮與武大的婚姻毫無感情可言，想擺脫而不能，把打虎英雄當作意中人，在追求武松落空後，與西門慶私通，想來也似乎合情合理。閻婆惜為了報答葬父之恩，奉母命給宋江做外室，不為宋江看重，就愛上了與自己年齡相當，相貌俊俏的張文遠，也在情理之中。這樣的描寫表現了小說作者對這些女性放蕩行為的一定程度的理解，但對她們不守貞節的行為又充滿了仇恨，給她們安排了最為嚴厲的懲罰。

三、江湖世界中的女性形象

　　《水滸傳》是男性的世界。江湖好漢身上集中體現了男性的陽剛之氣。《水滸傳》表現的是豪傑的圖王霸業、江湖角逐，在這個主題下，女性被視為男性的附庸，又是男性江湖的不可缺少的點綴。《水滸傳》中的婦女可分為三類：一是三位女將；二是市井社會中的淫婦和妓女形象；三是點綴性的女性。《水滸傳》中孫二娘、顧大嫂、扈三娘三個女性勇猛過人，甚至超過了江湖好漢。扈三娘輕鬆地活捉了「矮腳虎」王英，顧大嫂「二三十個人近他不得」，武藝高強的孫新也不是他的對手。也正是高強的武藝使她們得到男性江湖的接納。第七十一回中，梁山好漢排座次，扈三娘排在地煞第二十三位，顧大嫂排在第六十五位，孫二娘排在第六十七位。

〔註26〕王利器《水滸全傳校注》第 1006 頁，石家莊：河北教育出版社，2009。
〔註27〕王利器《水滸全傳校注》第 1284～1285 頁，石家莊：河北教育出版社，2009。

孫二娘、顧大嫂具有男性的粗豪，性情也變得與江湖好漢一樣殘忍無情。小說第二十七回描寫孫二娘的外貌：「眉橫殺氣，眼露凶光。轆軸般蠢坌腰肢，棒槌似桑皮手腳。厚鋪著一層膩粉，遮掩頑皮；濃搽就兩暈胭脂，直侵亂髮。紅裙內斑斕裹肚，黃髮邊皎潔金釵。釧鐲牢籠魔女臂，紅衫照映夜叉精。」〔註28〕孫二娘在十字坡殺人賣肉、做人肉饅頭。她言語極爲粗野：「這賊配軍卻不是作死，倒來戲弄老娘！」「由你奸似鬼，吃了老娘的洗腳水。」〔註29〕她一副兇惡形象，絲毫無女性的溫柔，沒有女性的性別特徵。小說第四十九回描寫顧大嫂：「眉粗眼大，胖面肥腰。插一頭異樣釵環，露兩臂時興釧鐲。紅裙六幅，渾如五月榴花；翠領數層，染就三春楊柳。有時怒起，提井欄便打老公頭，忽地心焦，拿石碓敲翻莊客腿。生來不會拈針線，正是山中母大蟲。」解珍、解寶遭人陷害，下在牢裏，獄卒鐵叫子樂和根據解氏兄弟的指點，去找顧人嫂尋求幫助。樂和來到登州東門外十里牌酒店，看見一個婦人在前臺支應：「眉粗眼大，胖面肥腰。插一頭異樣釵環，露兩臂時興釧鐲。……有時怒起，提井欄便打老公頭；忽地心焦，拿石碓敲翻莊客腿。生來不會拈針線，正是山中母大蟲。」顧大嫂問：「足下卻要沽酒，卻要買肉？如要賭錢，後面請坐。」〔註30〕聽了樂和的介紹，顧大嫂立即叫孫新回家商議，掏出散碎銀兩給樂和，叫他回去打點。孫新說只好劫牢救人，顧大嫂說：「我和你今夜便去。」孫新說要請登雲山鄒淵、鄒潤叔侄來幫忙，顧大嫂說：「登雲山離這裡不遠，你可連夜去請他叔侄兩個來商議。」〔註31〕孫新去請人，顧大嫂布置宰豬備酒。二鄒來了，說起劫牢以後的退路，顧大嫂說：「遮莫甚麼去處，都隨你去，只要救了我兩個兄弟！」鄒淵說要投奔梁山，顧大嫂說：「最好！有一個不去的，我便亂槍戳死他！」〔註32〕孫新把哥哥病尉遲孫立一家騙來，商量劫牢的事，孫立身爲朝廷命官，有一份不錯的工作，當然會猶像。顧大嫂說：「既是伯伯不肯，我們今日先和伯伯並個你死我活！」〔註33〕說完，掣出兩把短刀。孫立只好同意。

〔註28〕王利器《水滸全傳校注》第1314頁，石家莊：河北教育出版社，2009。
〔註29〕王利器《水滸全傳校注》第1315～1316頁，石家莊：河北教育出版社，2009。
〔註30〕王利器《水滸全傳校注》第2018頁，石家莊：河北教育出版社，2009。
〔註31〕王利器《水滸全傳校注》第2020頁，石家莊：河北教育出版社，2009。
〔註32〕王利器《水滸全傳校注》第2022頁，石家莊：河北教育出版社，2009。
〔註33〕王利器《水滸全傳校注》第2025頁，石家莊：河北教育出版社，2009。

一丈青扈三娘工夫好，長得也好：「霧鬢雲鬟嬌女將，鳳頭鞋寶鐙斜踏。黃金堅甲襯紅紗，獅蠻帶柳腰端跨。巨斧把雄兵亂砍，玉纖手將猛將生拿。天然美貌海棠花，一丈青當先出馬。」〔註 34〕在祝家莊跟梁山作戰時，扈三娘一戰擒獲矮腳虎王英，和「摩雲金翅」歐鵬也殺個不分高下，和鐵笛仙馬麟雙刀對打，「風飄玉屑，雪撒瓊花」，〔註 35〕旁邊觀戰的宋江看得眼也花了。扈三娘後來失手敗給林沖，成了俘虜，由宋江做媒，嫁給王英。當初宋江因閻婆惜一案流落江湖，路過王英山寨時，正好趕上清風寨寨主劉高的夫人被劫持，宋江出面勸王英放回劉太太，答應將來王英的親事包在自己身上，現在終於有機會實踐自己的承諾。扈三娘是俘虜，任憑梁山發落，宋江一句話「今朝是個良辰吉日，賢妹與王英結為大婦」，〔註 36〕就決定了扈三娘的命運。扈三娘自己沒有選擇的權利。

這種對女人的輕視、鄙視還表現在其他情節中。雙槍將董平對東平府程太守的女兒心儀已久，輕視武將的程太守就是不肯答應。董平被梁山俘虜後，跟著梁山一夥攻進東平府，立即趕去殺了程太守一家老小，搶下程小姐，給自己當老婆，而程小姐竟然認命了。小說第三十四回中，為了爭取霹靂火秦明上山，梁山抓住秦明後，派人穿著秦明的衣服到青州城外殺人放火，攻打城池，然後將秦明放回。第二天秦明回到城下叫門，青州知府慕容彥達在城上斥責他昨夜引人馬來攻城的罪行，「把許多好百姓殺了，又把許多房屋燒了」，還告訴他：「你的妻子，今早已都殺了，你若不信，與你頭看。」接著讓軍上用槍將秦明妻子的首級挑起來給秦明看，秦明「分說不得，只叫得苦屈」。〔註 37〕秦明投靠梁山後，宋江向他說明了真相，秦明歎道：「你們弟兄雖是好意要留秦明，只是害得我忒毒些個，斷送了我妻小一家人口。」宋江說：「不恁地時，兄長如何肯死心塌地？雖然沒了嫂嫂夫人，宋江恰知得花知寨有一妹，甚是賢慧，宋江情願主婚，陪備財禮，與總管為室，若何？」〔註38〕江湖人士動不動就折箭為誓、歃血為盟，但相互之間還是不放心，最讓對方放心的是斷了後路，而後路的徹底斷絕竟然是殺了妻小。在他們看來，基於共同利益的所謂友誼，重要性遠遠超過妻小家庭。那些生死與共的誓言中，

〔註 34〕王利器《水滸全傳校注》第 1996 頁，石家莊：河北教育出版社，2009。
〔註 35〕王利器《水滸全傳校注》第 1998 頁，石家莊：河北教育出版社，2009。
〔註 36〕王利器《水滸全傳校注》第 2064 頁，石家莊：河北教育出版社，2009。
〔註 37〕王利器《水滸全傳校注》第 1540 頁，石家莊：河北教育出版社，2009。
〔註 38〕王利器《水滸全傳校注》第 1542 頁，石家莊：河北教育出版社，2009。

所謂的江湖義氣中，實際上蘊含著帶著血腥味的極端自私。第六十五回中，浪裏白條張順去請神醫安道全上山給宋江治病。安道全沒有拒絕，但不是很情願。到了晚間，安道全帶張順去相好的妓女李巧奴家飲酒。後來張順殺了虔婆、廚下兩個使喚的和李巧奴，還在牆上留言：「殺人者安道全也。」一氣寫了幾十處。這樣徹底斷了安道全的後路，安道全只有上梁山了。

《三國演義》裏劉備說過：「兄弟如手足，妻子如衣服。」（第十五回）《三國演義》第十九回中，劉備敗給呂布，匹馬逃難，投宿在獵戶劉安家。劉安久聞劉備大名，一心想好好招待劉備，想尋野味供食，一時竟不能得，於是殺掉他的妻子當菜給劉備做飯吃。劉備饑腸轆轆，不疑有他，飽餐一頓。毛宗崗批語：「古名將亦有殺妻饗士者，婦人不幸生亂世，遂使命如草菅，哀哉！」「玄德以妻子比衣服，此人以妻子為飲食，更奇。」劉備離去時，往後院取馬，忽見婦人被殺於廚下，臂肉已都割去，一問方知昨夜自己所吃的是劉安妻子的肉。劉備不勝傷感，灑淚上馬。不久劉備路遇曹操，講起自己的經歷，提到劉安殺妻為食之事，曹操於是命孫干拿黃金送給劉安。毛宗崗批語說：「劉安得此金，又可娶一婦矣。但恐無人肯嫁之耳。何也？恐其又把作野味請客也。」〔註39〕劉備三次扔掉妻子。第一次呂布打小沛，劉備逃了，將老婆扔在糜竺那兒。第二次，曹兵攻打徐州，關羽帶著劉備的兩個老婆趕往徐州會合，誰知走到半道，徐州失守了，劉備逃跑了。關羽保著兩個嫂子邊戰邊走，後來被困曹營。在得知劉備下落後，掛印封金，千里走單騎，過五關斬六將，往古城相會，尋兄送嫂，弟兄團圓。第三次，劉備棄新野，走樊城，兵敗當陽長板橋，曹兵追到，劉備逃跑了。趙雲保著劉備的妻子，在長板坡七進七出，救出阿斗，到樹林之中見到劉備，劉備阿斗扔到地下說：「為汝這孺子，幾損我一員大將！」〔註40〕

《三國演義》中的女人多是棋子。司徒王允利用貂蟬設美人計，挑撥董卓、呂布的關係。董卓、呂布兩人果然中計，董卓終於被殺。王允跪求貂蟬時說：「百姓有倒懸之危，君臣有累卵之急，非汝不能救也！」〔註41〕實際上只是將貂蟬當作政治工具。孫權和周瑜策劃美人計，想以招親為名把劉備騙來，逼劉備一方拿荊州來換劉備。誰知事情被吳國太知道了，吳國太大怒：「汝

〔註39〕陳曦鍾等《三國演義會評本》第228頁，北京：北京大學出版社，1986。
〔註40〕〔明〕羅貫中《三國演義》第365頁，北京：人民文學出版社，1979。
〔註41〕〔明〕羅貫中《三國演義》第66頁，北京：人民文學出版社，1979。

做六郡八十一州大都督，直恁無條計策去取荊州？卻將我女兒爲名，使美人計！殺了劉備，我女兒便是望門寡，明日再怎地說親？須誤了我女兒一世！你們好做作！」喬國老在旁邊說：「若用此計，便得荊州，也被天下人恥笑。此事如何行得？」〔註42〕喬國老建議吳國太真的招劉備他爲婿。孫權、周瑜再次策劃，決定先順水推舟，用美色來消磨劉備的鬥志。這招真的有效，劉備在東吳一住就是兩月，把軍國大事都忘了。在小說的第六十一回中，孫權以國太病危名義，教孫夫人帶阿斗來江東，趁機扣下孩子當人質，要挾劉備，索取荊州。趙雲截江奪阿斗，孫夫人隻身去了江東。在清朝毛宗崗評改的本子裏，第八十四回寫孫夫人在東吳聽說劉備軍隊在猇亭戰敗，劉備死於軍中，「驅車至江邊，望西遙哭，投江而死」。〔註43〕劉備雖然視妻子如衣服，但「衣服」們對他卻是忠心耿耿，一往情深。

四、女色的誘惑和危險

　　明代中期的神魔小說《西遊記》寫唐僧師徒往西天取經，歷盡艱險，九九八十一難中，各色妖魔是對取經信念的考驗。取經路上的妖魔半數以上想吃唐僧肉。唐僧是金蟬長老轉世，是十世修行的好人，吃了他的肉可以長生不老。第二十七回，屍魔看到唐僧坐在地下，「不勝歡喜」道：「幾年家人都講，東土的唐和尚取大乘，他本是金蟬子化身，十世修行的原體。有人吃他一塊肉，長壽長生。」〔註44〕第三十二回平頂山蓮花洞裏金角大王說：「我當年在天界，嘗聞得人言，唐僧乃金蟬長老臨凡，十世修行的好人，一點元陽未泄。有人吃他肉，延壽長生哩。」銀角大王說：「若是吃了他肉，就可以延壽長生，我們打甚麼坐，立甚麼功，煉甚麼龍與虎，配甚麼雌與雄？只該吃他去了。」〔註45〕白骨精三變五化，黃風怪、金角大王、銀角大王、紅孩兒早早準備，獨角兕、黃眉怪預設騙局，蜘蛛精、豹子精、犀牛怪等眾多妖精無不虎視眈眈，都是想吃唐僧肉以長生。

〔註42〕　〔明〕羅貫中《三國演義》第466頁，北京：人民文學出版社，1979。
〔註43〕　〔明〕羅貫中《三國演義》第722頁，北京：人民文學出版社，1979。
〔註44〕　世德堂本《西遊記》第27回，《古本小說集成》第4輯第68冊《西遊記》第648～649頁，上海：上海古籍出版社，1994。
〔註45〕　世德堂本《西遊記》第32回，《古本小說集成》第4輯第68冊《西遊記》第802～803頁，上海：上海古籍出版社，1994。

　　妖魔中的女妖尤值得注意。女妖意味著危險和情慾的雙重考驗，又往往有著象徵寓意。在唐僧師徒西行路上出現的女妖共有 17 人，描寫得最爲細緻的是第二十七回中的屍魔白骨夫人、第五十五回中的毒敵山琵琶洞蠍子精、第六十至六十一回中牛魔王的妾玉面公主、第七十二至七十三回中盤絲洞中的 7 個蜘蛛精、第七十八至七十九回中比丘美後白面狐狸、第八十至八十三回中陷空山無底洞中的金鼻白毛老鼠精、第九十三至九十五回中天竺國的假公主玉兔精。這些女妖大都美貌異常，有著致命的誘惑力。

　　這些女妖中，有的和男性妖魔一樣，想吃唐僧肉，但和男性妖魔全靠強力不同，女妖的美貌魅惑起到很大作用。第二十七回寫白骨夫人三戲唐三藏。白骨夫人詭計多端，爲了吃到唐僧肉，她變化了三次。她先變爲一個花容月貌的女子：「冰肌藏玉骨，衫領露酥胸。柳眉積翠黛，杏眼閃銀星。月樣容儀俏，天然性格清。體似燕藏柳，聲如鶯囀林。半放海棠籠曉日，才開芍藥弄春晴。」白骨精所變女子如此美貌，以致於豬八戒動了凡心：「那八戒見他生得俊俏，呆子就動了凡心，忍不住胡言亂語，叫道：『女菩薩，往那裡去？手裏提著是甚麼東西？』」〔註46〕化齋返回的孫悟空認出那女子是妖精所變，掣鐵棒當頭就打，唐僧扯住孫悟空，大聲呵斥：「你這猴頭，當時倒也有些眼力，今日如何亂道！這女菩薩有此善心，將這飯要齋我等，你怎麼說他是個妖精？」唐僧認爲像這樣美貌的女子不可能是妖精，一定是個好人，孫悟空看出了唐僧的心思：「師父，我知道你了，你見他那等容貌，必然動凡心。若果有此意，叫八戒伐幾棵樹來，沙僧尋些草來，我做木匠，就在這裡搭個窩鋪，你與他圓房成事，我們大家散了，卻不是件事業？何必又跋涉，取甚經去！」說得唐僧「羞得個光頭徹耳通紅」。唐僧當然不會爲白骨精的容貌而動凡心，但心裏還是有所動，所以才會「徹耳通紅」。孫悟空掣鐵棒望妖精打去，妖精用解屍法跑了，留下一具假屍首，妖精送的飯食變成了長蛆、青蛙、癩蝦蟆，唐僧有幾分相信是妖精了，但豬八戒還是惦記著妖精的美貌，從旁挑唆，唐僧信了豬八戒的話，開始念緊箍咒，要趕孫悟空走：「你怎麼步步行兇，打死這個無故平人，取將經來何用？你回去罷！」〔註 47〕白骨精接著變作一位老

〔註46〕世德堂本《西遊記》第 27 回，《古本小説集成》第 4 輯第 68 冊《西遊記》第652 頁，上海：上海古籍出版社，1994。
〔註47〕世德堂本《西遊記》第 27 回，《古本小説集成》第 4 輯第 68 冊《西遊記》第655～657 頁，上海：上海古籍出版社，1994。

太太，在唐僧面前哭訴自己的女兒被人打死，令唐僧產生了憐憫之心。二次失手後，白骨精又變成一個口誦佛經的老公公，也被孫悟空識破，將其打殺，白骨精化爲一堆粉骷髏，唐僧聽了孫悟空的解釋，相信是僵屍之妖，但又耳軟，聽信了八戒的挑唆，決定和孫悟空斷絕師徒關係，趕走孫悟空。孫悟空走後不久，唐僧就被黃袍怪捉去。

　　白骨精的三次變化中，最關鍵的是第一次變化，正因爲第一次變化的女子美貌無比，才會使唐僧心生好感，更令豬八戒慾心蠢動，才會一再挑唆唐僧，致使孫悟空被趕走。白骨精是對取經隊伍凝聚力的考驗，也是對八戒色慾的考驗。黃周星評點說：「美色之於人甚矣哉！前者既有四聖之試，而至此復有屍魔之戲。……事雖出於三藏，而禍實由於八戒；三藏但怪其行兇作惡，而八戒實痛其月貌花容，而道眼觀之則骷髏白骨。……八戒之銜行者，固因白骨夫人，然其根芽，實由眞眞、愛愛、憐憐而起。美色之中人，其變一至於此！不然，試觀其未遇三美之前，黃風嶺上，流沙河邊，是何等同心戮力，乃至此竟似兩截人乎？」〔註48〕道教認爲，人身有三尸，又叫三毒，是陰濁之氣。三尸變化多端，隱顯莫測，能化美色使人夢遺陽精，能化幻景使人睡生煩惱，使大道難成。只有斬除三尸，才能得道。唐僧師徒告別五莊觀後，首先遇到的妖魔就是白骨夫人，白骨夫人象徵著修道者的軀殼。「屍魔三戲唐三藏」寓肉身軀殼對靈魂的騷擾，美猴王三打白骨精，寓脫胎換骨之意。

　　黃周星評點中所說的「眞眞、愛愛、憐憐」指小說第二十三回「四聖試禪心」的故事。四位菩薩變化成寡婦莫氏和三個女兒愛愛、眞眞、憐憐，要坐山招夫，考驗唐僧師徒的向道之心。莫氏母女不僅美貌，而且有「家貲萬貫，良田千頃」，莫氏介紹說：「舍下有水田三百餘頃，旱田三百餘頃，山場果木三百餘頃。黃水牛有一千餘隻，騾馬成群，豬羊無數。東南西北，莊堡草場，共有六七十處。家下有八九年用不著的米穀，十來年穿不著的綾羅，一生有使不著的金銀，勝強似那錦帳藏春，說甚麼金釵兩行。你師徒們若肯迴心轉意，招贅在寒家，自自在在，享用榮華，卻不強如往西勞碌？」唐僧毫不爲富貴美色所動，但八戒「聞得這般富貴，這般美色」，「心癢難撓，坐在那椅子上，一似針戳屁股，左扭右扭的，忍耐不住」，走上前扯唐僧，讓師父考慮一下招婿之事，唐僧「咄」的一聲，喝退八戒：「你這個業畜！我們是

〔註48〕　〔明〕吳承恩著，李卓吾、黃周星評《西遊記》第 328 頁，濟南：山東文藝
　　　　　出版社，1996。

個出家人，豈以富貴動心，美色留意？成得個什麼道理！」〔註49〕莫氏要唐
僧無論如何也要留下一個徒弟，唐僧讓孫悟空留下，孫悟空說自己「從小兒
不曉得幹那般事」；讓沙僧留下，沙僧表示，自己蒙菩薩勸化，受了戒行，絕
不會貪圖富貴，「寧死也要往西天去，決不幹此欺心之事」。孫悟空和沙僧都
推豬八戒，豬八戒說要「從常計較」，孫悟空說：「計較甚的？你要肯，便就
教師父與那婦人做個親家，你就做個倒踏門的女婿。他家這等有財有寶，一
定倒陪妝奩，整治個會親的筵席，我們也落些受用。你在此間還俗，卻不是
兩全其美？」豬八戒說：「話便也是這等說，卻只是我脫俗又還俗，停妻再娶
妻了。」沙僧這才知道豬八戒原來有老婆，孫悟空告訴沙僧，豬八戒「本是
烏斯藏高老兒莊高太公的女婿」，因曾受菩薩戒行，又被他降服，不得已才出
家做和尚，跟隨師父往西天拜佛：「他想是離別的久了，又想起那個勾當，卻
才聽見這個勾當，斷然又有此心。」豬八戒惱羞成怒說：「胡說，胡說！大家
都有此心，獨拿老豬出醜。常言道：和尚是色中餓鬼。那個不要如此？都這
們扭扭捏捏的拿班兒，把好事都弄得裂了。」〔註50〕

　　豬八戒主動出去放馬，實際上是想去找那莫氏商議招婿之事。他見到莫
氏，叫莫氏「娘」，表示願意入贅，他雖然醜點，但很能幹，而「那唐僧人才
雖俊，其實不終用」。那婦人叫他再去與師父商量一下，八戒說：「不用商量！
他又不是我的生身父母，幹與不幹，都在於我。」過了一會兒，婦人帶著三
個女兒真真、愛愛、憐憐出來見唐僧師徒，那三個女兒果然「生得標緻」：「一
個個娥眉橫翠，粉面生春。妖嬈傾國色，窈窕動人心。花鈿顯現多嬌態，繡
帶飄搖迥絕塵。半含笑處櫻桃綻，緩步行時蘭麝噴。滿頭珠翠，顫巍巍無數
寶釵簪；遍體幽香，嬌滴滴有花金縷細。說甚麼楚娃美貌，西子嬌容？真個
是九天仙女從天降，月裏嫦娥出廣寒！」面對這幾個絕色美女，唐僧「合掌
低頭」，孫悟空「佯佯不睬」，沙僧「轉背回身」，只有豬八戒「眼不轉睛，淫
心紊亂，色膽縱橫」。沙僧和孫悟空一致推薦豬八戒招贅，豬八戒假意推託，
要「從眾計較」，卻不由自主「腳兒趄趄的要往那裡走」。八戒跟著莫氏到了
裏屋，急著要拜堂，莫氏有點為難：「我要把大女兒配你，恐二女怪；要把二

〔註49〕世德堂本《西遊記》第23回，《古本小說集成》第4輯第67冊《西遊記》第
　　　551～552頁，上海：上海古籍出版社，1994。
〔註50〕世德堂本《西遊記》第23回，《古本小說集成》第4輯第67冊《西遊記》第
　　　554～556頁，上海：上海古籍出版社，1994。

女配你，恐三女怪；欲將三女配你，又恐大女怪。所以終疑未定。」八戒提
出將三個女兒都娶了：「那個沒有三宮六院？就再多幾個，你女婿也笑納了。
我幼年間也曾學得個熬戰之法，管情一個個伏侍得他歡喜。」莫氏提出「撞
天婚」的法兒，豬八戒將手帕頂在頭上遮住臉，伸手去撈人，兩邊亂撲，「左
也撞不著，右也撞不著」，「東撲抱著柱科，西撲摸著板壁，兩頭跑暈了，立
站不穩，只是打跌。前來蹭著門扇，後去湯著磚牆，磕磕撞撞，跌得嘴腫頭
青，坐在地下」。莫氏又想出一個法，三個女兒每人結了一個汗衫兒，豬八戒
能穿上哪個的，就教哪個招他爲婿。八戒連聲說「好」：「好，好，好！把三
件兒都拿來我穿了看。若都穿得，就教都招了罷。」莫氏拿出一件衫兒遞給
八戒，八戒脫下青錦布直裰，將衫兒穿在身上，還未繫上帶子，「撲」的一跤
跌倒在地，衫兒變成幾條繩子將豬八戒緊緊繃住，豬八戒疼痛難忍，莫氏和
三個女兒消失了。第二天早晨，三藏、行者、沙僧睡醒來，大廈高堂、雕樑
畫棟全消失了，他們是睡在松柏林中，沙僧說是遇著鬼了，孫悟空心中明白，
笑道：「昨日這家子娘女們，不知是那裡菩薩，在此顯化我等，想是半夜裏去
了，只苦了豬八戒受罪。」唐僧看到古柏樹上掛著一張簡帖兒，沙僧取來給
師父看，上面是八句頌子：「黎山老母不思凡，南海菩薩請下山。普賢文殊皆
是客，化成美女在林間。聖僧有德還無俗，八戒無禪更有凡。從此靜心須改
過，若生怠慢路途難！」〔註51〕幾人在樹林深處找到八戒，將他從樹上解了
下來，豬八戒「只是磕頭禮拜，其實羞恥難當」。他看到菩薩留下的頌子，更
加慚愧：「兄弟再莫題起，不當人子了！從今後，再也不敢妄爲。就是累折骨
頭，也只是摩肩壓擔，隨師父西域去也。」小說引一首《西江月》評論：「色
乃傷身之劍，貪之必定遭殃。佳人二八好容妝，更比夜叉凶壯。只有一個原
本，再無微利添囊。好將資本謹收藏，堅守休教放蕩。」又說：「從正修持須
謹慎，掃除愛慾自歸眞。」〔註52〕

　　有了菩薩試禪心的教訓，豬八戒再遇到美女就小心了很多，雖然還會心
動，但能夠控制慾念，比如第七十二回中遇到蜘蛛精。第七十二回中，盤絲
洞中的七個蜘蛛精守株待兔，張網以待唐僧，唐僧果然自投羅網，落到她們

〔註51〕世德堂本《西遊記》第23回，《古本小說集成》第4輯第67冊《西遊記》第
　　　　556～566頁，上海：上海古籍出版社，1994。
〔註52〕世德堂本《西遊記》第24回，《古本小說集成》第4輯第67冊《西遊記》第
　　　　568～569頁，上海：上海古籍出版社，1994。

手中。她們得到唐僧後，不像其他女妖那樣逼唐僧成親，只是把這位白胖細嫩的和尚當作意外得來的美餐，甚至不知道吃了這位和尚的肉可以長生不老。孫悟空找到盤絲洞，變成蒼蠅，暗中觀察，看七個女子從洞中出來，她們相貌「果是標緻」：「比玉香尤勝，如花語更真。柳眉橫遠岫，檀口破櫻唇。釵頭翹翡翠，金蓮閃絳裙。卻似嫦娥臨下界，仙子落凡塵。」連孫悟空都感歎：「怪不得我師父要來化齋，原來是這一般好處。」〔註53〕蜘蛛精商量，洗澡後將唐僧蒸了吃。孫悟空變的蒼蠅跟著蜘蛛精到了洗澡的地方，見那些女子一齊脫了衣服，搭在衣架上：「裩放紐扣兒，解開羅帶結。酥胸白似銀，玉體渾如雪。肘膊賽冰鋪，香肩欺粉貼。肚皮軟又綿，脊背光還潔。膝腕半圍圍，金蓮三寸窄。中間一段清，露出風流穴。」〔註54〕孫悟空本可以將那幾個正在洗澡的光屁股女妖打死，卻「怕低了名頭」，於是變成老鷹將女妖的衣服叼走，使那些女妖蹲在水中含羞忍辱不敢上岸，然後回來讓八戒去對付她們。八戒「抖擻精神，歡天喜地舉著釘鈀，拽開步，徑直鬧到那裡」，推開門，看見那七個妖精光身蹲在水裏。八戒要與妖精一同洗澡，妖精大怒說：「你這和尚，十分無禮！我們是在家的女流，你是個出家的男子。古書云：七年男女不同席。你好和我們同塘洗澡？」八戒不由分說，丟了釘鈀，脫了衣服，跳入水中，七個妖精一齊上前，要打八戒，八戒到水裏搖身變做一個鯰魚精：「那怪就都摸魚，趕上拿他不住。東邊摸，忽的又滑了西去；西邊摸，忽的又滑了東去；滑挖蹅的，只在那腿襠裏亂鑽。原來那水有攪胸之深，水上盤了一會，又盤在水底，都盤倒了，喘噓噓的，精神倦怠。」玩了一番後，八戒才跳上來，現了本相，穿了直裰，執著釘鈀要打女妖，女妖嚇得魂飛魄散，在水中跪拜求饒，八戒「那有憐香惜玉之心，舉著鈀，不分好歹，趕上前亂築」，「那怪慌了手腳，那裡顧甚麼羞恥，只是性命要緊，隨用手侮著羞處，跳出水來」，從臍孔中冒出絲繩，搭了個大絲篷，把八戒罩在當中，然後跳出門，到石橋上，念動真言，把絲篷收了，「赤條條的，跑入洞裏，侮著那話，從唐僧面前笑嘻嘻的跑過去」。〔註55〕

〔註53〕世德堂本《西遊記》第72回，《古本小說集成》第4輯第69冊《西遊記》第
　　　　1837頁，上海：上海古籍出版社，1994。
〔註54〕世德堂本《西遊記》第72回，《古本小說集成》第4輯第69冊《西遊記》第
　　　　1839頁，上海：上海古籍出版社，1994。
〔註55〕世德堂本《西遊記》第72回，《古本小說集成》第4輯第69冊《西遊記》第
　　　　1844～1847頁，上海：上海古籍出版社，1994。

　　蜘蛛精們對唐僧不感興趣，她們喜歡的是師兄多目怪。多目怪獨處黃花觀修行，是「清靜修仙之輩」。〔註56〕多目怪武功高強，他兩脅下有一千隻眼，眼中迸放金光，連悟空那「刀砍斧剁，莫能損傷」的頭都被多目怪的金光「撞軟了皮肉」，渾身疼痛，多虧毗藍婆相助，才破了他的金光。蜘蛛精們對多目怪動心，然而多目怪卻毫不在意，整日養氣煉丹，以求得道成仙。蜘蛛精們只好收養乾兒子，尋求感情寄託。蜘蛛精們沒吃到唐僧肉，她們的師兄在危急關頭沒有救得了她們，她們最後被打死，而她們的師兄卻撿了一條性命，被毗藍婆收去看守門戶。蜘蛛精有著深刻的寓意，七個蜘蛛精是喜、怒、哀、懼、愛、惡、欲七情的象徵。人心是「七情六欲」的主宰，「七情六欲」要受真心的約束，一旦放縱了「七情六欲」，就有自投羅網的危險。黃周星在《西遊記》第七十二回回前評中說：「絲者，思也。此心本原，何思何慮？世人憧憧擾擾，因思而生情，因一情而生七情，⋯⋯此七情皆出於心，而皆足以害心。」〔註57〕

　　有的女妖目標不是唐僧肉，如蠍子精、老鼠精、杏樹精、玉兔精等女妖都幻化為美麗迷人的年輕女子，用柔情蜜意的情話和撩人心魄的身體來誘惑唐僧，以期與唐僧成親，既滿足情色之慾，還要採取元陽，以成「太乙金仙」。第八十回中白毛老鼠精說：「那唐僧乃童身修行，一點元陽未泄，正欲拿他去配合，成太乙金仙。」〔註58〕這類女妖形象對取經人特別是唐僧來說，更是可怕的誘惑和考驗。

　　第五十五回中的蠍子精「美若西施還嫋娜」。蠍子精氣性大，她聽如來講經，如來推了她一把，她一氣之下，把如來的左手中拇指紮了一下。蠍子精的武功也非同一般，蠍子精將兩個鉗腳變成三股叉，鼻中噴火，口內吐煙，再加上「倒馬毒」，孫悟空、豬八戒二人與她打鬥多時，不分勝負，孫悟空甚至負痛敗陣而走。蠍子精雖毒辣，對唐僧卻心慈手軟，她將唐僧攝入洞中，溫柔相待。她知道唐僧不吃葷，特意為他準備素食。蠍子精對溫存地對唐僧說：「御弟寬心，我這雖不是西梁女國的宮殿，不比富貴奢華，其實卻也清閒

〔註56〕世德堂本《西遊記》第72回，《古本小說集成》第4輯第69冊《西遊記》第1855頁，上海：上海古籍出版社，1994。

〔註57〕〔明〕吳承恩著，李卓吾、黃周星評《西遊記》第868頁。

〔註58〕世德堂本《西遊記》第80回，《古本小說集成》第4輯第70冊《西遊記》第2046頁，上海：上海古籍出版社，1994。

自在，正好念佛看經。我與你做個道伴兒，眞個是百歲和諧也。」〔註 59〕唐僧恐怕妖怪加害，只得強打精神回應女妖的調情。變成蜜蜂躲在格子眼裏的孫悟空恐怕師父亂了眞性，現了本相，女妖拿起一柄三股鋼叉與孫悟空對打，一直打到洞外，孫悟空加上豬八戒，才與女妖打個平手，女怪使出倒馬毒椿，把孫悟空螫了一下，孫悟空負痛敗陣而走，八戒拖著釘鈀徹身而退。妖怪得勝回洞，令小妖關緊門，收拾臥房，準備與唐僧交歡。女怪弄出十分嬌媚之態，唐僧戰兢兢跟著妖怪進了臥室，「卻如癡如啞」，不爲女妖的雨意雲情所動。小說描寫道：「那女怪，活潑潑春意無邊；這長老，死丁丁禪機有在。一個似軟玉溫香，一個如死灰槁木。那一個，展鴛衾淫興濃濃；這一個，束編衫丹心耿耿。那個要貼胸交股和鸞鳳，這個要面壁歸山訪達摩。女怪解衣，賣弄他肌香膚膩；唐僧斂衽，緊藏了糙肉粗皮。女怪道：『我枕剩衾閒何不睡？』唐僧道：『我頭光服異怎相陪！』那個道：『我願作前朝柳翠翠。』這個道：『貧僧不是月闍黎。』女怪道：『我美若西施還嬝娜。』唐僧道：『我越王因此久埋屍。』女怪道：『御弟，你記得寧教花下死，做鬼也風流？』唐僧道：『我的眞陽爲至寶，怎肯輕與你這粉骷髏。』」〔註60〕直到更深，唐僧全不動念，蠍子精惱了，叫小妖拿繩來將唐僧捆住，拖在房廊下。

蠍子精不如白骨夫人擅機變，不像玉兔精那樣出身高貴，沒有像老鼠精那樣去尋求保護傘，她憑的是自己的本事，特別是自己的殺手鐧倒馬毒，因此一旦被降服，便在劫難逃。孫悟空請來了昴日星官，昴日星官現出本相，是一隻雙冠子大公雞，昂起頭對著妖精叫一聲，妖精即時現了本象，是個琵琶大小的蠍子精，星官再叫一聲，蠍子精渾身酥軟，死在坡前。八戒上前，用釘鈀將蠍子搗作一團爛醬。悟一子認爲蠍子精象徵婦人之毒：「此篇明女色傷人，其毒與蠍相敵，故曰『毒敵山』。稱琵琶洞者，像蠍之形。蠍至成精，陰毒無比；女至淫邪，傷人益甚。行者傷其頭，八戒傷其口，如來痛難禁，菩薩不敢近，俱形容其毒之不可當。非蠍狀婦人，是婦人狀蠍也。」〔註61〕

〔註59〕世德堂本《西遊記》第 55 回，《古本小說集成》第 4 輯第 69 冊《西遊記》第1390 頁，上海：上海古籍出版社，1994。

〔註60〕世德堂本《西遊記》第 55 回，《古本小說集成》第 4 輯第 69 冊《西遊記》第1399～1400 頁，上海：上海古籍出版社，1994。

〔註61〕〔清〕陳士斌《西遊眞詮》第 201 頁，北京：中國人民大學出版社，1992。

　　第八十回到第八十三回用了整整四回篇幅講述了老鼠精的故事。三百年前，老鼠精在靈山偷食了如來的香花寶燭，托塔李天王父子饒了她的性命。她為了報托塔李天王父子的不殺之恩，拜托塔李天王為父，拜哪吒三太子為兄，並在下界供奉他們的牌位。老鼠精對唐僧十分鐘情，為了得到唐僧，她絞盡腦汁。她先扮作落難弱女，跟隨唐僧師徒，好尋找機會將唐僧攝入無底洞。唐僧正坐在林中念《摩訶般若波羅密多心經》，忽聽得有人叫「救人」，尋聲找去，見大樹上綁著一個女子，那女子「桃腮垂淚，有沉魚落雁之容；星眼含悲，有閉月羞花之貌」。〔註62〕那女子說是被強盜拐來，但孫悟空看出那女子是妖怪，唐僧不相信：「你這潑猴，又來胡說了！怎麼這等一個女子，就認得他是個妖怪！」豬八戒又在一旁煽風點火：「師父，莫信這弼馬溫哄你！……他打發我們丟了前去，他卻翻筋斗，弄神法，轉來和他幹巧事兒，倒踏門也！」孫悟空呵斥豬八戒：「夯貨！莫亂談！我老孫一向西來，那裡有甚慾賴處？似你這個重色輕生，見利忘義的饢糟，不識好歹，替人家哄了招女婿，綁在樹上哩！」〔註63〕唐僧聽信了孫悟空的話，上馬出了松林，把那女子撇在林中。那女子就老鼠精所化，老鼠精最終還是找到機會將唐僧攝入洞中，大肆張羅，要和唐僧成親。她怕洞裏的水不乾淨，派兩個小妖去打陰陽交媾的好水，安排素果素茶的筵席，可謂煞費苦心。孫悟空進入洞中，變作蒼蠅，飛到亭子裏，看到老鼠精坐在草亭內，模樣比在松林和寺裏「越發打扮得俊了」：「髮盤雲髻似堆鴉，身著綠絨花比甲。一對金蓮剛半折，十指如同春筍發。團團粉面若銀盆，朱唇一似櫻桃滑。端端正正美人姿，月裏嫦娥還喜恰。」妖怪要排素筵席，要與唐僧吃了成親。行者變蒼蠅飛進去尋師父，想看看師父動沒動心：「不知他的心性如何。假若被他摩弄動了啊，留他在這裡也罷。」唐僧聽到孫悟空聲音，叫孫悟空救命，孫悟空故意取笑說：「師父不濟呀！那怪精安排筵宴，與你吃了成親哩。或生下一男半女，也是你和尚之後代，你愁怎的？」唐僧咬牙切齒說：「徒弟，我自出了長安，到兩界山中收你，一向西來，那個時辰動葷？那一日子有甚歪意？今被這妖精拿住，要求配偶，我若把真陽喪了，我就身墮輪迴，打在那陰山背後，永世不得翻

───────────────

〔註62〕世德堂本《西遊記》第 80 回，《古本小說集成》第 4 輯第 70 冊《西遊記》第 2041 頁，上海：上海古籍出版社，1994。

〔註63〕世德堂本《西遊記》第 80 回，《古本小說集成》第 4 輯第 70 冊《西遊記》第 2045～2046 頁，上海：上海古籍出版社，1994。

身！」〔註64〕孫悟空讓師父假意答應婚事，他變成蟲子，找機會落到酒杯中，讓妖怪喝下去，進入妖怪肚中。唐僧只得假意與妖怪親熱。妖怪要與唐僧吃交歡酒，唐僧見是素酒，就吃了，接著滿斟一鍾酒回敬妖怪，孫悟空變作蟲兒飛入喜花之下，誰知妖怪看到了蟲兒，用小指挑起，彈了出來。這次沒有成功，孫悟空又讓師父將妖怪哄到花園中，讓妖怪吃下他變的桃子。到了花園中桃樹林邊，唐僧摘下孫悟空變的紅桃兒，遞給妖精吃，妖精大喜，接過去張口便咬，孫悟空趁機一個跟頭翻入妖精咽喉下，到了妖精肚中。妖精知道孫悟空到了自己肚子中，「唬得魂飛魄散，戰兢兢的」，把唐僧抱住道：「長老啊！我只道：夙世前緣繫赤繩，魚水相和兩意濃。不料鴛鴦今拆散，何期鸞鳳又西東！藍橋水漲難成事，袄廟煙沉嘉會空。著意一場今又別，何年與你再相逢！」〔註65〕妖精被逼無奈，把唐僧送出洞，但仍不死心，和唐僧的三位徒弟打鬥，又巧妙地把唐僧攝入洞中，如此反覆，不肯放棄。最後孫悟空請來哪吒，才降服了老鼠精。

小說第八十回的標題是「姹女育陽求配偶，心猿護主識妖邪」，在第八十二回中，老鼠精對唐僧說：「天無陰陽，日月不明；地無陰陽，草木不生；人無陰陽，不分男女。」〔註66〕「姹女」指修道者坎中之真陽。陳士斌在《西遊真詮》中說：「先天真乙之氣為坎中之真陽。當人事紛擾之際，真陽寂而不動；當天定神會之際，真陽躍而自動。動靜之間，即亥末子初之候。」〔註67〕「子時」對應十二生肖中的鼠，所以「姹女」在《西遊記》中是老鼠精。老鼠精住在「陷空山無底洞」，「陷空」、「無底」象徵修道的一種境界。《西遊真詮》第八十回評語中說：「此篇至八十二皆明修道者須步步照護本來面目，還歸本性。偶一失足，便陷空無底，難得超昇。」〔註68〕

《西遊記》第九十五回講述了玉兔精的故事。《後漢書·天文志》注引張衡《靈憲》：「月者，陰精之宗，積而成獸，像兔。」〔註69〕月宮中的玉兔本

〔註64〕世德堂本《西遊記》第 82 回，《古本小說集成》第 4 輯第 70 冊《西遊記》第 2095 頁，上海：上海古籍出版社，1994。

〔註65〕世德堂本《西遊記》第 82 回，《古本小說集成》第 4 輯第 70 冊《西遊記》第 2110～2111 頁，上海：上海古籍出版社，1994。

〔註66〕世德堂本《西遊記》第 82 回，《古本小說集成》第 4 輯第 70 冊《西遊記》第 2109 頁，上海：上海古籍出版社，1994。

〔註67〕〔清〕陳士斌《西遊真詮》第 286 頁，北京：中國人民大學出版社，1992。

〔註68〕〔清〕陳士斌《西遊真詮》第 286 頁，北京：中國人民大學出版社，1992。

〔註69〕〔晉〕王嘉《拾遺記》第 228 頁，北京：中華書局，1981。

來溫順可愛,但小說《西遊記》中的玉兔精卻顯得惡毒。她嫉妒心很重,心胸狹窄。她思凡下界,只因要報十八年前蟾宮素娥的一掌之仇。蟾宮素娥投胎到天竺國,成為公主,玉兔制定了一套復仇計劃,把天竺公主拋到荒野。玉兔精變作公主的模樣,欺騙天竺國國王和王妃,享受榮華富貴。玉兔精得知唐僧取經經過天竺國,便想與唐僧成親,採其元陽而成仙。玉兔精變的假公主拋繡球招親,故意將繡球拋在唐僧頭上。國王聽說招的是和尚,心甚不喜,但假公主一心要嫁唐僧,國王只好宣欽天監正臺官選擇日期,準備舉行婚禮。唐僧不願意,國王威脅要殺他。八戒聽說師父被繡球打中了,「跌腳捶胸」說:「早知我去好來!都是那沙僧憊懶!你不阻我呵,我徑奔彩樓之下,一繡球打著我老豬,那公主招了我,卻不美哉,妙哉!俊刮標緻停當,大家造化耍子兒,何等有趣!」沙僧笑話他,他說:「你這黑子不知趣!醜自醜,還有些風味。自古道,皮肉粗糙,骨格堅強,各有一得可取。」〔註70〕孫悟空去見唐僧,對唐僧說:「且到十二日會喜之時,必定那公主出來參拜父母,等老孫在旁觀看。若還是個真女人,你就做了駙馬,享用國內之榮華也罷。」唐僧大怒,要念緊箍咒,孫悟空慌得跪下說:「莫念,莫念!若是真女人,待拜堂時,我們一齊大鬧皇宮,領你去也。」〔註71〕唐僧到了後宮,後宮裏兩班采女都很漂亮:「娉婷嫋娜,玉質冰肌。一雙雙嬌欺楚女,一對對美賽西施。雲鬢高盤飛彩鳳,娥眉微顯遠山低。」唐僧「低著頭,不敢仰視」,孫悟空見師父全不動念,咂嘴稱讚:「好和尚,好和尚!身居錦繡心無愛,足步瓊瑤意不迷。」〔註72〕孫悟空見公主頭頂上露出一點妖氛,認出是假公主。

孫悟空要打殺玉兔精,而太陰星君帶著姮娥仙子出現了,替玉兔求情,原來玉兔精是廣寒宮搗玄霜仙藥的玉兔,私自偷開玉關金鎖下凡,也是為了報素娥的一掌之仇,「但只是不該慾配唐僧,此罪真不可逭」。孫悟空給太陰星君面子,饒了玉兔精,但要太陰星君將玉兔兒帶到天竺國給國王看看,「對國王明證明證。一則顯老孫之手段,二來說那素娥下降之因由,然後著那國王,取素娥公主之身,以見顯報之意也」。豬八戒看到霓裳仙子,動了慾心,

---

〔註70〕 世德堂本《西遊記》第 94 回,《古本小說集成》第 4 輯第 70 冊《西遊記》第 2381 頁,上海:上海古籍出版社,1994。

〔註71〕 世德堂本《西遊記》第 94 回,《古本小說集成》第 4 輯第 70 冊《西遊記》第 2388 頁,上海:上海古籍出版社,1994。

〔註72〕 世德堂本《西遊記》第 95 回,《古本小說集成》第 4 輯第 70 冊《西遊記》第 2404 頁,上海:上海古籍出版社,1994。

忍不住跳到空中，把霓裳仙子抱住說：「姐姐，我與你是舊相識，我和你耍子兒去也。」孫悟空上前揪住八戒，打了兩掌，罵道：「你這個村潑呆子！此是什麼去處，敢動淫心！」八戒道：「拉閑散悶耍子而已！」〔註73〕太陰君令與眾嫦娥收回玉兔，徑上月宮而去。《西遊真詮》第九十五回評語說：「此回處處提醒真假二字。」〔註74〕國王問唐僧：「既然假公主是妖邪，我真公主在於何處？」孫悟空應聲說：「待我拿住假公主，你那真公主自然來也。」悟一子評點說：「真即在假之中，擒得假者，真者自然而現。此就假救真之正法眼。」〔註75〕

　　第六十四回中，荊棘嶺的幾株樹精十八公、孤直公、凌空子、拂雲叟、杏仙，仰慕東土上朝聖僧，將唐僧抬到木仙庵，一起吟詠山水，參禪悟道。杏仙最後現身，小說描寫杏仙的相貌：「青姿妝翡翠，丹臉賽胭脂。星眼光還彩，蛾眉秀又齊。下襯一條五色梅淺紅裙子，上穿一件煙裏火比甲輕衣。弓鞋彎鳳嘴，綾襪錦拖泥。妖嬈嬌似天台女，不亞當年俏妲姬。」〔註76〕杏仙先是斟茶獻給唐僧，接著吟詩一首，寫得「清雅脫塵」。最後杏仙才露出本意，要和唐僧交歡：

> 那女子漸有見愛之情，挨挨軋軋，漸近坐邊，低聲悄語呼道：
> 「佳客莫者，趁此良宵，不耍子待要怎的？人生光景，能有幾何？」
> 十八公道：「杏仙盡有仰高之情，聖僧豈可無俯就之意？如不見憐，
> 是不知趣了也。」孤直公道：「聖僧乃有道有名之士，決不苟且行事。
> 如此樣舉措，是我等取罪過了，污人名，壞人德，非遠達也。果是
> 杏仙有意，可教拂雲叟與十八公做媒，我與凌空子保親，成此姻眷，
> 何不美哉！」

　　唐僧聽了，驟然變了臉色，跳起來高叫：「汝等皆是一類邪物，這般誘我！當時只以低行之言，談玄談道可也，如今怎麼以美人局來騙害貧僧？是何道理！」赤身鬼使暴躁如雷，要強逼唐僧成親，又威脅唐僧，如果不聽從，就把他攝了去，「教你和尚不得做，老婆不得娶」，唐僧大驚失色，但還是心如

〔註73〕世德堂本《西遊記》第95回，《古本小說集成》第4輯第70冊《西遊記》第
　　　　2416～2418頁，上海：上海古籍出版社，1994。
〔註74〕〔清〕陳士斌《西遊真詮》第332頁，北京：中國人民大學出版社，1992。
〔註75〕〔清〕陳士斌《西遊真詮》第333頁，北京：中國人民大學出版社，1992。
〔註76〕世德堂本《西遊記》第64回，《古本小說集成》第4輯第69冊《西遊記》第
　　　　1638頁，上海：上海古籍出版社，1994。

金石，堅決不從，想到徒弟們，不由眼中墮淚，杏仙從翠袖中取出一個蜜合綾汗巾兒給他揩淚，說：「佳客勿得煩惱，我與你倚玉偎香，要子春來。」唐僧「咄」的一聲吆喝，跳起身來就走，但那些人扯扯拽拽，正在這時，幾個徒弟趕到，聽了師父的講述，孫悟空認出了那幾個樹妖，八戒一頓釘鈀將那幾棵樹築倒，樹根下都鮮血淋漓。唐僧覺得過分了，扯住八戒說：「悟能不可傷了他！他雖成了氣候，卻不曾傷我。」孫悟空說：「師父不可惜他。恐日後成了大怪，害人不淺也。」〔註77〕

　　在傳統精怪文學中，女妖往往給人帶來災難，有的女妖迷惑男人、吸乾人的精血，甚至將人吃掉。女妖常常變爲美女，誘惑男子與她發生性關係，採陽補陰，以便成仙得道。這實際上是受古代房中術的影響，房中採補術被早期道教視爲長生修煉術之一，女性可通過採陽補陰，得道成仙。房中術也稱「合氣之術」，晉代葛洪在《神仙傳》中說：「男女相成，猶天地相生也。」「天地畫分而夜合，一歲三百六十交，而精氣和合，故能生產萬物而不窮。人能則之，可以長生。」〔註78〕後來房中術與內丹修煉結合，有「採陰補陽」之說。晚明抄本《素女妙論》中說：「採補修養，煉內丹第一妙義也。」「帝齋戒沐浴，以其法煉內丹八十一日，壽至一百二十歲。而丹藥已成，鑄鼎於湖邊，神龍迎降，共素女白日昇天。」《西遊記》中說「姹女育陽求配偶」，「姹女」本是外丹物質汞的別稱，後來的內丹派用以借指性。在小說中，煉內丹被曲解爲通過性交合採陰補陽或採陽補陰。《西遊記》中，唐僧十世修行、未泄元陽的肉體讓蠍子精、杏仙、老鼠精、玉兔精等女妖垂涎不已，她們都企圖與唐僧交合，吸取元陽，以求長生成仙，是內丹采補說的形象描寫。

　　女妖對高僧的垂涎和誘惑，又沿用了佛經、佛傳文學中常見的高僧美女母題。佛陀釋迦牟尼在菩提樹下修行，戰勝了天魔女的誘惑，最終成佛。宋代《侍兒小名錄》記載了至聰禪師和紅蓮的故事。這些女妖又是心魔的外化和象徵。「魔」的概念來自佛教，是梵文音譯「魔羅」的略稱。佛經中說，天魔或化爲美色誘惑，或化爲猛獸恐嚇，或化現爲佛菩薩現身說法，使修行者心中起喜、怒、哀、樂、憂、懼等煩惱惑亂，以至走火入魔。因此，要戰勝

〔註77〕世德堂本《西遊記》第64回，《古本小說集成》第4輯第69冊《西遊記》第1640～1644頁，上海：上海古籍出版社，1994。
〔註78〕邱鶴亭注《神仙傳注釋》第103～106頁，北京：中國社會科學出版社出版，2004。

魔的擾亂，就必須要明白諸法的實相，消除一切慾望和貪嗔癡心。唐僧師徒取經路上遇到的妖魔，實質上就是取經人的心魔。第四十三回中，孫悟空說：「我等出家人，眼不視色，耳不聽聲，鼻不嗅香，舌不嘗味，身不知寒暑，意不存妄想，如此謂之祛褪六賊。你如今爲求經，念念在意；怕妖魔，不肯捨身；要齋吃，動舌；喜香甜，嗅鼻；聞聲音，驚耳；睹事物，凝眸。招來這六賊紛紛，怎生得西天見佛？」〔註79〕色慾在種種心魔之中最難以克服。在「五種清淨明誨」中，釋迦牟尼對阿難說：「若不斷淫，修禪定者，如蒸砂石，欲其成飯，經百千劫，只名熱砂，何以故？此非飯本，砂石成故。」〔註80〕不除男女淫心，就不能出離六道、解脫煩惱，因此淫戒是比丘第一戒。在《西遊記》中，色慾具象化爲女妖。小說把盤絲洞女妖稱爲「七情」，「七情」之魔是唐僧自招的，是其自身的「心魔」，只有靠心的覺悟才能徹底掃除。唐僧妄談文字禪時，杏仙出現了；唐僧始動慕古之意，就遇著玉兔精。唐僧師徒西天取經的艱難歷程就是克服種種魔障的心路歷程，排除一切惡念，滌盡心垢，逐盡心魔，五蘊皆空，見透諸法，也就是取得了真經。《西遊記》中的女妖先是展露風情、施展手段誘惑唐僧，誘惑不成便強行要求，繼而威脅要害他性命，但唐僧經受住了考驗，他的堅強意志源於對道心的堅執。唐僧雖是血肉之軀，內心卻沒有絲毫的情慾交戰，面對誘惑毫不動心，不愧爲「真僧」。

相比之下，女兒國女王的誘惑更大，更難以抗拒，女王是人，既有美貌，又有財富。《西遊記》第五十四回中，女兒國的女王看上了唐僧。女兒國的太師前來提親，驛丞在旁邊說：「我王願以一國之富，招贅御弟爺爺爲夫，坐南而稱孤，我王願爲帝後。傳旨著太師作媒，下官主婚，故此特來求這親事也。」唐僧低頭不語，太師說：「大丈夫遇時不可錯過，似此招贅之事，天下雖有；託國之富，世上實稀。」唐僧「越加癡啞」，八戒在旁邊掬著嘴叫道：「太師，你去上覆國王：我師父乃久修得道的羅漢，必不愛你託國之富，也不愛你傾國之容，快些兒倒換關文，打發他往西去，留我在此招贅，如何？」太師看豬八戒醜陋兇惡，膽戰心驚，不敢回話，驛丞說：「你雖是個男身，但只形容醜陋，不中我王之意。」八戒笑著說：「你甚不通變。常言道：粗柳簸箕細柳

〔註79〕 世德堂本《西遊記》第43回，《古本小說集成》第4輯第68冊《西遊記》第1079頁，上海：上海古籍出版社，1994。

〔註80〕 《大佛頂如來密因修證了義諸菩薩萬行首楞嚴經》卷6，《大正新修大藏經》卷37密教部類經疏部7。

鬥，世上誰見男兒醜。」唐僧問孫悟空的意思，孫悟空說：「依老孫說，你在
這裡也好。自古道『千里姻緣似線牽』哩，那裡再有這般相應處？」唐僧說：
「徒弟，我們在這裡貪圖富貴，誰卻去西天取經？那不望壞了我大唐之帝主
也？」太師說，只招唐僧為親，三位徒弟赴了會親筵宴後就可以繼續往西天
取經。孫悟空表示情願留下師父，驛丞與太師歡天喜地回奏女主，唐僧一把
扯住孫悟空行者，罵道：「你這猴頭，弄殺我也！怎麼說出這般話來，教我在
此招婚，你們西天拜佛，我就死也不敢如此。」行者讓師父放心，說可以「將
計就計」：「你若使住法兒不允他，他便不肯倒換關文，不放我們走路。倘或
意噁心毒，喝令多人割了你肉，做甚麼香袋呵，我等豈有善報？一定要使出
降魔蕩怪的神通，你知我們的手腳又重，器械又凶，但動動手兒，這一國的
人盡打殺了。他雖然阻當我等，卻不是怪物妖精，還是一國人身；你又平素
是個好善慈悲的人，在路上一靈不損。若打殺無限的平人，你心何忍！誠為
不善了也。」唐僧擔心喪失元陽：「悟空，此論最善。但恐女主招我進去，要
行夫婦之禮，我怎肯喪元陽，敗壞了佛家德行，走真精，墮落了本教人身？」
孫悟空說，等女王把通關文牒用了印，寫了手字花押，在給他們送行時，使
個定身法兒，將女王君臣人等定住，等走遠了再念咒給他們解了術法，這樣
「一則不傷了他的性命，二來不損了你的元神」，唐僧方才放心。〔註81〕女王
親自來迎唐僧，看唐僧「果然一表非凡」，看得心歡意美，「不覺淫情汲汲，
愛慾恣恣」，叫唐僧：「大唐御弟，還不來占鳳乘鸞也？」唐僧「耳紅面赤，
羞答答不敢抬頭」。豬八戒在旁，「掬著嘴，餳眼觀看那女王」，女王真的很漂
亮：「眉如翠羽，肌似羊脂。臉襯桃花瓣，鬢堆金鳳絲。秋波湛湛妖嬈態，春
筍纖纖妖媚姿。斜軃紅綃飄彩豔，高簪珠翠顯光輝。說甚麼昭君美貌，果然
是賽過西施。柳腰微展鳴金珮，蓮步輕移動玉肢。月裏嫦娥難到此，九天仙
子怎如斯。宮妝巧樣非凡類，誠然王母降瑤池。」小說描寫豬八戒的表現：「那
呆子看到好處，忍不住口嘴流涎，心頭撞鹿，一時間骨軟筋麻，好便似雪獅
子向火，不覺的都化去也。」女王扯住唐僧一起上龍車，唐僧「戰兢兢立站
不住，似醉如癡」，「把行者抹了兩抹，止不住落下淚來」，行者勸他放心，他
沒奈何只好揩了眼淚，強整歡容，與女王攜手登上龍車：「那女主喜孜孜欲配
夫妻，這長老憂惶惶只思拜佛。一個要洞房花燭交鴛侶，一個要西宇靈山見

〔註81〕世德堂本《西遊記》第54回，《古本小說集成》第4輯第69冊《西遊記》第
1370～1374頁，上海：上海古籍出版社，1994。

世尊。女帝眞情，聖僧假意。女帝眞情，指望和諧同到老；聖僧假意，牢藏情意養元神。一個喜見男身，恨不得白晝並頭諧伉儷；一個怕逢女色，只思量即時脫網上雷音。二人和會同登輦，豈料唐僧各有心！」〔註82〕按照孫悟空的安排，唐僧和女王一起給孫悟空、八戒、沙僧送行，到了城門，唐僧下了龍車，對女王拱手道：「陛下請回，讓貧僧取經去也。」女王大驚失色，扯住唐僧道：「御弟哥哥，我願將一國之富，招你爲夫，明日高登寶位，即位稱君，我願爲君之後，喜筵通皆吃了，如何卻又變卦？」八戒嚷道：「我們和尚家，和你這粉骷髏做甚夫妻！放我師父走路！」女王被豬八戒撒潑弄醜唬得魂飛魄散，跌入輦駕之中，沙僧把唐僧搶出來，伏侍上馬前行。〔註83〕

　　《西遊記》中的情色故事有一定的淵源。玄奘《大唐西域記》卷十一中就記載了幾個這樣的故事，其中僧伽羅傳說講述了僧伽羅抵禦羅刹女國誘惑的故事：「昔此寶洲大鐵城中，五百羅刹女之所居也。……恒伺商人至寶洲者，便變爲美女，持香花，奏音樂，出迎慰問，誘入鐵城，樂燕會已，而置鐵牢中，漸取食之。時贍部洲有大商主僧伽者，其子字僧伽羅。父既年老，代知家務，與五百商人入海採寶，風波飄蕩，遇至寶洲。時羅刹女望吉幢動，便齎香花，鼓奏音樂，相攜迎候，誘入鐵城。商主於是對羅刹女王歡娛樂會，自餘商侶，各相配合，彌歷歲時，皆生一子。諸羅刹女情疏故人，欲幽之鐵牢，更伺商侶。」僧伽羅夜感惡夢，救出其他商人，乘天馬逃走，羅刹女趕來，以妖媚誘惑，那些商人「情難堪忍，心疑去留，身皆退墮」，只有僧伽羅「智慧深固，心無滯累，得越大海，免斯危難」。〔註84〕這類故事與《西遊記》中女妖變成美女誘惑唐僧師徒的情節相似，而女兒國故事也採用了其中部分因素。女兒國的故事，戰國時候的《山海經》中即有記載，《後漢書》卷八十五《東夷列傳》記載：「海中有女人國，無男人。或傳其國有神井，窺之則生子云。」〔註85〕《梁書》卷五十四記載慧深遊歷見聞，謂扶桑東千餘里有女國，國內女人容貌端正，顏色潔白，身體有毛，髮長委地，二、三月入水則妊娠，六、七月產子。南宋周去非《嶺外代答》、南宋趙汝适《諸蕃志》都提

〔註82〕世德堂本《西遊記》第54回，《古本小說集成》第4輯第69冊《西遊記》第1376～1378頁，上海：上海古籍出版社，1994。
〔註83〕世德堂本《西遊記》第54回，《古本小說集成》第4輯第69冊《西遊記》第1386～1387頁，上海：上海古籍出版社，1994。
〔註84〕季羨林《大唐西域記校注》第873～875頁，北京：中華書局，1985。
〔註85〕〔南朝宋〕范曄《後漢書》第2867頁，北京：中華書局，1965。

到了海上女國。元代汪大淵《島夷志略》謂女人國人「視井而生育」。入水而孕、視井而生、感風生女都是無男性而育，與《西遊記》中西梁女國喝子母河水懷胎相類。至於大陸上的西梁女國，隋代裴矩《西域圖記》、唐代長孫無忌等所撰《隋書》、玄奘《大唐西域記》、李延壽所撰《北史》、賈耽《古今郡國縣道四夷述》、杜佑《通典》以及《唐會要》《舊唐書》《新唐書》都記載了隋唐時的東女國的情況。玄奘《大唐西域記》卷十一執師子傳說附帶說了西大女國的來歷，僧伽羅傳說則講述了僧伽羅抵禦羅剎女國誘惑的故事，羅剎女國故事中寫商賈經貿往來，與西梁女國相似。《大唐慈恩寺三藏法師傳》中記載：「西南海島有西女國，皆是女人，無男子，多珍貨，附屬拂懍，拂懍王歲遣丈夫配焉，其俗產男，例皆不舉。」〔註86〕《大唐三藏取經詩話》中有「女人之國」，描寫更加細緻：「兩行盡是女人，年方二八，美貌輕盈，星眼柳眉，朱唇榴齒，桃臉蟬髮，衣服光鮮，語話柔和，世間無此……女王曰：『和尚師兄豈不聞古人說：『人過一生，不過兩世。』便只住此中，為我做個國主，也甚好一段風流事！」〔註87〕

　　對小說《西遊記》的女兒國故事有直接影響的是元末明初楊訥的雜劇《西遊記》，雜劇第五本第十七齣《女王逼配》描寫了唐僧師徒經過女人國的情形。女人國國王自我介紹說：「俺一國無男子，每月滿時，照井而生。俺先國王命使，漢光武皇帝時入中國，拜曹大家為師，授經書一車來國中。至今國中婦人知書知史，立成一國，非同容易也呵！」女王上場的一段唱詞，表現了女王的孤獨和內心的情慾：「我怕不似嫦娥模樣，將一座廣寒宮移下五雲鄉。兩般比論，一樣淒涼。嫦娥夜夜孤眠居月窟，我朝朝獨自守家邦。雖無那強文壯武，宰相朝郎，列兩行脂粉，無四野刀槍。千年只照井泉生，平生不識男兒像。見一幅畫來的也情動，見一個泥塑的也心傷。」她聽說大唐國師去西天取經，要經過女人國，準備前去迎接：「今日取經直過俺金階上，抵多少醉鞭誤入平康巷。我是一個聰明女，他是一個少年郎。誰著他不明白搶入我花羅網，準備著金殿鎖鴛鴦。……陪妝奩留他做丈夫，捨身軀與他做正房，可知道男兒當自強。」唐僧見到女王，勸女王「及早修業」，女王卻說：「但能勾兩意多情，盡教他一日無常。天魔女邪施伎倆，敢是你個釋迦

〔註86〕蔡鐵鷹《西遊記資料彙編》第60頁，北京：中華書局，2010。
〔註87〕李時人、蔡鏡浩校注《大唐三藏取經詩話校注》第28頁，北京：中華書局，1997。

佛，也按不住心腸。」女王抱住唐僧求愛，孫悟空說：「娘娘，我師父是童男子，吃不得大湯水，要便我替。」唐僧說自己是出家人，女王唱道：「直裰上胭脂污，袈裟上膩粉香。似魔騰伽把阿難攝在淫山上，若鬼子母將如來圍定在靈山上，巫枝祇把張僧拏住在龜山上。不是我魔王苦苦害眞僧，如今佳人個個要尋和尚。」孫悟空又表示願替師父：「小行與娘娘驅兵將作朝臣，你饒了俺師父者。」女王表示：「俺女兵不用猴爲將，女王豈用豬爲相？如今女娘都愛唐三藏。」女王扯唐僧進後殿，唐僧向孫悟空求救，孫悟空說：「我自也顧不得。」其他女子去捉孫悟空、豬八戒、沙僧，女王扯唐僧，要和唐僧「成其夫婦」：「香馥郁銷金帳，光燦爛白象床，俺兩個破題兒待弄玉偷香。聽得說天地陰陽，自有綱常，人倫上下，不可孤孀。俺這裡天生陰地無陽長，你何辜不近好婆娘？浮屠盡把三綱喪。」女王威脅唐僧：「你若不肯呵，鎖你在冷房子裏，枉熬煎得你鏡中白髮三千丈。」唐僧大聲求救，這時韋馱尊天出現了，韋馱尊天奉觀音法旨來救唐僧，他令女王將唐僧送出來：「若不送師父出來，一杵打你做泥塵。」女王害怕，放了唐僧。唐僧見到幾個徒弟，問他們是怎樣脫身的，孫悟空說：「小行被一個婆娘按倒，凡心卻待起。不想頭上金箍兒緊將起來，渾身上下骨節疼痛，疼出幾般兒蔬菜名來：頭疼得髮蓬如韭菜，面色青似蓼牙，汗珠一似醬透的茄子，雞巴一似醃軟的黃瓜。他見我恰似燒蔥，恰甫能忍住了胡麻。他放了我，我上了火龍馬脊樑，直走粉牆左側。」接著唱了一支《寄生草》曲子：「豬八戒吁吁喘，沙和尚悄悄聲。上面的緊緊往前掙，下面的款款將腰肢應。我端詳了半晌空偎倖，他兩個忙將黑物入火爐，我則索開騎白馬敲金鐙。」師父離開女人國，繼續往西天取經。〔註88〕雜劇《西遊記》的女王逼婚對情慾的描寫更加露骨，甚至將孫悟空也寫得滿口污言穢語，情慾萌動。《西遊記》寫得有情趣，不似雜劇那樣庸俗和油滑。

小說《西遊記》將此前的情色故事加以改造，用以表現色慾考驗主題。在《西遊記》中，女王和女妖都是激發唐僧愛慾本能的誘惑力量，是求取佛理眞經之大業大道的阻礙。唐僧對於她們的恐懼，實質上是對自身愛慾本能的恐懼。唐僧以對佛教信仰的堅持克服了誘惑，借助孫悟空的力量將女妖們消滅，代表著宗教的精神性信仰最終戰勝了來自人身體深處的本能召喚。值得注意的是孫悟空形象。孫悟空形象是由傳說中好色猿、劍術猿、聽經猿以

〔註88〕隋樹森《元曲選外編》第 676～679 頁，北京：中華書局，1959。

及唐代小說《古嶽瀆經》中的無支祁等的融合。在古代，長臂猿生活於遠離
人煙的深山老林之中，為高雅隱士所熟悉，具有超塵越俗的意味。到了後來，
長臂猿逐漸被神秘化，白猿甚至成為神仙的化身。《吳越春秋》記載，越國有
一位猜通武術的女子，她應越王之邀北行，路上遇到一個自稱袁公的老人。
老人要與女子比試劍術，女子應允了。最後，慘敗的老人跳到樹上，變成了
白猿。聽經猿故事是白猿奇書故事與佛教故事的結合。晉代王嘉的《拾遺記》
卷八中，一隻白猿從絕壁上下來，變為老翁，送給採藥的周群一本奇書，周
群閱讀奇書，預知到蜀將滅亡，於是投奔了吳。高僧善無畏翻譯的密教經典
《大日經》的序言講述了一個故事，數千猿猴晾曬佛經，其中一部經典被風
吹下來，一個樵夫拾到，獻給了國王，國王讓人抄寫完後，將經書還給了前
來索要經書的大猿，這部經典就是《大日經》。明代李禎所著《剪燈餘話》卷
一中的《聽經猿記》、元代戲曲《龍濟山野猿聽經》講述了猴子聽經修行的故
事。在後世的道教故事中，猿是天書的守護者。玄奘取經故事中，猴子作為
嚮導，特別是《西遊記》中被稱為「心猿」的孫悟空對禪理的參悟，對《心
經》的解讀，與聽經猿的故事有關。在中國的猿猴傳說中，最值得注意的是
好色猿猴的故事。早在漢代焦延壽的《易林》中就有牡猿劫女子為妻的故事：
「南山大玃，盜我媚妾。怯不敢逐，退而獨宿。」〔註89〕玃就是狙，為大猿。
魏晉時期的志怪小說描寫了猿掠人間婦女的故事，如晉代干寶所著《搜神記》
中有猳國馬化故事，唐初《補江總白猿傳》寫南朝梁時大將歐陽紇的妻子被
白猿搶走，歐陽紇最後制服了白猿，帶回了妻子，妻子一年後生下一個與白
猿一模一樣的男孩，就是後來的文學家和書法家歐陽詢。宋初徐鉉編寫的《稽
神錄》中有「老猿竊婦人」的故事，情節與《白猿傳》相似。南宋周去非所
著的《嶺外代答》卷十記載了「桂林猴妖」的故事。南宋洪邁著的《夷堅志》
裏也收有很多關於猴子的故事。宋代話本《陳巡檢梅嶺失妻記》寫猢猻精申
陽洞洞主申陽公竊走了進士陳辛的妻子如春，申陽公名為齊天大聖，他有兩
個哥哥，分別為通天大聖和彌天大聖，妹妹是泗州聖母。直到三年後，紫陽
真君命兩名神將用鐵鍊將齊天大聖捕獲，陳辛才救出妻子如春。明代瞿祐《剪
燈新話》中的《申陽洞記》寫一個猴妖掠走桂林錢姓富豪的獨生女，一個叫
李德逢的射箭能手先是射傷了猴妖，接著用計毒死了所有的猴子，救出了被
抓去的三個姑娘，在虛星精老鼠們的引導下，走出洞穴。

〔註89〕尚秉和《焦氏易林注》第16頁，北京：光明日報出版社，2005。

　　元代戲曲《西遊記》中的孫悟空形象沿襲了好色猿故事，在戲曲中，孫行者原來叫通天大聖，有兄弟姐妹，大姐叫驪山老母，大兄叫齊天大聖，二妹叫巫枝祇聖母，三弟叫耍耍三郎。他搶來了金鼎國王的女兒爲妻。爲了討好夫人，他從天宮盜來仙衣仙帽仙桃仙酒，供夫人快活受用。在女人國中，女王要留唐僧做丈夫，孫悟空主動要替唐僧：「娘娘，我師父是童男子，吃不得大湯水，要便我替。」又表示願給女王爲將：「小行與娘娘驅兵將作朝臣，你饒了俺師父者。」被韋馱尊天救出的唐僧問他們是怎樣脫身的，孫悟空承認自己差點破了色戒：「小行被一個婆娘按倒，凡心卻待起。不想頭上金箍兒緊將起來，渾身上下骨節疼痛，疼出幾般兒蔬菜名來：頭疼得髮蓬如韭菜，面色青似蓼牙，汗珠一似醬透的茄子，雞巴一似醃軟的黃瓜。」小說《西遊記》將孫悟空淨化成一個不近女色、不貪財貨的英雄，對佛理有著超常的領悟。小說中孫悟空面對女色毫不動心。經過火焰山時，爲了借到芭蕉扇，孫悟空變成牛魔王的模樣與羅刹公主調情。羅刹公主先是敬酒，孫悟空笑吟吟接受了，然後回敬，酒至數巡，羅刹半醉，「色情微動，就和孫大聖挨挨擦擦，搭搭拈拈，攜著手，俏語溫存，並著肩，低聲俯就。將一杯酒，你喝一口，我喝一口，卻又哺果」，孫悟空「假意虛情，相陪相笑，沒奈何，也與他相倚相偎」，小說中描寫道：「面赤似夭桃，身搖如嫩柳。絮絮叨叨話語多，撚撚掐掐風情有。時見掠雲鬟，又見輪尖手。幾番常把腳兒蹺，數次每將衣袖抖。粉項自然低，蠻腰漸覺扭。合歡言語不曾丟，酥胸半露鬆金鈕。醉來眞個玉山頹，餳眼摩娑幾弄醜。」孫悟空騙出扇子和咒語後，現出本象，厲聲高叫道：「羅刹女！你看看我可是你親老公！就把我纏了這許多醜勾當！不羞，不羞！」羅刹見是孫悟空，「慌得推倒桌席，跌落塵埃，羞愧無比」。〔註90〕整個過程中，孫悟空爲了芭蕉扇，以假意虛情應付羅刹，對羅刹的美貌和調情毫不動心，孫悟空眼中根本沒有女色觀念，而唐僧面對女色誘惑時雖然能夠堅守不動心，但經常還會面紅，他能守住色戒，但還是有色的意識在心中。從這一點說，孫悟空高過師父唐僧。

　　在小說中，孫悟空蔑視權威，面對邪魔毫不畏懼，敢於鬥爭，嫉惡如仇，除惡務盡。孫悟空這樣一個天不怕、地不怕、神鬼也不怕的具有反抗精神的形象，帶有濃厚的理想色彩，與《封神演義》中蔑視權威、反對束縛、追求

〔註90〕世德堂本《西遊記》第 60 回，《古本小說集成》第 4 輯第 69 冊《西遊記》第 1533～1537 頁，上海：上海古籍出版社，1994。

自由的哪吒形象有相通之處。哪吒從一個肉球中生出，孫悟空由山上一塊石頭受天眞地秀、日精月華孕育而成。孫悟空無父無母，沒有家庭羈絆，有著絕對的自由。哪吒出生在將相之家，但在闖禍後，爲不連累父母，自己剖腹剜腸、剔骨去肉，還清了父母之「債」，哪吒的師傅太乙眞人將金丹投在蓮花上，賜給他一副肉體，哪吒得以再生，獲得了生命的獨立和自由。

　　《西遊記》中的情色描寫又是對明代中期社會現實的反映和反思。明代中後期，商業經濟發展，市民階層的思想意識和價值觀念受到很大衝擊。隨著心學的興起，人們對慾望有的新的體認。很多學者反對理學禁慾主義，張揚人性，如泰州學派何心隱說：「性而味，性而色，性而聲，性而安佚，性也。」〔註91〕李贄在《答鄧明府》中說：「如好貨，如好色，如勤學，如進取，如多積金寶，如多買田宅爲子孫謀，博求風水爲兒孫福蔭，凡世間一切治生產業等事，皆其所共好而共習、共知而共言者，是眞邇言也。」〔註92〕小說中的豬八戒是世俗慾望的化身，他貪圖食色享受，嚮往平實的生活。他因在天庭調戲嫦娥被貶下界，只有保護唐僧取經，功德圓滿才能重返天庭，但他對取經成佛沒有多大興趣，娶美貌的高小姐爲妻，自耕自食，有食有色，他甚至不想再回天庭。在第十八回中，高太公要留第三個女兒翠蘭在家招個養老女婿，高翠蘭很漂亮，她被豬妖關在後宅子裏半年多，不梳妝打扮，玉容憔悴，還是美色難掩：「雲鬟亂堆無掠，玉容未洗塵淄。一片蘭心依舊，十分嬌態傾頹。櫻唇全無氣血，腰肢屈屈偎偎。愁蹙蹙，蛾眉淡，瘦怯怯，語聲低。」〔註93〕豬八戒變作「模樣兒倒也精緻」的黑胖漢前來，自稱是「福陵山上人家，姓豬，上無父母，下無兄弟」，願意倒插門。他很勤快，「耕田耙地，不用牛具；收割田禾，不用刀杖」，高太公很滿意，只是後來變了形貌，「變做一個長嘴大耳朵的呆子，腦後又有一溜鬃毛，身體粗糙怕人，頭臉就像個豬的模樣」，而且食糧很大，「一頓要吃三五斗米飯，早間點心，也得百十個燒餅才殼」，再後來「雲來霧去，走石飛砂」，令人驚駭，明顯是個妖怪。〔註94〕高太公要請人捉妖，恰好孫悟空保護唐僧經過高老莊，表示會降妖。孫悟空

〔註91〕〔明〕何心隱《何心隱集》第111頁，北京：中華書局，1960。
〔註92〕〔明〕李贄《李贄文集》第126頁，北京：社會科學文獻出版社，2009。
〔註93〕世德堂本《西遊記》第18回，《古本小說集成》第4輯第67冊《西遊記》第434頁，上海：上海古籍出版社，1994。
〔註94〕世德堂本《西遊記》第18回，《古本小說集成》第4輯第67冊《西遊記》第429頁，上海：上海古籍出版社，1994。

變作高翠蘭的模樣，坐在房裏等豬妖前來。豬妖進房，一把摟住假翠蘭就要親嘴，孫悟空使個法，將豬妖攢下床來。豬妖一點也不生氣，爬起來，聽從假翠蘭的話脫衣上床。假翠蘭歎氣，豬妖表示不解，認爲自己雖「有些兒醜陋」，但很能幹，沒有白吃高家的飯：「我也曾替你家掃地通溝，搬磚運瓦，築土打牆，耕田耙地，種麥插秧，創家立業。如今你身上穿的錦，戴的金，四時有花果享用，八節有蔬菜烹煎，你還有那些兒不趁心處，這般短歎長吁，說甚麼造化低了？」再說「若要俊，卻也不難」，他可以再變成精緻的黑胖漢。〔註95〕

　　豬八戒被孫悟空降服後，跟隨唐僧去西天取經，一路上時時想念高小姐，特別是遇到妖魔危險時就要散夥回高老莊。他喜歡吃，見了好吃的東西就「口裏忍不住流涎」，他在五莊觀偷竊人參果，在朱紫國爭酒。他見了美麗的女子便「滿心歡喜，跑個豬顛風」，四聖試禪心時，師徒幾人中只要他動了凡心，要「停妻再娶」，遇到既富裕又美貌的寡婦母女，連高小姐都拋到了一邊。他甚至要將寡婦的三個女兒全娶了，因爲他有熬煉之法，能應付得來。在女兒國，他主動要替師父入贅女兒國，見到美貌的女王更是渾身酥軟。在天竺國裏，他爲公主的繡球沒有打到他而歎氣。在「屍魔三戲唐三藏」時，白骨精第一次幻化成「月貌花容的女兒」，豬八戒「見他生得俊俏」，就動了凡心，忍不住胡言亂語，以至受了白骨精的騙。八戒有貪色之心，但在取經路上沒有放縱過情慾，小說對豬八戒只是善意的揶揄嘲笑。

　　另一個不羨天仙當地仙的妖怪是牛魔王。《西遊記》第五十九回至第六十一回用了整整三回的篇幅講述了牛魔王一家的故事，故事的中心人物是鐵扇公主。鐵扇公主住在風光秀麗的翠雲山芭蕉洞，她自幼修持，得了正果，她立功修德，造福百姓，處於妖與仙之間。鐵扇公主的丈夫牛魔王圖治外產，拋棄髮妻，招贅在玉面狐狸家。玉面狐狸是萬歲狐王的女兒，條件優越，美貌、財富樣樣俱全。小說描寫玉面狐狸的容貌：「嬌嬌傾國色，緩緩步移蓮。貌若王嬙，顏如楚女。如花解語，似玉生香。高髻堆青軃碧鴉，雙睛蘸綠橫秋水。湘裙半露弓鞋小，翠袖微舒粉腕長。說什麼暮雨朝雲，眞個是朱唇皓齒。錦江滑膩蛾眉秀，賽過文君與薛陶。」〔註96〕玉面狐狸繼承了父親萬歲

〔註95〕世德堂本《西遊記》第18回，《古本小說集成》第4輯第67冊《西遊記》第436～437頁，上海：上海古籍出版社，1994。

〔註96〕世德堂本《西遊記》第60回，《古本小說集成》第4輯第69冊《西遊記》第1517～1518頁，上海：上海古籍出版社，1994。

狐王的萬貫家私，非常富有。玉面狐狸不僅倒賠全部家當，嫁給了身無分文的有婦之夫牛魔王，還接濟牛魔王的妻子鐵扇公主。玉面狐狸很會撒嬌撒癡，以贏得男人的憐愛。她被悟空突襲，逃回洞中，向牛魔王撒嬌，使牛魔王的心揪成一團。小説顯然對搶人丈夫的玉面狐狸持貶斥態度，而對鐵扇公主充滿了同情。孫悟空見到鐵扇公主畢恭畢敬，一方面因為要借扇子，另一方面也因為鐵扇公主是牛魔王的正妻。孫悟空第一次見到玉面公主就破口大罵：「你這潑賤，將家私買住牛王，誠然是陪錢嫁漢！你倒不羞，卻敢罵誰！」〔註97〕玉面公主最後被豬八戒一耙築死，而鐵扇公主為了救丈夫性命，把芭蕉扇獻出，被饒得性命，隱姓埋名修行去了，最後成了正果。

　　吳承恩借宗教神魔故事寫世情，一方面肯定世俗情慾，另一方面又對慾望放縱和世風墮落作了深刻的批判。反對禁慾，張揚人性，有其進步性，但如果走向另一個極端，不擇手段地恣意縱慾，必然導致社會道德淪喪。明代中後期「世衰道微，人慾熾盛」，稍晚於《西遊記》的《金瓶梅》正是這種墮落邪淫世風的真實寫照。《西遊記》中描寫了道士把持朝政，蠱惑君王，為對明代社會狀況的影射。小説寫各種妖魔為求得長生不老而瘋狂追逐唐僧，實際上是對明代皇帝的影射諷刺。明代的嘉靖、萬曆帝都迷信煉丹修道之術，「名為去病延年，可致神仙，實則助陽濟慾，供秘戲之用」。小説第七十八回中的比丘國王沉溺美色，三年前，一個老人打扮成道人模樣，帶著一個年方十六，「形容嬌俊，貌若觀音」的女子，獻給國王，國王愛其色美，「不分晝夜，貪歡不已」，「弄得精神瘦倦，身體尫羸，飲食少進，命在須臾」。那個道士進獻一種「海外秘方」，要用「一千一百一十一個小兒的心肝，煎湯服藥，服後有千年不老之功」。比丘國百姓不得不把自己的孩子供出來，整個國家怨聲載道。作者借唐僧之口罵道：「昏君，昏君！為你貪歡愛美，弄出病來，怎麼屈傷這許多小兒性命！苦哉！苦哉！痛殺我也！」〔註98〕道人打扮的國丈是南極壽星的白鹿所化，它進獻的美女是白面狐狸。白鹿化身的國丈見到唐僧，告訴國王，唐僧是「十世修行的真體。自幼為僧，元陽未泄，比那小兒更強萬倍，若得他的心肝煎湯，服我的仙藥，足保萬年之壽」，

〔註97〕世德堂本《西遊記》第60回，《古本小説集成》第4輯第69冊《西遊記》第1519頁，上海：上海古籍出版社，1994。
〔註98〕世德堂本《西遊記》第78回，《古本小説集成》第4輯第70冊《西遊記》第1593～1596頁，上海：上海古籍出版社，1994。

〔註99〕國王聽了竟然馬上傳旨將唐僧拿來，取其心肝。最後兩妖被降服，白面狐狸被八戒一鈀築死，白鹿則被南極壽星帶回。比丘國王顯然有時代的投影。魯迅說：「瞬息顯榮，世俗所企羨，僥倖者多竭智力以求其方，世間乃漸不以縱談閨幃方藥之事為恥。風氣既變，並及文林，故自方士進用以來，方藥盛，妖心興，而小說亦多神魔之談，且每敘床笫之事也。」〔註100〕小說中作者借唐僧之口批駁道：「若云探陰補陽，誠為謬語，服餌長壽，實乃虛詞。只要塵塵緣總棄，物物色皆空。素素純純寡愛慾，自然享壽永無窮。」〔註101〕

《西遊記》刻畫妖魔以諷人慾，展現了一個情慾世界。小說中的妖魔精怪都有情慾。男性妖精要吃唐僧肉以求長生不老，如觀音的金魚、壽星的白鹿、老君的青牛、靈山的金翅雕、連環洞的豹子精等等，而女妖多想同唐僧成親做愛，如鎮海寺的老鼠精、琵琶洞的蠍子精、廣寒宮的玉兔精等。賽太歲劫去朱紫國金聖娘娘，做不成夫妻，便向朱紫國每年要兩個宮女「頂缸」，玩弄之後吃掉。天上的神仙也是如此，天蓬元帥調戲月中嫦娥；奎木狼星與侍香玉女私通，下凡後化身黃袍怪，搶走侍香玉女所化的寶象國公主百花羞，逼迫她做了十三年夫妻；太上老君的看爐仙童、廣寒宮中的素娥仙子等等羨慕人間生活而思凡下界。有的妖魔變化成道士，混入人間國度，迷惑國王，以竊權柄。獅猁精害死烏雞國國王，將其江山宮苑占為己有；車遲國虎力、鹿力、羊力大仙把持朝政，迫害僧眾。有的妖魔見財眼開，牛魔王貪圖玉面公主的萬貫家私，九頭蟲偷走祭賽國金寺的舍利子佛寶，九靈元聖從玉華國盜走孫悟空、豬八戒、沙僧三人的兵器。長生之慾、情色慾、權力慾、財富慾是世俗社會的人慾，正常的人慾應該滿足，不應該禁，但恣情縱慾危害無窮，小者傷身損體，大者禍國殃民，針對淫濫世風，作者警告：「癡愚不識本原由，色劍傷身暗自休。」「色乃傷身之劍，貪之必定遭殃。」「只有一個原本，再無微利添囊，好將資本謹收藏，堅守休教放蕩。」白骨精、母蠍精、蜘蛛精、多目怪等惡妖被剿殺，獅猁精、老鼠精、紅孩兒、玉兔精、大鵬雕、黃眉怪等被神佛收回上界，作為「心中之魔」外化的妖魔的結局，體現了作者對情慾的態度。

〔註99〕世德堂本《西遊記》第78回，《古本小說集成》第4輯第70冊《西遊記》第2008～2009頁，上海：上海古籍出版社，1994。

〔註100〕魯迅《中國小說史略》第155頁，北京：人民文學出版社，1973。

〔註101〕世德堂本《西遊記》第78回，《古本小說集成》第4輯第70冊《西遊記》第2004頁，上海：上海古籍出版社，1994。

五、修道的終極考驗

在清前期長篇神魔歷史小說《女仙外史》中，色慾被寫成區分正邪的標準。《女仙外史》全名《新刻逸田叟女仙外史大奇書》，成於康熙四十二年（1703），梓行於康熙五十年（1711），作者呂熊字文兆，號逸田叟。《女仙外史》開篇寫道：「女仙，唐賽兒也，說是月殿嫦娥降世，當燕王兵下南都之日，賽兒起兵勤王，尊奉建文皇帝位號二十餘年。而今敘他的事，有關於正史，故曰《女仙外史》。」〔註102〕小說前十四回據谷應泰《明史紀事本末》有關敘述加以發揮，寫唐賽兒異事。其後寫燕王朱棣起兵靖難，族滅方孝孺、景清、鐵鉉等建文諸臣，篡位登基。後八十回寫唐賽兒起事，集合景清、鐵鉉等人之後，尊奉建文正統，攻打青、登、兗諸州，佔據中原，對抗燕兵。小說將將唐賽兒反抗朱棣的鬥爭，歸結為嫦娥與天狼星的夙怨。小說寫魔、仙、佛三教之間的爭鬥，仙靈幻化與兵法戰陣結合，將神魔與歷史融匯到一起。

受當時社會和文學風氣影響，《女仙外史》中有不少豔情描寫，在清代被當作淫書，被列入禁燬之書。小說女主人公唐賽兒對性愛毫無興趣，而其丈夫林公子好色放縱：「從小來穿衣洗臉，吃飯出恭，都要丫鬟伏侍。十一、十二歲上，就偷了一個翠雲，一個紅香。自後不論好的醜的，都要嘗些滋味，因此上把身子弄壞了。父母只道是讀書心苦，延請名醫，修合紅鉛紫河車等丸藥，人參當做果子吃，也自支持不來。」〔註103〕他常看小說上有採戰之法，一天遇到一個道士，道士說有三種道術：「上等是脫胎換骨，白日昇天。次等是辟穀餐霞，延齡長壽。又次等是金丹采戰，夜御十女，永無洩漏。」林公子要學第三種道術。他將道人請到城外別墅裏，鎖了莊門，行拜師之禮，然後次第傳授：「如何禁鎖元陽，如何採取真陰，一一指明玄竅。用功九日，服金丹一粒。九九數完，公子覺道精神爽健，氣力充沛，大異平日。陽物偉岸，徹夜興舉。就是成了仙，也無此等快活。」〔註104〕在第六回中，林公子去嫖妓，與大同府妓女柳非煙連住兩宵，三戰三捷。

〔註102〕〔清〕呂熊《女仙外史》第 1 回第 1 頁，《古本小說集成》第 2 輯第 49 冊第 1 頁，上海：上海古籍出版社，1992。

〔註103〕〔清〕呂熊《女仙外史》第 4 回第 5 頁，《古本小說集成》第 2 輯第 49 冊第 79 頁，上海：上海古籍出版社，1992。

〔註104〕〔清〕呂熊《女仙外史》第 4 回第 5～6 頁，《古本小說集成》第 2 輯第 49 冊第 80～81 頁，上海：上海古籍出版社，1992。

　　林公子和唐賽兒成婚，唐賽兒是性冷淡，新婚之夜，「正如酗酒的惡少，拿住了個從不飲酒的孩子，生生灌他，就呷了半口，也是件最苦毒的事」。〔註105〕爲了讓唐賽兒有性趣，林公子當著唐賽兒的面與丫鬟翠雲交媾，要動賽兒的心：

> 　　從此公子要與賽兒交媾，甚是艱難。就想出個法來，向賽兒道：「我要叫個婢子弄弄，當幅活春宮，送與夫人看看，消遣消遣，可使得麼？」賽兒道：「夫婦之禮，男正位乎外，女正位乎内。像這樣淫穢的事，原是婢妾們幹的，但去做，不消問得。」公子跪告：「是要當著夫人面前耍子，故爾斗膽。」賽兒要驗驗自己的道力，遂道：「不妨。」公子心喜，遂去拉著個極會浪的翠雲進來，附耳與他說：「須要動夫人的興。」翠雲正中下懷，忙走到夫人跟前，佯說公子不尊重，賽兒道：「是我許過公子的了。」時天氣炎熱，賽兒端坐紗帷中，看他們做起架勢。翠雲有似渴魚見水，公子有似怒馬奔槽，《西廂記》云：一個恣情的不休，一個啞聲兒廝耨。較之看風流的戲文，奚啻萬倍呀！佛也動心。有《點絳唇》一闋爲證：「輕解綃裙，小憐玉體橫陳夜。臉暈潮紅，不禁雙鬟卸。活現春宮，顚倒誰能畫。嬌羞怕，香魂欲化，滾滾情波瀉。」公子要動賽兒的心，越逞精神，如玉兔搗玄霜，務要搗個爛熟。翠雲喉中喘嘶，若小兒啼咽之聲，已是暈去，公子才放他起來。雲鬟鬆鬆，好像害了病的，軟軟的那步出去。〔註106〕

　　唐賽兒在旁邊看了林公子娥翠雲交媾的情景，沒有動心，她想：「男女淫浪是這樣的，怪道神仙一落塵凡，便爲色慾所迷，我若非鮑太太，也就不免動心。」林公子向前抱住唐賽兒，唐賽兒正容說道：「天色將明，不可多事。自後你只與丫鬟們如此快活，卻不是好！」〔註107〕她勸林公子和她一起學道，林公子厭聞其語，想起妓女柳煙兒，如果將柳煙兒娶回家，與唐賽兒同床而睡，可以化了唐賽兒的貞性。唐賽兒向林公子表示，他盡可以與自己喜歡的

〔註105〕〔清〕呂熊《女仙外史》第6回第6頁，《古本小說集成》第2輯第49冊第123頁，上海：上海古籍出版社，1992。

〔註106〕〔清〕呂熊《女仙外史》第6回第6～7頁，《古本小說集成》第2輯第49冊第124～125頁，上海：上海古籍出版社，1992。

〔註107〕〔清〕呂熊《女仙外史》第6回第7頁，《古本小說集成》第2輯第49冊第125頁，上海：上海古籍出版社，1992。

女人交合，她和他「但居夫婦之名，竟做個閨門朋友」。〔註108〕於是林公子去找柳煙兒，與柳煙兒發生第二次交合。

柳煙曾與一胡僧交合，胡僧教給她採陽補陰之術。採陽補陰術有三種：「一曰鎖陽，二曰攫陽，三曰吸陽。鎖者，制之以機，如以含桃餌，猴兒來偷，猝然鎖住以馴之，令其屈服。攫者，誘之以訣，如以燕脯餌驪龍，因其喜嗜之際，而攫取其珠也。吸者，感之以氣，如磁之吸鐵，有自然相感之理，唯此一法，則有丹藥以助之。鎖而不伏者則用攫，攫而不獲者則用吸。而用吸之之法，又必須先鎖而後攫，攫而後吸，縱使仙眞，亦不能脫其牢籠者。」柳煙第一夜先用鎖陽之法，「奈是個通靈的獼猴，不但鎖之不住，而且桃之華蕊，悉爲蹂躪」；第二夜用攫陽之法，「那毒龍勢猛，翻波跳浪，竟不能測其珠之所在」；第三夜用吸陽：「先鎖後攫，到得用吸，乃是陰陽倒置的。柳煙乘公子前茅銳盡之後，接以後勁奇兵，圍諸垓心，其間兩竅相投，用氣一吸，公子大叫『快哉樂殺』，元精狂奔如泉湧，竟死在牡丹花下了。」〔註109〕

柳煙情願給唐賽兒做婢女以贖罪，她殷勤服侍唐賽兒，得到了唐賽兒的歡心。後來多次幫唐賽兒克敵制勝。在第十二回中，被稱爲梅花仙長的鹿怪攝婦女，弄得人心惶惶，新任刑廳胡瀹的女兒看牡丹花時也被抓去了。柳煙以性迷惑鹿怪，套取了秘密，幫助唐賽兒制服了鹿怪，立了一功：

> 那道者硬與柳煙交媾，總有三頭六臂，也是抵不住的。就把那舊日的鎖陽、攫陽、吸陽手段施展出來。無那道者愈敗愈健，愈健愈戰。柳煙假作嬌聲，軟迷道者說：「眞是仙長，凡人那有此等精神！」道者回言：「我精神可禦百女，若是乏了，有仙草在此，略吃些兒，精神就復。」柳煙又假哄他道：「我身體虛弱，可也給我吃些？」道者說：「這是鹿含草，是角鹿吃的，不是母鹿吃的。」柳煙已知的是鹿精了。〔註110〕

後來劉通作亂，大造宮闕，自立爲天開大武皇帝。劉通很有膂力，能隻手舉起石獅子，人呼爲劉千斤。他的妻子連黛是一樵夫與狐精交合而生，從

〔註108〕〔清〕呂熊《女仙外史》第6回第8頁，《古本小說集成》第2輯第49冊第127頁，上海：上海古籍出版社，1992。

〔註109〕〔清〕呂熊《女仙外史》第6回第8～9頁，《古本小說集成》第2輯第49冊第128～129頁，上海：上海古籍出版社，1992。

〔註110〕〔清〕呂熊《女仙外史》第12回第5～6頁，《古本小說集成》第2輯第49冊第268～269頁，上海：上海古籍出版社，1992。

狐精那裡學到了幾種妖術，又精通武藝。劉通「陽具偉勁，素性淫毒，婦人當之輒死。惟有連黛可以對壘」。〔註111〕唐賽兒與曼、鮑二師商議降服劉通之法，曼師說：「何不遣柳煙兒去，兩片玉刀，殺得他們不動手了。」唐賽兒明白曼師的意思，傳柳煙進來，命柳煙去降伏劉通，柳煙表示，她未學道術，無法降伏劉通，唐賽兒說：「只用你身體，卻不用著道法，汝不記剎魔聖主之言乎？」〔註112〕柳煙只好答應。女秀才、柳煙兒隱身進入劉通的宮殿，碰巧看到劉通和連黛交媾：

> 兩人輕輕揭起簾兒，側身而入。不進猶可，卻見赤條條一個女人，周身雪白肌膚內映出丹霞似的顏色，雖肥而不胖。頭上烏黑的細髮，十分香膩，挽著一堆盤雲肉髻，橫倒在象牙床上。一個黑臉大漢子，生得虎體熊腰，周身青筋突起，兩腿硬毛如刺，廣額重頦，剛鬚倒卷，兩臂挽了婦人的雙足，在那裡大幹這件正經事。有《滿宮花》詞為證：「花深深宮悄悄，人在陽臺弄巧。香流紅汗臉分霞，一字劍眉橫掃，聲嘶嘶，魂渺渺，春水波闌多少。真如兔杵搗玄霜，玉白偏生圓小。」古來史傳上載的嫪毐，以陽具關車而行，薛教曹掛斗粟而不垂，較之劉通可以為弟兄。而連黛之陰器，又可與秦襄後、唐武后為姊妹。自古及今，此三陽三陰者，真可足鼎立稱雄，無敵於天下。〔註113〕

柳煙和女秀才被帶進宮中，柳煙賣風流服侍偽主劉通，劉通非常快樂：

> 令小內監引了女秀才去，即跳下龍床，抱起柳煙，照依連黛那般擺開陣勢，挺矛就戰。有《風流子》一闋為證：「乍解霓裳妝束，露出香肌如玉。佯羞澀，故推辭，曾建煙花帥纛。重關雖破，誘入坎心殺服。」……非煙自從修道以來，淫火已熄，少時這些風流解數，久矣生疏。而且劉通是員猛將，按著兵法，以前矛之銳，直搗中心。繼以後勁，不怕你不披靡狼籍。雖然，究竟娘子軍，三戰三北，少不得顯出伎倆，一朝而大捷的。這也是柔能克剛，水能制火，

〔註111〕〔清〕呂熊《女仙外史》第70回第1頁，《古本小說集成》第2輯第49冊第1653頁，上海：上海古籍出版社，1992。

〔註112〕〔清〕呂熊《女仙外史》第70回第2～3頁，《古本小說集成》第2輯第49冊第1656～1657頁，上海：上海古籍出版社，1992。

〔註113〕〔清〕呂熊《女仙外史》第70回第5～6頁，《古本小說集成》第2輯第49冊第1662～1663頁，上海：上海古籍出版社，1992。

　　自然之理。正是千金一刻，何況連宵。劉通大酣趣味，覺比連黛活
　　潑奧妙，更勝幾倍。〔註114〕

　　劉通冊封柳煙爲天開小文後，柳煙兒乘此寵愛，勸劉通與唐賽兒講和，
奉建文帝年號：「陛下若與他講和，也奉了建文年號，無論建文復位與否，
這個中原帝主，怕不是陛下做的麼？」〔註115〕劉通被說動了，很快下詔班
師。

　　小說中的沉迷於色慾者大都爲反面角色，除了柳非煙外，都沒有好的結
局。小說在開始寫林公子、柳非煙的淫亂，既是爲了與唐賽兒作對比，也是
爲唐賽兒起義作鋪墊，林公子走陽而死，唐賽兒出家，才有後來的起兵之事。

　　在神怪小說《綠野仙蹤》中，情慾被認爲是修道的最重要的考驗。《綠野
仙蹤》一百回，作者李百川，這部小說成書於清乾隆二十七年（1762）前後，
先後有陶家鶴、侯定超、虞大人等爲之作序或評點。據自序，作者喜歡談鬼
說怪，爲生活四處奔走，歷經艱苦挫折，在旅途中花了九年時間才寫成《綠
野仙蹤》。陶家鶴在爲《綠野仙蹤》作的序中將《綠野仙蹤》與《水滸傳》《金
瓶梅》並稱爲「謊到家之文字」的「大山水」「大奇書」。〔註116〕現代學者鄭
振鐸把《綠野仙蹤》與《紅樓夢》《儒林外史》並列爲清中葉三大小說：「在
這一世紀裏，著名的小說出現了不少，最著者如《紅樓夢》，如《儒林外史》，
如《綠野仙蹤》，皆爲前無古人之作。」〔註117〕《綠野仙蹤》的藝術成就當然
比不上《儒林外史》和《紅樓夢》，但是清中葉一部比較重要的小說，是清中
葉最有代表性的神怪小說。作者選取冷於冰求仙得道作爲全書線索，以神仙
爲外衣，以世情爲內涵，熔歷史、英雄傳奇、神魔、世情諸體於一爐。小說
中的人物形象塑造，最重要的主人公冷於冰的形象塑造不夠成功，冷於冰被
描寫得法術無窮，神通廣大，但性格上缺乏眞實感，顯得蒼白無力、概念化。
小說中塑造得最成功的是市井人物，包括無賴和娼妓，寫得有血有肉，眞實
可感，入骨三分。

〔註114〕〔清〕呂熊《女仙外史》第 70 回第 11 頁，《古本小說集成》第 2 輯第 49 冊
　　　　第 1674 頁，上海：上海古籍出版社，1992。
〔註115〕〔清〕呂熊《女仙外史》第 70 回第 12 頁，《古本小說集成》第 2 輯第 49 冊
　　　　第 1676 頁，上海：上海古籍出版社，1992。
〔註116〕〔清〕李百川《綠野仙蹤》卷首，《古本小說集成》第 1 輯第 126 冊《綠野仙
　　　　蹤》第 3 頁，上海：上海古籍出版社，1991。
〔註117〕鄭振鐸《文學大綱》第 179～180 頁，桂林：廣西師範大學出版社，2003。

《綠野仙蹤》反映了很多世情世態，其中有一些豔情描寫。小說第三十六至六十回寫溫如玉事，實際上就是一個豔情故事。周璉與齊惠娘偷情一段，是色情化的才子佳人故事。因爲其描寫間涉性事，《綠野仙蹤》在清代同治七年（1868）被列爲「淫書」遭禁。

在小說中，酒色財氣四貪被認爲是修道的障礙，四貪之中，尤以「色」爲「修道人首戒」。第九十八回中，冷於冰訓斥在幻境中沒有守住色戒的翠黛：「修道人首戒一個『淫』字，你所行所爲，皆我羞愧不忍言。我何難著你喪失元精，但元精一失，可惜你領我口訣將三十年出納工夫，敗於俄頃，終歸禽獸，有負你父雪山之託。」在第一百回中，火龍眞人與冷於冰評論六徒優劣，冷於冰說：「連城璧爲人光明磊落，向道純一，亦可望有成。『酒』『色』『財』三字，還不能動搖他。只干一『氣』字，尚未調匀。他原是俠客出身，才修持三四十年，焉能將毛病化盡？」火龍眞人說：「四字之中，惟『色』字最難把持。今城璧於三字竟能固守，便是大可入道之器。止餘一『氣』字，只用再修持三五十年，自平和矣。三十年後，我親去試驗他一番。若果有定力，不妨助其速成。」〔註118〕連城璧在冷於冰的六個徒弟中較早成仙。連城璧具「英雄丈夫」氣概，特別是不近女色。第二十回中，連城璧的強盜身份被金不換妻子郭氏告發，遭至官兵圍捕，在臨逃走之際，「手起一桌腿，打的郭氏腦漿迸裂」。〔註119〕冷於冰評論金不換：「金不換賦質最庸，又不肯精進。喜得他心無渣滓，嗣後地仙可望。」金不換心地善良，勤勞本份，因收留連城璧惹下官司，家庭瓦解，自己被官府逼迫，流亡他鄉，又因誤娶寡婦被告到官府，挨了板子，折了錢財，由此看破人生，決定出家學道。他有膽氣，講義氣，但缺乏「悟心」，「心上不純篤」，「不純篤」主要指其「貪」。但金不換最終還是憑著「金不換」的善良本質和「不要命」的向道精神，修成了地仙。冷於冰評論溫如玉：「溫如玉特具仙骨，只是他於『色』之一字殊欠把持，未便定他的造就。」化行眞人說：「有何難定？『色』字與那三個字大不相同，有把持者，尚恐動搖，況無把持耶？」道通眞人說：「像這些人，五師弟原不該渡他，只用化一絕色女子一試，即立見肺肝矣。他總有滿身仙骨，何益也！」

〔註118〕〔清〕李百川《綠野仙蹤》第100回，《古本小說集成》第1輯第130冊《綠野仙蹤》第2427頁，上海：上海古籍出版社，1991。
〔註119〕〔清〕李百川《綠野仙蹤》第20回，《古本小說集成》第1輯第126冊《綠野仙蹤》第452頁，上海：上海古籍出版社，1991。

火龍眞人問道通眞人：「普惠修持無多年，門下便有許多弟子，怎道通、化行門下竟無一人？」道通眞人說：「數百年來，也曾陸續看中十數個，於『酒』『氣』二字尚能把持，只到『財』『色』二字，不用兩試三試，只一試，便是再不可要之人，從何處渡起？」〔註120〕

冷於冰的徒弟中有三個是異類精怪。其中猿不邪原本是一隻猿猴，因與謝女前世舊緣，「隨地訪查，配合夫婦」，〔註121〕攪得謝二混一家不得安生。猿不邪法術高超，精通劍法，謝二混請了幾個法師，都降服不了他，後來被冷於冰收伏，起名爲「猿不邪」，從此戒絕色慾，謹遵冷於冰教誨，正心誠意，在後來煉丹時，不受誘惑，心無旁鶩，心性遠在連城璧諸人之上，後來成了仙，被封「靈一眞人」。

錦屏、翠黛則是狐精。她們是天狐雪山道人的女兒，住在驪珠洞中，自稱是西王母之女，因爲思凡而降謫人間。她們都貌若天仙，身邊有百餘名侍女，常找世間男子交合，採陽補陰，害死了許多男子。姐妹二人中，翠黛尤其好色。小說第四十五回寫連城璧誤入驪珠洞，見到了錦屏、翠黛：

> 中間兩個美人：一個有三十四五年紀，生得修眉鳳目，檀口朱唇，嫋嫋婷婷，大有韻致；後邊一個，生得更是齊整，年約十八九歲，蛾眉星眼，玉齒朱唇，面若出水芙蓉，身似風前弱柳，湘裙飄蕩，蓮步移金，眞是千般婀娜，萬種妖饒。〔註122〕

中年婦人爲錦屏，少年婦人是翠黛。她們想強行與連城璧成婚，被冷於冰阻止。冷於冰受天狐托書之恩，收二狐女爲徒。錦屏跟冷於冰學道後，逐漸改邪歸正，但翠黛三心二意，淫性難改。在第九十三回中，錦屏、翠黛見到秀雅的溫如玉，錦屏能正心誠意，翠黛則想入非非：「這人不知幾時到吾師教下，我若不是改邪歸正，他到算個可兒。」〔註123〕翠黛在冷於冰所設幻境中遇到風流倜儻的色空羽士，不顧師父教誨，「筋骨皆蘇，將修道心腸頓歸烏

〔註120〕〔清〕李百川《綠野仙蹤》第100回，《古本小說集成》第1輯第130冊《綠野仙蹤》第2427～2428頁，上海：上海古籍出版社，1991。

〔註121〕〔清〕李百川《綠野仙蹤》第12回，《古本小說集成》第1輯第126冊《綠野仙蹤》第263頁，上海：上海古籍出版社，1991。

〔註122〕〔清〕李百川《綠野仙蹤》第45回，《古本小說集成》第1輯第128冊《綠野仙蹤》第1048頁，上海：上海古籍出版社，1991。

〔註123〕〔清〕李百川《綠野仙蹤》第93回，《古本小說集成》第1輯第130冊《綠野仙蹤》第2258頁，上海：上海古籍出版社，1991。

有。禁不住眉迎目送，也放出無限風情」，〔註124〕後被后土夫人捉住，打了三百鞭子，弔了三天三夜，始知悔改。

錦屏、翠黛後來都修成上仙，因為她們都有至誠向道之心，拜師時都決心「從此斬斷情絲，割絕慾海，再不敢沒廉恥」。錦屏比翠黛先成正果，因為錦屏做到了正心誠意。在第九十三回中，看守丹爐時，翠黛求錦屏同去一遊，錦屏說：「此即我等道中之魔，躲他尚恐不及，怎麼還要尋了去？」錦屏見連城璧和翠黛都離開了丹爐，大聲告誡他們：「師尊何等相囑？我們所司何事？是斷斷去不得！」〔註125〕翠黛沒有經受住幻境的誘惑，犯了「淫」字，但她根性良善，在幻境中，冷於冰被追殺，她奮不顧身救助。溫如玉說出「或聚或散」的話，她加以斥責，建議封石堂，尋朱崖洞，弄清真相。後來色空羽士告知她冷於冰已死，她不禁「玉面香腮，紛紛淚下」。第九十七回中，翠黛因犯淫戒被后土夫人弔打，欲「羞憤自盡」，后土夫人賞她丹藥療傷，她不僅不惱恨后土夫人，反而很感激，含著眼淚朝洞門磕了幾個頭。第九十七回寫到：「翠黛自受這番折磨，始將凡心盡淨。二十年後，冷於冰又化一絕色道侶，假名上界金仙，號為福壽真人，領氤氳使者和月下老人，口稱奉上帝敕旨，該有姻緣之分。照張果真人與韋夫人之列，永配夫婦。翠黛違旨，百說不從。四十年後，火龍真人試他和錦屏各一次，兩人俱志堅冰霜。」〔註126〕翠黛和錦屏雖是禽獸，但久經考驗，脫盡皮毛，永成人體，最後各入仙班，道行比她們的父親高出百倍。

冷於冰的弟子中，溫如玉最有慧根，但成道最晚，他在色上把持不住，因此而敗家、壞道，求仙之路曲折漫長。溫如玉是已故陝西總督之子，家有萬貫財產，但他天真幼稚，不諳世事，被一夥幫閒無賴引誘，蕩盡家產。溫如玉天性好淫，他為苗禿誘導，賣了祖房，去樂戶人家當嫖客，「也顧不得他母親服制未滿，人情天理上何如，一味裏追歡取樂」。〔註127〕後來金鐘兒從良

〔註124〕〔清〕李百川《綠野仙蹤》第97回，《古本小說集成》第1輯第130冊《綠野仙蹤》第2347頁，上海：上海古籍出版社，1991。

〔註125〕〔清〕李百川《綠野仙蹤》第93回，《古本小說集成》第1輯第130冊《綠野仙蹤》第2273～2274頁，上海：上海古籍出版社，1991。

〔註126〕〔清〕李百川《綠野仙蹤》第97回，《古本小說集成》第1輯第130冊《綠野仙蹤》第2362～2363頁，上海：上海古籍出版社，1991。

〔註127〕〔清〕李百川《綠野仙蹤》第44回，《古本小說集成》第1輯第128冊《綠野仙蹤》第1013頁，上海：上海古籍出版社，1991。

不成，吃官粉而死，溫如玉走投無路，隨冷於冰學道，但溫如玉在色慾上仍沒有警醒。在第九十八回中，溫如玉在冷於冰設置的幻境中與一年輕貌美寡婦相遇，舊態復萌，「苟且調笑，和當日做嫖客時一般無二」。〔註128〕冷於冰令超塵、逐電將溫如玉押到冥司，打入九幽地獄，溫如玉方立志改悔，但後來他又與一狐狸精成姦，被冷於冰遣力士亂杖打死。溫如玉二百餘年後才得道，被封為玉節真人。

冷於冰渡脫眾弟子，在溫如玉身上用心最多，先是去他家中變戲法點拔他，又到試馬坡妓院指點迷津，又「造一富貴假境，完他一生的志願」，〔註129〕即使他在幻境考驗中舊態復萌，冷於冰仍再次給他重新修道的機會，但溫如玉本性不改，色是他學道修仙的最大障礙。除了色，溫如玉還「利名念重」。冷於冰問他將來的打算，他脫口答道：「小弟於富貴功名四字，未嘗有片刻去懷，意欲明年下下鄉場，正欲煩長兄預斷。」〔註130〕在六十三回中，金鐘兒慘死，他走投無路，在絕望中還「猛想起冷於冰在試馬坡，那晚吃酒時，許他得功名富貴」。〔註131〕他到京都找到冷於冰，冷於冰告訴他：「功名富貴，只在這一兩天內。總不能拜受王爵，亦可以位至公侯。」他「聽了大喜，跪在地下」。〔註132〕他沉醉於功名富貴，在冷於冰設置的幻境中經歷了富貴榮華，沒有警醒，還向冷於冰「要個真富貴」。

溫如玉和妓女金鐘兒的故事是全書中寫得最精彩的一段。鄭振鐸稱讚溫如玉和金鐘兒一段是「《綠野仙蹤》寫得最好的一段，也是許多『妓院文學』中，寫得最好的一段」。〔註133〕金鐘兒住在濟南府郊區試馬坡，是老鴇鄭三夫婦的親生女兒。金鐘兒美麗風流，小說寫金鐘兒的出場：「四人正在說笑中間，覺得一陣異香吹入鼻孔中來。少刻，見屏風後又出來個婦人，年紀不過二十

〔註128〕〔清〕李百川《綠野仙蹤》第98回，《古本小說集成》第1輯第130冊《綠野仙蹤》第2385頁，上海：上海古籍出版社，1991。

〔註129〕〔清〕李百川《綠野仙蹤》第63回，《古本小說集成》第1輯第129冊《綠野仙蹤》第1505頁，上海：上海古籍出版社，1991。

〔註130〕〔清〕李百川《綠野仙蹤》第44回，《古本小說集成》第1輯第128冊《綠野仙蹤》第1029～1030頁，上海：上海古籍出版社，1991。

〔註131〕〔清〕李百川《綠野仙蹤》第63回，《古本小說集成》第1輯第129冊《綠野仙蹤》第1487～1488頁，上海：上海古籍出版社，1991。

〔註132〕〔清〕李百川《綠野仙蹤》第64回，《古本小說集成》第1輯第129冊《綠野仙蹤》第1523頁，上海：上海古籍出版社，1991。

〔註133〕鄭振鐸《文學大綱》第1396～1397頁，北京：商務印書館，1998。

歲上下，身穿紅青亮紗氅兒，內襯著魚白紗大衫，血牙色紗裙子，鑲著青紗邊兒，頭上挽著個盤蛇髮髻，中間貫著條白玉石簪兒，鬢邊插著一朵鮮紅大石榴花，周周正正極小的一雙腳，穿著寶藍菊壓海棠花鞋，長挑身材，瓜子粉白面皮，臉上有幾個碎麻子兒，骨格兒甚是俊俏，眉稍眼底，大有風情。看來是個極聰明的人。」〔註134〕蕭麻子向金鐘兒介紹溫如玉，金鐘兒見溫如玉「少年清俊，舉動風流，又是大家公子」，對溫如玉「心上甚是動情，眼中就暗用出許多套索擒拿」，〔註135〕很快將溫如玉迷住了，溫如玉竟然將祖屋賣掉拿來嫖宿，「自此後來來往往，日無寧貼，和金鐘兒熱的和火炭一般。逐日家講論的，都是你娶我嫁，盟山誓海的話」。〔註136〕金鐘兒吵鬧著要嫁給溫如玉，幾乎把頭髮剪了。但金鐘兒終究是個娼妓，而且「是個最有性氣、可惡至極的婊子。第一愛人才俊俏，第二才愛銀錢」，〔註137〕她朝秦暮楚，迎新棄舊，溫如玉回家祭母期間，金鐘兒結識了山西太原府的何公子，她見何公子「生得眉目清秀，態度安詳」，便「將愛溫如玉的一片誠心，都全歸在他一人身上」。〔註138〕溫如玉回到試馬坡，她懶得理會溫如玉，甚至當著溫如玉面與何公子調情，白日宣淫，溫如玉忍無可忍，借彈唱嘲罵金鐘兒，還動手打了她，接著拂袖而去。金鐘兒被打了一巴掌，有所醒悟，晚上向何公子提起從良之事，沒想到何公子以「家法最嚴」推諉要，金鐘兒大失所望，何公子突然辭行更讓金鐘兒大為驚異，又恨又氣。何公子一走，她馬上厚著臉要蕭麻子去找回溫如玉。溫如玉不計前嫌，與金鐘兒重歸於好。經過這件事，金鐘兒的思想發生了很大轉變，她對溫如玉有了真感情。她得知溫如玉萬貫家財僅剩七百兩銀子，「兩行痛淚，長長的流將下來」。〔註139〕在第五十二回中，金鐘兒向溫如玉傾吐真情，為兩人將來作打算，她擔心溫如玉「眠花臥柳，

〔註134〕〔清〕李百川《綠野仙蹤》第43回，《古本小說集成》第1輯第128冊《綠野仙蹤》第1004頁，上海：上海古籍出版社，1991。

〔註135〕〔清〕李百川《綠野仙蹤》第43回，《古本小說集成》第1輯第128冊《綠野仙蹤》第1005頁，上海：上海古籍出版社，1991。

〔註136〕〔清〕李百川《綠野仙蹤》第47回，《古本小說集成》第1輯第128冊《綠野仙蹤》第1107頁，上海：上海古籍出版社，1991。

〔註137〕〔清〕李百川《綠野仙蹤》第44回，《古本小說集成》第1輯第128冊《綠野仙蹤》第1033頁，上海：上海古籍出版社，1991。

〔註138〕〔清〕李百川《綠野仙蹤》第47回，《古本小說集成》第1輯第128冊《綠野仙蹤》第1115頁，上海：上海古籍出版社，1991。

〔註139〕〔清〕李百川《綠野仙蹤》第52回，《古本小說集成》第1輯第128冊《綠野仙蹤》第1242頁，上海：上海古籍出版社，1991。

改換心腸」，和溫如玉在當夜四鼓時分到後園內盟誓，「叩拜天地，齧指出血，發了無數的大誓願」。〔註140〕金鐘兒立定志願不再接客，千方百計幫溫如玉考功名，不料遭受挫折，轉移銀兩衣物被苗禿道破，金鐘兒遭到鄭婆子的羞辱毆打，失去了活下去的信心，吞官粉不治身亡。

《綠野仙蹤》中的另一段豔情描寫是第七十九回到八十七回所寫的周璉和齊蕙娘偷情的故事。齊蕙娘的父親齊其家是位老貢生，母親是龐氏，哥哥齊可大，弟弟齊可久。齊蕙娘年已二十歲，尚無夫家，她生的風流俊俏，「其人才還不止十分全美，竟於十分之外要加出幾分，亦且甚是聰明，眼裏都會說話」。〔註141〕周璉見齊蕙娘肩若削成，腰若約素，羅襪生塵，凌波微步，愛上了齊蕙娘：「我從今後，活不成了！」他下決心把她弄到手：「我父母止生我一個，家中現有幾十萬資財，我便捨上十萬兩銀子，也不愁這女兒不到我手！」〔註142〕周璉為結識齊蕙娘，花大錢買下她家隔壁的房子作書房，又與其齊可大結拜為兄弟。齊蕙娘明白周璉的用心。她在房內偷窺周璉，見周璉生得甚是美好，心想：「婦人家生身人世，得與這樣個男子同睡一夜，死了也甘心！」〔註143〕周璉見齊蕙娘滿身粗布衣服，心上甚是憐惜：「豈有那樣麗如花、白如玉的人兒，日夜用粗布包裹？可惜將極細極嫩的皮膚，都被粗布磨壞。」他叫人「用雜色綢子，棉、單、夾三樣，每一樣各做四件」送去。〔註144〕蕙娘心裏感激，「也知周璉已有妻室，是沒別的指望，只有捨上這身子，遇個空隙，酬酬他屢次的厚情」。〔註145〕

小說寫周璉和齊蕙娘第一次歡會：

> 只見周璉已跳在炕上面，一步步走了下來。到蕙娘面前，先是
> 深深一揖，用兩手將蕙娘抱住，說道：「我的好親妹妹，今日才等著

〔註140〕〔清〕李百川《綠野仙蹤》第 52 回，《古本小說集成》第 1 輯第 128 冊《綠野仙蹤》第 1247 頁，上海：上海古籍出版社，1991。

〔註141〕〔清〕李百川《綠野仙蹤》第 79 回，《古本小說集成》第 1 輯第 129 冊《綠野仙蹤》第 1917 頁，上海：上海古籍出版社，1991。

〔註142〕〔清〕李百川《綠野仙蹤》第 79 回，《古本小說集成》第 1 輯第 129 冊《綠野仙蹤》第 1923～1924 頁，上海：上海古籍出版社，1991。

〔註143〕〔清〕李百川《綠野仙蹤》第 80 回，《古本小說集成》第 1 輯第 129 冊《綠野仙蹤》第 1942 頁，上海：上海古籍出版社，1991。

〔註144〕〔清〕李百川《綠野仙蹤》第 80 回，《古本小說集成》第 1 輯第 129 冊《綠野仙蹤》第 1945～1946 頁，上海：上海古籍出版社，1991。

〔註145〕〔清〕李百川《綠野仙蹤》第 80 回，《古本小說集成》第 1 輯第 129 冊《綠野仙蹤》第 1949～1950 頁，上海：上海古籍出版社，1991。

你了！」蕙娘滿面通紅，說道：「這是甚麼地方？」話未完，早被周璉扳過粉項來，便親了兩個嘴，把舌頭狠命的填入蕙娘口中亂攪。蕙娘用雙手一推，道：「還不快放手！著我爹媽看見，還了得！」周璉道：「此時便千刀萬剮，我也顧不得。」說著，把蕙娘放倒在地，兩手將褲兒亂拉。蕙娘道：「你就要如此，你也將門拴兒扣上著。」周璉如飛的起去，把門拴兒扣上，將蕙娘褲兒從後拉開，把兩腿一分，用手摸著惠娘陰戶，挺陽物往內直入。蕙娘含著羞，忍著疼，只得讓周璉欺弄，濡研了十數下，方才將龜頭全入。蕙娘疼痛的了不得，用兩手推著周璉道：「我不做這事了，饒我去罷。」周璉也不言語，先將自己的舌尖送入蕙娘口中，隨即縮回。蕙娘也將舌尖送入，讓他吮哂。周璉挺陽物，淺五分，深一寸，往內連塞。蕙娘初經雲雨，覺得裏面如火燒著的一般，甚是難忍難受。只因心上極愛周璉，便由他行兇。將兩腿夾的死緊，口中亂說「罷了，罷了！」堪堪的日色出來，蕙娘道：「使不得了。」周璉道：「我還有四五分長短，沒有弄進去，弄進去了就完了。你只將兩腿放開些，我立刻完事。」蕙娘恐怕工夫大了，有人來，只得兩腿一開，周璉趁空兒用力一挺，直送至根。〔註146〕

小說描寫蕙娘和周璉發生關係後的心理活動：

呆呆的坐在床上，思想方才的事，竟是第一苦事，不是甚麼好吃的果子。又想昨日送木炭，這就是他的調度，安心要破壞我。只是他怎知道我家夾道內放柴炭？豈非奇絕？又想了想，身子已被他破去，久後該作何結果？用手在陰門上一摸，還是水漬漬的，兩片大開著，不是從前故物。心下又羞愧起來。往常思念周璉，還有住時，今日不知怎麼，就和周璉坐在心上、睡在心上一般。晚間睡在被內，想那臨去的話兒，著他早些去，又想起那般疼痛，有些害怕。翻來覆去，到三鼓往過才睡著。〔註147〕

蕙娘和周璉第二次交合，感受到了性愛的樂趣：

蕙娘見周璉已在牆頭，也不答應，將門兒急忙拴了。不想周璉

〔註146〕〔清〕李百川《綠野仙蹤》第81回，《古本小說集成》第1輯第130冊《綠野仙蹤》第1960～1961頁，上海：上海古籍出版社，1991。

〔註147〕〔清〕李百川《綠野仙蹤》第81回，《古本小說集成》第1輯第130冊《綠野仙蹤》第1965～1966頁，上海：上海古籍出版社，1991。

早預備下個燈籠，點在牆那邊。先向炭堆上丟下一個褥子，一個枕
頭，跳過牆來，和燈籠都安放地下。然後走到蕙娘跟前，用雙手抱
起，放在褥子上，著了枕頭，也顧不得說話，將褲兒拉下，分開蕙
娘的兩腿，卻待將陽物插入。蕙娘道：「你斷不可像昨日那樣羅咩，
我實經當不起。」周璉連連吃嘴道：「我今日只管著你如意。」說著，
將陽物徐徐插入，便不是昨日那樣艱澀。蕙娘蹙著眉頭，任他戲弄。
口中柔聲嫩語哀告著，只教弄半截。周璉在燈下，看著他的容顏，
又聽著他這些話兒，越發性不可過。〔註 148〕

蕙娘由此愛上了周璉，一心想嫁給他：

回到外房，見他父親正穿衣服，他媽還睡在被內。急急的幾步，
走入內房，將紅鞋脫去，換了一雙寶藍鞋穿了。小女廝與他盛了麵
湯，梳洗畢，呆呆的坐在床上，思索那交媾的趣味，不想是這樣個
說不來的受用，怪道婦人家做下不好的事，原也由不得。又想著普
天下除了周璉，第二個也沒這本領。從此一心一意要嫁周璉。拿定
他母親，是千說萬依的。只是他父親話斷無望。〔註 149〕

在齊蕙娘與周璉的關係中，齊蕙娘的母親龐氏起了很大作用。龐氏貪財。
周璉為接近蕙娘，常邀她的兩個兄弟來家玩耍吃飯，還送些物事，這些恩惠
讓龐氏「喜歡的無地縫可入，日日嚷鬧著教貢生設席請周璉」。〔註 150〕她得知
周璉要和齊可大結拜為兄弟時，更喜出意外，丈夫齊貢生不同意，她撒潑相
逼：「你若說半個不字，我與你這老怪，結斗大的疙瘩，誓不兩立！」她看
到周璉所送緞衣、羊酒及金珠首飾等物，「愛的屁股上都是笑，全行收下」。
〔註 151〕龐氏得知女兒蕙娘與男人偷情，恨得「將上下牙齒咬的亂響」，當得
知對方是周璉時，「將一肚皮氣惱盡付東流，不知不覺的就笑了」。〔註 152〕她

〔註 148〕　〔清〕李百川《綠野仙蹤》第 81 回，《古本小說集成》第 1 輯第 130 冊《綠
　　　　　野仙蹤》第 1967～1968 頁，上海：上海古籍出版社，1991。
〔註 149〕　〔清〕李百川《綠野仙蹤》第 81 回，《古本小說集成》第 1 輯第 130 冊《綠
　　　　　野仙蹤》第 1971 頁，上海：上海古籍出版社，1991。
〔註 150〕　〔清〕李百川《綠野仙蹤》第 80 回，《古本小說集成》第 1 輯第 129 冊《綠
　　　　　野仙蹤》第 1937 頁，上海：上海古籍出版社，1991。
〔註 151〕　〔清〕李百川《綠野仙蹤》第 80 回，《古本小說集成》第 1 輯第 129 冊《綠
　　　　　野仙蹤》第 1939～1940 頁，上海：上海古籍出版社，1991。
〔註 152〕　〔清〕李百川《綠野仙蹤》第 83 回，《古本小說集成》第 1 輯第 130 冊《綠
　　　　　野仙蹤》第 2018～2019 頁，上海：上海古籍出版社，1991。

還教唆女兒自薦枕席，索要財物、字據，並叮囑道：「此後與你銀子，不必要他的。你一個女兒家，力最小，能拿他幾兩？你只和他要金子。我再說與你，金子是黃的。」〔註153〕蕙娘按她的交待，如願以償，龐氏不爲女兒失身難過，反倒爲得銀子狂喜不已，認爲很「值得」：

> 龐氏聽一句笑一句，打開錢包細看，一封是三五兩大錠，那兩封都是五六錢、七八錢雪白小錠，龐氏攢起一把來，愛的鼻子上都是笑，倒在包內，叮噹有聲，看了大錠，又看小錠，搬弄了好大一會。見小兒子醒來問他，他才收拾起來，笑向惠娘道：「俺孩兒失身一場，也還失的值，不像人家那不爭氣的，一文不就，半文就賣了。」
> 〔註154〕

蘇氏前來說媒，將四錠紋銀放在龐氏面前，龐氏「驚的心上亂跳，滿面笑色」，她見蘇氏將銀子放在針線筐裏，喜歡得「心內都是奇癢」。〔註155〕後來周璉明媒正娶的妻子何氏被逼身亡，周璉與齊蕙娘最後結爲夫妻，這與小說戲曲中男女私情的結局有很大不同。

〔註153〕〔清〕李百川《綠野仙蹤》第83回，《古本小說集成》第1輯第130冊《綠野仙蹤》第2021頁，上海：上海古籍出版社，1991。

〔註154〕〔清〕李百川《綠野仙蹤》第83回，《古本小說集成》第1輯第130冊《綠野仙蹤》第2031頁，上海：上海古籍出版社，1991。

〔註155〕〔清〕李百川《綠野仙蹤》第82回，《古本小說集成》第1輯第130冊《綠野仙蹤》第2001～2002頁，上海：上海古籍出版社，1991。

第七章 《蜃樓志》：世俗化情慾描寫的時代意義

　　《蜃樓志》是《紅樓夢》之後寫得最好的一部世情小說。《蜃樓志》共二十四回，嘉慶九年（1804）本衙藏板本內封框內中欄大字題「蜃樓志」，首有《蜃樓志小說序》。正文第一回卷端題「庾嶺勞人說，禺山老人編」，書末署「虞山衛峻天」刻。嘉慶十二年（1807）刊本首有羅浮居士序，正文第一回題「庾嶺勞人說，禺山老人編」。作者真實姓名及生平事蹟不詳。小說卷首羅浮居士序說：「勞人生長粵東，熟悉瑣事，所撰《蜃樓志》一書，不過本地風光，絕非空中樓閣也。」〔註1〕可知作者是廣東人。現代學者戴不凡認為《蜃樓志》作者應是吳地人，石昌渝認為作者或為浙江人，生長在廣東。一種說法是《蜃樓志》作者為《小豆棚》的作者曾衍東，曾衍東《小豆棚》中的人物性格、情節設置與思想傾向和《蜃樓志》相似、相通的地方。《蜃樓志》第一回的回首詩曰：「捉襟露肘興闌珊，百折江湖一野鷴。傲骨尚能強健在，弱翮應是倦飛還。春事暮，夕陽殘，雲心漠漠水心閒。憑將落魄生花筆，觸破人間名利關。」〔註2〕最後一回的回首詩曰：「心事一生誰訴，功名半點無緣。欲拈醉筆譜歌弦，怕見周郎覷覥。妝點今來古往，驅除利鎖名牽。等閒拋擲我青年，別是一般消遣。」〔註3〕可知作者是一個厭棄功名的落魄寒士，久困場屋，看破了世間名利。

〔註 1〕〔清〕庾嶺勞人《蜃樓志》，太原：山西人民出版社，1993。
〔註 2〕〔清〕庾嶺勞人《蜃樓志》第 1 頁，太原：山西人民出版社，1993。
〔註 3〕〔清〕庾嶺勞人《蜃樓志》第 292 頁，太原：山西人民出版社，1993。

一、《蜃樓志》的「志蜃樓」之意

　　《蜃樓志》以鴉片戰爭前夕的廣州為背景，以洋行商總蘇萬魁及其子蘇笑官兩代人的悲歡離合、興衰遭際為主線，以俠士姚霍武的起義和惡僧摩勒的作亂為緯線，交織而成。十三洋行商總蘇萬魁及其子蘇吉士與關督赫致甫的矛盾衝突是主線，幾乎貫穿始終。小說寫十三洋行總商蘇萬魁被新任關差赫廣大藉故敲詐，託人說情，交了三十萬兩銀子才了事。他急流勇退，辭了商總之職，在花田築屋而居。由於喬遷和為獨子娶親時太過招搖，引強盜上門，蘇萬魁驚嚇而死。蘇萬魁的兒子蘇吉士看破了父親一生受銀錢之累，將債戶招來，當面焚毀了所有債券。時值大旱，米價騰貴，蘇吉士又將積年剩糧十三萬石平糶。蘇吉士拜李匠山為師，與申蔭之、烏岱雲、溫春才同窗讀書，但他對科舉功名不在意，喜親近女色。他在鹽商溫仲翁的次女蕙若早已定親，在溫家讀書時又勾搭上了溫仲翁的長女素馨。後來他遇見烏必雲之女小喬，又叫丫環也雲牽線，勾搭上了小喬。赫廣大硬聘小喬為妾，蘇吉士無奈，只能懷恨在心。赫廣大把持海關，濫施淫威。施延年之父被赫廣大逼勒自盡，無錢埋葬，欲賣其妹施小霞，蘇吉士得知後慷慨解囊，小霞感恩，願以身相許。蘇吉士後來與蕙若、小霞相繼成親。赫廣大家裏奉養自稱能求子的魔僧摩勒，後被摩勒拐走姬妾財物，赫廣大乘機尋隙，出票拿人，蘇吉士曾與摩勒有瓜葛，去清遠避難，途中被一夥強人劫到山寨，山寨之主姚霍武是蘇吉士父親蘇萬魁當年救濟過的勇士。姚霍武南下投奔任撫標參軍的哥哥，誰知其哥哥與督撫不合，被遠調了。霍武在路途中看不慣貪官酷吏逼死人命，打抱不平而遭監禁，後得知哥哥被督撫誣陷通海盜而遭斬，霍武越獄起事，落草為寇。蘇吉士拿出李匠山託他帶來的信，姚霍武接受李匠山在信中的勸告，接受了招安，為朝廷出力，剿平了勾結洋匪的摩勒，收復了潮州。蘇吉士因招降姚霍武有功，被朝廷授予官職，但他不願做官，情願以中書職銜家居，與眾妻妾過著陶情詩酒的風流生活。

　　小說通過蘇吉士與社會各階層往來、李匠山北上應試、姚霍武南下尋親展開了廣闊的社會圖景。通過李匠山和姚霍武的所見所聞，廣泛地暴露了吏治的黑暗，揭示了政治昏亂、民不聊生的根源。小說中描寫的「洋匪」隱患和姚霍武被逼起義的現實，讓人嗅到了社會變革的氣息。

　　《蜃樓志》的故事雖假託明代嘉靖年間，實際上反映了乾嘉之際社會面貌，使人感到山雨欲來的徵兆。小說名為《蜃樓志》，「蜃樓志」即「志蜃樓」

之意。小說卷終寫李匠山與蘇吉士、姚霍武飲酒話別，李匠山感歎：「人生
聚散，是一定之勢，是偶然之理……天下的事，剝復否泰，那裡預定得來？」
〔註4〕認爲人生如海市蜃樓，流露出悲觀失望的情緒，表現出一種幻滅感。

　　《蜃樓志》第一次塑造了正面的洋商形象，「作者把洋商完全作爲正面人
物加以稱頌，這是前此世情小說書中不多見的。他讚賞蘇萬魁『人才出眾』，
同情他『急流勇退』的選擇。對蘇吉士，更傾注了無限讚揚之情。第二十二
回卷首詞說他『儒雅溫存，輕財好客』，『豪氣干雲』，是個『年少終軍』。這
雖然言過其實，但如此歌頌一個青年洋商，則是值得注意的」。〔註5〕其對洋
商日常生活的描寫，對澆薄世風的反映，繼承了《金瓶梅》《紅樓夢》的寫實
傳統，其諷刺筆法受到《儒林外史》的影響，對後來的譴責小說有很大影響。
鄭振鐸評論《蜃樓志》：「因所敘多實事，多粵東官場與洋商故事，所以寫來
極爲眞切；無意於諷刺，而官場之鬼域畢現，無心於謾罵，而人世之情僞皆
顯。在這一方面，他是開創了後來《官場現形記》、《二十年目睹之怪現狀》
諸書之先河。」〔註6〕戴不凡《小說見聞錄》對其評價頗高：「自乾隆後期歷
嘉、道、咸、同以至光緒中葉這一百多年間，的確沒有一部小說能超越它。」
〔註7〕《蜃樓志》融世情、才子佳人、英雄傳奇、神魔、豔情等多種題材爲一
體。張俊先生在《清代小說史》中說：「即使如《蜃樓志》，寫洋商生活，效
法《金瓶梅》，著意描寫『男女居室之私』、『宵小竊發之端』，表明作者對人
情世態的認識，但作品寫義士姚霍武的起事、惡僧摩刺的作亂，又沿用了英
雄傳奇、神怪和武俠小說中的一些情節和手法。同時書中又以不少筆墨渲染
蘇吉士的豔遇和赫廣大的漁色、摩刺的奇淫，也受到了前期淫詞豔曲的影響。
書中曾多次提及《燈月緣》《趣史》和《快史》等豔情小說，反映出作者對這
些作品的迷戀。而對蘇吉士及其周圍女子詠詩聯吟的描寫，又在有意仿傚才
子佳人小說，以顯示其才情。」〔註8〕

二、蘇吉士形象的典型意義

　　《蜃樓志》塑造了形形色色的人物形象，其中最主要的人物形象是男主

〔註4〕〔清〕庾嶺勞人《蜃樓志》第300～301頁，太原：山西人民出版社，1993。
〔註5〕張俊《清代小說史》第291頁，杭州：浙江古籍出版社，1997。
〔註6〕鄭振鐸《中國文學研究》第1294頁，北京：作家出版社，1957。
〔註7〕戴不凡《小說聞見錄》第277頁，杭州：浙江人民出版社，1980。
〔註8〕張俊《清代小說史》第277頁，杭州：浙江古籍出版社，1997。

人公蘇吉士。蘇吉士的塑造受《金瓶梅》《紅樓夢》的啟發，與西門慶、賈寶玉有相通之處，但又有著西門慶、賈寶玉所沒有的因素，小說中寫蘇吉士「富埒王侯，貌欺潘、宋，恂恂儒雅溫存。輕財好客，豪氣欲干雲」，〔註9〕財富、美貌、風度、輕財、豪氣眾美兼備，是作者塑造的理想人物形象，體現了作者對人生道路的探索。

蘇吉士和《金瓶梅》中的西門慶一樣好色，小說中說蘇吉士「是見不得女人的朋友」，〔註10〕甚至他往清遠逃難時，妻妾們還讓也雲女扮男裝跟隨著他，因為她們「大爺是少不得女人服侍的」。〔註11〕《蜃樓志》中用大量筆墨描寫了蘇吉士在情場上的追逐。他在溫家讀書時，先後與溫素馨姐妹兩人食禁果。溫素馨小時便與蘇吉士認識，她愛慕蘇吉士美貌，父母將她的妹妹許配給蘇吉士，她心有不甘，便主動勾搭蘇吉士。小說第四回詳細描寫了蘇吉士與溫素馨幽會偷歡、偷嘗禁果的過程：

> 笑官拿了一床溫柔被褥，悄出園門，來至軒中。喜得月上紗窗，軒中照得雪亮。將被褥好好的放在榻上，候了一會，雖然色膽如天，卻也孤棲動念，走出軒中，望玩荷亭一路迎將上去。遠遠的望見人影，笑官忙喊姐姐，卻不做聲，過前細看，方知是沁芳橋畔的垂楊樹影，倒吃了一驚。又慢慢走過迎春塢邊，剛剛素馨走到。笑官如獲至寶，雙手攬住，說道：「我的好姐姐，難為好姐姐了。」素馨輕輕的說道：「低聲些。」兩人攜手同入軒中，笑官將他抱住，偎著臉道：「姐姐臉都涼了。」即替他解了上下衣裙，月光射著肌膚，分外瑩白。細細摩玩一番，說道：「姐姐，人都說月下美人，卻不曉得月下美人下身的好處哩。」便欲解他褲子。這素馨推開他手，竟往被裏一鑽。笑官忙脫衣褲，掀進被來，兩手抱住，真是玉軟香溫，嬌羞百態，好好的褪下小衣，騰身而上。素馨蹙著雙眉，顫篤篤承受：

> 軒幽人悄月正斜，俏多才，把奴渾愛煞。奴蓓蕾吐芽，豆蔻含葩，怎禁他浪蝶狂蜂，緊啃著花心下。奴又戀他，奴又恨他。告哥哥，地久天長，今宴將就些兒罷。

〔註 9〕 〔清〕庾嶺勞人《蜃樓志》第 271 頁，太原：山西人民出版社，1993。
〔註 10〕 〔清〕庾嶺勞人《蜃樓志》第 71 頁，太原：山西人民出版社，1993。
〔註 11〕 〔清〕庾嶺勞人《蜃樓志》第 214 頁，太原：山西人民出版社，1993。

　　　　笑官初入佳境，未免賈勇無餘，不消半刻時辰，早已玉山傾倒。
於是揩拭新紅，互相偎抱。笑官道：「姐姐，你爲什麼不言語？今夜
不是我在這裡作夢麼？」素馨道：「教我說什麼呢？」笑官道：「方
才可好麼？」素馨道：「疼得緊，有什麼好處？」笑官摸著下邊說道：
「這麼一點兒，要放這個下去，自然要疼的。到了第二回就好了。」
素馨捏著他的手道：「不要動了，我們略睡一睡回去罷。」眞個朦朧
睡去。片刻醒轉，笑官欲再赴陽臺，素馨不肯，再三央及不過，只
得曲從。這回駕輕就熟，素馨則款款相迎；覆雨翻雲，笑官則孜孜
不息。春風兩度，明月西歸，忙起身整衣。笑官扶著素馨，送他回
去，再囑明宵。素馨應允，又說：「還有話告訴你：你日間到裏邊來，
須要尊重些，切不可輕狂，被人看出破綻。」笑官道：「我曉得的。」
〔註12〕

　　第六回蘇吉士與素馨分開之後，拿丫頭解渴，他趁父親不在家，先後與
兩個丫頭楚腰、岫煙交合：

　　　　原來這巫雲在眾丫頭中最爲姣麗，笑官久已留心。毛氏因他年
紀大了，怕他引誘笑官，所以不叫他作伴。這裡兩個丫頭楚腰、岫
煙，都是中材之貌。聽得笑官喚茶，岫煙推楚腰上去，楚腰道：「他
喚巫雲，不喚你我。」笑官喚了兩回，岫煙只得倒茶遞上。……笑
官赤身跳下床來，一把拿住，剝個精光，一同入被，說道：「你今年
幾歲了」岫煙道：「奴十四歲了。」笑官道：「傻丫頭，十四歲還不
懂事！且試試看，我也不是童男子，你權做巫雲。」這丫頭只得咬
牙忍受。到了次日，楚腰也難免這一刀。也就算笑官少年罪孽。三
人纏了四五夜，萬魁已自回家，笑官仍舊搬出去。〔註13〕

　　不久溫素馨與烏岱雲偷情，疏遠了蘇吉士，蘇吉士到烏必元家拜年，又
喜歡上了烏小喬。在第七回中，他許諾以錢酬謝，讓丫頭也雲從中撮合，在
烏小喬的哥哥烏岱雲大婚期間，與烏小喬發生了關係，得以如願：

　　　　小喬點頭，一手扶著梅樹，一手往上摘那小小的青梅。樹枝扳
到屋邊，笑官早已看見，忙走出來說道：「烏姐姐，不要縶了手，我
來替姐姐摘幾顆罷。」小喬驀然聽見，也覺一驚，回頭見是笑官，

〔註12〕　〔清〕庾嶺勞人《蜃樓志》第40～41頁，太原：山西人民出版社，1993。
〔註13〕　〔清〕庾嶺勞人《蜃樓志》第72頁，太原：山西人民出版社，1993。

便笑嘻嘻的說道：「原來蘇家哥哥在此。」意欲轉身，笑官扯他進閣，小喬並不做聲，只是憨憨的笑。笑官即將他抱至裏邊，置諸膝上，盈盈嬌小，弱不勝衣，摸至胸前，新剝雞頭，著手欲滑。順手解他褲帶，隆隆墳起，柔嫩不毛。因擁至榻前，如此如此。小喬初還憨笑，繼則攢眉，他最不曉得這事有這般苦楚。笑官亦憐惜再三，溫存萬態，草草成章。卻好也雲走進，笑官叫他好好扶小姐回房，自己也便出外。晚上與也雲計較，悄地開了後門，至黃昏人靜，竟到他閨中，三人暢敍。〔註14〕

　　烏必元爲了討好海關關差赫廣大，把女兒烏小喬送給赫廣大做妾，蘇吉士又開始了與施小霞的豔遇故事。施小霞的父親施材被關差逼死，蘇吉士慷慨解囊，幫助施材家眷，事後施小霞委身還恩。蘇吉士從和尚那裏得到金丹，與施小霞淫樂。在與溫蕙若結婚後，小喬因赫廣大事發，又回到蘇吉士身邊，蘇吉士又娶了施小霞，收了巫雲、也雲兩個丫頭，巫雲，共擁有一妻四妾。與蘇吉士發生過性關係的女子，最後多歸於其門下。另外他還包養了茹氏、冶容等女人。茹氏是疍民竹理黃的妻子，竹理黃一夥設下美人計，想敲詐蘇吉士，茹氏憎恨竹理黃的卑鄙行爲，愛慕蘇吉士，幫蘇吉士逃離了竹理黃的陷阱。後來竹理黃拋棄茹氏，茹氏生活陷入困境，蘇吉士接濟茹氏，與茹氏發生了關係。

　　蘇吉士四處留情，與西門慶極爲相似。但蘇吉士對女性的態度又與西門慶不同。《金瓶梅》中的西門慶對女性大都有性無愛，追求肉慾，將女性當作泄慾工具，喜歡對女性進行性施虐，如第二十七回「李瓶兒私語翡翠軒，潘金蓮醉鬧葡萄架」中，西門慶將潘金蓮雙腳弔在葡萄架上虐待，第六十一回「西門慶乘醉燒陰戶，李瓶兒帶病宴重陽」中，西門慶與王六兒淫亂時，在她身上燒了三處香。蔣竹山說西門慶是「打老婆的班頭，坑婦女的領袖」。蘇吉士對女性比較體貼，好色而不乏眞情。溫素馨說他「那一種溫存的言語，教人想殺」。〔註15〕也雲說他是「人物風流，性情和順」。〔註16〕蘇吉士雖好色卻不沉迷於色，也沒有西門慶那種強烈的佔有慾。蘇吉士跟素馨先有私情，後來素馨移情於烏岱雲，蘇吉士雖然心裏難過，但對烏岱雲沒有奪妻之恨，

〔註14〕〔清〕庾嶺勞人《蜃樓志》第81～82頁，太原：山西人民出版社，1993。
〔註15〕〔清〕庾嶺勞人《蜃樓志》第26頁，太原：山西人民出版社，1993。
〔註16〕〔清〕庾嶺勞人《蜃樓志》第81頁，太原：山西人民出版社，1993。

烏岱雲的父親向他借錢爲烏岱雲和素馨完婚時，他慨然允諾。溫素馨與烏岱雲結婚後，遭到打罵，被趕回娘家，蘇吉士知道後沒有幸災樂禍，而是爲她傷感。

在第八回中，施小霞父親施材被赫致甫逼迫自殺，施家要賣女葬父，蘇吉士出於義氣和同情，送銀子給施家，使施材得以安葬，施家要把女兒送給他爲妾以報恩，他義正詞嚴加以拒絕：「表姐閥閱名媛，豈可辱爲妾媵？這事斷不敢領命！」〔註 17〕施家執意把女兒送與他爲妾，蘇吉士也喜歡施小霞，也就順水推舟成就了好事。第十五回中，蘇吉士被敲詐，茹氏因爲愛慕蘇吉士，把他安置在隔壁時家。他見順姐容貌姣好，意欲調戲，順姐正色說：「我見大爺志誠君子，所以不避嫌疑。男女授受不親，怎好這般相狎？」〔註 18〕蘇芳臉紅耳漲，恭敬地坐下，以禮相待，後來他極力爲順姐撮合婚姻，還幫她置辦嫁妝。蘇吉士不是把女子當玩物，他尊重女性的人格與感受，對女性重情重義。第二十回中，蘇吉士得知他的情婦冶容與下人杜寵有染，一開始也覺著惱：「此事如何處置？如今將這杜寵攆了，卻也不難，只是難爲他兩番好意。」轉念一想：「那紅拂故事，傳爲美談，他雖比不得李藥師，我難道學不得楊越公麼？況路旁之柳，何足介懷！」他經過三思後成全了他們，拿出三百兩銀子給茹氏，轉賣冶容給杜寵爲妻。他後來又勸茹氏轉嫁。他與烏小喬有了私情，烏小喬的父親爲了討好上司赫致甫，要把女兒送給赫致甫做妾，烏小喬要以死抗爭，蘇吉士趕忙勸阻。他讓烏小喬暫且嫁過去，以後有機會再和她重圓。後來烏小喬被赫致甫趕出發賣，蘇吉士買得回家，重續舊緣。蘇芳並非西門慶般的一味貪色好淫。第二十四回中，摩剌被平定之後，申公要將摩剌之前拐走的赫廣大的二姬送給蘇吉士，蘇吉士拒絕說：「不敢瞞大人，晚生已有一妻四妾，再不能構屋貯嬌，蹈赫公覆轍。」〔註 19〕

蘇吉士和賈寶玉有很多相似之處，他們都長相俊美，溫柔多情，不看重功名富貴。蘇吉士對女性的體貼、憐惜與《紅樓夢》中的賈寶玉有相似之處。素馨是蘇吉士的情人，曾發誓非蘇吉士不嫁，但她水性楊花，投入了烏岱雲的懷抱，與烏岱雲定了親。蘇吉士得知這個消息，先是震驚、憤慨，很快平

〔註 17〕〔清〕庾嶺勞人《蜃樓志》第 94 頁，太原：山西人民出版社，1993。
〔註 18〕〔清〕庾嶺勞人《蜃樓志》第 189 頁，太原：山西人民出版社，1993。
〔註 19〕〔清〕庾嶺勞人《蜃樓志》第 292 頁，太原：山西人民出版社，1993。

靜下來，反而替素馨著想：「他是女孩兒家，怎能自己做主？他父母許下，料也無可如何了。只怪我生了這場瘟病，示得一些不知，不曉得他還怎樣怪我呢，我如何反去怪他！」〔註20〕素馨婚後受到烏岱雲凌辱，蘇吉士又盡力幫助素馨。蘇吉士對很多女性都是如此，所以眾女子都鍾情於他，一旦與他發生關係，對他忠心不二。

蘇吉士像賈寶玉一樣喜歡女孩子，但不像賈寶玉那樣癡情純情。賈寶玉極少與女性發生性關係，有愛無性，婚前只和襲人交合過，他對女性更多的是「意淫」。蘇吉士卻有著強烈的性慾，他先後與十多位女性發生性關係。蘇吉士對性愛的態度，既不同於賈寶玉的「意淫」，又有別於西門慶的淫濫。他像賈寶玉那樣能夠憐香惜玉，對女子關懷備至，體貼入微。在某種程度上，蘇吉士賈寶玉和西門慶的結合。

值得注意的是蘇吉士對財富和功名的態度，在這點上蘇吉士與西門慶完全不同，與賈寶玉也有所區別。蘇吉士是洋商之子，比較精明。他愛錢，但生財有道，不像西門慶那樣巧取豪奪。他認為錢財是身外物，沒有性命和女人重要，在金錢上表現得慷慨大方。對財的態度，蘇吉士與其父蘇萬魁不同。第一回中，赫廣大勒索洋商錢財五十萬，揚言如不送錢就將洋商關到南海縣監裏去，蘇吉士勸蘇萬魁：「父親許了他，五十萬待孩兒去設法，性命要緊。」蘇萬魁喝道：「胡說！難道發到南海就殺了不成！」〔註21〕蘇萬魁受到這次勒索之後，吸取教訓，決定急流勇退，他對李匠山說：「小弟開這洋行，跟著眾人營運，如今衣食已自有餘，一個人當大家的奴才，真犯不著，況且利害相隨，若不早求自全，正恐身命不保。」〔註22〕蘇吉士對財富有自己的看法：「我父親直怎不尋快活，天天戀著這個洋行的銀子，今日整整送了這十餘萬，還不知怎樣心疼哩。到底是看得銀子太重，外邊作對的很多，將來未知怎樣好。」〔註23〕在父親死後，他認為父親「一生原來都受了銀錢之累」，〔註24〕效法馮諼焚券市義，把農民欠他的銀帳、租帳查封，擇日召集鄉親，將所有借券概行燒毀。他對朋友和親戚更為慷慨大方。蘇吉士為了勾搭烏小喬，賞給也雲一百兩銀子。在第七回中，烏必元借銀三百兩娶兒媳，他爽快地說：「這事容

〔註20〕〔清〕庾嶺勞人《蜃樓志》第 65 頁，太原：山西人民出版社，1993。
〔註21〕〔清〕庾嶺勞人《蜃樓志》第 11 頁，太原：山西人民出版社，1993。
〔註22〕〔清〕庾嶺勞人《蜃樓志》第 19 頁，太原：山西人民出版社，1993。
〔註23〕〔清〕庾嶺勞人《蜃樓志》第 14 頁，太原：山西人民出版社，1993。
〔註24〕〔清〕庾嶺勞人《蜃樓志》第 107 頁，太原：山西人民出版社，1993。

易，老伯要用，明日著人取來就是了。」〔註25〕第十五回中，他為了烏小喬借了一萬三千兩銀子給烏必元還債。烏岱雲、竹理黃等人聯合狀告蘇吉士時。烏岱雲的父親因為蘇吉士幾次慷慨資助，親身到庭為蘇吉士辯護，指責自己的兒子是無理取鬧、藉端生事。第八回中，得知施家落難，蘇吉士「覺得同病相憐，就有個替他填補的意思」，他毫不猶豫拿出三百兩銀子為施家助喪，看見施家房屋窄小，出錢為施家租房子，給了二百兩作為日常用費，之後又給了施小霞一千兩銀子作為過年費用。施家提出以女兒相謝，他義正詞嚴加以拒絕：「不要說你我親情，理應照應，就是陌路旁人，見了此等傷心之事，也要幫補些。」〔註26〕他還幫助時邦臣，接濟茹氏、冶容等，動輒數百兩，從不吝惜。在第二十回中，廣中一帶既值兵戈，又遭亢旱，米價騰湧，蘇吉士分付發糧米八萬石平糶，每石米價三兩六錢，比當時的高價每石少六兩四錢，比舊時平價卻每石多了一兩六錢，這樣八萬石米多賣了十二萬八千銀子。作者議論說：「這雖是吉士積善之處，仔細算來，還是他致富的根基。吾願普天下富翁都學著吉士才好。」〔註27〕

　　少年時期的蘇吉士拜李匠山為師，在溫鹽商家讀書，其父蘇萬魁對他寄子厚望。然而蘇吉士根本無心讀書，而是嬉鬧玩樂，尋花問柳。第八回中，蘇吉士參加鄉試，沒有考中：「那榜發無名，也算是意中之事，不過多吃了几席解悶酒而已。」〔註28〕他並沒有因科場失意而耿耿於懷。在父親死後，他擺脫了束縛，隨心所欲地選擇自己的人生道路，在他看來，讀書做官，沒有在家中守著妻妾喝酒吟詩取樂自在，在第十七回中，他說：「我要功名做什麼？若能安分守家，天天與姐妹們陶情詩酒，也就算萬戶侯不易之樂了。」〔註29〕蘇吉士之所以漠視功名，是受家庭環境影響，蘇吉士出身於商人家庭，又出入於繁華城市廣州，追求個性自由和生活享受，一定程度上沖淡了功名慾望。另一方面，嘉慶前期，伴隨著商品經濟的繁榮，商人地位上升，商人的治生手段得到人們的認同，棄官從商成為一種風氣。而赫廣大的驕橫、申誉的磨難、慶喜的坎坷等讓蘇吉士看到了官場黑暗，也促使他畏懼、疏遠仕途。

〔註25〕〔清〕庾嶺勞人《蜃樓志》第79頁，太原：山西人民出版社，1993。
〔註26〕〔清〕庾嶺勞人《蜃樓志》第92～94頁，太原：山西人民出版社，1993。
〔註27〕〔清〕庾嶺勞人《蜃樓志》第251頁，太原：山西人民出版社，1993。
〔註28〕〔清〕庾嶺勞人《蜃樓志》第98頁，太原：山西人民出版社，1993。
〔註29〕〔清〕庾嶺勞人《蜃樓志》第221頁，太原：山西人民出版社，1993。

蘇吉士雖然不追逐功名，但同官府有著密切聯繫，敬重有眞才實學、讀書做官的人。他通過老師李國棟的關係與申晉交往，又主動與廣州知府上官益元拉上關係。他的妹夫李垣官拜御史，他通過妹夫的關係與工部侍郎袁修建立了良好關係。第十七回寫蘇吉士往清遠逃難，看到卞如玉，爲其才學所折服，覺得卞如玉是個可造之才，將妹妹許配給他，心中暗自盤算：「虧了這班強盜，便宜我得了一個妹丈，將來不在李翰林之下，也算完成我一椿心事，可以告無罪於先人。」〔註30〕他聽見南海主簿苗慶居讀書不如捐官的「高論」後，「氣的默默無言」。〔註31〕姚霍武占山爲王，蘇吉士挺身而出，爲李國棟送招降文書，姚霍武歸順朝廷，赫廣大被查處，摩刺叛亂被平定，大妹夫李垣飛黃騰達，小妹夫卞璧金榜題名，這些都讓蘇吉士很高興。杜寵做了官，臨行前向蘇吉士叩別，蘇吉士諄諄教導：「你雖是個小官兒，也是皇上天恩的，也管著許多百姓，第一不可貪財，第二不可任性……你不見從前這些官，廣府審出實情，一個個分別定罪麼？只有吳同知沒人告他，倒題署了高州府。可見做官的好歹日久自見，再瞞不過民情，最逃不過國法的。」〔註32〕

小說作者在蘇吉士身上傾注了自己的理想，蘇吉士精明強千，有膽有識，仗義疏財。他面對突如其來的災難，表現得很鎮定。他喜歡與讀書人交往，對自己的業師李匠山始終恭恭敬敬。他受命招降姚霍武，配合剿滅摩刺，像傳統的讀書人一樣渴望建功立業，但又能功成身退。他既有富商子弟的紈絝氣，又有多情、博愛的多情公子特點，他身上既有西門慶、賈寶玉的性格成分，又有時代的氣息。他酒色財氣俱全而又能皆不爲其所累，盡情享受生活又持之有節，不求功名富貴而功名富貴自來，妻妾成群而又能家庭和睦。小說第二十四回中，李匠山把蘇吉士說成完人：「惟吉士嗜酒而不亂，好色而不淫，多財而不聚，說他不使氣，卻又能馳騁於干戈荊棘之中，眞是少年僅見，不是學問過人，不過天資醇厚耳。若再充以學問，庶乎可幾古人！」〔註33〕

三、作爲反襯的酒色財氣描寫

與蘇吉士的淫而不濫不同，小說中很多人物縱慾淫濫。關於性，《蜃樓志》中無所不寫，幾乎涉及了豔情小說的所有因素。小說中寫到了房中術、種子

〔註30〕 〔清〕庾嶺勞人《蜃樓志》第 221 頁，太原：山西人民出版社，1993。
〔註31〕 〔清〕庾嶺勞人《蜃樓志》第 257 頁，太原：山西人民出版社，1993。
〔註32〕 〔清〕庾嶺勞人《蜃樓志》第 294 頁，太原：山西人民出版社，1993。
〔註33〕 〔清〕庾嶺勞人《蜃樓志》第 301 頁，太原：山西人民出版社，1993。

術、金丹、「納龍妙法」、閨房媚術，寫到了連床大會、陰陽大戰，寫了偷情、
捉姦、亂倫，寫了口交、同性交，寫到了女人的性饑渴，寫到了性虐待，寫
了出家人在寺廟中姦淫婦女。小説中有對性器官的描寫，如寫蕙若「嫩乳菽
發，嬌蕊葩含，細膩溫柔」，「火齊外吐，珠光內瑩」。〔註34〕故事中穿插了很
多淫穢笑話、葷酒令，引用了一些豔詞俚曲，如第四回用俚曲寫笑官與素馨
第一次交合：「軒幽人悄月正斜，俏多才，把奴渾愛煞。雙蓓蕾吐芽，豆蔻含
葩，怎禁他浪蝶狂蜂，緊啃著花心下。奴又戀他，奴又恨他。告哥哥，地久
天長，今宵將就些兒罷。」〔註35〕第十四回寫妓女唱小曲：「兩個冤家，一般
兒風流瀟灑，奴愛著你，又戀著他。想昨宵幽期，暗訂在西軒下，一個偷情，
一個巡查。查著了，奴實難回話。吃一杯品字茶，嬲字生花，介字抽斜，兩
冤家依奴和了罷！」〔註36〕

　　在寫反面人物時，縱慾被認為是生活糜爛的重要表現。小説中用很多篇
幅寫了新任海關監督赫廣大的貪婪荒淫。赫廣大豔羨廣東富足，花錢活動，
得到這個肥差，他到任的第一件事就是拘捕廣州十三洋行洋商，公然索賄三
十萬兩白銀。赫廣大好色成性，他家中除了正妻之外，還有侍妾十餘人，仍
無法滿足他的性慾。第六回中，赫廣大讓烏必元挑選八名妓女來服侍自己：

　　　　老赫看了稟揭，分付必元外邊伺候，眾女子進西花廳候挑，自
　　　己領了一班姬妾，顛倒簡閲，選得色藝俱佳者四名，琴韻、愛濤、
　　　阿錢、似徽；姿色純粹，未經破瓜者四名，又佳、環肥、可兒、媚
　　　子。餘外的一概發回，賞出一千銀子。將八人分四院居住，各派丫
　　　頭、老婆子伺候，又叫愛妾品娗、品婷二人教習儀制，內賬房總管
　　　品娃，按月各給月銀四兩。老赫慢慢的挨次賞鑒。正是：位置群芳
　　　隨蝶採，不勞鹽汁引羊車。〔註37〕

　　赫廣大還四處打聽粵中美女，強納河泊所官員烏必元的女兒烏小喬為
妾。赫廣大還喜歡男風，在第一回中，他在一日午後姦了僕人任鼎：

　　　　老赫見這孩子是杭州人，年方十四，生得很標緻，叫他把門掩
　　　了，登榻捶腿。這孩子捏著美人拳，蹲在榻上一輕一重的捶。老赫

〔註34〕 〔清〕庾嶺勞人《蜃樓志》第56頁，太原：山西人民出版社，1993。
〔註35〕 〔清〕庾嶺勞人《蜃樓志》第40頁，太原：山西人民出版社，1993。
〔註36〕 〔清〕庾嶺勞人《蜃樓志》第171頁，太原：山西人民出版社，1993。
〔註37〕 〔清〕庾嶺勞人《蜃樓志》第68頁，太原：山西人民出版社，1993。

酒興正濃，厥物陡起，叫他把衣服脫下。這任鼎明曉得要此道了，心上卻很巴結，掩著口笑道：「小的不敢。」老赫道：「使得。」將他紗褲扯下，叫他掉轉身子。這任鼎咬緊牙關，任其舞弄，弄畢下榻，一聲「啊呀」，幾乎跌倒，哀告道：「裏面已經裂開，疼得要死。」老赫笑道：「不妨，一會就好了。」任鼎扶著桌子站了一站，方去開門拿洋攢鍍金銅盆。〔註38〕

赫廣大「因酒色過度，未免精液乾枯」，因而求子心切。在第九回中，烏必元將番僧摩刺推薦給了赫廣大，摩刺用縮陽術騙得了赫廣大的信任：

> 約五六日光景，老赫要窺探他的行蹤，獨自一個潛至他房外，從窗縫裏頭張看。見這和尚在內翻筋頭頑耍，口裏呐呐喃喃的念誦，穿的是一口鍾衲衣，卻不穿褲子，翻轉身來，那兩腿之中一望平洋，並無對象。老赫深為詫異，因走進作禮。摩刺坐下，老赫問道：「吾師做何功課，可好指示凡夫麼？」摩刺道：「老僧有甚功課，不過做大人生男之兆耳。」老赫大喜道：「如此勞神，弟子何以報德！只是方才看見吾師法象，好像女人，卻是什麼原故？」摩刺道：「老僧消磨此物，用了二十年功行，才能永斷情根，若不是稍有修持，我教主怎肯叫我入羅綺之叢、履繁華之境？」老赫信為真確，後來竟供奉在內院，裏頭姬妾都不四避。〔註39〕

摩刺乘機姦淫了赫廣大的姬妾。他假說要傳授品娃求子真言，先將品娃姦淫：

> （品娃）即替他解下衲衣，兩股中真無對象。品娃也脫衣睡下。那摩刺卻騰身上來，將他兩股分開，撲撲的亂撞。品娃倒笑將起來，說道：「佛爺想是魯智深出身，光在這裡打山門則甚？」摩刺道：「不進山門，怎好誦經說法？且看佛爺的法寶。」說時遲，那時快，一條滾熱的東西陡然送進。品娃這驚不小，忙伸手摸去，卻是生根的，並非姓角的先生，覺得內中塞滿，如赤練蛇亂鑽的一般，十分難過。摩刺放開手段，品娃早已神魂蕩漾，不暇致詳，接連丟了兩回，死去重醒。摩刺還不住手，品娃只得兩手按住，再四哀求，摩刺暫且停止。品娃道：「師爺原來有這等本事！但不知向來藏在何處？」摩

〔註38〕〔清〕庾嶺勞人《蜃樓志》第6～7頁，太原：山西人民出版社，1993。
〔註39〕〔清〕庾嶺勞人《蜃樓志》第111頁，太原：山西人民出版社，1993。

剌道：「這是納龍妙法，俗人那知色相有無？」即扯他手來住捏住。
這纖纖玉手，捏來滿滿的一握，兩手上下握住，還剩了一個龜頭。
品娃又驚又愛。……摩剌起身趺坐，默運元功，品娃覺得滿身通暢，
四肢森然……〔註40〕

品娃又引來其他三妾，四人與摩剌群交，小說極力誇大摩剌的性能力，
性經驗豐富的少婦在與摩剌交合後也是苦不堪言：

　　四個團臍夾攻這一根鐵棒，那摩剌怘也作怪，還逼勒著四姬都
遞了降書降表，方呵呵大笑，奏凱而還。這品婭腹痛，品婷攢眉，
品婷立了起來，仍復一交睡倒，雖得了未遇之奇，卻也受了無限之
苦。品嬌道：「這和尚不是人生父母養的，那東西就像銅鐵鑄就一般，
我們那裡攔得住。如今我們這院子裏的丫頭，共有二十幾人，除去
小些的，也還有十五六個，我們一總傳齊了，各領四人，與他拼一
拼，看誰勝誰負。」品娃道：「妹妹不要說癡話，我們向來上陣的還
抵不住他，何況這丫頭們，只怕一槍一個死，何苦作這樣孽。」品
婷道：「姐姐說得是。你我也算慣家，尚且輸了，何況他們？我聞得
東院新來的阿錢，他有什麼法兒，何不叫他來盤問？他要奉承姐姐，
再不敢不說的。倘若我們學會了，就可一戰成功。」〔註41〕

少女桃自芳竟被摩剌強姦而死，第十九回寫摩剌姦淫幼女的場面，借用
了《隋煬帝豔史》第三十一回「任意車處女試春」：

　　當下眾侍女將自芳脫去衣裳，推上雲床。這小小女孩子曉得什
麼？誰料上得床來，兩手不能動彈，兩足高分八字，只急得哀哀痛
哭。兩邊四名侍女執燈高照，各各掩口而笑。摩剌脫了上下衣褲，
走近前來，見這嬌滴滴嫩紅桃子，一縫嫣然，怎不興發？也不問他
生熟，居然闖入桃源。自芳痛得殺豬也似的叫將起來，怎奈手足不
能動移，只得再三求免。摩剌只愛姿容，那憐嬌小？盡放著手段施
展。這自芳始而叫喊，繼則哀求，到後來不能出聲，那摩剌只是盡
情牴觸。三魂渺渺，早已躲向泉臺；萬劫沉沉，那復起升色界。可
憐絕世佳人，受淫夭死。〔註42〕

〔註40〕　〔清〕庾嶺勞人《蜃樓志》第112～113頁，太原：山西人民出版社，1993。
〔註41〕　〔清〕庾嶺勞人《蜃樓志》第113～114頁，太原：山西人民出版社，1993。
〔註42〕　〔清〕庾嶺勞人《蜃樓志》第240頁，太原：山西人民出版社，1993。

摩剌佔據潮州後，恣意姦淫，戰鬥力大減：「自己肆意鯨吞，患情狼藉，恃著他會默運元功，納龍吞吐。誰料精神有限，美色無窮，漸漸運氣之法不靈。」〔註43〕最後被殺死在床上，作者感歎：「不是干戈擒壯士，卻緣衽席殺英雄。」〔註44〕

小說中充斥著對超常性能力、性器官的崇拜。小說稱男性碩大的性器官為「風流妙具」。在第六回中，笑官偷窺烏岱雲和溫素馨性交，看到烏岱云「棒槌樣的東西」，自慚形穢，明白了素馨冷落自己的原因：

> 到了傍晚，看見岱雲園中去了，他便慢慢的跟尋。走到軒旁，聽得有人言語，因趲至後邊細聽，只聽得說道：「不要盡命的用力，前一回因你弄得太重了，你妻子疼了半夜，小腹中覺得熱剌剌的，過了兩天才好。」又聽得說道：「不用點力有什麼好處？明年娶你回家，還有許多妙法教你。」笑官想道：「果然有此原故！」因好好向窗縫中望去，只見素馨仰躺在炕沿上，岱雲站在地下，著實的大往小來，看了這棒槌樣的東西，也就自慚形穢，想道：「怪不得素馨這般冷落我。他們既為夫婦，我又何必管他，我只守著我蕙妹妹罷，不要弄到尋獐失兔了。快回轉書房，稟過先生，回家要緊。」〔註45〕

第八回寫笑官服用了摩剌送的先天丸，當晚三更時候到施家找小霞試用：

> 小霞搬出幾個碟子，兩人接膝飲酒。笑官暗暗將先天丸嚼化入口，覺得氣爽神清，那一股熱氣從喉間降至丹田，直透尾閭，覺腿間岸然自異，即摟住小霞，叫他以手捫弄。小霞以手摸去，早吃了一驚，解開看時，較前加倍。小霞細細盤問，笑官一一告訴，囑他不可洩漏機關。又吃了幾杯急酒，解衣就枕。太阿出匣，其鋒可知，慢慢的挨了一回，方覺兩情酣暢。從此，笑官已成偉男，小霞視為尤物，落得夜夜受用。〔註46〕

第二十二回寫杜寵服過先天丸，變得「厥物苗條，光彩奪目」，於是與摩剌的姬妾侍女輪流交媾：

> 那侍女們已把杜寵扯拽將來。一時那品嬌等三人都到，酒已擺上，山珍海錯，羅列滿前。四人叫杜寵旁坐，侍女斟上酒來，各人

〔註43〕〔清〕庚嶺勞人《蜃樓志》第272頁，太原：山西人民出版社，1993。
〔註44〕〔清〕庚嶺勞人《蜃樓志》第288頁，太原：山西人民出版社，1993。
〔註45〕〔清〕庚嶺勞人《蜃樓志》第66～67頁，太原：山西人民出版社，1993。
〔註46〕〔清〕庚嶺勞人《蜃樓志》第102頁，太原：山西人民出版社，1993。

勸飲。這酒是摩刺用藥製過的，十分洌切。杜寵本來無甚酒量，竭
力推辭，那禁他四人再三不准，不覺的頭重腳輕，睡倒席上。品娃
分付撤去酒席，四人將他洗剝上床。這杜寵因服過摩刺的先天丸，
厥物苗條，光彩奪目，四妃開門揖盜，輪流大嚼，以解渴懷。……
從此杜寵與品娃等打成一局。眾侍女一來恨摩刺的殘虐，二來又得
了杜寵的甜頭，那肯洩漏？〔註47〕

　　《蜃樓志》中的性描寫，有很多地方借鑒了此前的世情、豔情小說，如
第十二回寫冶容到寺廟中拜禱，被淫僧姦淫，模仿了《歡喜冤家》及其他以
出家人為主角的豔情小說：

　　　　（智慧）因彎彎曲曲，引至自己房中，推上房門，一把抱住。
智行也把丫頭領到間壁房裏，自己卻來爭這冶容。智慧已扯下褲子，
挺著下光頭，上前說道：「先是我起意的，又在我房裏，讓我得個頭
籌，再由你罷，兄弟們不可傷了和氣。」一頭說，突的已進花門。
冶容手推足跳、口喊身扭，智慧那裏管他，直至禿髓橫流，不禁斜
飛紅雨。智行饒了半天，昂然又上。這小小女子，怎禁二禿的恣意
姦淫？弄得冶容顫喘不停，奄奄一息。

　　　　誰知事機不密，已有人報知住持。空花大踏步趕來，慌得智行
連忙歇手。空花罵了一頓，把冶容一看，妖媚憐人，即替他穿好褲
子，說道：「嬌嬌不纔生氣，這兩個畜生，我一定處治的，我同你去
吃杯酒，將息將息罷。」冶容昏不知人，閉著眼說聲：「多謝！」空
花將他抱著，問智行道：「還有一個呢？」智慧即到那邊去扯來。空
花道：「這個賞了你兩個罷！」他便抱了冶容，來到自己密室。卻有
五六個村妝婦人、七八個俊俏小和尚伺候。空花道：「眾嬌嬌，我今
天娶了正夫人了，你們快拿酒來，把盞合歡。」……冶容坐在空花
身上，片時神魂已定，開眼一看，見一個竹根鬍子、銅鈴眼睛、蠻
長蠻大的醜和尚抱了自己，料想沒甚好處，垂淚道：「師父，饒了奴
家罷！」空花笑道：「美人，且飲一杯，不消過慮。」冶容怕他，只
得自己吃了一口。空花忙自己幹了，又拿菜來喂他，冶容不敢不吃。
慢慢的冶容一口、空花一杯，俱有三分酒意。空花解開他的衣襟，
捫弄他的雙乳，這釘鈀樣的手摸著這粉光脂滑的東西怎不興發？即

〔註47〕〔清〕嶺勞人《蜃樓志》第274頁，太原：山西人民出版社，1993。

解開他的褲摸去。冶容道：「師父，饒了奴家此事罷！」空花道：「我倒肯饒，只是這小和尚不肯，幸得我兩個徒弟做了我的開路先鋒，你也不大吃苦的了。」因解去自己衣服，露出底下光頭，恍似一匹醬色布卷成一軸的樣兒，叫冶容握住。冶容不敢不依，這小小十指，哪裏拿得他盡？暗想：「今夜料來是死，不如早些自盡罷。」即欲跳下身來。空花那肯依他，立起來，把他上下脫得赤條條的按在床上，雖則深鎖長門，那小沙彌已生剌剌探頭進去。冶容苦苦求他大發慈悲，空花卻無半點憐惜，幸得水浸葫蘆，冶容不致喪命。直到掌燈才歇，空花替他將這浪蕩山門揩淨，重又抱起他來，也不穿衣，一同吃酒。這冶容伏在空花懷裏，宛轉嬌啼，求他釋放，空花道：「在這裡天天取樂，還你暢快，回去做什麼？」……空花將一件僧衣披著，把冶容裹在懷中，喝了一回燒酒，興又上來，兩手將冶容摟緊，一遞一口的亂吃。吃了一會，把冶容搖擺頓挫一回。〔註48〕

《蜃樓志》第十四回寫烏岱雲調戲施小霞，施小霞計賺烏岱雲一段，借鑒了《紅樓夢》第十一回「見熙鳳賈瑞起淫心」和第十二回「王熙鳳毒設相思局」的情節。烏岱雲在蘇吉士家遇見蘇吉士的妾施小霞，頓生邪念，上前挑逗，施小霞假意應承，約他晚上三更在玩花亭後側守候。到了晚上，她派丫頭誘他站在窗櫺下的河灘上，一桶糞夾著尿朝著他全身上下淋去，他耳目口鼻都沾了屎尿，又因路滑，摔到了河裏，家丁又以抓賊的名義，將他打了一通。他被糞澆，被水浸，受了驚，又挨了打，生起病來：

（岱雲）即慢慢的一步一步走下河灘藏好，思量道：「這施奶奶好算計，在這個地方，仙人也尋不到的，看來倒是個慣家。可怪我們這不賢的姊妹，偏有許多閒談，耽擱我的好事。不要管他，停一會兒就盡我受用了。」正在胡思亂想，聽得上面窗櫺刮辣一響，一盆水就從窗內倒下來，淋得滿頭滿面。岱雲想道：「是什麼水，還溫溫兒的？」把手摸來，向鼻間一嗅，贊道：「好粉花香，想是施奶奶洗面的，不過衣裳濕了些，也無妨礙。」將臉朝著上頭望那窗子，想要移過一步，卻好一個淨桶連尿帶糞倒將下來，不但滿身希臭，連這耳目口鼻都沾了光。岱雲覺得尿糞難當，急忙移步，那地下有了水，腳底一滑，早已跌在河中，狠命的亂掙，再也爬不出來。上

〔註48〕〔清〕庾嶺勞人《蜃樓志》第149～150頁，太原：山西人民出版社，1993。

面又是潑狼潑藉的兩桶，實在難過，又不敢作聲，低頭忍受。聽得
一陣笑聲，一群兒婦女出去。岱雲將河水往身上亂洗，還想有人來
撈他，誰想亭門已經閉上，卻有許多人搖鈴敲梆巡夜而來。一個說
道：「這亭子四面皆水，料來沒有賊的。」一個說道：「也要兩邊照
照，省得大爺罵我們躲懶。」即有一個小子提著一碗白紗燈走來，
說道：「這灘底下還是大魚呢，還是個烏龜？」就有兩三個跑來，拿
火把一照，喊道：「不好了，有賊！」眾人蜂擁將來，把他扯起，說
道：「好一個臭賊，想是淘茅廁的。」各人拿手中短棒，夾三夾四雨
點般打來。岱雲只得喊道：「我是烏姑爺，你們如何打我？」眾人道：
「我們是蘇府巡夜的，你既是烏姑爺，如何三四更天還在這裡？且
拿他出去，回明了大爺、溫太爺再處。」岱雲道：「我因來這園裏與
我少奶奶說話，失腳掉在茅廁裏頭，在這河邊洗一洗的。我這副樣
子，如何見得他們？求眾位替我遮蓋了罷。」一個年老的說道：「這
話想是真情，兄弟們放他去罷。烏少爺，不是我說你，這裡是我家
奶奶們住的地方，不該黃夜到此，第二遭打死莫怪。」岱雲不敢回
言，望藏春塢走去。素馨已經睡了，敲不開門。挨到天色微明，捉
空兒跑回去了。溫家也不查點到他。岱雲到了家中，氣了一個半死，
猜是小霞詭計，打算尋釁報仇，卻好因水浸了半夜，受了驚又挨了
打，生起病來，延醫調治。〔註49〕

溫素馨與烏岱雲先有姦情，後來嫁給了他。但烏岱雲很快有了新歡，素
馨非常不滿。第十四寫烏岱云為了討好新歡，對素馨進行懲罰，又逼素馨剪
下頭髮給自己的新歡作踐：

　　他同韻嬌坐下，分付丫頭把素馨的鏈子開了，帶上房門出去。
自己把素馨剝得精赤，拿著一根馬鞭子喝道：「淫婦，你知罪不知
罪？」素馨已是鬥敗的輸雞，嚇得跪下道：「奴家知罪了。」岱雲道：
「你既知罪，我也不打你，你好好的執壺，勸你韻奶奶多吃一杯。」
素馨道：「奴情願伏侍，只是求你賞我一件衣服遮遮廉恥罷。」岱雲
就呼呼的兩鞭，抽得這香肌上兩條紅線，罵道：「淫婦，你還有什麼
廉恥，在這裡裝憨！」素馨不敢回言，忍恥含羞，在旁斟酒。岱雲
摟著韻嬌，慢慢的淺斟低唱，摸乳接唇，備諸醜態。吃了一會，又

〔註49〕　〔清〕庾嶺勞人《蜃樓志》第 178～179 頁，太原：山西人民出版社，1993。

喝道：「淫婦，你把你那頭毛剪下來，與韻奶奶比一比，可如他陰毛麼？」素馨不敢作聲，嚇得篩糠也似的亂抖。那岱雲又跳起來，將馬鞭子亂抽，喝道：「還不快剪！」素馨忍著疼痛，只得剪下一縷與他。岱雲付與韻嬌，要扯開他褲子來比，韻嬌不肯，說道：「這油巴巴的髒東西，比我什麼呢？」便一手撇在火上燒了。〔註50〕

這段描寫中借鑒了《金瓶梅》第十二回「潘金蓮私僕受辱」和第十九回「李瓶兒情感西門慶」中的情節，《金瓶梅》第十二回中寫西門慶以潘金蓮的頭髮取悅李桂姐。

《蜃樓志》中對幫閒篾片的描寫也借鑒了《金瓶梅》。小說中寫蘇吉士時常與高第街的地痞無賴交往，第七回介紹幾位幫閒：「這五位都是賭博隊裏的陪堂，妓女行中的篾片，一見笑官，認定他是個道地阿官仔，各盡平生伎倆盡力奉承。」〔註51〕第十五回寫竹理黃、曲光郎等三個幫閒設計陷害蘇吉士，兩人各說了一個笑話，讓蘇吉士飲酒，這個情節模仿了《金瓶梅》，這幾個幫閒形象頗似《金瓶梅》中的應伯爵、謝希大。他們毫無人格尊嚴，爲了引蘇吉士上鉤，叫蘇吉士「爹」，講低俗噁心的笑話，甚至拿自己的老婆當誘餌，引吉士上鉤，訛詐錢財，結果賠了老婆又吃官司。

小說描寫了金錢對社會風氣和人性的污染。在金錢的驅使下，竹理黃陷害朋友，讓妻子做妓女，喪盡廉恥。烏必元爲了銀子和陞官，巴結赫廣大，將女兒奉送給了赫廣大爲妾。烏小喬被迫嫁給赫廣大後，整天悶悶不樂，烏必元又去勸說女兒：「他說，只要你笑了一笑，還要升我的官呢！你就算盡了點孝心，笑一笑罷。」〔註52〕人心險惡，人情澆薄。施材被劫，四處借錢，處處碰壁，連兒子都躲得影都不見。施材自殺後，幸虧蘇吉士贈銀才得以安葬。蘇吉士家裏遇盜，家人們倉皇逃命，以自保爲上。

崇禎本《金瓶梅》開頭說：「單道世間人，營營逐逐，急急巴巴，跳不出七情六慾關頭，打不破酒色財氣圈子，到頭來同歸與盡，著甚要緊？雖是如此說，只這酒色財氣四件中，惟有財色，二者更爲厲害。」〔註53〕《蜃樓志》的結尾，李匠山說：「總之，酒色財氣四字，看得破的多，跳得過的少。赫致

〔註50〕 〔清〕庾嶺勞人《蜃樓志》第174～175頁，太原：山西人民出版社，1993。
〔註51〕 〔清〕庾嶺勞人《蜃樓志》第79頁，太原：山西人民出版社，1993。
〔註52〕 〔清〕庾嶺勞人《蜃樓志》第114～115頁，太原：山西人民出版社，1993。
〔註53〕 〔清〕李漁《李漁全集》第12卷《新刻繡像批評金瓶梅》第1頁，杭州：浙江古籍出版社，1991。

甫四件俱全，屈巡撫不過得了偏氣，岱雲父子汲汲於財色，姚兄弟從前也未免好勇尚氣，我也未免倚酒糊塗。」〔註54〕《金瓶梅》中的人物打不破酒色財氣，最終夭亡其身，不得善終。《蜃樓志》中人物的結局也大都善惡有報。海關關差赫廣大貪財好色，蠹國殃民，被革職查辦。牛巡檢貪贓枉法，製造冤案，被義士何武一刀劈為兩半。惡貫滿盈的摩剌失敗被殺，陷害朋友的竹理黃得病而死。姚霍武因平叛有功而受到封賞重用。蘇萬魁曾資助落魄的姚霍武，後來其子蘇吉士收到姚霍武的重金酬謝，蘇吉士由於勸姚霍武歸順朝廷有功，得到封賞。蘇吉士因「嗜酒而不亂，好色而不淫，多財而不聚」，廣種善緣，得以逍遙快活，坐享齊人之福。

四、溫素馨形象的性別意蘊

《蜃樓志》中的女性形象中，最值得注意的是溫素馨，這個人物形象借鑒了《金瓶梅》中的李瓶兒、《紅樓夢》中的尤三姐以及豔情小說中的女主人公形象。《蜃樓志》細緻描寫了素馨性心理的發展過程。素馨與笑官發生關係後，逐漸沉迷於性慾，把持不住自己，走上了邪路。

家教不嚴是溫素馨一步步走向墮落的原因之一。溫素馨出生於一個鹽商之家，不像大家閨秀那樣有很多約束，小說第三回評論溫家的家教：「蓋因女子有幾分姿色，他便顧影自憐，必要好述一個君子，百般的尋頭覓縫，做出許多醜態來。全在為父母的加意防閑，守著『男女有別』四字，才教他有淫無處可侮。《禮》經云：十年出就外傅，居宿於外，男女不同席，不同椸架，不同巾櫛。種種杜漸防微之意，何等周密。世人溺愛小兒女，任從一處歪纏，往往幽期密約，蔽日瞞天；雨意雲情，翻江攪海，那為父母的，還在醉夢裏，說道：『他們這點年紀曉得什麼來？』噫，過矣！」〔註55〕但在同樣的家庭環境中，溫素馨的妹妹溫惠若卻知書達理、謹守禮教，所以小說中說溫素馨生性風流：「溫素馨繡閣藏嬌，芳年待字，生得來眉欺新月，臉醉春風，只是賦情冶蕩，眼似水以長斜；生性風流，腰不風而靜擺。」〔註56〕小說第二回寫溫家女眷在一起賭博遊戲，蘇笑官來了：「卻說溫商次妾乃是蕙若生母，這日大家在他房裏鬥混江，史氏輸了幾塊洋錢，正要換手，只見笑官同素馨走進，

〔註54〕〔清〕庾嶺勞人《蜃樓志》第301頁，太原：山西人民出版社，1993。
〔註55〕〔清〕庾嶺勞人《蜃樓志》第24～25頁，太原：山西人民出版社，1993。
〔註56〕〔清〕庾嶺勞人《蜃樓志》第25頁，太原：山西人民出版社，1993。

叫聲『伯母』，作一個揖。史氏道：『大相公，不要這樣文縐縐，快快替我翻本。』這兩位姨娘也都寒溫了。史氏即扯笑官坐在蕭姨娘肩下。這蕙若卻立起身說道：『我身子困倦，不頑了。』史氏叫素馨補缺。蕙若說聲『少陪』，花搖柳擺的去了。」在賭博時「素馨卻以蓮勾暗躡其足」。〔註57〕小說第五回將溫蕙若和溫素馨加以比較：「原來蕙若的才貌不減素馨，且是賦性幽閑，不比素馨放浪，……這日行令，看見姐姐風騷，早已紅暈香腮。」〔註58〕

　　蘇笑官的挑逗是素馨走上邪路的直接誘因。小說第二回寫蘇笑官調戲素馨：「只見素馨斜靠妝臺，朦朧睡著，笑官忙向小丫頭搖手，潛步至他身後，將汗巾上的絲線搓了一搓，向素馨鼻中一消。這素馨『呀嘁』一聲，打一個呵欠，纖腰往後一伸，這左手卻搭到笑官的臉上，說道：『妹妹不要頑，我還要睡哩。』笑官將頭一探，對著素馨道：『不是妹妹，倒是兄弟。』素馨紅了臉。」耍笑一番後，笑官將手伸進素馨羅衫裏面，「素馨把身子一縮」。她和笑官調笑，被送茶的丫頭打破。丫頭離開後，笑官再三央告要親一親素馨：「好姐姐，你慧舌生蓮，香甜去處賞我嘗一嘗罷。」素馨答應了，「真個由他嗛著櫻桃，試其嗚咂，又伸手去胸前細細的撫摩了一會兒」。〔註59〕與笑官談笑後，素馨「蕩心潛生，冶態自描，每日想笑官進來玩耍」，她聽父親說把妹子許配給笑官，心中一憂一喜：「憂的是妹子配了蘇郎，自己決然沒分；喜的是父親不叫躲避，我亦可隨機勾搭。」心裏又想：「將來妹妹嫁了他，一生受用。我若先與他好了，或者蘇郎先來聘我，也未可知。」〔註60〕

　　為了引誘素馨，蘇吉士買了很多淫詞豔曲送給素馨看：「素馨自幼識字，笑官將這些淫詞豔曲來打動他，不但《西廂記》一部，還有《嬌紅記》《燈月緣》《趣史》《快史》等類。素馨視為至寶，無人處獨自觀玩。」對於《燈月緣》《濃情快史》之類的淫書，蕙若則談之變色，她對素馨說：「我繡了些枕項，身子頗倦，到姊姊房中，看見桌上的《西廂記》，因看了半齣《酬簡》，就看不下去了，這種筆墨不怕坐地獄麼？」這些淫詞豔曲對素馨的影響很大：「今日因蕙若偷看《酬簡》，提起崔、張一段私情，又燈下看了一本《燈月緣》，真連城到處奇逢故事，看得心搖神蕩，春上眉梢，方才睡下。枕上想到：『說

〔註57〕〔清〕庚嶺勞人《蜃樓志》第17～18頁，太原：山西人民出版社，1993。
〔註58〕〔清〕庚嶺勞人《蜃樓志》第54頁，太原：山西人民出版社，1993。
〔註59〕〔清〕庚嶺勞人《蜃樓志》第15～17頁，太原：山西人民出版社，1993。
〔註60〕〔清〕庚嶺勞人《蜃樓志》第25～26頁，太原：山西人民出版社，1993。

蘇郎無情，那一種溫存的言語，教人想殺；說他年小，那一種皮臉倒像慣偷女兒。況且前日廝纏之際，我恍恍兒觸著那個東西，也就教人一嚇，只是這幾時爲何影都不見？』接下來素馨做了一個夢，夢中蘇吉士告訴她，她要被嫁給烏江西，素馨大吃一驚：「聽了此言，也不顧羞恥，赤身坐起，扯著笑官的手哭道：『好兄弟，姐姐愛你，定要嫁你，你娶了我妹妹，我情願做妾服侍你。』」笑官每日到花園中荼蘼架下解手，素馨趁此機會去園中見笑官，誰知不小心偷窺了一個男人小解：「正在沉吟，忽見桂林中有人站著，馨姐認是笑官，正欲喚他，卻見這人面貌黑魆魆的，身量也比笑官大了許多，就在紗窗裏面往外瞧。看此人一手撩起小衣，一手拿著個累累墜墜的東西，在那裡小解。馨姐一見，嚇得心頭弼弼的亂跳。」素馨初次見到男性的器官，心頭一嚇，心定之後，「紅透桃腮，香津頻嚥」。〔註 61〕春心蕩漾的素馨，情慾打開決口，碰上笑官，有了機會，也就半推半就：「笑官不由分說，一把拖到塢中，雙手抱住，推倒在榻。素馨道：『使不得的。』笑官也不做聲，扯下他的裙褲，自己也連忙扯下了，露出這個三寸以長的小曹交。就像英雄出少年，有個躍馬出陣的光景。」〔註 62〕因爲擔心丫頭尋找，又怕先生回來，只好作罷。直到月下相約，兩人才發生關係。

素馨初嘗偷情滋味後，不再羞怯，主動約會，一連在折桂軒歡會了數夜。天氣日漸寒冷，軒中不便幽會，於是轉到閨房中，閨房中有蕙若礙眼，素馨想了一條計策，鼓動笑官去調戲自己的妹妹：「我姊妹二人，橫豎都是嫁你的，妹妹雖然年小，卻也有點知情。今晚趁她醉了，你去與他敘一敘，你看好下手呢便下手，不好下手呢也，只要同他睡一會，以後就不怕他礙眼了。」笑官說不敢，素馨說：「不入虎穴，焉得虎子？不要過於膽小，我先過去看看，他若醒了，我替你對他說明；若還是醉的，我脫了他衣褲，任你去擺佈如何？」〔註 63〕笑官病倒了，而素馨與笑官連夜歡娛，慾火難禁，晚上難眠，輾轉無聊，於是翻閱《濃情快史》，看到六郎與媚娘初會情形，又看到太后與敖曹交合的故事，就想像敖曹的性具：「想到此時寂寞，則珠淚雙拋。輾轉無聊，只得拿一本閒書消遣，順手拈來，卻是一本《濃情快史》。從頭細看，因見六郎與媚娘初會情形，又見太后乍幸敖曹的故事，想道：『天下那有這樣奇事？一

〔註61〕　〔清〕庾嶺勞人《蜃樓志》第 25～28 頁，太原：山西人民出版社，1993。
〔註62〕　〔清〕庾嶺勞人《蜃樓志》第 37～38 頁，太原：山西人民出版社，1993。
〔註63〕　〔清〕庾嶺勞人《蜃樓志》第 56 頁，太原：山西人民出版社，1993。

樣的男人，怎麼有這等出格的人道？前日我與蘇郎初次，也就著實難當，若像敕曹之物，一發不知怎樣了。這都是做小說的附會之談，不可全信。』心上如此想，那一種炎炎慾火早已十丈高升，怎生按捺得住？奈閨閣深沉，再無別法，只得打定主意，明日到園中靜候笑官，以會歡會。」〔註64〕第五回中，素馨來到園中等候蘇笑官，撞見了烏岱雲，烏岱雲強行與她發生性關係：

> （岱雲）一頭說，已將素馨摟在榻上，將口對著櫻桃，以舌送進，就如渴龍取水，攪得素馨津唾汨汨，身體酥麻。一手便扯他裙帶。原來素馨向與笑官歡會，單繫上裙帶，不用褲帶的。岱雲只一扯，早已裙褲齊下，露出這個嫩紅桃子來，腰間挺了這根丈八蛇矛，便思衝鋒陷陣。那素馨本不願依，因被緊緊摟住，無可脫身，將眼偷偷瞧他這東西，一發驚得魂不附體，暗想道：「今番我是死了！」將身子亂扭，兩隻小足亂舞，哀告道：「好烏世兄，饒了我罷。」岱雲那裡管他，分開金蓮只一戳，素馨「啊唷」一聲，已經貫革。素馨忙將手去握住，哀告道：「好烏世兄，饒了我罷。」岱雲道：「你請放心，我自有法。」素馨捏住半根，再不肯放進。岱雲只得稍作縱送，卻已嘖嘖有聲，便叫他放手。看官聽說，素馨性本淫蕩，捏著這火一般熱的東西，也有些健羨，又覺得有些活泛，也便放了手，由他試試。〔註65〕

溫素馨被烏岱雲強暴，先是拒絕，後來「覺得津津有味」：「素馨支持了一會，苦盡甘來，覺得津津有味，比笑官大不相同，慢慢的兩手攏來，將他抱住。岱雲樂極情濃，早見淮河放閘‧只道是打頭一個破瓜，那知步了笑官的後塵，畢竟有積薪之歎。岱雲扶了素馨起來，替他穿好衣褲。素馨動彈不得，岱雲輕輕抱置膝上，溫存一番，再訂後期，素馨自然應允。」溫素馨被烏岱雲強暴後，享受到了性交快感，覺得「果然有此妙境」，竟喜歡上了烏岱雲。她將性慾滿足當作選擇愛人的條件，竟以為烏岱雲相貌雖不如笑官，但若嫁了他，能獲得性快樂，會一生適意：

> 岱雲去了，素馨坐了一刻，方才緩步回房。只覺得精神疲倦，躺在床上，像癱化的一般，想道：「果然有此妙境。他面貌雖不如蘇郎，若嫁了他，倒是一生適意，況且前日夢中原有此說。今趁蘇郎

〔註64〕〔清〕庾嶺勞人《蜃樓志》第60～61頁，太原：山西人民出版社，1993。
〔註65〕〔清〕庾嶺勞人《蜃樓志》第62～63頁，太原：山西人民出版社，1993。

不知，叫他先來下聘，我妹子嫁蘇郎，我也不算薄情了。」念頭一轉，早把從前笑官一番恩愛，付之東流。明早岱雲重至園中，素馨已實能容之，岱雲則不遺餘力。你貪我愛，信誓重重。〔註66〕

素馨決定嫁給性能力超過蘇笑官的烏岱雲後，對笑官不理不睬，很快將蘇笑官拋到腦後。在烏家來議親時，素馨的父母不替女兒終身著想，不加考察就「一諾無辭」。烏岱雲本是好色之徒，素馨嫁過去不久，烏岱雲喜新厭舊，對素馨百般凌辱。素馨無法忍受，最後出家爲尼。素馨出家時給蘇吉士寫了一封信，信中說：「孽由自作，我復何尤！」〔註67〕蘇吉士不計前嫌，勸解素馨，素馨後悔當初年少無知，只圖一時快樂：「看見吉士這溫存體貼之性還是當年，自己撫今思昔，哀婉傷神，那香腮上淚珠潮湧。」〔註68〕素馨如《金瓶梅》裏的李瓶兒，爲性慾所左右，只圖一時快樂，導致了受虐待的悲慘命運，性慾葬送了她的一生。小說作者對素馨持譏諷態度：「看官聽說，那偷情的女兒，一經失足，便廉恥全無，往往百般獻媚，只要籠絡那野漢的心。」〔註69〕但又對溫素馨有所同情，對溫素馨的本能性慾表示理解，認爲家庭環境對她的影響很大，外在誘惑是她走上歧途的直接誘因。

《蜃樓志》中的性描寫都以男性體驗爲中心，渲染男性的性快感和女性在性交中的痛苦。如小說第七回寫笑官與烏小喬交合：「笑官即將他抱至裏邊，置諸膝上，盈盈嬌小，弱不勝衣……因擁至榻前，如此如此。小喬初還憨笑，繼則攢眉，他最不曉得這事有這般苦楚。笑官亦憐惜再三，溫存萬態，草草成章。」〔註70〕再如赫廣大在新婚之夜強行與烏小喬交媾：「小喬自知難免，只得寬下衣服朝裏而睡。老赫趁著酒興，扳將轉來，賈勇而上。小喬覺得他身上粗糙，也不甚理他，誰知玉杵乍投，花房欲烈，急將兩手支撐。老赫那管死活，一往狼藉，直至綠慘紅愁，方纔雲收雨止。」〔註71〕

小說中的女性大都以性作爲對男性的報答奉獻。笑官幫助施小霞葬父後，小霞便以身相許。第十九回中，茹氏的丈夫竹理黃躲賬潛逃後，家裏陷入困境，茹氏爲了生存，想利用性魅力來取悅富有的蘇吉士：

〔註66〕〔清〕庾嶺勞人《蜃樓志》第63頁，太原：山西人民出版社，1993。
〔註67〕〔清〕庾嶺勞人《蜃樓志》第212頁，太原：山西人民出版社，1993。
〔註68〕〔清〕庾嶺勞人《蜃樓志》第211頁，太原：山西人民出版社，1993。
〔註69〕〔清〕庾嶺勞人《蜃樓志》第56頁，太原：山西人民出版社，1993。
〔註70〕〔清〕庾嶺勞人《蜃樓志》第81～82頁，太原：山西人民出版社，1993。
〔註71〕〔清〕庾嶺勞人《蜃樓志》第86頁，太原：山西人民出版社，1993。

從來説，酒是色媒。兩個一遞一杯，吉士已入醉鄉；茹氏量本不高，飲了四五杯，不覺星眼歪斜，淫情蕩漾，一手解開吉士的褲帶，低垂粉頸，替他品簫。吉士雖曾經過很多婦人，卻未嘗此味，弄得情興勃然，一面解帶寬衣。這茹氏要籠絡他的心，叫：「大爺，不要使乏了身子，你坐在枕上，奴自有法兒。」於是茹氏投體於懷，從下插進，互相迎湊。頑夠多時，吉士留精於腹內，再令他俯伏床沿，挺撞摩擦。茹氏呼快欲死，吉士傾筐倒篋而出之。次早，披衣出門，回到家中，叫杜寵悄悄的拿了四套衣服、二百銀子，同時家的阿喜送去。茹氏還賞了他們十兩銀子。自此，趁理黃不在家中，就時常走走。這茹氏買了一個丫頭服侍，又賃了一間外房，漸漸的花哨起來。〔註72〕

第二十回中，茹氏爲了討好蘇吉士，又讓牛冶容伺候蘇吉士：

茹氏見他兩人入港，便推説去整菜，躲在外房。吉士抱著冶容又飲了一回，摟在榻床，一番弄聳。這冶容的騰挪迎湊、雙刃殺龜十分熟溜，就與茹氏的舔呕吞吐可稱敵手。吉士極爲歡暢，因復喚進茹氏，叫他露牝再戰。茹氏俯伏於旁，厭戶大作翕張之勢。吉士翻出左三右四的新鮮花樣。冶容則掀之於前，惟恐吉士之陽不進；茹氏則夾之於後，惟恐吉士之物常留。兩張口呼個不迭，四隻手扳個無休。吉士盤旋周折，足足有一個時辰，其精半泄於冶容，盡傾於茹氏。可謂淫而無度矣。三人事畢，重新斟酒，就叫冶容一傍同飲。到了晚間，三人一床，輪流酣鬥。從此，吉士拼著幾兩銀子養此二姬，倒也妥貼。無奈冶容年正及時，淫情方熾，吉士又不常來，不免背著茹氏做些勾當。〔註73〕

後來牛冶容和杜寵私通，蘇吉士認爲：「路旁之柳，何足介懷！」讓茹氏「轉賣冶容與杜寵爲妻」。這種性關係建立在金錢基礎上，男女雙方不平等。男性對女性是狎玩的態度，女性成爲男性賞玩的對象。小説作者還認爲「冶容誨淫」，美麗的女子「分明是人不要淫他，他教人如此」。男性縱慾傷身，是女性的責任，是因爲女子「吸髓收精。」

〔註72〕〔清〕庚嶺勞人《蜃樓志》第174～175頁，太原：山西人民出版社，1993。
〔註73〕〔清〕庚嶺勞人《蜃樓志》第252頁，太原：山西人民出版社，1993。